릴리와 옥토퍼스

릴리와 옥토퍼스

스티븐 롤리 소설
박경회 옮김

이봄

릴리에게

옥토퍼스

정글의 법칙

이것은 정글의 법칙,
하늘만큼 오래되고 진실하네.
이것을 지키는 늑대 번성할 것이나,
어기는 늑대 죽음에 처하리니.
나무둥치를 휘감는 덩굴처럼,
법칙은 막힘없이 뻗어가네.
무리의 힘은 늑대이며,
늑대의 힘은 무리이므로.

_러디어드 키플링

내가 그것을 처음 본 날은 목요일이다. 목요일이라는 걸 아는 이유는, 목요일 저녁을 내 강아지 릴리와 함께 우리가 귀엽다고 생각하는 남자들에 대해 이야기하는 시간으로 정해두었기 때문이다. 릴리의 나이는 열두 살, 사람 나이로는 여든넷이다. 나는 마흔네 살이고, 개 나이로 이백아흔네 살이다. 하지만 이백아흔네 살이라기에는 정말이지 젊어 보인다. 나는 꽤 괜찮은 비주얼의 소유자여서, 사람들은 내가 이백서른여덟 살, 그러니까 사람 나이 서른넷이라고 해도 통할 거라고 말한다. 왜 나이 이야기를 하느냐면, 릴리와 나 둘 다 철없는 데가 있고 연하남을 좋아하는 경향이 있어서다.

우리는 '라이언'들에 대한 긴 토론에 들어간다. 내가 고슬링의 남자라면 릴리는 레이놀즈의 여자다. 레이놀즈가 나오는 영화들 중에 릴리가 두 번 보고 싶어한 영화는 한 편도 없지만.('필립'에 대한 토론은 이름을 어떻게 발음할지에 대한 의견 불일치로 제외한 지 몇 년 되었다. 필-어-피Fill-a-pea? 필-아-페이Fill-AH-pay? 그가 더이상 활발히 활동하지 않는 것도 한 이유다.) 다음은 '맷'들과 '톰'들이다. 한 주를 어떻게 보냈는지에 따라 우리의 대화는 보머와 데이먼과 브래디, 그리고 하디 사이를 오락가락한다. 그다음은 마침내 '브래들리'들. 쿠퍼 그리고 밀턴. 후자는 굳이 따지자면 나이도 많은데다 오래전에 세상을 떠났는데 릴리가 왜 자꾸 그 남자* 이야기를 꺼내는지 모르겠다. 릴리가 우리의 금요일 오락인 보드게임을 좋아한다는 건 확실하지만.

여하튼, 그렇게 특별한 목요일을 맞아 우리는 '크리스'들에 대해 대화하는 중이었다. 헴스워스와 에번스, 그리고 파인. 릴리가 즉흥적으로 크리스 프랫도 포함하자고 제안한 바로 그때, 나는 옥토퍼스를 발견했다. 나는 화들짝 놀랐다. 옥토퍼스를 가까이에서, 내 집 거실에서, 그것도 내 강아지의 머리 위에 생일파티용 고깔모자처럼 얹혀 있는 상태로 발견하는 것이 흔한 일은 아니니까 말이다. 릴리와 나는 각자 쿠션을 낀 채, 나는 책상다리로, 릴리는 MGM 영화사의 영화 시작 부분에 나오는 사자 같은 포즈로 서로 마주보고 소파에 앉아 있어서 그것은 아주 잘 보였다.

---

* Bradley Milton, 보드게임 개발자.

"릴리!"

"크리스 프랫은 빼도 돼. 그냥 해본 말이야." 릴리가 말했다.

"아니…… 네 머리에 그게 뭐야?" 내가 물었다. 옥토퍼스의 팔 중 두 개가 릴리의 얼굴 아래로 턱끈처럼 흘러내렸다.

"어디?"

"어디냐니, 그게 무슨 말이야? 거기, 네 오른쪽 관자놀이 위에 말이야."

릴리가 말을 멈추고 잠시 나를 바라보았다. 우리는 서로에게 서 눈을 떼지 못했다. 릴리는 눈을 치켜뜨고 얼핏 옥토퍼스를 쳐 다보았다. "아, 저거."

"그래, 그거."

나는 즉시 허리를 숙이고 릴리의 주둥이를 감싸쥐었다. 새끼 였을 때 심하게 짖곤 하면 그랬던 것처럼. 릴리가 새로운 것들을 발견할 때마다 그 존재 자체에 흥분해서 날카로운 스타카토 음 으로 자신의 열정을 표현하던 시절 말이다. **이거! 봐! 이거! 내가! 지금까지! 본! 것! 중에! 최고야! 살아! 있는! 게! 너무! 좋아!** 우 리가 처음 함께 살게 된 무렵, 한번은 내가 샤워하는 동안 릴리 가 13호 사이즈의 내 신발들을 모조리 물어다 방 세 개를 지나야 나오는 계단 꼭대기에 옮겨둔 적이 있다. 왜 그랬느냐고 묻자, 확 신에 찬 대답이 돌아왔다. **네가! 발에! 끼우는! 이! 물건들은! 더! 계단! 가까이에! 있어야! 해!** 열정과 아이디어로 가득한 대답이 었다.

나는 오랫동안 자세히 살펴볼 수 있도록, 릴리를 내 쪽으로 더 가까이 당기고 릴리의 고개를 옆으로 돌려보았다. 그러자 릴리는 괴롭힘과 원치 않는 관심, 덩치 크고 덜떨어진 성인 남자 사람의 서투름에 못마땅한 듯 곁눈질로 불쾌함을 표했다.

옥토퍼스는 릴리의 눈 위쪽에 끈끈하게 달라붙어 있었다. 나는 조금 망설이다 신경을 집중해 그것을 꾹 찔러보았다. 상상 이상으로 단단하다. 물풍선 같다기보다는…… 뼈에 가깝다. 누구나 볼 수 있는 위치에 피하조직 같은 것이 있다. 나는 릴리의 머리를 뒤로 돌려가며 그것의 팔 개수를 세어보았다. 아니나 다를까, 여덟 개다. 옥토퍼스는 생뚱맞은 곳에 달려 있는데다 성질까지 난 듯 보인다. 어쩌면 공격적이라는 말이 더 어울리지 싶다. 스스로의 존재를 알리고 그곳을 제 것으로 만들려는 기세다. 거짓말이 아니다. 나는 당혹스럽고 공포스럽다.

언제 어디선가 본 동영상이 떠오른다. 대양저를 따라 완벽하게 위장해 철저히 몸을 숨기고 기다리다가, 불운한 쇠고둥이나 게 혹은 달팽이가 지나가면 그제야 정체를 드러내고 치명적인 적확함으로 상대를 공격하는 옥토퍼스에 관한 동영상이었다. 그 영상을 보고 또 본 기억이 난다. 몸을 감춘 옥토퍼스를 찾아내려고 수도 없이 영상을 재생한 끝에, 나는 그것의 존재를 깨달았다. 형체를 전혀 파악할 수 없음에도, 그 에너지를, 잠복 상태를, 공격 의도를 감지했다. 한번 녀석을 보니 정말이지 계속해서 보지 않을 수 없었다. 눈앞에서 펼쳐지는 그 완벽한 위장술을 지켜보며 감탄해 마지않던 그 순간에도.

이것도 그랬다.

한번 본 이상 계속 보지 않을 수 없었다. 옥토퍼스가 릴리의 얼굴을 완전히 바꾸어놓았다. 나에게는 너무나 잘생긴 그 얼굴, 기품 있고 고전적인 개의 옆모습. 닥스훈트 특유의 기괴한 체형 때문에 약간 깨는 부분이 있기는 하지만, 그렇다 해도 잘생긴 얼굴! 완벽한 대칭. 귀를 뒤로 젖히면, 그 얼굴은 세상에서 가장 보드라운 마호가니 색 털로 덮인 작은 볼링 핀 같았다. 하지만 이제는 잘생긴 볼링 핀보다는 점령당한 낡은 볼링 핀처럼 보인다. 릴리의 머리는 열 개의 볼링 핀 중 맨 앞에 위치한 1번 핀으로 쓰여온 듯, 혹이 튀어나와 있다.

릴리가 콧구멍을 벌름거리며 가쁜 숨을 두 번 내쉬고 나서야, 나는 내가 여전히 릴리의 주둥이를 손으로 쥐고 있다는 걸 알아차렸다. 릴리가 모욕감에 부글부글 끓고 있음을 깨닫고, 나는 손의 힘을 풀었다.

"그 이야기라면 하고 싶지 않아." 배의 가려운 부분을 긁으려는 듯 머리를 조아리며 릴리가 말했다.

"음, 나는 이야기해야겠어."

무엇보다 나는 어떻게 내가 지금껏 한 번도 그것을 보지 못했는지 이야기하고 싶다. 나는 릴리의 일상과 안녕에 관한 모든 면에 책임이 있지 않은가. 음식, 물, 운동, 장난감, 간식, 안, 바깥, 약물, 배설, 오락, 뒹굴기, 보살핌, 사랑…… 그런데 릴리가 머리 한쪽에 옥토퍼스를 매달고 다니는 것을 몰랐다니. 그것도 이렇게 놀랄 만큼 커지도록. 옥토퍼스는 위장의 귀재야, 나는 스스로에게 주지시킨다. 그것의 목적은 잠복 상태로 머무는 것이지. 하지만 조용히 머릿속으로 이 말을 되뇌면서도, 내가 어째서 내 실수를 쉽게 변명하고 있는지 생각한다.

"아프니?"

한숨. 깊은 날숨. 더 어렸을 때, 릴리는 자면서 비슷한 소리를 내곤 했다. 보통은 뛰는 시늉을 하기 직전에 그랬다. 다람쥐 또는 새를 뒤쫓거나 끝없는 금빛 해변의 따뜻한 모래를 파헤치는 아름다운 꿈의 서두로. 이유는 알 수 없지만, 나는 〈인사이드 디 액터스 스튜디오〉의 매회 엔딩에서 버나드 피벗이 게스트에게 하는 똑같은 질문에 대한 에단 호크의 대답을 생각한다.

"당신이 좋아하는 소리나 잡음이 있다면요?"

강아지들의 한숨 소리요, 에단이 말했다.

그래! 한숨 쉬는 강아지들이라니, 얼마나 멋진 병치인가. 포근하게 잠든 강아지들은 뭔가 안타깝게, 걱정거리가 있거나 몹시 화가 난 것처럼 보인다. 당연히 그들은 계속 한숨을 쉰다! 달콤하고 순수한 숨을 뿜어낸다. 그러나 이 한숨은 다르다. 미묘하게. 익숙하지 않은 귀로는 알아차리지 못할지 모른다. 하지만 나는 세상의 다른 생물을 안다는 것의 최대치만큼 릴리에 관해 알고 있다. 그래서 알아차린다. 거기에는 무거움이 배어 있다. 삐걱거림이 있다. 릴리의 세상에는 걱정이 있고, 어깨에 무게가 실려 있다.

나는 다시 릴리에게 묻는다. "아프니?"

릴리는 한참 동안 말을 하지 않고 곰곰 생각한 끝에 천천히 대답한다. "가끔."

개의 가장 큰 장점은 우리가 그들을 가장 필요로 할 때 그냥 안 다는 것이다. 무엇을 하고 있든 즉시 멈추고 곁에 와서 앉는다.

나는 더이상 릴리를 압박할 필요가 없다. 릴리가 나를 위해 셀 수 없이 그랬던 것처럼 나도 그렇게 할 수 있다. 속상하고 아프고 우울했던 시간들, 불안과 걱정으로 가득했던 나날들을 보내며 그래온 것처럼. 나는 릴리 곁에 조용히 앉아 있을 수 있다. 서로에게 온기가 퍼질 만큼만 몸을 가까이 대고, 모든 살아 있는 것들의 요동치는 기운을 나누면서. 함께 조용히 앉아 있을 때면 늘 그렇듯, 우리의 숨결이 차차 느려지고 그 리듬이 같아질 때까지.

나는 릴리의 목 뒷부분 피부를 꼬집는다. 릴리가 어렸을 때 어미가 릴리를 물어 날랐을 때를 상상하면서.

"바람이 불고 있소!" 나는 릴리에게 말한다. 내키지는 않지만 옥토퍼스를 내려다보며, 그 말에 내가 원하는 것보다 더 많은 진실이 담겨 있음을 걱정한다. 영화 〈엘리자베스: 골든 에이지〉 중에서 릴리가 가장 좋아하는 대사를 읊을 수 있게 먼저 운을 떼운 것이다. 우리 둘 다 그 영화를 본 적은 없다. 하지만 당시 극장에 가면 수도 없이 틀어주던 예고편에서 늘 흘러나오던 대사였다. 케이트 블란쳇이 우렁찬 목소리로 처녀 여왕 역할을 하면, 우리 둘 다 웃다가 쓰러지곤 했다. 내 강아지는 케이트 블란쳇 흉내를 제일 잘 낸다.

릴리가 기운을 조금 차리고 때맞춰 대사를 읊는다. "나도 바람을 부릴 수 있소, 경! 내 안에 광풍이 불고 있소! 스페인을 단숨에 날려버릴! 그러니 얼마든지 오시오! 지옥 함대? 오라고 하시오! 내가 막으리다!"

릴리가 나를 위해 애를 쓴다. 그러나 솔직히 말하면 평소 실력에 못 미친다. 릴리도 내 안에서 빠르게 명확해진 사실들을 본능적으로 아는 것이다. 릴리는 쇠고둥이다. 게다. 달팽이다.

옥토퍼스는 배가 고프다.

그리고 릴리를 손에 넣을 것이다.

위장

금요일 오후

내 심리 상담사의 상담실은 무염버터 색으로 칠해져 있다. 상담실에 있는 스프링이 망가진 소파에 앉아 있다보면 불편해서 딱 미칠 지경이 된다. 나는 종종 이 방을 흑설탕과 밀가루, 바닐라와 초콜릿칩이 들어 있는 반죽 그릇 속에 통째로 밀어넣고 싶은 충동을 느낀다. 짜증날 때, 주위 사람들보다 내가 상황을 더 잘 안다고 느껴질 때, 나는 간절히 쿠키를 원했다. 겉은 바삭하고 속은 촉촉한, 오븐의 따뜻한 기운이 아직 남아 있는 갓 구워낸 초콜릿칩 쿠키, 그 안의 부드럽지만 녹지 않은 초콜릿. 이런 위안의 욕구가 어디서 유래했는지는 모르겠다. 언제나 내 머릿속에 둥지를 틀고 있는 쿠키 몬스터의 인용구가 있기는 하지만. "나 오늘 순간을 살겠다. 기분이 안 좋을 땐, 나 쿠키 하나 먹겠다. 옴늄늄."
고글을 끼고 요상한 문법을 구사하는 파란 괴물들로부터 내 인생
의 모든 진언眞言을 취하는 것은 아니지만, 이 한 구절만은 마음
속 깊이 뿌리내려 있다. 요즘 쿠키 생각이 계속 간절했다.

　내 상담사의 이름은 제니. 상담사의 이름으로 선뜻 받아들여
지지 않는 이름이다. 절대. 체조선수라면 모를까. 포레스트 검
프 아내의 이름. 요즘 흔한 프로즌 요구르트 가게의 점원 이름으
로도 어울린다. 손님이 직접 펌프 손잡이를 눌러 요구르트를 짜
서 가져가면 무게만 달아주고 끝인데도 일이 너무 고되다고 말하
는 점원의 이름. 하지만 상담사 이름으로는 아니다. 나는 사람들
이 제니라는 이름을 가진 사람을 진지하게 받아들일 거라고 생각
하지 않는다. 좋은 예로, 내 이름은 에드워드 플래스크다. 하지만
사람들은 나를 테드라고 부른다. 수줍음이 심한 탓에 초등학교
시절 내내 나를 따라다녔던 '스페셜 에드'라는 불운한 별명 이후
내가 고집한 이름이다. 제니의 무릎 위에 놓인 리걸 패드의 첫머
리에 손글씨로 휘갈겨 쓴 내 이름이 보인다. Ted의 T가 굵은 글
씨로 쓰여 있는데, 딱 봐도 나중에 고쳐쓴 것이다―아무도 나를
에드라고 부르지 않는다는 사실을 기억해낸 후에. 나는 몇 달째
그녀를 보아오고 있다!

　여하튼 제니는 내 보험을 받아줬고, 상담실도 집에서 가까웠
다(적어도 로스앤젤레스 기준으로는). 그녀가 이끌어내는 결론
은 언제나 형편없었지만, 나는 그녀의 우둔한 충고를 받아들여
내 상상 속 더 똑똑한 상담사의 생각으로 걸러낸 다음 삶에 필요

한 통찰을 얻는 데 점점 능숙해졌다. 그게 제대로 작동할까 싶겠지만, 내 경우에는 된다.

나는 십팔 개월 전 마지막 연애가 끝난 후부터 상담을 받기 시작했다. 육 년 동안 지속된, 그러나 사 년이 지난 다음에는 끝내는 것이 더 좋았을 연애. 시작은 강렬했다. 우리는 뉴 비벌리 시네마에서 만났다. 빌리 와일더의 영화 〈아파트 열쇠를 빌려드립니다〉의 상영이 끝난 후 그 영화에 대해 격론을 벌였다. 제프리는 똑똑하고—오싹할 정도로 똑똑했다—열정적이었다. 내가 〈아파트 열쇠를 빌려드립니다〉의 주제인 연인의 부정과 간통에 몸서리를 치자, 제프리는 와일더의 다른 영화 〈칠 년 만의 외출〉에 대한 나의 공공연한 애정을 꼬집었다.

처음에는 그의 카리스마에 빠져 그의 주변에 머물고 싶었다. 그러나 시간이 흐르면서 그것 역시 허울이라는 걸 알게 되었다. 그의 내면에는 상처받은 소년이 있었다. 그는 아버지 없이 자랐고, 그래서 끊임없이 인정받으려는 그의 욕구도 이해가 갔다. 그런 그가 사랑스럽게 느껴졌다. 인간적이라고. 그가 그 어린 소년의 응석을 마음껏 받아주기 시작하기 전까지는. 울화 행동.* 행동화.** 그는 제어할 필요가 없는 일들도 제어하려 했다. 그럼에도

---

* 실험심리 용어. 아이가 떼를 쓰거나 울면서 뭔가를 요구할 때 부모가 일관적인 태도를 취하지 못하고 불규칙한 보상을 반복할 때 나타나는 현상. 일반적으로 아이가 발끈해서 성질을 부리거나 짜증을 내는 것을 뜻함.

** 무의식의 욕구나 충동을 고스란히 행동으로 옮기는 것. 감정의 표현을 지연할 때 오는 긴장을 회피하기 위한 일종의 심리적 방어기제이다.

그는 여전히 그였고, 나는 그를 사랑했고, 그래서 나는 머물렀다. 나아질 거라고 생각하면서. 그리고 어느 날 아침, 나는 머릿속에 종소리가 울리듯 인생의 분명한 메시지 하나를 깨달았다. 나는 좀더 나은 대접을 받아 마땅했다. 그날 밤 나는 제프리에게 떠나 겠다고 말했다.

그리고 일 년 넘게 연애와는 담을 쌓고 지내다가, 마침내 다시 바깥세상으로 나가보려 하고 있다. 오래전에 지나왔다고 생각한 물에 찰박찰박 다시 발을 담가보려는 것이다. 제니가 그것에 대해 묻는다.

"그건 어떻게 돼가요?"

"그거요?"

"네."

"데이트요?"

"음, 네."

지금 내가 가장 하고 싶지 않은 이야기가 있다면 바로 그거다. 옥토퍼스가 릴리의 머리만큼이나 내 머리를 세게 조이고 있다. 그리고 나는 우리의 불청객에 대해 제니에게 말할 준비가 아직 되어 있지 않다. 아직은 아니다. 내 속을 내보일 수가 없다. 내가 옥토퍼스로 인해 느끼는 두려움을 털어놓으면 제니는 온갖 엉터리 분석들을 늘어놓을 것이 뻔하다. 제니. 그녀가 할 일을 내가 대신 할 수는 없다―이번만큼은. 차라리 그녀 없이 그녀의 일을 하고 싶다. 당분간은 이 일을 내 가슴속에 묻고 있겠다는 뜻이다.

애초에 이곳에 오지 말아야 했다. 릴리를 옥토퍼스와 홀로 남겨두지 말아야 했다. 하지만 햇살이 부엌 창문으로, 딱 릴리가 좋아하는 방식으로 흘러들었고, 늦은 오후의 긴 햇살은 릴리가 낮잠을 푹 잘 수 있게 온기를 충분히 공급해줄 터였다. 동물병원 진찰은 월요일까지 기다려야 했고, 내 안의 무언가는 태양이 릴리를 낫게 해줄 거라 믿고 있다. 태양이 그 불청객에게, 물 밖으로 나온 그 물고기에게 방사능을 쪼여 말려버릴 거라고.

"문어는 물고기인가요?" 내가 무심코 큰 소리로 물었다.

"문어가 뭐요?"

"물고기요. 문어도 물고기로 간주되냐고요."

"아뇨, 두족류인 것 같아요."

제니는 그것을 알 것 같았다. 아마도 그녀는 소녀 시절 자라서 해양생물학자가 되고 싶어했을 것이다. 대학에 가서 채드 같은 이름의, 크고 남자다운 손을 가진 정신과 전공의에게 홀딱 반하기 전까지는. 햇살이 비치는 바닥에 릴리와 나란히 웅크리고 있으면 좋을 텐데. 릴리가 강아지였을 때처럼, 내 손을 릴리에게 얹고 있으면 좋을 텐데. 내가 있는 한 아무 걱정 할 필요 없다는 걸 알 수 있도록. 내가 있어야 할 곳은 여기가 아니라 거기인데.

"그건 그렇고, 데이트는 어땠어요?" 제니가 다시 내 주의를 돌리려 했다.

"데이트라. 모르겠어요. 좋아요. 무난해요. 따분해요."

"차분해요?" 그녀가 묻는다.

"차분한 게 아니고요." 맙소사, 쿠키가 먹고 싶다. "따분해요. 있잖아요, 재미없고 성가신 거."

"왜 성가실까요?"

"그냥 그러니까요." 쿠키.

"새로운 사람을 만나는 건 언제나 흥미로운 일 아닌가요? 그렇게 볼 수는 없겠어요?"

"있겠어요." 내가 그렇게 하지 않을 것이고 그러고 싶지도 않다는 걸 분명히 보여줄 수 있도록, 나는 완고한 태도로 말한다. 나에게 잘못이 있다면, 데이트할 준비가 되지 않은 것일지 모른다. 사람들 잘못이라면, 괜찮은 사람들에게는 이미 짝이 있기 때문일 것이다. 나이 탓일 수도 있다. 로스앤젤레스는 치장과 울음이 지나치게 요란하고 본질을 내보이는 일은 지나치게 드문, 길 잃은 소년들의 네버랜드다. 나는 열정적으로 데이트를 시작했고, 최선을 다했다. 그러나 데이트를 시작한 지 얼마 지나지 않아, 내가 하는 말이 방금 한 이야기인지 아니면 하루이틀 전 저녁 데이트할 때 했던 말인지 기억하지 못하고 있었다. 나는 지루함을 피하려 애쓰며 내가 가진 최고의 일화들을 여럿 준비했다. 재밌는 이야기들의 하이라이트만 모아서. 그것들을 써먹고 또 써먹으면서 끝내 나 자신이 지겨워졌다.

이 모든 것을 제니 앞에서 큰 소리로 말해야 한다. 단지 내 보험회사가 이 시간을 위해 돈을 지불하고, 내가 보험회사를 위해 돈을 지불한다는 이유만으로(프리랜서 작가에게는 적은 금액이 아니다). 하지만 나는 힘없이 말한다. "그냥…… 모르겠어요."

"저한테 한번 이야기해보세요." 제니가 간청한다.

"싫어요."

"그러지 마시고요. 상담사 일 오래 하다 암 걸리겠어요."

옥토퍼스가 슉 소리를 내며 내 앞으로 힘센 팔을 뻗는다. 내 눈앞 어지러운 불빛 속에서 그 굶주린 주둥이를 내보이며 날뛴다.

나는 움찔하며 양손으로 코를 가린다. "방금 뭐라고 했어요?" 질문이 공격적으로 들린다.

제니가 곰곰 생각하며 내 얼굴을 빤히 쳐다본다. 내 눈썹 위에 땀이 송골송골 맺히는 모습을 그녀가 본다. 나는 미치광이처럼 방을 둘러보며 옥토퍼스를 찾지만, 나타났을 때처럼 홀연히 사라진 후다.

"그러지 말고 저한테 장단 좀 맞춰줘요." 곰곰 생각하던 제니의 표정이 풀리며 미소로 바뀐다.

제니가 그렇게 말했던가?

나의 버터 감옥이 좁아진다. 벽들이 오 분 전보다 훨씬 가깝게 보인다. 공황 발작이 다가온다는 신호다. 드문 일이었는데 최근 들어 여러 번 겪었다. 완전한 파국을 피하는 최고의 방법은 내가 원하지 않는 일을 하는 것이다. 데이트에 대해 이야기하기. 삶이 지속된다는 것을 기억하기. 공황을 유발하는 것에 항복하지 않기. 그래서 나는 태도를 누그러뜨린다. "한 사람 있긴 해요. 잘생겼죠. 똑똑하고 유쾌해요. 잘생겼어요. 같은 말을 두 번 했나요, 제가? 흠, 그 정도 외모면 그래도 돼요. 다만 그가 관심이 있는지 알 수가 없네요."

"당신에게 말이죠."

"아뇨, 인형 조종술요." 내가 방어적으로 팔짱을 낀다. "물론 저한테죠. 우린 두번째 데이트를 했어요. 좋았고요." 어리석은 짓이다. 옥토퍼스에 대해 말해야 하는 것 아닐까. 하지만 옥토퍼스를 생각할 수가 없다. 공황을 부추길 수는 없다. "하지만 아직 잘 모르겠어요. 그가 관심이 있는지요. 저한테. 그래서 생각했죠, 우리가 두번째로 작별 인사를 나눌 때 그가 나에게 키스하려 한다면 그것이 일종의 암시일 거라고. 그리고 만약 그가 포옹하려고 하면 내 쪽에서 먼저 풀지는 않겠다고." 나는 그 계획에 흐뭇해하며 내 머리를 가리킨다—내 머리가 모자걸이 용도 말고도 쓸모가 있다는 것을 알리듯이. 그러다 문득 어쩌면 옥토퍼스가 내 머리 위에 숨어 있을지도 모른다는 생각을 한다. 머리는 옥토퍼스가 선호하는 장소 같으니까. 나는 머리끝부터 발끝까지 내 몸을 가볍게 톡톡 두드려본다. 제니가 간질 발작 중인 사람을 지켜보듯 나를 살펴본다. 그러나 계속 밀고 나간다.

"똑똑하신데요. 그러면 그게 친구 사이의 포옹인지 로맨틱한 포옹인지 알 수 있었겠죠. 그래서 어떻게 됐어요?"

"제가 먼저 포옹을 풀었어요."

제니가 아쉬운 듯 나를 바라본다.

이어지는 방어적인 말들. "그가 먼저 포옹을 풀진 않았어요. 그래서 우린 두 명의 뇌출혈 환자처럼 거기 그냥 서 있었죠. 서로의 몸을 지탱하면서요!" 이제 벽들이 위험할 정도로 가까이 다가와 나를 으깨버리거나 내가 그 느끼한 버터 반죽 속으로 빨려들어갈지 모른다. 와플 찍듯 반죽에 내 모습을 찍고 나서 엉긴 크림 속에서 질식해 죽는 것이다.

"상황 자체에서 뭔가 느낌이 오지 않을까요." 제니는 노트에 뭔가를 끄적거리더니, 내 이름의 'ed'를 굵은 글씨로 쓰인 T에 맞춰 진하게 고쳐쓴다. 그녀는 내 말을 들어주는 대가로 보수를 받고 있는데, 심지어 그녀조차 나를 지루해한다. 하지만 그건 그녀의 잘못이 아니다. 우리의…… **두족류** 손님께서 왕림하신 지 스물네 시간도 지나지 않아, 나는 벌써 우리의 공통점을 깨닫고 있다. 나 역시 너무 뻔한 곳에 몸을 숨기고 있다는 것을. 나는 루저처럼 몸을 숨기고 눈에 띄지 않게 살고 있다. 사람들이 되도록 나를 찾아내지 않기를 바라면서. 제프리와 끝난 후 줄곧 그래왔다.

"제 생각에, 어떤 사람들은 스스로를 표현하는 데 어려움을 겪는다는 사실을 인정할 필요가 있어요." 제니가 골똘히 생각한다.

제니는 나에 대해 말할 때, 언제나 **어떤 사람들**이라는 표현을 쓴다. 그러나 또다시 이것은 잘못된 결론이다. 그 남자는 자기 자신을 표현하는 데 문제가 없다. 나도 나 자신을 표현하는 데 문제가 없다. 그 남자는 단지 자신이 나를 좋아하는지 알지 못했을 뿐이다. 그것이 나를 불안하게 했다. 어쩌면 그가 그것을 알지 못했던 건 내 탓인지도 모른다. 어쩌면 내가 내 모습을 보여주는 것을 용납하지 않는 것인지도.

C는 쿠키의 C, 나는야아아 그걸로 충분해. 쿠키 쿠키 쿠키는 C로 시작하네.

나는 그녀의 분석 결과를 내가 더 좋아하는 상상 속 상담사의 목소리로 걸러낸다. 그 상담사는 훨씬 날카로운 충고를 건넨다. 겨우 두 번 데이트했는데, 그 남자가 나를 어떻게 생각하는지 꼭 알아야 한다고 누가 그래? 왜 모든 걸 그냥 흘러가는 대로 놔두지 않는 건데? 하물며 내가 그를 좋아하는지는 알고 있는 거야? 나는 모르는 채 살아가는 데 좀더 익숙해질 필요가 있다.

그리고 갑자기 그건 데이트에 대한 것이 아니게 된다. 그건 옥토퍼스에 대한 것이다. 나는 모르는 채 살아가는 데 좀더 익숙해질 필요가 있다.

금요일 저녁

이 세상에서 로스앤젤레스의 6월만큼 6월과 반대되는 곳은 없을 것이다. 여기서 6월은 단 하나를 의미한다. 뿌연 어둠. 태양이 구름과 안개, 스모그와 실안개 뒤로 사라져 몇 주씩 나타나지 않는다. 보통 나는 그것을 좋아한다. 보통은 그것을 우리가 일 년의 나머지 기간 동안 햇빛을 누리는 대가로 기꺼이 받아들인다. 하지만 오늘 저녁에는 석양을 볼 수 없다는 게 짜증이 난다.

트렌트가 전화를 걸어 저녁을 먹자고 해서 내가 싫다고 대답했지만 트렌트는 그 말을 곧이곧대로 받아들이지 않고, 나는 같은 말을 열두 번 반복하기 싫어서 알았다고 대답한다. 릴리를 한시라도 혼자 두고 나가고 싶지 않지만, 나에게 이야기를 나눌 사람이 필요하다는 사실도 알고 있다. 그게 제니가 아니라 트렌트여도 나쁘지 않을 것이다. 그는 내 마음을 헤아릴 줄 안다. 늘 그래왔다. 보스턴에서 대학생활을 시작하던 첫날 우리가 만난 이후로 줄곧 그랬다. 그는 떠들썩한 텍사스 사람이었고, 나는 조용한 메인주 사람이었다. 그의 남부 기질은 단번에 나를 사로잡았다. 그가 나의 북부적인 냉철함에 매료된 것만큼. 그가 내 기숙사 방문을 노크하며 세븐일레븐으로 담배를 사러 가지 않겠냐고 물었던 그 순간이 우리 우정의 시작이었다.

우리가 스물두 살이던 그 시절부터, 트렌트는 나에게 걱정하지 말라고 말하곤 했다. 스물아홉 살이 되면 다 잘 풀릴 거라고. 나쁜 이별? 무슨 상관인가. 밑바닥 아르바이트? 그건 시간 낭비가 아니다. 그 외의 다른 스트레스? 왜 한순간이라도 그런 데 신경을 쓰느라 시간을 낭비하는가. 스물아홉 살이 되면 다 잘 풀릴 텐데. 처음에 나는 트렌트에게 물었다. 어째서 스물아홉 살인 거야? 스물여덟 살은 왜 아니고? 그러고 나서 공황에 빠지기 시작했다. 서른한 살에도 그렇게 되지 않으면 어쩌지? 나는 7학년이 될 때까지 제대로 욕하는 법을 몰랐고, 1995년까지 인터넷이 뭔지도 몰랐다. 나는 낙오자가 될까봐 두려웠다. 그럼에도 트렌트가 한 말 속의 허세, 더불어 그가 풍기는 자신감이 나로 하여금 그 말을 믿게 만들었다. 나는 한 번도 귀찮게 '다'가 뭐냐고 묻지 않았다. 다 잘 풀릴 거라고 할 때의 그 '다' 말이다. 그가 뚜렷하게 알고 있었다는 확신은 들지 않는다.

그러고 나서 스물아홉 살이 저물어갈 무렵, 나는 릴리를 발견했다. 서른 살 생일을 하루 남겨두고.

도착하니 트렌트는 벌써 레스토랑 안에서 기다리고 있었다. 우리가 즐겨 가는 곳이다. 그곳을 좋아하는 건 마티니를 주문하면 얼린 잔에 만들어주기 때문이다. 잔을 반 정도 비우면 나머지를 위해 얼린 마티니 잔을 새로 가져다준다. 심지어 마시던 음료를 새 잔에 옮겨주기까지 하고 올리브도 더 준다. 놀랍지 않은가? 서비스가.

"안녕, 친구. 네 마티니 주문했어." 트렌트가 말했다.

"고마워. 그것도 가져왔지?"

"테디." 설마 잊었을까봐 그러냐는 듯 트렌트가 나무라는 투로 말하며 테이블 위로 발륨* 한 알을 굴려보낸다. 나는 그 알약을 입에 넣고 살짝 깨문 뒤 혀 밑에 넣고 누른다. 혀 밑에 넣고 누르면 약효가 더 빠르다. 그러는 동안 트렌트는 잠시 나에게 시간을 준다.

"무슨 일인지 말해주겠어?"

나는 약이 녹을 때까지 혀와 아래턱 사이에서 알약 부스러기를 조심스레 혀로 굴리면서 기다리라는 뜻으로 그에게 손가락을 치켜든다.

"릴리한테 옥토퍼스가 생겼어." 말에서 분필 가루처럼 텁텁한 맛이 난다. 멈출 새도 없이 말이 입 밖으로 튀어나온다. 내가 정말 그것에 대해 말할 필요가 있었다는 뜻이다.

---

* 1963년 스테른바흐가 개발한 약물. 불면증·공황·공포증 등을 치료할 때 사용한다.

트렌트가 어리둥절한 얼굴로 나를 쳐다본다. "뭐라고?"

"옥토퍼스. 머리에. 눈 위쪽에." 내가 설명해도 그가 느끼는 혼란은 전혀 줄어들지 않는다. 그는 어이없다는 표정으로 나를 바라본다. 그래서 나는 요점을 정리해서 말한다. "너한테도 있었던 것 말이야."

트렌트는 내가 아는 사람들 중 유일하게 옥토퍼스를 가졌었다. 샐러드 위에 놓인 것과 같은 옥토퍼스가 아니었다. 그의 옥토퍼스는 1997년에 나타났다. 우리가 이곳 로스앤젤레스에서 룸메이트로 살던 시절이었다. 어느 날 밤 그가 소파에 앉아 종아리를 긁다가 당혹해하며 말했다. "다리에 감각이 없어."

나의 상상인지 아니면 발륨의 효과를 기대하고 있어서인지 모르지만, 나는 디아제팜* 덕분에 숨을 내쉬며 쉽게 스물여섯 시절의 트렌트와 나로 돌아간다. 우리가 함께 살던 낡은 아파트가 당시처럼 생생하게 눈앞에 떠오른다.

그의 몸 왼쪽이 몇 달째 마비되고 있었다는 사실이 밝혀지고, 의사의 권유로 MRI 촬영을 한 뒤 아직 초기 단계인 옥토퍼스의 존재가 알려졌다. 몇 주 후 그는 외과 수술을 받았다. 당시에는 정신적 외상을 초래할 정도로 충격이었지만, 회복이 빨랐고 우리는 곧 거기서 벗어났다. 나중에 나는 그가 무슨 말이라도 꺼내기까지 왜 그렇게 오래 걸렸을지 새삼 궁금했다. 매일 마주앉아 그날그날의 이벤트는 물론 사소한 일들까지 탈탈 털어놓으며 함께

---

* 벤조디아제핀 계열에 속하는 약물로 뇌에서 신경흥분을 억제해 불안 및 긴장을 감소시킨다. 의존성과 오남용 위험이 있어 향정신성의약품으로 지정되어 있다.

시간을 보냈는데 말이다. 레즈비언들 사이의 싸움을 뜯어말린 이야기. 시트에 적당한 섬유는 무엇이고 이집트 면이 그렇게 훌륭한 이유는 무엇인지. 우리의 파티에 현실적으로 몇 명의 유명인을 오게 할 수 있을지. 우린 왜 항상 오트밀을 태우는 건지. '아파치'에서 음료 일체를 50센트에 판매한 날 저녁에 만난 남자 간호사에게 데이트를 신청한 것이 잘한 일인지. 우리는 왜 '아파치'라는 이름의 바에 자주 갔는지.(50센트짜리 음료들.) 당황한 모습으로 소파에 앉아 있는 그를 발견하기 전, 그것이 왔음을 알아챌 시간은 충분했다.

트렌트가 내 팔을 톡톡 두드리고, 나는 그를 본다. 오늘 저녁 이 레스토랑에는 사람이 많다. 여느 때보다 더 붐빈다.

"딴생각하고 있었구나." 트렌트가 말한다. 발륨이 효과를 발휘한 것 같다. "내 것이 어땠는데?"

"음, 네 것과 똑같다는 말은 아니고. 넌 네 것을 볼 수 없었잖아. 하지만 릴리 것은 다 보이게 머리 꼭대기에 버티고 앉아 있어."

"릴리의…… 옥토퍼스가."

"그래."

"난 옥토퍼스 있었던 적 없는데."

"있었어! 시더스에서 의사들이 네 두개골을 열고 꺼낸 게 그것이 아니면 뭔데, 제기랄."

"그들이 꺼낸 건 아……" 트렌트가 말을 하다 만다.

"빌어먹을, 우리가 무슨 얘기를 하고 있다고 생각하는 거야?"

"난 우리가 옥토퍼스 얘기를 하고 있다고 생각했어."

"맞아."

우리의 마티니가 나왔다. 각자 올리브 세 개씩. 우리는 조용히 음료를 홀짝였다. 보드카가 목에 바르는 시원한 연고처럼 혀 밑에 남은 약 가루의 촉감을 개운하게 씻어낸다. 가글하듯 입안에서 돌려주니 확 타오른다.

"데빌드 에그 먹을래?" 트렌가 이걸 왜 묻는지 모르겠다. 난 늘 데빌드 에그를 먹고 싶어하는데. 그가 손짓으로 웨이트리스를 불러 주문한다. 난 좋다고 말할 필요도 없다. "병원에 전화는 해봤어?"

나는 고개를 끄덕인다. "월요일까지 기다려야 한대."

"그걸…… 처음 발견한 게 언제야?"

"……옥토퍼스? 어젯밤. 그냥 나타났어. 전에도 있었던 거라면 내가 알아보지 못한 거지. 그래도 이상해. 정말 움직이지는 않고, 릴리의 옆얼굴에 팔을 늘어뜨리고 그냥 버티고 있어. 내가 보기에는…… 자고 있는 것 같아."

트렌트가 손가락으로 올리브 두 개를 마티니 잔 속에 서투르게 떨궈넣고, 나는 이쑤시개에 꽂힌 올리브 중 하나를 이로 빼내어 먹는다. 그가 머릿속으로 계산기를 두드리는 모습이 훤히 보인다.

"릴리가 몇 살이라고 했지?"

"아니야."

"뭐가?"

"아니라고." 나는 완고하다. "네 머릿속이 다 보여. 나에게 어떤 가능성이 있을지 저울질하고 있잖아. 첫째, 난 아직 수의사에게 가보지 않았어. 그리고 릴리의 머리에 달라붙어 있는 옥토퍼스를 제거하는 데 어떤 방법이 동원될지 알지 못해."

옥토퍼섹터미Octopusectomy.*

"둘째, 나는 그것에게 릴리를 내주지 않을 거야. 허락하지 않을 거라고."

이십대에 나에게는 또다른 끔찍한 상담사(상담사들!)가 있었다. 그들은 우리 엄마가 '사랑한다'라는 말을 한(적어도 다른 엄마들이 그러는 것처럼) 적이 없기 때문이라고 결론 내렸다. 그래서 내가 사랑을 느끼는 능력에 한계를 갖게 되었다고. 나는 누군가를 사랑하고 누군가로부터 사랑받는 데 한계가 있었다. 그리고 이십대의 마지막 날 저녁, 처음 만난 강아지를 팔에 안은 순간, 나는 울음을 터뜨렸다. 사랑에 빠졌기 때문이다. 빠진 정도가 아니었다. 일부가 아니었다. 한계가 있는 사랑이 아니었다. 나는 만난 지 아홉 시간밖에 안 된 피조물과 완전한 사랑에 빠졌다.

릴리가 내 얼굴에 흐르는 눈물을 핥았던 것이 기억난다.

당신이! 만든! 이! 눈! 비! 멋져! 난! 짠! 맛이! 좋아! 이거! 매일! 만들어야! 해!

깨달음은 압도적이었다. 나에게는 아무 문제가 없었다! 내 감정에 한계는 없었다.

---

* 문어를 뜻하는 'octopus'와 절제술이라는 뜻을 가진 접사 'ectomy'가 합쳐진 말.

그리고 트렌트가 예언했듯이, 스물아홉 살의 끝을 불과 몇 분 남겨두고 다 잘 풀리기 시작했다.

내가 주먹으로 테이블을 쾅 치자, 은식기가 튀어오르고 보드카가 술잔 테두리에서 쏟아질 듯 넘실댔다. 나는 이를 악물고 노려보았다. "그것이 릴리를 차지하도록 내버려두지 않을 거야."

트렌트의 등골을 타고 한기가 흘러내린다. 나 역시 등골에 한기가 흘러서 그것을 잘 알 수 있다. 그가 자기 손을 내 손 위에 얹으며 나를 다독인다. 그의 개는 불도그, 이름은 위지다. 내가 릴리를 사랑하듯 그도 위지를 사랑한다.

그는 내 마음을 안다. 이해한다. 그도 맞서 싸울 것이다.

웨이트리스가 우리의 데빌드 에그와 얼린 잔 두 개를 가져와 남은 마티니를 새 잔에 부어준다. 그녀는 우리에게 어색한 미소를 짓고는 사라진다.

나는 새 잔에서 얼음이 천천히 녹아 잔을 타고 흘러내리는 모습을 바라본다.

그것은.

그녀를.

가질 수.

없다.

금요일 밤

금요일 밤은 내가 가장 좋아하는 밤이다. 사람들은 열두 살짜리 닥스훈트가 모노폴리를 잘할 거라고 생각하지 않을 것이다. 하지만 그건 틀린 생각이다. 그녀는 누구보다 빨리 보드 한 모서리에 호텔을 쌓아올릴 수 있고, 비싼 임대료를 지불하지 못하는 사람들에게 별로 미안해하지도 않는다. 반면에 나는 보드의 첫번째 모서리를 좋아한다. 오리엔탈 애비뉴처럼 알쏭달쏭하게 인종 차별주의적인 이름들을 가진, 진보랏빛과 하늘색의 땅들이 나오는 모서리다. 그 모서리의 색깔들 속 무언가가 내게 안정감을 준다. 릴리는 색맹이다. 그녀는 부동산을 구입할 때 색 따위는 전혀 고려하지 않는다. 또한 나는 내가 운좋게 독점권을 따낸 땅에 호텔을 지으려고 지나치게 공격적으로 구는 일이 결코 없다. 임대료가 적정 수준인데다, 출발점을 방금 넘어서 대개 돈이 넉넉한 편이기 때문이다. 어쩌면 나는 그냥 킬러 본능이 없는 것 같다.

내가 손수레나 구두를 선택하려고 하면 릴리는 항상 나를 놀린다. 그녀는 그것들이 유약하고 무기력한 플레이어의 말이라고 여긴다. 그녀는 늘 대포나 전함, 아니면 '독주 잔'을 갖고 싶어 한다(나는 한 번도 그녀가 말을 거꾸로 가지고 놀고 있으며 사실 그건 골무라고 말할 엄두를 내지 못했다. 이 사실이 밝혀지면 그녀는 불같이 화를 낼 것이다).

오늘밤 우리는 그다지 내키지는 않지만, 그게 금요일 밤 우리들의 의례니까, 그냥 하던 대로 한다. 그냥 넘기고 영화 보기처럼(토요일 밤이 보통 영화의 밤이지만) 좀 덜 집중해도 되는 다른 걸 하자고 제안할까 싶지만, 나는 조금 미안한 기분이 든다. 오늘 상담을 받으러 일찍 나간 것과 트렌트와 저녁을 먹은 것 때문에. 언제나처럼 내가 주사위를 굴려야 하고, 그녀의 말을 옮기고, 거래를 하고, 그녀 대신 집과 호텔을 사주고, 은행가의 일을 맡아야 한다. 왜냐하면, 음, 그녀는 강아지니까.

더블 포.

"더블이 두 번 연달아 나왔어. 한번 더 나오면 감옥행이야." 내가 말한다. 그녀는 초록색 색 땅 중 한 곳에 발을 디딘다. "노스캐롤라이나 애비뉴야. 주인 없어. 살래?

릴리는 어깨를 으쓱해 보인다. 그녀는 평소 내 모노폴리 게임 상대의 껍데기다. 우리 둘 다 정신이 딴 데 가 있다. 내가 용감한 표정을 짓고 있는데도(아마도 보드카와 발륨 덕이겠지만) 그녀는 그저 자리만 지키고 있다. 나는 그녀를 건너다본다. 언제나처럼 그녀에게 쿠션을 받쳐준다. 그녀가 위에서 테이블을 내려다볼 수 있도록. 하지만 오늘밤 그녀는 작아 보인다. 어쩌면 언제나 그렇게 작았는지도 모르겠다—그녀는 팔 킬로그램을 넘어본 적이 없을 것이다. 하지만 내 삶에서 그녀의 현존은 언제나 거대했다.

"게임 하기 싫어? 그럼 안 해도 돼." 그녀는 쿵쿵 돈다발 냄새를 맡는다. 그녀가 고개를 숙이니 옥토퍼스가 보인다. 나는 시선을 돌린다. 말려들지 않기로 결심했다. 보지 않기로. 말하지 않기로. 심지어는 인정하지 않기로. 월요일에 우리의 수의사를 만날 때까지는.

두고보자, 얼마나 갈지.

"우리 엄마 얘기 다시 해줘." 릴리가 때때로 듣고 싶어하는 얘기다. 나는 출생에 관한 그녀의 호기심이 불편했다. 아마 약간 양심의 가책을 갖고 있었던 것 같다. 태어난 지 십이 주밖에 안 된 그녀를 자기 닥스훈트 가족에게서, 엄마와 아빠, 나중에 해리와 켈리와 리타라는 이름을 갖게 된 형제자매로부터 떼어내 온 것에 대해. 하지만 지금은 그 얘기가 하고 싶다. 그것은 시작과 근본에 관한, 그리고 더 큰 세상에서의 우리 위치에 대한 이야기다.

"네 엄마의 이름은 에버니 플라이어였어. 하지만 사람들은 그녀를 위치 푸*라고 불렀지. 네 아빠 이름은 시저야, 로마의 위대

---

* 컬트 드라마 〈H. R. Pufnstuf〉에 나오는 마녀.

한 장군처럼. 난 네 엄마만 한 번 만나봤어. 너와 내가 서로 소개
받은 바로 그날에."

"우리 엄마 이름이 위치 푸였다고?"

"5월 첫 주, 화창한 날이었지. 봄이었어. 나는 몇 시간을 운전
해서 시골로 갔어. 물막이 판자를 덧댄, 페인트가 군데군데 벗겨
져 있던 그 오래된 하얀 농장 건물로. 가슴이 벌렁거려서 죽을 지
경이었지. 너무 긴장했었어! 네가 날 좋아하길 바랐어. 그곳은
도로에서 떨어진 안쪽에 있었고 잔디는 거의 노란색이었어. 그
봄에는 비가 많이 오지 않았거든. 너한테야 좋았겠지만, 대부분
의 사람들에게는 안 좋았지."

"비 싫어."

"그래, 너도 그렇고 다른 개들 모두 그래. 여하튼 집 앞 잔디에
야트막한 울타리가 쳐져 있었고 그 안에 너와 해리, 그리고 켈리
와 리타가 끓는 물이 든 냄비 속 국수처럼 한데 뒤엉켜 있었어.
어디가 머리고 어디가 꼬리인지 구별하기도 힘들었지. 너희들은
그냥 발과 꼬리 다발 같았어. 거기 살던 여자 분이 너희를 들어
조심스레 잔디 위에 내려놓으니까 너희 넷은 느릿느릿, 엎치락뒤
치락, 비틀비틀, 갈팡질팡. 나는 거기 서서 생각했지. **맙소사, 나
더러 어떻게 고르라고?**"

"하지만 했어. 나를 선택했어!" 릴리가 빨간색 나무 호텔을 물
고 잘근잘근 씹는다. 철로에 뱉어놓자 살짝 이빨 자국이 나 있다.
평소 같으면 내가 봐줄 행동이 아닌데도, 그녀는 상당히 조심스
러워하면서도 태연히 그렇게 한다.

"아니, 아니야, 정확히 그렇다고는 할 수 없어." 내가 말한다. 그녀는 놀란 듯 나를 바라본다.

다른 좋은 양부모들처럼, 나는 그녀에게 늘 그런 허튼소리를 하곤 했다. 엄마와 아빠는 주어지는 대로 아이를 받지만 양부모들은 그들의 아이를 선택하고, 그래서 그만큼 더 아이들을 사랑한다고. 물론 대개의 경우 그건 뻔뻔한 거짓이다. 입양하는 부모들은 언제든 어디서든 연락이 오기만 한다면 행운이니까. 그러니까 그들도 아이를 낳는 부모들이나 마찬가지인 것이다.

"아니라고?!" 릴리는 기분이 상한 목소리다.

"아니야." 내가 다시 말한다. 사실이니까. 그러고 나서 극적인 효과를 위해 잠시 말을 멈춘다. "사실, 네가 나를 선택한 거야."

그랬다. 해리와 켈리와 리타가 데굴거리고 공중제비를 하며 노는 동안, 릴리는 무리에서 빠져나와 내가 그들을 키우는 여주인과 서서 이야기하는 곳으로 다가왔다.

"특별한 목적이 없으시다면 수놈은 제가 키울까 해요. 극성스럽지만 훈련시키면 애견대회에 내보낼 만할 것 같거든요."

나는 수놈, 암놈까지는 미처 생각도 해보기 전이었다. 성차별주의자처럼 보이고 싶지도 않았고, 여주인의 미움을 사고 싶지도 않았다. 내가 강아지 중 한 마리를 가져가도 좋을지는 그녀에게 달려 있었으니까. 나는 말했다. "전 괜찮아요. 암놈들 중에 골라도 좋아요."

나는 강아지들을 찬찬히 살피며 암놈들을 찾았다. 어떤 게 수놈인지 몰라 쩔쩔매면서. 한 마리씩 들어올려 민감한 부분을 검사해야 했고, 성차별자보다 변태가 될 판이었다.

후에 릴리가 된 강아지가 내 신발끈을 물고 있는 것을 알아차린 것은 그때였다. 강아지는 끈을 꽉 물고 스르르 풀릴 때까지 온 힘을 다해 잡아당겼다.

"안녕, 예뻐라……" 나는 쭈그리고 앉아 내 방법대로 검사를 했다. "암놈이네."

"걔는 제일 약골이에요. 거기 개요." 여자가 무시하듯 말했다.

나는 약골을 들었고 그녀는 내 턱밑을 파고들었다. 세상에서 가장 작고, 가장 깨지기 쉬운 괘종시계의 시계추처럼 꼬리를 흔들면서.

"난 에드워드야. 사람들은 날 테드라고 불러." 나는 그녀의 귀에 대고 속삭인 다음 고개를 숙여 내 귀를 그녀의 머리 위에 가져다 댔다. 그리고 그녀의 말을 처음 들었다.

이제! 당신이! 내! 집이야!

그렇게 된 거였다.

"이 아이로 할게요." 내가 여자에게 말했다.

"원하는 대로 데려가셔도 돼요. 진짜 원하시면 수놈을 데려가셔도 괜찮고요. 그애는 애견대회에 내보낼 수 있을지도 몰라요."

"다 마찬가지죠. 저는 애견대회는 별로 관심도 없고요. 그러니까 이 강아지로 할게요."

나는 잠시 걱정했다. 혹시 그녀가 계속해서 이 강아지를 고르지 말라고 말릴까봐. 그녀는 잠깐 우리 둘을, 내가 약한 아이를 보호하듯 안고 있는 모습을 찬찬히 살폈다. 그리고 마침내 표정이 부드러워지며 태도를 누그러뜨렸다. 그저 제일 못난 녀석을 가져갈 사람이 있어 다행이라 그런 것인지도 몰랐다. 흠잡을 데 없는 나머지 새끼들로 돈을 더 받을 수 있어서.

"그러고 보니 그애가 당신을 선택한 것 같네요." 그리고 잠시 후 이렇게 말했다. "인연이란 건 따로 있나보네요." 그녀는 전액을 받고 불량품 차를 막 팔아넘긴 자동차 세일즈맨처럼 활짝 웃으며 말을 마쳤다.

모노폴리 보드 너머로 릴리에게 이 이야기를 들려주자 그녀는 만족스러워하는 것 같다. 심지어 감동한 듯도 하다. 나는 그녀에게 웃어 보인다. 하지만 옥토퍼스를 보지 않으려고 시선을 피한다. 그녀가 머리를 흔들어대자 양쪽 귀가 앞뒤로 팔랑거리고 줄과 개목걸이의 익숙한 방울 소리가 집안의 적막을 깬다. 그녀가 멈추고 나서야 나는 내가 손가락이 하얗게 되도록 의자를 움켜쥐고 있었다는 걸 깨닫는다. 아마 나는 그녀가 머리를 세차게 흔들어주기를, 옥토퍼스가 떨어져나가 방안 저편 벽에 철퍼덕 부딪혀 즉사하기를 바란 것 같다.

오늘밤 들어 처음으로 나는 그녀의 머리를 본다. 옥토퍼스는 여전히 거기 있다. 아직 꽉 매달린 채로. 바로 지금 (농담 아니라) 그 개자식이 나를 보고 웃고 있다.

이 후레자식.

릴리가 어리둥절 나를 본다. "뭐라고?"

나는 가능한 빨리 나를 추스른다. "네 차례야." 내가 말한다. 다시 그녀가 게임에 참여하길 바라며.

"아니. 아니야."

"맞아. 더블 포가 나왔으니까 주사위를 다시 굴려야지. 내가 대신 굴려줘?"

"갑자기 나한테 손이라도 생겼어?" 그녀는 나한테서 빈정대는 법을 배웠다. 전에는 대견했지만 지금은 거슬린다.

나는 주사위를 굴린다. 더블 투. 릴리와 나는 조금 오래 서로를 바라본다―우리 둘 다 무슨 의미인지 안다. 나는 마지못해 그녀의 전함을 들어 곧장 감옥으로 옮긴다.

토요일 늦은 오후

로스앤젤레스가 지구상에서 가장 매혹적인 도시가 되는 때가 있다. 산타아나의 바람이 도시를 고루 훑으며 지나가고 공기는 따뜻하면서 더할 수 없이 맑아지는 때. 자카란다 나무들이 가장 화사한 보랏빛으로 꽃을 피울 때. 다른 지역에서는 담요를 뒤집 어쓰고 수프를 후루룩거리는 동안, 따뜻한 2월의 바다 위로 햇살 이 반짝이고 맨 발가락 사이로 고운 모래알이 빠져나갈 때. 그 외 의 다른 때—자카란다 나무들이 꽃잎들을 으스스한 보랏빛 비처 럼 떨어뜨릴 때처럼—에 로스앤젤레스는 반쯤 이루다 만 꿈에 불 과하게 느껴진다. 1970년대 초에 스트립 몰로 설립되었고, 존재 할 진짜 이유는 없는 도시처럼 말이다. 어떤 더 나은 도시의 설계자가 나중에 생각난 듯 만들어본 도시. 멋쟁이들이 비싼 샐러드를 먹는 용도 외에는 쓸모가 없는 놀이터.

나는 그런 샐러드의 메뉴를 획획 넘겨보고 있다. 그 모든 터무니없음에 당혹스러워하면서. 절인 갓끈동부가 들어간 예쁜 샐러드 다발을 먹어볼까? 비트 소테와 치커리가 더 당기는 것 같기도 하다. 아니면 오십 가지 재료가 들어간 과테말라 샐러드에 올인해볼까. 이것이 내가 사는 도시. 내가 샐러드의 오십 가지 재료의 이름을 댈 수나 있을까? 나는 망설이며 입을 오므린다. 까끌하다.

"난 챕스틱 중독인 것 같아요." 나는 메뉴판에서 눈을 든다. 내가 방금 소리내서 말했던가?

"어떻게 챕스틱에 중독이 돼요?" 남은 음료를 벌컥 들이켜며 그가 묻는다. 그의 이마에서 땀이 난다. 하지만 나는 그가 긴장해서라고 생각하지 않는다. 단순히 땀이 많은 체질인 것 같다.

"누가 그러더라고요. 챕스틱에 유리를 극소량 갈아넣는다고요. 그걸로 중독이 되게 하는 거래요. 작은 유리 파편이 수백 개의 미세한 상처를 내서 입술을 건조하게 만들고, 그러다보면 필요하게 되는 거죠…… 더 많은 챕스틱이. 진지하게 성분 표시를 들여다본 적이 있어요. 페트롤레이튬* 44%, 페디메이트** 1.5%, 라놀린 1%, 세틸 알콜 0.5% 외에 혹시 유리 파편 4.5%

---

* 바셀린.

** 자외선 차단 성분.

라고 쓰여 있나 하고요. 아니더라고요." 그가 멍하니 나를 바라본다. 달리 뭘 할지 몰라서 나는 계속한다. "은폐하는 거예요. 챕스틱을 유통하는 뉴저지주 매디슨의 화이트 홀-로빈슨 헬스케어 컴퍼니가 알트리아 그룹 소유래요. 필립 모리스가 담배회사 이미지를 벗으려고 이름을 바꿔 단 회사요." 그러고 나서 방점을 찍는다. "가진 게 엄청 많잖아요."

나는 애피타이저에서 마지막 남은 히카마* 한 조각을 집어들며 어깨를 으쓱해 보인다. 내 안의 모든 것이 이 데이트를 취소하는 편이 낫겠다고 말했다. 그런데 지금 내가 뭘 하고 있는지 보라. 귀를 기울이지 않는 나 자신에게 화가 나서 미치겠다. 잘생긴 포옹남과 데이트를 계속했어야 했다. 그러는 대신 모르는 채로 살아가는 내가 싫다. 이건 시간 낭비다. 나도 알고, 그도 안다. 그가 그렇다고 말하지 않아서(진심, 어떤 말도) 나는 침묵을 깨기 위한 수다를 떨고 있다. 하지만 정말이지, 나는 얼간이 같다. 약간은 음모론자이기도 하다. 화성인을 믿는 그런 재미있는 부류마저 아닌, 선언문과 함께 폭발물이 든 우선 취급 우편을 보내는 그런 부류. 나라면 나 같은 사람과 데이트하고 싶지 않을 것 같았고, 그도 그랬을 것이다.

우리는, 이 새로운 남자와 나는 이메일에서 케미스트리가 괜찮았다. 하지만 그건 가끔 온라인 데이트로 그치는 경우가 있다. 몇 통의 유쾌한 이메일이 신나게 오간 뒤 막상 사람은? 무. 없음.

---

* 열대 미대륙산 콩과의 하나로 뿌리가 샐러드용으로 쓰임.

제로. 그런 경험이 한두 번도 아니고 이제는 감을 잡을 만도 하건만, 그게 그렇지가 않다. 여전히 주사위 굴리기다. 그것이 유쾌한 이메일을 몇 통 주고받았다고 해서 내가 더이상 흥분하지 않는 이유다. 실제 만남에서 꼭 그 기분이 연장되리라는 법은 없다. 땀을 많이 흘리는 식의 특징은 사진에서는 보통 보이지 않는다. 특히 활동하는 모습이 담긴 사진인 경우에는. 아, 러니언캐니언을 도보로 여행하느라 땀을 흘리는구나, 혹은 해변에서 프리스비를 던지느라 땀을 흘리는구나, 하고 생각할 테니까. 이렇게 테이블 앞에 앉아 샐러드 메뉴를 읽으며 땀을 흘리리라는 상상은 할 수 없다는 거다.

"그쪽도 뭐 중독된 거 있어요?" 내가 로비투신*에 대한 독백을 시작하기 전에 그를 대화에 끌어들이는 편이 낫다.

"섹스요."

농담인지 진담인지. 농담이라면 흥미롭지만, 아니라면 강간을 당할지도 모른다. 나는 농담으로 들은 걸로 하고 계속한다.

"하시는 일은요?"

"승무원이에요. 그런데 그만두고 전문 개 산책자가 되려고 합니다."

빌어먹을 LA. 전문 개 산책자라니. 그런 유행도 있었나? 그럼 개를 산책시키는 대부분의 사람들은 개 산책 올림픽에 나가보려고 아마추어급을 유지하기라도 한다는 건가? 그건 나 같은데. 아

---

* 기침감기약.

마추어 개 산책자. 그것이야말로 지금 내가 할 일이다. 이른 저녁 릴리와 산책을 즐기는 것. 구름이 걷히고 햇살이 부드러워지는 다섯시쯤이 릴리와 산책하기에 딱 좋아 보인다. 앞으로 며칠은 햇빛을 볼 기회가 없을지도 모른다. 갑자기 이곳에 있는 게 더 싫어진다.

"말하자면……" 이 말을 어떻게 정중하게 한담? "수평 이동인 셈이군요."

"사실, 한발 앞으로 나가는 거지요."

"승무원들이 들으면 섭섭해하겠는데요." 나는 그가 땀에 젖은 글러브 같은 손으로 내게 진저에일을 건네는 장면을 상상하며 움찔한다.

"음, 여기에선 한발 앞으로 나가는 거예요. LA에서는요. 사람들이 개를 위해서라면 얼마든 지불하는 곳이니까요. 혹시 애완동물 키워요?"

"아뇨." 나는 내 데이트 프로필을 기억하려 애쓰며(릴리에 대해 얼만큼 썼더라?) 그가 실제로 내 프로필을 읽었을 가능성을 저울질해본다. 내 거짓말을 눈치챌 만큼 잘 기억하고 있을지, 아니면 그저 상반신 탈의 사진을 찾던 그에게 내 사진이 눈에 띈 것일지. 뉴질랜드산 고급 화이트 와인을 병나발로 마시며 그런 상의 탈의 프로필을 올리지 말았어야 했다. 와인 탓이었다.

"나도 안 키워요. 하지만 그러고는 싶네요. 하나 키워봤으면."

이것은(아마도 섹스 농담을 제외하면) 그에 관해 가장 흥미로운 부분이다. 그가 말하는 애완동물이 뭔지 모르겠지만―개,

고양이, 파충류, 새, 일본 아이들이 잘 들고 다니는 새소리 나는 열쇠고리 같은 것, 햄스터, 물고기, 돌―어쨌든 그가 하나를 원한다.

나는 세련되고 짧게 마무리할 방법을 생각해본다. 어차피 아무것도 되지 않을 사이라면(저 남자와 나 사이에는 연결고리가 너무나 없고 심지어 섹스에 대한 관심마저 그렇다) 적당히 일어나 나가버릴 수 있는 방법은 없을까. 내 말은, 상대에게 명백히 잘못이 없을 때―상대가 온라인상에 '기재된' 프로필과 똑같은 사람이어도, 무슨 이유에서건 이쪽에서 뭔가 느껴지지 않는다면―자리에서 일어나 그곳을 떠날 방법이 있으면 좋겠다는 것이다. 뭔가 그들에게 명백한 잘못이 있다면, 솔직히 말할 수 있다. 너무 직설적이지는 않더라도 "미안한데요, 우린 서로 잘 어울릴 것 같지 않네요" 하고 말할 수 있다. 언젠가 악수만으로도 어떤 사람에게 섬뜩한 기분을 느낀 적이 있는데, 사람들이 많지 않은 곳이라 겁이 나서 그렇게 말하고 자리를 떴었다. 또 한번은 처음부터 솔직히 말했어야 했는데 그러지 못하는 바람에 함께 딤섬을 먹으며 "당신은 자신이 응급기관절개술을 할 수 있는 사람이라고 생각하나요?"와 같은 질문들에 끝까지 답해야 했다 (참고로 말해두는데, 답은 아니다. 난 못한다). 일단 데이트가 시작되면, 저절로 끝날 때까지 지켜봐야 하는 일종의 의무가 생긴다. 제프리와의 첫 데이트는 이틀 동안 계속되었다―그냥 할말이 너무 많았다! 아마 그것 때문에 기대치가 높아졌던 것 같다.

집에서 나올 때 릴리는 잠들어 있었고, 나는 아기가 아직 살아 있는지 깨워보고 싶어하는 부모가 된 기분이었다. 릴리는 보통 왼쪽으로 엎드려 자는데 오늘 오후에는 오른쪽으로 누워 있었다. 옥토퍼스가 아래로 눌리게. 잘했어. 어쩌면 녀석은 그녀의 발바닥 무늬 담요 속에서 질식해버릴 것이다. 그럴 때 말고는 언제나처럼 동그랗게 몸을 말고 있었다. 내가 빈Bean이라고 부르는 자세로. 나는 이 지겨운 데이트가 끝나면 오늘밤 그녀와 무슨 영화를 볼 것인지 벌써부터 기대하고 있다. 토요일 저녁이면 우리는 영화를 본다. 그녀가 잘 쉬고 있어야 할 텐데. 인도 음식을 주문할까. 길 저쪽에 있는 가게에서 파는 토마토와 진저 소스를 곁들인 병아리콩 요리는 진짜 먹을 만하다. 나는 이 시련을 무슨 수로 끝낼 것인지 다시 생각한다. "음, 실제로 만나보니 별로 재밌는 분이 아니신 것 같아서, 이만 일어나볼게요." 그렇게 간단히 끝낼 수 있는 일이라면. 그냥 계속 포옹남과 세번째 데이트를 할걸. 적어도 그가 나에게 관심이 있는지 궁금할 만큼은 나도 그에게 관심이 있지 않은가. 나는 왜 먼저 포옹을 풀었을까?

"애들은 어때요?" 내가 묻는다. "아이들을 갖기 원하세요?" 나는 아이들을 무척 좋아한다. 끔찍이 예뻐하는 조카딸이 있다. 하지만 젊은 아빠가 되기에는 이미 너무 늦었다. 늙은 아빠가 되고 싶지 않은 부분도 있고. 난 싱글이다. 그리고 그건 혼자 하고 싶은 일이 아니다. 온라인 데이트 서비스에 등록은 했지만, 단지 아이를 갖기 위해 싱글의 삶을 접을 생각도 없다. 그러므로 정말 내 인생에 아이가 등장할 가능성이 있다고는 생각하지 않는다.

"아니요. 절대로요. 아이들을 위해서도 아니죠."

"아, 그러시군요. 난 아이를 갖고 싶어요. 아이를 가져야만 해요. 그것도 아주 많이, 많이요. 합창단을 만들어 뒤셀도르프 같은 유럽의 2급 도시들을 여행할 거예요." 그런 식으로, 나는 그곳을 나온다.

집으로 오는 길에, 갑자기 아이스크림이 너무 먹고 싶다. 식료품점의 냉동식품 코너 통로로 직행해 내 것으로는 벤 앤 제리의 캐러맬 수트라 파인트 한 통을, 릴리 것으로는 따로 싱글 컵 바닐라 아이스크림을 고른다. 에라 모르겠다. 어느 여름, 릴리가 어렸을 때, 우리는 어딘가로 함께 드라이브를 갔었다. 나는 창문 너머로 아이스크림 가게를 발견하고, 길옆에 차를 세웠다. 우리는 차에서 내려 함께 자갈이 깔린 주차장을 가로질러 그곳으로 갔다. 나는 민트 초코칩 아이스크림콘을 시켰다. 그곳의 민트 초코칩 아이스크림이 초록색이었고, 난 항상 초록색이어야 제맛이 난다고 믿었으니까(거기 사용하는 색소에 발암물질이 있다 해도). 우리는 듬성듬성한 잔디 위에 놓인 피크닉 테이블 앞에 앉았고, 나는 릴리를 무릎에 앉히고 아이스크림을 떠먹였다.

뭐지! 네가! 핥고! 있는! 이! 구름은! 나는! 핥아! 먹는! 게! 좋아! 나도! 그거! 핥아! 먹어볼까!

내가 가장 행복했던 시절에도, 나는 삶이 항상 그녀를 들뜨게 하듯 나를 들뜨게 하길 바랐다. 그래서 아이스크림을 내려 그녀가 핥을 수 있게 해주었다. 즉각 반응이 왔다.

이건! 굉장해! 우린! 이거! 매일! 매일! 핥아! 먹어야! 해!

남은 아이스크림을 먹는 건 불가능했다. 그녀는 내 무릎에 서서 앞발을 내 가슴팍에 대고 초고속으로 꼬리를 흔들었다. 그리고 뒷발로는 내 복근의 디딜 만한 곳을 찾아 기어오르려 했다. 그녀를 민트 노획물 가까이로 가게 해줄 만한 어딘가로.

"가만, 가만, 가만!" 나는 지시했다. "앉아!" 그녀는 말을 들었다. 오른쪽 앞발과 뒷발은 내 왼쪽 다리에, 왼쪽 앞발과 뒷발은 내 오른쪽 다리에 얹고 균형을 잃지 않으려 애쓰면서. 그녀의 눈이 기대감에 부풀어 사랑스럽게 나를 바라보았다.

누군가 내게 말한 적이 있다. 개에게 먹을 것과 잠자리와 맛있는 것을 주고 길들이면 당신을 신神으로 생각하지만 고양이에게 그렇게 하면 그들은 스스로가 신이라고 생각할 거라고.

우리는 남은 아이스크림콘을 나눠 먹었다. 왜냐하면 나는 신이니까.

일요일, 새벽 네시 삼십칠분

선잠이 들어 바닥에 떨어지는 꿈을 꿀 때처럼 다리가 움찔한다. 나는 식은땀을 흘리며 잠에서 깨어나 벌떡 몸을 일으키고 이불을 젖힌 다음 단숨에 릴리를 만져본다.

옥토퍼스가 침대를 흔들고 있다. 여덟 개의 팔들이 모두 살아나, 조심스럽게 그러나 목적을 가지고, 릴리 주위로 기어오른다. 나는 그것의 휴면 상태가 끝났음을 직감한다.

나는 릴리의 가슴에 손을 얹는다. 움직임이 없다. 내 심장이 멎을 지경이 될 때까지 더 강하게 누른다. 그러고 나서 근육질의 상체가 평소처럼 호흡을 따라 오르내리는 것이 느껴진다. 아직 살아 있다. 릴리는 무사하다. 옥토퍼스의 팔이 느려지다가 멈춘다.

차츰 공포감이 사라지고 대략 목요일에 처음으로 옥토퍼스를 발견한 이후의 상태로 돌아간다.

나는 방금 잠에서 깨기 직전에 꿈을 꾸고 있었는지 기억을 더듬는다. 뭔가가 보트 위에 서 있는 것 같았고, 아마도 릴리였던 듯하다. 그녀가 거기 있었던 것 같기도 하고 아닌 것 같기도 하다. 꿈에서 일들이 여러 다른 양상으로 일어나기도 하는 것처럼. 나는 뭔가를 뒤쫓고 있었던 것 같다. 아니 뒤쫓는 게 아니라 사냥이었다. 심지어 보트가 있었는지 모든 게 꿈일 뿐이었는지도 확신할 수 없다. 꿈이라기보다는 기억에 가까웠다. 손에 닿지 않는 기억이었지만.

릴리의 가슴이 다시 오르내린다. 숨쉬는 소리가 깊고 낭랑하다.

내 강아지가 된 첫 삼 개월 동안 그녀는 내 침대를 점령하지 않았다. 그녀는 내 옆 사각 철장에서 잤다. 원래는 방 저편에서 시작했겠지만, 한배에서 나온 피붙이들의 온기가 그리워서인지 잠들 때 처음 몇 밤 동안은 훌쩍대고 칭얼거렸다. 매일 밤 불면이 판단력에 미치는 영향력이 커지면서 나는 애견용 철장을 좀더 내 가까이로 끌어당겼다. 반회전문의 칸막이 사이에 내 손가락을 걸쳐둘 수 있는 거리까지. 우리는 그렇게 잤다. 나란히 옆에 누워서, 나는 침대에서 릴리는 철장에서, 때때로 내 손과 그녀의 발이 부딪히면서. 중성화 수술을 받을 시점까지. 수술로 자궁을 제거한 후 그녀는 꿰맨 실을 잡아 뜯지 못하게 씌우는 깔때기 모양 보호대를 거부했다. **이렇게! 멍청한! 물건은! 처음! 봐! 난! 절대!**

이걸! 쓰지! 않을! 거야!

보호대 없이, 말리는 내가 없을 때면 릴리는 상처를 핥으며 스스로 회복하려 했다. 그래서 나는 낮 동안 그녀를 어디든 데리고 다녔고, 밤에는 내 침대에 눕히고 한 손을 그녀 위에 올리고 잤다. 모르겠다. 내가 물리적으로 실밥을 뜯지 않게 막을 수 있었는지는. 하지만 감정적으로는 위로가 됐다. 적어도 그녀가 절개 부위의 불편함에 시달리지 않고 밤새 푹 잘 수 있을 만큼은.

서로 떨어져 있을 때가 아니면 그녀는 다시는 내 침대 밖에서 잠을 자지 않았다.

꿰맨 자리가 낫고 상처가 아문 뒤, 나는 더이상 잘 때 그녀에게 팔을 드리우지 않았다. 매트리스 위에서 자유롭게 누빌 수 있게 되자 그녀는 즉시 침대 끝의 이불 밑으로 파고들었다. 내 발치에서 자려고. 그렇게 파묻혀 자다가는 당장 질식해 죽을 거라고 믿으며, 이틀 밤 동안 나는 그녀와 전쟁을 치렀다. 그녀는 침대 발치로 굴을 만들며 파고들었고, 나는 그녀를 다시 이불 밖으로 끄집어냈다. 그러고 나면 그녀는 다시 침대 발치에 굴을 만들며 파고들었고, 나는 다시 이불 밖으로 끄집어냈다. 그러기를 몇 시간이고 지겹도록 반복했고, 이틀째 되던 날 밤늦게, 나는 한계점에 달했다.

"좋아. 거기서 자고 싶다 이거지? 그럼 숨이 막힐 거야. 숨을 쉴 수 없게 될 거라고. 네가 생애 최후로 하게 될 생각은 내가 옳고 네가 그르다는 것일 테고. 그리고 무덤에 들어갈 때 호두만한 뇌를 가진 걸 원통해하겠지."

나는 이불을 들고 그녀를 내려다보았고, 잘 보이지는 않지만 그녀가 나를 바라보고 있음을 알 수 있었다. 그때는 이미 닥스훈트에게 고집부리는 것을 완전히 포기한 후였다. 허무에 관한 역사상 최고의 교훈이었다. 내가 아는 것은 피곤하고 잠이 필요하다는 것뿐이었다. 아침에 침대에서 그녀의 시체를 파내리라.

물론 아침에 그녀는 멀쩡했다. 아침 햇살을 맞기 위해 이불 모서리를 획 제치고 나오더니 복잡한 요가 자세를 취하듯 앞발을 쭉 내밀고 하품을 하며 잠을 몰아냈다.

오늘밤 침대 발치에서 자고 싶은 사람은 나다. 이불 밑의 가장 안전한 곳, 내가 작게 느껴지고 보호받고 있다고 느껴지는 따뜻한 곳을 찾아서. 옥토퍼스의 악몽으로부터 벗어나서, 그의 흐느적거리는 팔들로부터 벗어나서, 다음에 벌어질 일들로부터 벗어나서.

일요일 밤

일요일이면 우리는 피자를 먹는다. 내 어린 시절에서 유래한, 릴리와 나의 의식이다. 내가 아이였을 때, 일요일 밤은 언제나 피자를 먹는 밤이었다. 여동생 메러디스와 내가 교대로 아버지를 도와 피자를 만들었고, 유일하게 소다수를 마실 수 있는 날이었다. 주말이 다 끝나가는 시간이었음에도 기다려지는 일이었다. 엄마도 그 시간을 즐겼다. 우리에게 고맙다는 소리도 제대로 듣지 못하는, 끝없는 급식 담당 의무로부터 해방되어 유일하게 쉴 수 있었으므로. (하지만 엄마는 타고나기를 쉬는 스타일이 아니어서, 그럴 때면 우리들의 침대보를 다린다든가, 청소기에 달린 이상한 부속품들로 난로 밑을 청소한다든가, 또다른 보상받지 못할 일들을 하며 시간을 보냈다.) 여동생과 나에게는 아빠와 뭔가를 함께하는 즐거운 시간이기도 했다. 피자는 먹는 재미 반, 만드는 재미가 반이라, 누가 피자 반죽 만드는 걸 도울 차례인지 증명할 수 있게 부엌 달력에 표시를 해두어야 했다. 우리의 이벤트는 풋볼 게임을 끝내는 결정적인 장면 혹은 〈60분〉*의 시작을 알리는 익숙한 초침 소리로 각인되어 있다(마이크 월러스입니다. 몰리 세이퍼입니다. 해리 리스너입니다. 그리고 에드 브래들리입니다. 앤디 루니와 함께하는 이 이야기들⋯⋯).

릴리와 나는 전통을 이어간다. 보통 우리는 피자를 배달시켜 먹는다. 광기에 휩싸인 어떤 마을 사람이 구디 프록터가 마녀라고 고소하듯, 릴리가 배달원을 보고 짖을 수 있도록. 내 생각에 그녀도 그 시간을 기다리는 것 같다. 주말의 끝이고, 새로운 한 주의 광기가 시작되기 전이고, 우리가 함께 보내는 알찬 시간이 끝나감에도 불구하고.

나는 릴리에게 뭘 하고 싶은지, 피자를 시켜 먹고 싶은지 묻는다. 옥토퍼스가 역겹게 조여오고 첫번째 발작이 시작된 이 시점에. 나는 거의 즉시 뭔가 잘못되었다는 걸 알 수 있다. 릴리가 어리둥절한 표정을 지으며 뒤로 물러난 그 순간에. 그리고 어떤 경고도 없이 그녀는 발을 헛디디며 옆으로 쓰러진다. 그냥 넘어진다. 멈출 새도 없이. 다리가 굳어버리고 숨이 멎은 듯 보인다.

"릴리!"

---

* 60 minutes. 1968년 시작된 CBS의 탐사보도 프로그램.

릴리의 다리가 휘청하더니 몸이 부르르 떨리고, 시선은 어딘가 먼 곳을 향하고 있다. 나는 피자 메뉴를 떨어뜨리고 그녀의 옆으로 달려간다.

"릴리!" 나는 다시 외친다. 내 말을 들었다 해도 릴리는 대답하지 못한다. 나는 무릎을 꿇고 그녀의 목을 쓰다듬으며 머리가 리놀륨 바닥에 떨어지지 않게 지탱하려 애쓴다. 그 과정을 몇 번 반복하고 나서 그녀의 다리가 잠시 움직이기 시작한다. 뻣뻣하게 뻗은 채로 달리려는 듯. 그리고 입에서 거품이 조금 나온다. 이 모든 것이 단지 삼십 초, 사십 초에 불과했다. 그러나 영원처럼 느껴졌고, 진정이 되었을 때 나는 후끈 땀을 흘리고 있다.

"쉿. 쉿. 쉿!" 나는 가까스로 그녀가 너무 서둘러 깨어나지 않도록 주의를 기울인다. 가볍게 그녀를 쓰다듬는다. 그녀가 밤에 잠을 못 이룰 때 잠들 수 있게 달래던 대로. 마침내 그녀가 나와 눈을 맞추게 되자, 나는 그녀가 너무 놀라지 않게 최선을 다해 미소를 지어 보인다. 하지만 오버하는 바람에 오히려 약간 섬뜩해 보인다.

"이상해 보여." 그녀가 말한다.

나는 그녀를 일으켜준다. 하지만 그녀가 다시 넘어질까봐 손을 떼지 못한다. 그녀는 몇 발자국 걸음을 떼려 하지만 나는 아이에게 보조바퀴가 없는 자전거 타는 법을 가르쳐주는 아빠처럼 불안하다. 중심을 잡지 못해 기우뚱거리는 아이의 자전거 안장을 붙잡고 있듯이. 릴리는 벽 쪽으로 세 발자국 걸어가다가 웅크려 앉은 자세로 쓰러진다.

"긴장 풀어, 알았지?"

그녀는 머리를 흔들고 귀를 펄럭거린다. "이렇지…… 않았는데."

"그래, 안 그랬지." 다시는 그러지 마, 하고 덧붙이고 싶다. 하지만 그녀가 그런 게 아니란 걸 안다.

옥토퍼스 짓이다.

이 모든 걸 겪으며 누가 더 흔들렸는지, 그녀인지 나인지 종잡을 수가 없다. 나는 발바닥 무늬 담요를 그녀의 침대에 깔고 가장자리를 세워서 모서리를 감싸준 다음, 그녀를 눕히고 그녀가 좋아하는 방식으로 목을 긁어주면서, 잠을 자보라고 애원한다.

"피자 먹을까?" 그녀는 지쳐 보인다. 마치 1회전에서 나가떨어진 게 아니라, 12회전을 꼬박 버티며 싸운 복서처럼.

"잠깐 눈 붙이고 있으면 내가 피자를 시킬게. 일어나면 냄새가 날 거고 피자가 와 있을 거야."

그녀가 하품을 하자 턱에서 녹슨 경첩처럼 쩍 소리가 난다. 그녀가 하는 유일한 반항은 자신이 소시지를 좋아한다는 것을 내게 상기시키는 것이다. 내가 언제 잊기라도 한 것처럼.

"알아. 넌 소시지 개좋아."

그녀는 곧 곤하게 잠이 든다. 잔잔한 숨결을 따라 가슴과 부드러운 배가 오르내린다. 나는 마룻바닥의 그녀 곁에 앉아 책상다리를 하고 팔로 다리를 감싼 채, 그녀가 좋아하는 눈비eye rain를 떨어뜨린다. 지나치게 많이 뿌리지는 않는다 . 분노가 어디서 처음 뿌리를 내렸는지 모르지만─내 심장, 내 뱃속, 내 뇌, 내 영혼—그것은 옥토퍼스가 나타난 시점부터 나흘 동안 전이되었다. 나는 놈을 똑바로 마주본다.

"너." 목 깊숙한 곳에서 울리는 소리에 나 스스로 놀란다.

답이 없다.

"너!" 이번에는 의도적으로 으르렁거린다.

옥토퍼스가 꿈틀한다. 그 팔로 어제 늦은 밤에 그런 것처럼 자고 있는 릴리의 머리를 옥죄며 느럭느럭 눈을 뜬다. 공포에 질려서 뒷걸음치지 않으려고 내 몸이 리놀륨 바닥을 파고들어가는 게 느껴진다. 빌어먹을. 이건 뭐지? 내가 다가가자 그것이 깜빡거린다. 천천히, 용기가 나는 한 가까이. 우리 둘 중 누구도 함부로 움직이지 않는다.

그것이 말한다. "혹시 쟤한테 말하는 거라면 자고 있어."

나는 흠칫 물러선다. 내가 대답을 기대했던가? 모르겠다. 불안하고 당황스러웠지만 그가 말을 하는 건 하나도 놀랍지 않았다. 그? 목소리로 보아 그것은 남자다. 나는 이렇게 될 것을 알았다고 생각한다. 한 장이 끝나고 새로운 장이 시작되려 하고 있다는 걸. 이 만만찮은 적이 자기의 목소리를 내리라는 걸.

"너한테 말하고 있잖아." 옥토퍼스에게 공개적으로 말을 거는 것은 이번이 처음이라, 나는 내가 하고 싶은 말이 무엇인지 조금 더 생각할 필요가 있었다. 하지만 직감이, 모든 감정이 말하고 있다. 올 것은 오고야 만다.

"나더러 어쩌라고?" 그의 목소리는 지루하고, 거의 짜증스럽게 들린다.

"뒈져버려! 그게 네가 할 일이야." 나는 반응을 기다리며 그를 응시한다.

옥토퍼스는 기분이 상한 척한다. "그렇게 상스럽게 굴 건 없잖아."

나는 옥토퍼스가 눈을 피할 때까지 노려본다. "떠나."

옥토퍼스는 잠시 내 제안을 숙고하는 듯 보인다. 그는 잠시 천정을 물끄러미 올려다보다 다시 눈을 내려 나를 본다. "싫은데."

나는 일어선다. 팔을 뻗고 188센티미터의 몸을 벌떡 일으켜 가능한 한 크고 위협적으로 보이도록. 곰을 만나면 그렇게 하라던데 내 생각에는 다른 무서운 것들도 마찬가지일 것 같다. 나의 신체적 우세함의 궁극적 표시로서, 나는 가슴을 내민다. "떠나. 가. 당장."

"미안하지만 그럴 수 없어."

"네가 어떻게 왔든 떠나라고." 대화 속에 얼음 같은 냉기가 돌며 방 온도가 10도는 내려가는 것 같다.

"미안하지만 그게 그렇게 간단할 것 같지 않아서 말이야." 그가 말한다. 나는 그의 거드름 피우는 자세가 딱 싫다. 미안하지만. 같지 않아서. 마치 떠나고 싶지만 그럴 수 없고, 그 이유가 자신의 통제를 넘어서는 일인 것처럼.

"난 네가 이기도록 두지 않아."

"뭘 이긴다는 거야, 정확히?"

"너는 **지나갈 수 없다!**"* 녀석의 목을 졸라 죽일 수 있다면, 여

---

* 〈반지의 제왕〉에서 간달프가 괴물 발록을 향해 외치는 대사.

덟 개의 팔을 잡고 그녀의 머리에서 떼어낼 수 있다면, 그렇게 할
것이다. 내장을 제거하고 살을 갈기갈기 찢고, 오장육부를 다 벌
려놓을 것이다. 하지만 어떻게 붙어 있는지를 모르니 그럴 엄두
를 낼 수 없다.

"우리 지금 게임하고 있나?" 녀석이 내게 말려들지 않는 것이
밉다. 그의 차분한 목소리가 나를 더욱 화나게 한다.

"원하는 게 뭐야?" 내가 고함친다.

"아무것도."

나는 돌아서서 베이킹 팬을 넣어두는 싱크대 수납장을 주먹으
로 친다. 안에서 그릇들이 달그락거리고 쨍그렁거린다. "그녀에
게서 뭘 원하는 거야?"

잠시 말이 없다. "그게, 나도 아직 결정을 못 내린 것 같아서
말이지."

"난 너를 막기 위해 뭐든 할 거야."

"그러지 않는다면 내가 실망이지."

나에게 마지막으로 남아 있는 말은 케이트 블란쳇의 대사다.
나는 진군하는 스페인 함대와 당당히 마주선 엘리자베스 1세의
열정을 담아 말한다. "내 안에 광풍이 불고 있소! 스페인을 단숨
에 날릴! 얼마든지 오시오!"

옥토퍼스는 졸린 듯 다시 눈을 깜박인다.

"듣고 있나, 옥토퍼스?" 나는 이를 갈고 으르렁거리며 침을 튀
긴다. 상기된 얼굴로 주먹은 꼭 쥔 채. "내 안에 광풍이 불고 있
소!"

"그래?" 옥토퍼스가 미심쩍은 듯 말하고, 내 분노를 끓어 넘치게 한다.

"난 진지하다고, 이 후레자식아. 내일 아침에 우린 수의사에게 갈 거고 널 막기 위해 난 뭐든 할 거야. 내가 가진 모든 신용카드 한도를 다 쓸 거라고. 구걸하고 빌리고 훔칠 거야. 모든 검사를, 모든 약을, 모든 조치를, 모든 치료법을 다 동원해달라고 할 거야."

옥토퍼스는 눈을 깜빡이며 물러서지 않는다. 의뭉스럽게. "그러시겠다?"

녀석이 내 소중한 사랑의 연약한 두개골에 매달려 있지만 않다면 이 집의 벽을 허물어서라도 녀석을 묻어버리고 싶다. 지금껏 살아오며 이렇게 화가 난 적은 없다.

무엇보다 그의 말이 헛소리가 아니니까.

무척추 동물

오년 전

발이 묶이다

"샌프란시스코로 와." 여동생 메러디스다.

"언제?" 내가 묻는다.

"모레."

나는 혼잡한 공항 터미널 저편의 제프리를 바라본다. 그는 우리 항공권을 JFK공항에서 더 일찍 출발하는 티켓으로 교환하려고 애쓰는 중이다. 나는 그로부터 30야드쯤 떨어진 지저분한 공항 바닥에 앉아 있고, 우리 휴대폰은 유일하게 사용 가능한 충전 데스크에 꽂혀 있다. 우리는 팔 일 동안 동부 해변에 있었다. 그의 가족과 크리스마스를 보내고, 며칠은 단둘이 시내를 거닐고, 구경하고 먹으러 다녔다. 며칠 전까지만 해도 그토록 아름답던 눈이 점점 더 많이 내리자, 사람들은 폭설을 만나기 전에 떠날 수 있도록 항공편을 재예약하느라 아우성이다. "모르겠어. 발이 묶일지도 몰라."

"그럼 풀어!" 매러디스는 평소의 그녀답지 않게 감정적이다.

"넌 샌프란시스코에서 뭐하는데?" 공항 스피커에서 안내방송이 쾅쾅 흘러나오지만 한마디도 알아들을 수 없다.

"오빠는 어디야? 무슨 말인지 하나도 안 들려." 메러디스가 말한다.

"뉴욕. 집으로 가는 항공편 알아보는 중이야. 샌프란시스코에는 왜?"

수화기 저편은 침묵.

"메러디스?"

"나 결혼해!"

나는 입을 떡 벌린다. 내 맞은편에 앉아 있는 꼬마 녀석이 나를 빤히 바라본다. 식구들은 그가 안중에 없는 듯하다. 메러디스는 남자친구 프랭클린과 함께 크리스마스에 샌프란시스코의 남자친구 부모님을 방문하던 중에 청혼을 받았다고 한다. 약혼을 생략하기로 결정하고, 워싱턴으로 돌아가기 전에 시청에서 결혼하기로 한 과정을 설명한다. 엄밀히 말하자면 눈이 맞아 달아나는 꼴이지만, 거기 있는 그의 부모가 증인으로 와줄 것이니 로스앤젤레스에 살고 있는 내가, 제프리와 내가 그녀 쪽 증인이 되어주었으면 하는 것이다. 이야기를 마친 그녀가 아무 일 없었다는 듯 묻는다. "뉴욕은 어땠어?"

"좋아. 좋았어." 나는 말한다. 내 목소리는 또다른 안내방송에 삼켜지고, 한 가족이 덜컹거리는 바퀴가 달린 카트에 짐을 산처럼 싣고 지나간다. 내가 하는 말이 거짓인지 진실인지 구별할 수 없을 지경이다.

"안 들려." 메러디스가 외친다.

"엄마는 초대 안 해?" 내가 묻는다.

"엄마 알잖아."

"암, 인사 나눈 적 있는 사이지." 맞은편의 소년이 콧구멍을 벌름거리며 혀를 쏙 내민다. 나도 답례로 험상궂은 표정을 지어 보인다.

"예식 같은 거 싫어하시잖아. 아마 본인 결혼식에도 가기 싫었을걸."

"글쎄." 여동생이 말하는 결혼식이 어느 것을 말하는지는 모르겠다─아버지와의 결혼식인지(사진을 본 적이 없어 상상할 수 없다), 아니면 메러디스와 나 둘 다 참석한, 현재 남편과의 두번째 결혼식인지.

"테드? 믿어도 되지?"

소음이 심해진다. "그럼."

"안 들려!"

나는 목소리를 높인다. "샌프란시스코에서 보자."

자유의 여신상처럼 차려입은 여자가 공항 터미널 한가운데 서 있다. 검색대를 어떻게 통과하려나. 어제 우리가 타임스스퀘어의 할인 티켓 창구 앞에 길게 늘어선 사람들 틈에 충동적으로 뛰어들었을 때 팸플릿을 나눠주던 바로 그 자유의 여신일지도 모른다. 우리는 그녀가 판매하는 것은 뭐든 거절했고, 그 보상으로 〈헤어〉*의 브로드웨이 리바이벌 공연 앞좌석 표를 얻었다. 커튼 콜 때 배우들은 앞좌석의 관객들을 불러내 무대에서 〈렛 더 선샤인 인〉에 맞춰 춤출 것을 부탁했고 그게 우리의 브로드웨이 데뷔 무대였다. 평소 눈에 띄지 않으려고 애쓰는 편인 나 같은 사람에게 무대 위에서 얼굴에 뜨거운 조명을 받으며 서 있다는 건 가슴 뛰는 일이었다. 어둠 속이지만 관객은 확실히 그곳에 있었고, 나는 머리 위로 손을 흔들었다.

삶은 당신 주변에 그리고 당신 안에 있어요.
햇빛이 비치게 해요.
햇빛이 비쳐들게 해요.

45번가의 허슈펠드 극장에서 나와 타임스스퀘어로 밀려들어 가면서도 나는 여전히 무대 조명의 하얀 열기를 느낄 수 있었다. 햇빛을 볼 수 있었다. 어두운데다 눈까지 내리기 시작했는데도. 영화 속에 나오는 눈송이들처럼, 세상에서 가장 가볍고 가장 마법 같은 눈이 내렸다. 군밤을 파는 거리의 상인들, 피클 양동이를 두드리는 악사들, 휴일의 주가 변동을 알리는 대형 전광판, 신년

* 1968년 초연된 브로드웨이 뮤지컬. 베트남전과 히피 세대의 저항의 메시지를 담고 있다. 뮤지컬과 록음악을 접목했으며, 〈에이지 오브 어케리어스Age of Aquarius〉와 〈렛 더 션사인 인Let the Sunshine In〉등의 히트곡이 있다.

전야를 준비하며 타임스스퀘어를 장식하고 있는 인부들―빛이 모든 것을 어루만지고 있는 듯 보였다. 제프리만 빼고 모든 것을.

제프리는 스스로 초래한 걱정에 속을 끓이고 있었다. 눈이 내리고 있고 앞으로 더 내릴 거라는 예보 때문에. 나는 호텔방에 돌아가서 먹기로 하고, 그를 설득해 피자를 한 조각씩 샀다. 나는 도시가 흰 눈으로 덮여가는 것을 바라보며 창가에 앉아 피자를 먹었다. 제프리는 서성대며 날씨를 확인했다. 항공사에 전화를 시도했지만, 사십오 분간 자동응답을 들으며 대기하다 포기했다. 날이 밝는 대로 JFK 공항으로 가자고 합의하고 나서야 마침내 그를 잠자리에 들게 할 수 있었다.

막상 여기로 오니, 빨리 집으로 가고 싶다. 릴리가 보고 싶다. 예정된 비행기를 탈 수 있다면, 우리는 제시간에 도착해 애견 호텔에서 그녀를 데려와서 함께 조촐한 크리스마스 파티까지 할 수 있을지 모른다. 그녀를 위해 준비해둔 양말 안에 개껌과 삑삑 소리가 나는 봉제 장난감, 그리고 새로 산 빨간 공이 들어 있다. 제프리는 불안해서 어쩔 줄 모른다. 그가 원하는 건 릴리에게 돌아가는 게 아니다(난 그 역시 릴리를 그리워한다고 믿고 있지만). 그가 원하는 것은 확실성이다. 우리가 실행할 수 있는 계획이다. 모든 상황을 통제하고픈 그의 욕구는 점점 커져 병적인 상태에 이르렀다. 폭설에 맞서 분투하는 그를 보는 것은 어처구니없는 일이다―내 말은, 무슨 수로 날씨를 통제하겠나? 제발, 제프리. 삶은 네 주변 어디에나 있고 네 안에 있어. 햇빛이 비쳐들게 해!

바닥에서 휴대폰 진동음이 울린다. 나는 제프리가 가능한 비행편을 문자로 전송한 거라 생각하며 내려다본다. 하지만 문자메시지는 없다. 제프리의 휴대폰을 본다. 그의 친구 클리프로부터 문자메시지가 왔다.

언제 돌아와? 한판 하고 싶은데.

클리프. 내가 아는 사람인가? 제프리가 온라인 포커게임을 하며 만난 친구인가 했다. 나는 항공사 카운터를 쳐다본다. 하지만 어디에도 제프리는 보이지 않는다. 터미널을 좌우로 둘러보지만 어디에도 없다. 그의 그림자가 나를 덮을 무렵 나는 거의 공황 상태에 이르기 직전이다. 제프리가 커피 두 잔을 들고 웃고 있다. "성공이야."

비행기에 타자마자 제프리는 백팩에서 이어폰을 꺼내 노트북에 꽂는다.

"텔레비전 보려고?" 그가 비행을 위해 항상 몇 편씩은 다운받아 놓는다는 것을 알면서 내가 묻는다.

내 말투가 힐난하듯 들렸는지 제프리가 주저하며 대답한다. "그러려고 했는데."

우리는 텔레비전을 많이 보지 않았었다. 대신 하루를 어떻게 보냈는지에 대해 대화를 나누곤 했지만—우리를 짜증나게 만들었던 일들이나 이상한 사건들에 대해 울고 웃으면서—요즘 들어 시들해졌다. 우리 위층에 사는 이웃 여자는 그들의 크리스마스 맞이 파티에서 나를 한쪽으로 데려가, 우리 침실에서 늦은 밤에 들려오는 웃음소리가 그녀를 얼마나 행복하게 만드는지 모른다고 말했다. 사이가 참 좋은가보다고. 나는 그건 제프리가 〈프레이저〉 재방송을 보는 소리라고 말하지 않으려고 아랫입술을 깨물었다.

제프리는 나를 달래려고 노트북 컴퓨터를 덮고 휴대폰을 그 위에 올린다. "이야기할까?"

나는 그의 휴대폰을 보고 내가 본 문자메시지를 떠올리며 갑자기 뭔가 잘 안 맞는다고 생각한다. 언제 돌아와? 한판 하고 싶은데. 한판 하고 싶다는 건 분명 포커겠지. 그 정도는 아무 혐의가 없을 수 있다. 하지만 언제 오냐고? 온라인으로 하는 게임인데 그가 왜 꼭 돌아와야 하지?

"언제 올 거야?" 릴리는 내가 그녀를 떠나야 할 때마다 그렇게 묻곤 했다. 릴리가 처음 그 말을 한 건 내가 그녀를 우리집으로 데려오고 넉 달이 지난 후였다. 그녀는 내가 작은 침실의 장롱 깊숙한 곳에서 여행 가방을 꺼내자 홀린 듯 다가왔다. 가방의 지퍼를 열자마자 덥석 그 안으로 기어들어갔다. 아직 다 크기 전인 강아지 때라, 앉은 엉덩이 둘레에 살이 주름처럼 접혔다.

이건! 뭐지! 이! 아늑한! 상자! 이건! 나에게! 훌륭한! 침대가! 되겠어! 이! 구석! 너무! 좋아! 그리고! 이! 늘어나는! 끈!

"그건 여행 가방이야. 여행을 가려면 거기에 내 물건들을 챙겨 넣어야 해."

"멋진데. 나 벌써 들어와 있으니까 갈 준비 다 됐네!"

"아쉽지만 널 그 안에 넣을 수 없어. 옷이랑 신발이랑 면도 도구들을 넣어야 해."

"왜 난 들어가면 안 돼? 나도 네 것들 중 하나인데!"

나는 여행 가방 옆에 앉아 그녀의 머리를, 귀 사이를 긁어주었다. "그래, 맞아. 내 가장 소중한 보물이야." 그녀는 코를 치켜들고 눈을 가늘게 떴다. "하지만 넌 이 근처에 머물면서 따로 너만의 모험을 하게 될 거야."

릴리는 감정이 풍부한, 아몬드 모양 눈으로 나를 바라보았다. "따로 모험을 할 거라고?" 그녀는 우리가 처음 만난 애완견 농장에서 내 신발끈을 끌어당겼던 것처럼 내 마음의 현을 잡아당겼다―천천히, 하지만 목적을 가지고.

"재미있는 모험일 거야. 네 형제, 누이들과 놀았던 것처럼 다른 강아지들과 놀게 될 거거든. 해리, 켈리, 그리고 리타."

"해리, 켈리, 그리고 리타?"

"그래. 다른 강아지들 이름이 뭔지는 나도 몰라. 하지만 분명 착할 거야."

내가 고른 애견호텔은 도시에서 조금 떨어진 외곽에 있었고, 깔끔하고 아늑하고 활기가 있었다. 개들이 내키는 대로 실내와 실외를 오가며 짖어대고, 작고 어린 강아지들을 위한 특별 구역이 따로 있었다. 안에서는 소나무 향이 났다.

한 여자가 우리를 안내하며 경계심을 풀어주기 위해 최선을 다했다. 릴리와 나는 걱정이 많았다. "얘가 릴리인가요? 잘 왔다, 릴리. 아마 여기 있는 다른 닥스훈트 친구들을 좋아하게 될 거야. 얘들은 새디와 소피, 그리고 소피 디라고 해."

릴리가 나를 올려다보았다. "얘들이 네가 이름을 모른다던 그 개들이야?"

"맞아. 지금은 저 아이들 이름을 알지만. 새디와 소피, 그리고 소피 디래."

"해리와 켈리, 그리고 리타가 아니고?"

"아니, 새디와 소피, 그리고 소피 디야."

릴리는 잠시 고민하는 듯하더니 덧붙였다. "우리 엄마 이름은 위치 푸야."

나는 릴리를 들어 떨어지지 않게 잘 안았다. "그건 쟤들이 몰라도 돼."

여자는 릴리의 담요와 먹이가 들어 있는, 캔버스 천으로 된 토트백을 내 어깨에서 받아들었다. 나는 릴리의 발이 내 어깨에 올라가도록 자세를 바꾼 다음 귀에 대고 속삭였다. "데리러 올게. 일주일 후에. 내가 오지 않을 거라고 생각하면 절대 안 돼."

"언제 오는데?"

"일곱 밤 자고. 널 데리러 올 거야."

나는 릴리의 정수리에 입을 맞추고 바닥에 내려놓았다. 나는 목줄을 여자에게 넘겨주었다. 이제 그녀가 내 개를 통제할 수 있도록. "자, 이리 온." 그녀가 말했다. "너한테 새디와 소피, 그리고 소피 디를 소개할게." 그러고는 내게로 돌아섰다. "잘 있을 거예요."

나는 고개를 끄덕였다. 알고 있었다. 하지만 아니기도 했다. 잘 있을까? 릴리가? 릴리가 멈춰 서서 나를 돌아보았다. 우리 둘 다 목에서 울컥하는 것을 삼켰다.

여자가 작은 개들이 모여 있는 우리의 문을 열었고 나는 얼핏 닥스훈트 세 마리를 보았다. 셋 중 둘은 털이 길었고, 하나는 릴리처럼 털이 짧았다. 나는 짧은 털을 가진 닥스훈트가 새디일 거라고 생각했다. 왜냐하면 털이 얼룩덜룩한데다 다른 둘과 하나도 닮지 않아 보였으니까. 그냥 딱 봐도 소피들처럼 보이는 나머지와는. 세 마리 모두 꼬리를 흔들며 릴리를 맞았다.

안녕! 안녕! 안녕! 난! 새디! 난! 소피! 난! 소피! 디!

릴리는 잠시 머뭇하다 꼬리를 흔들며 우리 안으로 들어갔다. 어느새 그녀는 발들과 꼬리들과 귀들 사이로 가물가물 사라지고 그녀 뒤로 문이 닫혔다. 내가 마지막으로 들은 것은 확실하게 다른 그녀의 짖는 소리였다.

난! 릴리!

나는 차 안에서 말도 안 되게 흐느꼈다.

내가 돌아올 것을 그녀가 어떻게 알까? 내가 자기를 버린 게 아니라는 걸 어떻게 알까?

나를 믿으니까.

내가 제프리를 믿어야 하는 것처럼. 그것이야말로 문자메시지에 대한 가장 완벽하고 합리적인 설명이다. 한판 하고 싶다는 건 포커게임을 말하는 거다.

제프리를 돌아보니 그의 노트북은 이어폰이 꽂힌 채 다시 열려 있다. 나는 다른 생각을 했다. 그가 텔레비전을 본다고 난리를 치다가 금방 딴청을 피운 것이다.

나는 심호흡을 하고 다시 화해를 시도한다. 그의 어깨를 톡톡 두드리고, 그의 왼쪽 귀에서 이어폰을 빼면서. "우리 둘 다 다시 일하러 갈 때까지 며칠 남았잖아. 샌프란시스코에 가는 거 어때?"

나는 그의 반응을 기다린다. 그의 몸은 본능적으로 즉흥성을 거부할 것이다. 그는 햇빛이 들어오지 못하게 할 것이다. 로스앤젤레스에 머물 구실을, 클리프와의 '한판'을 덮을 수 있는 무언가를 찾을 것이다.

하지만 그는 그러는 대신 가볍게 웃으며 말한다. "좋아."

척추

내 휴대폰이 불길하게 울린다. 받기도 전에 이미 뭔가 잘못되었음을 예감할 수 있는 그런 방식으로. 김빠진 듯이. 나는 전화를 받으려고 주머니를 더듬거린다. 전화는 벌써 음성메시지로 넘어가려 한다. 뭔가 어긋날 시간이 없다. 내일 아침 우리는 메러디스의 결혼식에 참석하러 떠난다.

제프리다. "릴리가 좀 이상해. 네가 집으로 와봐야겠어."

나는 손목시계를 본다. 오후 세시가 조금 넘었고 어차피 난 집으로 가는 중이다. 막 식료품점을 나섰고, 목록에서 마지막 할 일은 세탁소에 가서 결혼식에 입을 우리 정장을 찾는 거다.

"삼십 분쯤 더 기다려볼 수 없겠어?"

나는 릴리에게 일어날 가능성이 있는 모든 나쁜 일을 생각한다. 구토. 설사. 둘 다 유쾌한 일이 아니지만, 세상이 끝날 일도 아니다. 크리스마스 양말 안에 단것이 너무 많았나. 다리를 저나? 〈안드로클레스와 사자〉 같은 옛날 우화에서처럼 릴리 발바닥에 가시가 박힌 적이 있었다. 그 삐죽빼죽한 것을 제거할 동안 지그시 힘을 주고 그녀를 조용히 앉혀둬야 했다. 출혈인가? 출혈이라면 간단하다―눌러주기만 하면 되니까. 제프리가 쓸데없는 걱정을 키우는 것일 수도 있다. 여하튼 조금은 기다려도 될 것이다.

"릴리가 걷지를 못해. 지금 집으로 와야 할 것 같아."

집에 도착하니 릴리는 거실의 제 침대에 들어가 있고 제프리가 그녀 곁에 앉아 있다. 나를 바라보는 릴리의 눈길은 낙담한 듯, 뭔가 곰곰 생각하는 듯하다. 그녀는 일어나지도, 꼬리를 흔들지도 않는다. 크리스마스 양말에서 나온 빨간 새 공은 바닥에 우두커니 놓여 있다. 그녀가 여느 때처럼 나를 맞지 못하는 것만으로도 가슴이 철렁한다.

"둘 다 왜 그래?" 나는 거의 대답을 알고 싶지 않을 정도다. 우리는 열여덟 시간 안에 다시 비행기를 타기로 되어 있었다.

"보여줄게." 제프리가 말한다.

제프리가 조심조심 릴리를 그녀의 침대에서 들어올린다. 우리가 사귀던 처음 몇 달 동안 그랬듯 조심스럽게. 그들이 친해지기 전, 릴리를 어떻게 다뤄야 할지 그가 제대로 알지 못했을 때처럼. 그가 릴리를 바닥에 똑바로 내려놓자 그녀의 하체 절반이 풀썩 주저앉는다. 뒷다리가 한쪽으로 꺾이더니 몸무게를 감당하지 못하고 몸통 밑으로 사라진다.

욕지기가 솟는 것 같다. 생각하는 것도 숨쉬는 것도 어려워진다.

나는 둘 옆의 바닥에 무릎을 꿇고 한 손은 릴리의 탄탄한 가슴 아래로, 한 손은 부드러운 배 밑으로 집어넣는다. 양손으로 그녀를 부축해 다시 일으켜세운다. 겁이 나서 거의 손을 떼지 못할 지경이다.

"릴리, 나를 위해 일어서봐." 나는 최면술사가 자신의 지배하에 있는 넋 나간 사람에게 지시하듯 말한다. 그녀의 배 밑을 받치고 있던 손을 떼자, 발톱으로 단단한 마룻바닥을 긁으며 그녀의 다리는 또다시 옆으로 미끄러진다. "제발." 이번에 나는 애원한다. "날 위해 일어서줘, 아가씨."

다시 내가 손을 떼자 나무 위로 미끄러지는 그 끔찍한 발톱 소리가 나고, 다리는 휘청 꺾인다. 마지막 순간에 내가 잡지 않았으면 온몸이 뒤집어질 뻔한다.

"무슨 일이 있었어?"

"아무 일도 없었어." 제프리가 대답한다.

"무슨 일이 있었겠지." 나는 말을 덧붙이기 전에 완고하게 말한다. "무슨 짓을 했어?"

"내가 무슨 짓을 했다는 거야?" 제프리는 충격을 받는다.

우리가 만나기 훨씬 전부터 그녀는 내 개였고 우리가 사귀는 동안은 그의 개이기도 했다. 그들 사이의 유대는 다르다. 그는 나만큼 정성을 다해 그녀를 대하지 않는다. 그리고 그녀의 행동이 마음에 들지 않을 때는 항상 양부모처럼, 손을 들고 책임 없음을 선언하며 그녀를 "너의 개"라고 부른다. 설마 제프리의 잘못일 리 없겠지만, 그럼에도 불구하고 의심이 간다.

"지금 나를 의심하는 거야?"

나는 제프리를 빤히 바라본다. 내가 그를 의심하나? 지금 이 순간에조차 나는 내 주장이 릴리에 관한 것인지 문자메시지에 관한 것인지 헷갈린다. 모르겠다. 하지만 릴리가 내 손안에서 떨고 있음을 느낄 수 있고, 당장 지금은 때가 아니라는 걸 안다. "아니. 아니, 물론 아니지"

"아니기를 바라."

"아니야." 나는 릴리를 침대에, 적어도 푹신한 모서리가 몸을 받쳐줄 곳에 도로 눕히며 그를 달랜다. "수의사에게 전화할 동안 좀 봐줘."

나는 수의사의 음성메시지를 들으며 지금이 신년 전야 오후 네시라는 것을 깨닫는다. 나는 당장 검색되는 맨 위의 동물병원으로 전화를 건다. 도시 서쪽 끝에 있는 동물병원인데도. 내가 상황을 설명하자 그들은 당장 데려와야 한다고 말한다. 그들이 뭔가 할 수 있다면, 그건 짧은 시간 안이어야 가능할 것이고, 그 시간은 빠른 속도로 사라지고 있었다.

나는 전화를 끊고, 낡은 담요를 쥐고 그것으로 내 아기를 감싼다. 나는 그녀를 조심스럽게 들고 제프리에게 고개를 끄덕인다. "가자."

차를 타고 가다가 우리는 빨간 신호와 마주쳤다. 오래 걸리는 신호라는 걸 알기에 나는 울음을 터뜨린다. 이제 내게 가능한 선택은, 뒷다리 대신 바퀴를 단 개를 갖게 되거나, 어쩌면, 그녀를 보내는 거다. 경고 없이, 움직이거나 서거나 쭈그리지도 않고, 릴리는 내 무릎 위 담요에 똥을 싼다. 나는 흐느낌을 주체할 수 없다. 그녀가 죽어가고 있다. 내 아기가, 바로 내 무릎에서.

신호가 초록색으로 바뀐다. 나는 넋이 나간 제프리에게 소리를 지른다. "가!" 그가 엑셀을 밟고 나는 혼돈 속에 재킷 주머니에서 강아지용 배변 봉투를 찾아낸다. 강아지용 배변 봉투는 내 재킷 주머니 어디에나 들어 있으니까—나는 봉투 없이 다니다 걸릴까 겁이 난다. 나는 담요를 최대한 닦아내고 봉투를 묶어서 발치에 떨어뜨린다. 제프리가 이걸 싫어한다는 걸 안다. 하지만 그는 아무 말 하지 않는다. 하긴 내가 달리 어쩔 수 있겠나? 우리는 둘 다 차창을 내려 바람이 들어오게 한다.

제프리는 쏜살같이 시내를 뚫고 지나가고 나는 동물병원 간판을 보자마자 그에게 차를 세우라고 한다. 타겟 수퍼마켓 영수증에 휘갈겨 쓴 거리 번호와 주소가 다른데도. 급해서 순서를 뒤바꿔 적었을 수도 있다.

안으로 들어가니 대기실은 좁고 덥고 산만하다. 공황발작이 일어나는 건 아닐지 걱정이다. 간호사가 우리에게 필요한 사항을 기재하라며 클립보드를 건네고, 나는 그녀를 밀치며 말한다. "서류 작성할 시간 없어요." 내가 감정을 조절하지 못하고 폭발하자 제프리가 대신 사과한다. 그것이 날 짜증나게 한다. 그가 클립보드와 펜을 받아든다. 비어 있는 의자가 하나뿐이라 적을 수 있게 그가 거기 앉는다. 나는 텅 빈 복도에 기대고 서 너저분해진 담요에 싸인 릴리를 요람처럼 흔들어준다. 곧 진찰을 할 의사가 혜성처럼 나타난다. 내가 상황을 설명하자 그녀는 우리가 길 건너편 두 블록 아래 있는 수술센터로 가야 한다고 말한다. 똑딱. 똑딱. 귀중한 시간이 허비되고 있었다.

우리가 떠나려고 돌아설 때 〈트윈 픽스〉에 나오는 로그레이디처럼 생긴 여자가(비록 마비된 닥스훈트 모양의 통나무를 붙들고 있는 건 나였지만) 내 팔을 붙잡으며 말한다. "저들이 뭐라고 하든, 당신 개를 죽이지 마요." 꺼져버리라고 말하고 싶지만, 나는 그 자리에 굳은 채 꼼짝 못하고 눈물을 글썽인다. "그냥 두면 아직도 행복하게 살 수 있어요." 즉시 나는 그녀의 말에 내 전부를 건다.

고개를 끄덕이며 눈물을 글썽여도 릴리는 내 눈물에 키스하려 하지 않는다. 그리고 더는 일 초도 낭비할 수 없다는 마음 한편의 속삭임이 마비 상태에서 나를 깨워 문을 나서게 한다.

제프리는 수술센터 주차장으로 거칠게 차를 몰고 들어가며, 내 성화에 차 몇 대를 아슬아슬하게 추월한다. 안에서 우리를 기다리고 있다. 먼저 방문했던 병원의 의사가 우리 대신 연락을 해둔 것이다. 외과 보조 한 명이 릴리를 내 품에서 낚아채 급히 회전문 뒤편으로 데려간다. 내가 거부할 새도 없이 그녀는 가버렸다. 누구도 우리에게 서류를 건네지 않는다. 앉으라는 사람도 없다. 누구도 내 강아지를 죽이지 말라고 말하지 않는다. 아무것도 하지 못하고, 우리는 소독 처리된 커다란 방 한가운데 서 있다. 불안과 슬픔에 둘러싸여 있고, 보이는 것이라고는 우리의 발뿐이다. 커피가 있지만 맛이 끔찍할 것이고, 나는 내가 온 세상 다른 사람들이 신년 축하 골드 샴페인을 마실 때 혼자서 까만 개숫물을 마실 수 있는 사람이 아니라는 걸 안다.

짧지만 영원할 것 같던 기다림 끝에 우리는 조그만 진찰실로 안내를 받는다. 릴리는 거기 없다. 의자 두 개가 놓여 있고, 우리는 거기 앉는다. 수의사가 들어올 때까지 안절부절못한다. 의사는 금발에 동안이다. 외과 의사가 되기에는 너무 편안해 보이는 얼굴이지만, 군복무를 했나 싶을 정도로 엄청나게 권위적인 분위기를 풍긴다. 의사는 릴리의 신경외과적 증세로 보아 추간판 질환이 의심되어 이탈 위치를 확인하기 위해 척추조영검사를 해보고 싶다고 이야기한다.

나는 척추조영검사가 뭔지 모르지만 맥락상 척추의 병리를 발견하기 위한 검사라는 것 이상을 알아볼 시간이 없다는 건 안다.

"그러고 나서는 어떻게 되는데요?"

"그러고 나서는 척추조영검사 결과에 따라야죠. 릴리를 다시 걷게 하려면 수술이 최선일 거예요."

"수술이요." 나는 가능한 빨리 이것을 받아들일 수밖에 없다.

"빠를수록 좋아요."

생각할 시간이 없다는 이야기다. "그럼 저희는 척추조영검사 결과가 나온 다음 수술 여부를 알 수 있는 건가요?"

"솔직히, 지금 결정하는 게 좋습니다. 척추조영검사를 위해 이미 마취에 들어갔거든요. 만약 정말 추간판 탈출이 확실하다면 바로 이어서 수술에 들어가는 게 최선이에요."

"그러니까 지금 결정해야 한단 말이죠."

의사는 그녀의 손목시계를 본다. "예."

결정. 그건 요즘 내 분야가 아니다. 나는 최근에 나 스스로 마비가 된 것처럼 느꼈던 상황들을 돌아본다. 프리랜서 전업 작가가 되기 위해 직장을 그만둘까? 제프리에게 우리 관계에 대해 내가 가지고 있는 의혹을 말해야 할까? 그가 받은 의심스러운 문자 메시지에 대해? 릴리와 나, 둘이서 다시 시작할 수 있을까?

"저렇게 등뼈가 긴 강아지의 척추 수술은 비용이 얼마나 들죠?" 의사가 내 앞으로 몸을 굽히며 피식 웃는다. 그녀가 새삼 말하지 않아도 나 역시 알고 있는 사실이다. 개의 품종별로 항상 뒤따르는 위험이라는 것을. 순종 개들에게는 이런 건강 문제가 딸려온다. 특정한 목적 때문이든 애견대회 때문이든 유전학적으로 돌연변이가 되었으니까.

"모두 다 합하면―마취, 척추조영검사, 수술, 회복―육천 달러쯤 되겠군요."

이번에 움직일 수 없는 건 나다. 육천 달러. 나는 제프리를 본다. 나는 줄어든 잔고를 생각한다. 이제 겨우 카드빚을 갚았는데. 가지 못할 휴가를, 붓지 못할 연금을, 또 한 해 미뤄야 할 전업 작가의 꿈을 생각한다.

"알아서 해." 제프리가 말한다. "난 결정 못 하겠어. 너의 개잖아." 너의 개.

나는 그에게 주먹을 날리고 싶다. 모든 사람에게 주먹을 날리고 싶다. 어쩌면 그녀를 구할 수 있는 의사만 빼고.

"잠깐 이야기하실 수 있게 자리를 피해드려야겠죠?" 의사가 일어나고 나서야 나는 내가 그녀의 가운 소매 끝을 잡고 있다는 걸 알아차린다.

"저 아이는 공을 가지고 있어요. 빨간색이에요. 그걸 사랑해요. 몇 시간씩 가지고 놀죠—던지고, 쫓고, 숨기고, 찾아내요. 숨이 찰 때까지 몇 시간씩 놀고도 침대까지 가지고 들어가서 그 위에 얼굴을 묻고 잠이 들어요. 그 공을 가지고 놀 때 살아 있는 거죠. 만약에 그녀가……"

나는 말을 맺지 못한다. 내가 그저 눈물만 흘리고 있자 제프리가 내 어깨에 손을 얹는다.

"만약에 그녀가…… 더이상 그 공을 가지고 놀 수 없게 된다면, 그녀를 위해 어떤 인생이 남는 것일지 모르겠어요."

의사가 나를 돌아본다. 마음이 움직이지 않는 건 아니지만, 그녀는 이런 문제를 두고 씨름하는 사람들을 충분히 봐왔고, 나라고 특별할 것은 없다.

나는 숨가쁘게 계속한다. "저를 끔찍한 사람이라고 생각하지 않으시면 좋겠어요. 돈을 문제 삼는 건 전혀 아니에요. 저는 그저 그녀가 공놀이도 못 한다면 그게 어떤 인생이 될지 모르겠는 거예요."

나는 눈으로 애원한다. 그녀를 살려줘요! 그녀를 구해줘요! 고개를 한 번 끄덕여주는 것, 그것이 내가 바라는 모든 것이다. 그녀가 나를 찬찬히 들여다본 후 그렇게 한다. 내 마음속의 소리를 들은 것이다. 그리고 뭔가 교감을 나누려 애쓴다. "복도에서 기다릴게요."

그녀가 나가기도 전에 내가 말한다. "선생님이 수술실에 들어가시는 거죠?"

"네." 또다시 고개를 끄덕이며. 그녀는 릴리가 다시 걷게 될 거라고 내게 말하고 있다. 자신이 그 사실을 알지만 의료과실이나 보험 같은 터무니없는 이유 때문에 법적으로 그것을 말할 수는 없다고. 그래서 그녀는 내게 말없이 말하고 있다. 납치범이 찍은 동영상 속 인질들이 납치범이 눈치채지 못하길 빌며 눈 깜빡임으로 비밀 메시지를 전하려 하듯이.

내가 제프리를 보자 그는 다시 말한다. "난 결정 못 하겠어." 그리고 이번에는 적어도 이렇게 덧붙인다. "하지만 네 결정에 따를게."

나는 의사를 돌아본다. 내 심장박동이 내 귀에까지 들린다. 방은 덥고 약냄새가 난다. 형광등이 화난 듯, 교체할 때가 되었다고 요청하듯 깜빡인다. 머릿속이 어지럽다. 하지만 어지러운 생각들이 아니라 아드레날린 때문이다. 이제 내가 결정을 내려야 할 때다. 이제 내 시간이다.

나는 양손을 허리에 대고 자신 있게 일어선다. 이번에 권위적으로 명령을 내리는 쪽은 나다.

"하죠."

다시 만날 그날 위해 축배를

수술을 결정하자마자 우리는 떠밀리다시피 동물병원을 떠난다. 신년 전야이므로 그들은 제한된 인원으로 일하고 있고, 안 그래도 부족한 인력을 대기실에서 신경증 증세를 보이는 사람을 감독하는 데 할애할 마음이 없다. 수술이 잘되면 내가 릴리를 보겠다거나 회복을 지켜보겠다고 소란을 피울 것이 분명하므로 미리 쫓아내려는 것이다. 그리고 나는 정말 그랬을 것이다. 나도 〈애정의 조건〉의 셜리 맥클레인처럼 될 거다. "열시가 넘었잖아. 내 딸이 고통스러워해. 저애가 왜 저 고통을 당해야 해? 열시까지만 기다리라고 했잖아. 이제 열시가 지났다고! 내 딸이 아파. 무슨 말인지 모르겠어? 내 딸에게 **주사를 놓으란 말이야!**" 그들은 수술이 잘못될 경우 대기실에서 벌어질 그런 장면 역시 원치 않는 것이다.

그래서 우리는 집으로 간다. 제프리가 저녁을 사려고 중국집 앞에 차를 세우고, 나는 남아서 트렌트에게 전화를 건다. 그는 이미 어떤 신년 파티에 가 있었고, 지금 펼쳐지고 있는 사건의 심각성을 제대로 전달할 길 없는 나는 절망에 빠져 전화를 끊는다. 홀로 차 안에서, 제대로 생각해볼 겨를도 없이, 나는 엄마에게 전화를 한다. 송화음이 울리는 동안 나는 어째서 엄마와 나누는 대화는 매번 뭔가 부족한 듯한 느낌일까 생각한다. 어째서 서로 겉도는 얘기만 하고 핵심을 피하는지. 이 전화가 무슨 소용이 있을까? 난 어째서 아직도 엄마가 필요할까? 엄마의 목소리를 듣자마자 나는 울기 시작한다. 나는 그런 내가 싫다. 어차피 내게 필요한 것을 주지 않을 게 뻔한데 왜 군이 전화를 하려고 하나.

"그럼 당연히 속상하지. 그애는 네 아기잖아."

에? 그녀가 안쓰러움을 표하는 것에 놀라는 게 아니다. '당연히'에 놀란 것이다. 자랄 때, 우리집에는 개가 네 마리 있었다. 한꺼번에는 아니고, 십팔 년에 걸쳐서. 그것들 중 누구도 엄마의 아기는 아니었다. 그녀에게는 사람 아이 두 명이 있었고, 그것으로 충분했다. '당연히'라는 말은 내게 필요한 전부였고, 나는 더이상 부끄럽지 않다. 당연히 나는 속상하다. 당연히 나는 혼란스럽다. 당연히 나는 감정이 있다. 그녀는 내 아기다. 엄마 눈에조차 그렇다.

통화를 마치고 나서 나는 메러디스에게 전화를 한다. 엄마와 말할 때 비밀을 털어놓지 않으려 애를 써야 했다. 결혼식에 참석해야 한다는 부가적 스트레스를. 하지만 나는 메러디스와의 비밀을 지킨다.

메러디스는 나를 십분 이해하고 지지해준다. "우리가 항공편을 바꿔둘게. 결혼식이 끝나면 바로 집으로 돌아갈 수 있게. 대기자 목록에 올려놓고, 우리가 할 수 있는 건 뭐든 할게. 그리고 당연히 비용은 우리가 부담해." 메러디스의 목소리를 들으니 더 마음이 놓인다. "하지만 올 수 있으면 와줘."

나는 제너럴 쏘 치킨을 깨작거리거나 찐만두를 찔러보거나 하지만, 보드카 말고는 입맛이 당기지 않는다. 우리는 건물 위층에 사는 이웃들의 파티에 참석하기로 했었다. 나는 제프리를 보내 사과의 말을 전했다. 파티의 둔탁한 웅성거림이 이어지고, 이따금 웃음소리가 거품처럼 피어오른다. 우리의 불안감과 별도로 삶은 계속되고 있다는 것을 상기시키며, 묵은 한 해의 끝과 새로운 해의 시작을 알리며, 시간은 째깍거리는 시계 소리와 함께 일 초 일 초 흘러간다.

하지만 우리집의 시간은 멈춰 있다. HBO 방송에서 뭔가 방영되고 있을 것이다. 그것조차도 슬로모션으로 돌아가는 듯하다.

그리고 드디어 전화벨이 울린다.

의사의 목소리가 귀에 닿을 때까지 나는 심지어 내가 전화를 받았는지조차 모른다. "릴리의 수술은 잘됐습니다." 안도감에 헛구역질이 나올 것 같다. "척추조영검사 결과 십 번부터 십이 번 흉추에 걸쳐 신경압박 증상이 발견되었어요. 바로 수술을 시작해

이 부분에 추궁절제술을 시행했습니다."

나는 말뜻을 정확히 이해하는 것처럼 고개를 주억거린다. 내 모습을 볼 수도 없는 사람을 향해 고개를 끄덕인다. 들으려고 애쓰지만 머릿속으로는 모든 것이 잘 끝났다는 확언을 되뇌고 있다. 머릿속으로 **추궁절제술**을 되뇐다. 마치 어린아이가 알루미늄을 발음하듯. 알루미-누미-누미-늄.

"그러니까 저희가, 간단히 말해, 절개해서 척추관을 연다는 겁니다. 그래야 디스크 물질을 제거할 수 있으니까요." 제거해서 그걸 뭘 어떻게 하신다고요? "수술은 합병증 없이 잘 끝났고, 릴리는 별 탈 없이 마취에서 깨어났어요."

별 탈 없이. 척추조영검사와 척추 창 같은 것들을 겪고, 그리고 알루미-누미-누미-늄 수술을 받는 것이 마치 살면서 매일 겪는 일이기라도 한 듯이.

"그녀가 괜찮은지…… 수술은 성공인가요?"

갑자기 나는 내가 서 있다는 걸 깨닫는다. 마치 의사가 우리 거실로 들어오기라도 한 것처럼. 일어선 기억은 없는데, 나는 지금 일어서 있고, 어디를 봐야 할지, 수화기를 잡지 않은 손은 어디에 두어야 할지 모르겠다. 듣고 싶었던 소식이지만 어쩐지 나는 얼음처럼 굳어 있다. 보드카의 온기는 팔다리에서 빠져나간다.

"이런 종류의 외상으로 고생하는 동물들은 대개 수술 후 첫 삼 개월 동안 신경학적으로 개선된 상태를 보여요. 아마 갑자기 확 좋아진 것을 느낄지도 모릅니다. 하지만 초기에 회복이 더디더라도 실망하지 마세요. 저는 조심스레 낙관해봅니다."

"조심스레 낙관하신다는 건……" 위층에서 딸꾹질하듯 연달아 웃음소리가 들려와 나는 눈을 부릅뜨고 천정을 노려본다.

"조심스레 낙관합니다. 회복될 거라고요."

"완전히요?"

"조심스레 낙관합니다."

제발 그만. 걸을 수 있겠느냐고요?!

"초기 회복 상태를 모니터하려면 72시간 동안은 릴리를 저희 쪽에 둬야 할 것 같습니다. 합병증이 있는지도 지켜봐야 하고요. 새해 첫날이라 병원 사무실이 내일 문을 닫아요. 그러니까 원하시면 모레가 되어야 릴리에게 병문안을 오실 수 있다는 거죠. 그것도 잠깐 동안만요. 릴리에게 흥분은 좋지 않거든요. 아니면 삼일 후에 퇴원시키고 집으로 데려가셔도 되고요."

"고맙습니다, 선생님."

"릴리의 수술을 맡게 되어 기쁩니다."

그녀는 내가 하려는 말을 이해하지 못하는 것 같다.

"아니에요." 나는 다시 강조해서 말한다. "고맙습니다."

나는 전화를 끊고 소파에 주저앉아 들은 것을 전달한다. 언제 우리가 그녀를 볼 수 있는지 그리고 언제 집으로 데려올 수 있는지.

그가 무슨 말을 해야 할지 몰라 하며 나를 본다. "우리 결혼식 참석하기로 하지 않았나."

부정할 수 없겠지,
나는 겁쟁이 사자일 뿐이야

내가 비겁하게 굴었던 여덟 번의 순간들

1. 다섯 살 때 좀더 남자답게 걸으라는 아버지의 말을 듣고 즉시 수치심에 사로잡혀 그렇게 했을 때.

2. 7학년 때 학교에서 프랑스 성을 가진 인기 많은 아이가 나를 파곳faggot*이라고 불렀을 때 나 자신을 지키지 못하고, 프랑스어로 '파곳'fag-oh은 어떻게 발음하나 생각하면서 바닥이 푹 꺼져 나를 삼켜버렸으면 좋겠다고 바랐을 때.

---

* 남성 동성 연애자.

3. 부모님이 이혼하고 사람들이 내 심정을 묻자 기뻐하는 척했을 때.

4. 고등학교 때 한 녀석이 내게 오럴섹스를 하고 나서, 그에게 나는 이성애가 편하지만 그가 동성애자여도 별 상관없다고 말했을 때.

5. 더 광범위하고 포괄적인 '커뮤니케이션학'이 더 안전한 학위라고 생각하고, 문예창작과에 가지 않기로 결정했을 때.

6. 거리를 두고 냉랭하게 굴면서 영문도 모르는 상대방을 몇 달씩 고생시키고 결국 헤어졌을 때.

7. 문자메시지를 보고 제프리에게 바로 따지지 못했을 때.

8. 엄마가 똑같이 말해주지 않을까봐 두려워 매번 엄마에게 사랑한다고 말하지 못할 때.

그리고 단 한 번 내가 용감했던 순간

1. 회복실에 릴리를 남겨두고 릴리가 회복될 거라 믿으면서, 여동생의 결혼식에 참석하러 로스앤젤레스를 떠났을 때.

통가 룸과 허리케인 바

이륙해서 태평양 위를 날아가며, 나는 나지막이 떠오른 아침 해가 물위로 잔잔히 햇살을 퍼뜨리는 모습을 바라본다. 샌프란시스코로 향하는 단거리 비행이고, 우리는 예정대로 새해 첫날에 도착할 것이다. 나는 욕실 서랍에서 찾은 해묵은 알약(발륨이길 바라지만 바이코딘일 수도 있다)을 먹으려고 승무원에게 진저에일을 부탁한다. 그 외에는 말을 하지 않는다. 창가 자리에 앉게 된 게 고맙다. 제프리가 통로 쪽만 고집하기 때문에 보통 나는 가운데 자리에 틀어박히기 일쑤다. 하지만 샌프란시스코행은 복도 양쪽으로 각 열에 좌석이 두 개씩밖에 없는 경비행기다. 무슨 일이 일어나지 않는다면, 나는 아래로 펼쳐지는 풍경을 내려다보며 다른 사람과 눈을 마주치지 않을 수 있다. 눈을 마주치면 위험하다. 눈맞춤은 시발점이다.

착륙해서 휴대폰을 켜자 두 통의 음성메시지가 와 있다. 첫번째는 메러디스가 우리가 비행기를 탔는지 알아보려고 보낸 것이고, 두번째는 동물병원에서 릴리가 밤을 잘 넘겼고 상태가 호전되고 있다고 알려주려 보낸 것이다. 나는 그들이 혹시 거짓말을 한다든가 유쾌하지 못한 진실을 숨기려는 의도는 없는지 두번째 메시지를 네 번이나 반복해 듣는다. 하지만 별다른 점을 찾지 못하고 결국 그들에게 전화하지 않기로 한다.

메러디스가 수하물 찾는 곳에서 우리를 기다리고 있다. 그녀가 인사하며 나를 껴안는다. 나는 쓰러지듯 안긴다.

"괜찮아?" 그녀가 귓속말로 묻는다.

"괜찮다고 봐야지." 지금도 여전히 나는 그녀에게 속내를 다 드러낼 수 있다. 우린 겨우 열여덟 달 차이로 태어났고, 내가 가끔 내 인생의 황금기는 태어나서 첫 열여덟 달이었다고 말할 때 그건, 그저 농담이다. "엄마한테 전화했어?"

"우린 눈 맞아서 달아나는 거야. 알겠어? 모두 초대해 일을 크게 벌이면 그건 결혼식이 되는 거지."

그 말을 듣고 왜 명치끝이 이상하게 저려오는지 모른다. 하지만 그렇다. 엄마가 '모두'인가? 나는 우리 엄마와 이 세상 다른 모든 엄마들과의 공통점에 대해―차이점에 대해서도―강박적으로 고민하는 경향이 있다. "알았어." 메러디스의 결정이다.

"됐고, 오빠가 와줘서 기뻐!"

그녀와 프랭클린과 제프리와 나는 차이나타운의 어느 국숫집에서 점심을 때우고 페어몬트 호텔에 체크인한다. 그러고 나니 더는 참을 수가 없다.

"나. 뭐. 좀. 마셔야 해."

다섯시가 다 되어가서(플러스마이너스 세 시간의 오차를 허용하면) 우리는 로비의 바로 내려간다. 어떤 빌어먹을 자식이 그랜드피아노로 짜증나게 드르륵 소리를 내며 래그타임을 연주하고 있다. 하지만 짜증보다 갈증이 우선이라 더블 보드카 온더록스를 시킨다. 메러디스는 즉흥 처녀파티에 동의한다. 부분적으로는 내 성화에 못 이겨서지만(처녀파티는 술을 마실 좋은 구실처럼 들린다). 왕관을 쓰고 페니스 모양 호루라기라든가 그런 걸 걸고 다니지 않는다는 조건하에, 나는 프랭클린에게 양해를 구하고 (그는 초대받지 않았다) 내 친구 에런에게 전화를 건다. 그는 샌프란시스코에 살고 있고 수년 전 우리 모두 메인주에 살던 시절부터 메러디스와 알고 지내온 친구다. 그는 흥청대는 파티에 합류하기로 한다. 세 명의 게이와 신부.

도착한 에런은 어느 때보다 잘생겨 보인다(무슨 이유에서인지 그게 위로가 된다―삶에 존재하는 아름다움이). 나는 그에게 릴리의 소식을 전하고 결혼식과 급히 결정한 파티의 배경에 대해 설명한다.

"다 같이 축하할 겸 즐기자는 거지." 내가 말한다. 로비 바는 즐길 분위기는 아니다.

"내가 갈 만한 데를 알아." 에런이 말하며 우리를 엘리베이터

쪽으로 데려간다.

"여기 1층이잖아." 메러디스가 확인시킨다. "정문은 저쪽이야."

"쉬잇." 그가 눈을 찡긋하며 메러디스의 손을 잡는다. "너랑 나는—그리고 저 사람들도 아마 동의할 것 같은데—테라스로 내려가 통가 룸과 허리케인 바로 가는 거야. 열대 폭우와 싱가포르 슬링이 있는."

시였던가? 모르겠다. 그가 내가 평소에 쓰지 않는 다른 언어로 말하는 느낌이다. 더블 보드카와 감정 소모 때문인지 같은 말도 낯설게 들린다.

엘리베이터에서 띵 소리가 나자, 에런이 우리를 몰고 들어가 테라스 층 버튼을 누른다. 승강기가 덜컹하며 내려갈 때 속이 잠깐 울렁거린다.

통가 룸은 페어몬트 호텔 뒤편 경사면 쪽에 위치해 있다. 폴리네시아를 테마로 한 허리케인 바는 한때 호텔 수영장으로 쓰였을 석호를 둘러싸고 있어 마술적인 느낌을 풍긴다. 삼십 분마다 열대우림 스타일의 천둥번개를 동반한 폭우가 지나가며 이곳 분위기를 완성한다. 연주하는 밴드를 태운 거룻배가 폭우와 폭우 사이에 석호 위에서 떠다닌다. 대나무 티키 조명이 키치스런 열대풍 분위기에 정점을 장식한다.

한마디로, 완벽하다.

"모두에게 싱가포르슬링을!" 내가 말한다.

음료를 기다리며 나는 동물병원에서 전화라도 걸려올 것처럼 끊임없이 휴대폰을 만지작거린다. 배터리는 35퍼센트 남아 있고 수신감도는 약하다(신호 막대 하나에만 불이 켜져 있다). 나는 차츰 아직 새해 첫날이라는 사실을, 응급상황이 아니면 병원은 문을 닫았을 것이고, 정말 뭔가 크게 잘못된 경우가 아니라면 전화하지 않을 것이라는 것을 깨닫는다. 에런이 내 손에서 휴대폰을 가져가 테이블 위에 뒤집어놓은 다음에야 나는 내가 그들의 전화를 기다리지 않는다는 것을 안다. 무소식이, 정말이지, 희소식이다.

칵테일을 든 웨이트리스가 온다. 우리가 마실 넉 잔의 싱가포르슬링—파인애플 조각과 마라스키노 버찌 두 알, 그리고 종이 우산으로 장식된, 열대 석양의 빛깔의 진 혼합물—이 놓인 쟁반을 프로답게 받쳐들고서. 우리가 음료에 입도 대기 전에 나는 웨이트리스에게 외친다. "싱가포르슬링 넉 잔 더요!" 마치 대통령 재선 찬성 집회에서 다음 임기를 외치는 사람처럼. 메러디스가 저지하려 하지만 내가 단칼에 자른다. "아니면 내가 페니스 모양 호루라기 불면서 저 배에 탄 모든 사람들에게 내일이 네 결혼식이라고 떠들어대든가, 둘 중 하나야."

메러디스가 알겠다는 듯 고개를 끄덕인다. 그리고 종업원에게 내 주문을 다시 확인한다. "한 잔씩 더 주세요."

종업원은 내 여동생에게 이해하겠다는 듯 미소를 지으며 "축하해요"라고 속삭인다.

싱가포르슬링 첫 잔을 마시며 우리는 결혼을 화재 삼아 본격적으로 메러디스를 심문한다. 누가 언제 청혼을 했고, 왜 눈이 맞아 달아나는지. 우리는 그녀에게 관심을 집중하기 위해 최선을 다한다. 그녀는 신부가 된다는 사실에 들떠 있는 것 같지 않지만, 그렇다 해도 그녀의 일이고, 그녀의 날이다. 내가 아니라.

"기억나? 너 여섯 살 때 공원 벤치 등받이 사이에 머리가 끼었을 때 엄마가 정신줄 놓고 소방서에 전화했던 거?"

"뭐라고?" 제프리가 묻는다.

"얘기한 적 없나? 나중에 알고 보니 기어들어갔던 대로 기어 나오면 되는 거였어. 그런데 무슨 이유에서인지 소방관 둘이 와서 비명을 지르는 저애를 끌어낼 때까지 그러길 거부했지."

"소방관은 왜?" 제프리가 묻는다. "아버지는 어디 가시고?"

"일하러 가셨지." 내가 말한다. "아버지는 언제나 일하고 계셨어."

메러디스의 웃는 얼굴이 마시고 있는 음료 색깔로 변한다. "그 일은 왜 갑자기?"

왜 그 생각이 났는지 모르겠다. "너 코 쯴 거야?" 막을 새도 없이 내 입에서 말이 튀어나온다.

"뭐라고? 그거 무슨 뜻으로 하는 말이야?"

"몰라." 나는 작은 소리로 말한다. "임신?"

메러디스는 음료를 마시다 사레들릴 뻔한다. "지금 오빠한테 코 쮀어서 이거 마시는 중이잖아. 이 에틸알코올인지 뭔지를 말이야. 임신을 안 한 편이 낫겠지."

"아, 진정해." 내가 말한다. 메러디스가 테이블 아래에서 발로 내 정강이를 세게 찬다. 우리가 어릴 때 부모님이 조용하라고 지시했을 때 그랬던 것처럼. 나는 다음 차례는 그녀라는 표정을 지어보이며 다시 웃는다. 에런과 제프리는 그녀의 드레스에 대해 뭔가 묻는다.

"프랭클린이 중국인인 것은 어때?" 내가 무심코 내뱉는다.

"뭐가 어때?"

"몰라." 나는 이곳에 어울리려 애쓴다. 릴리에 대한 생각을 떨쳐버리고, 이 순간에 머물고자 애를 쓴다. "아이는? 네가 원하던 양육 방식과 달라지는 게 있어?"

"물론 없어. 내가 다시는 힐을 신을 수 없게 되리라는 것 말고는." 메러디스는 늘 그녀의 키에 대한 자의식이 있었다.

두번째 싱가포르슬링을 마신 후 우리는 에런에게 샌프란시스코에서의 싱글 게이의 삶에 대해 털어놓게 하고, 그의 말 한마디 한마디에 귀를 기울인다. 마치 미니시리즈 드라마라도 되는 것처럼. 그의 이야기는 이국적이며 중독성이 있고 대충 알아들을 만했다. 한 상대와 긴 연애를 하는 우리 같은 사람들에게는 낯선 개념이긴 했지만.

"사람들이 거리에서 그냥 그렇게 한다는 말이야?" 에런이 한참 폴섬 스트리트 페어*에 관해 말하던 도중에 제프리가 끼어든다.

"나체라니 무슨 말이야?" 내가 덧붙인다. "나체라면 그 나체?"

---

* 매년 9월 샌프란시스코에서 열리는 세계 최대 가죽 이벤트이자 전시회로. 성소수자(LGBT)들이 주로 참여하며 S&M 테마가 눈길을 끈다.

"챕스*가 뭔데?" 불쌍한 메러디스.

싱가포르슬링이 세 순배 돌고 나서야 우리는 뭘 해야 할지 깨닫는다. 우리는 파인애플과 버찌와 우산을 빼버리고 본격적으로 진에 덤벼든다. 두 번의 비바람이 호수 위를 적시며 지나가고 세 번째 순서가 돌아오고 있다. 배 위의 밴드는 우리 곁을 여러 번 노 저어 지나가며 〈탑 히트 40〉이라는 노래들을 연주한다. 확실히 요즘의 〈탑 히트 40〉은 아니다. 최근 내가 모르는 사이에 쿨 앤드 더 갱이 재기한 게 아니라면. 몇몇 이성애자 커플들이 배 위에서 춤을 춘다. 그들이 어떻게 거기에 타게 된 것인지, 그래도 되는 것인지도 알 수가 없다.

화제가 릴리로 바뀐다. 메러디스와 에런의 질문에 대한 대답을 제프리에게 맡기고 나는 잔 위로 고개를 숙인 채 빨대를 잘근잘근 씹는다. 몇 분 후 빨대가 제 기능을 못할 만큼 망가졌을 때 내가 드디어 입을 연다.

"릴리가 한 살이었을 때 와사비완두 한 봉투를 싸그리 먹어치운 적이 있어." 나는 내 말이 우스워서 웃지만, 다른 누구도 웃지 않는다. "내가 누군가한테서 선물 받은 초콜릿이 코팅된 블루베리 한 봉지를 먹은 적도 있고. 그러니까 이번이 처음은 아니라는 거야. 초콜릿이 개들에게는 독이거든. 수의사에게 전화를 했더니 과산화수소를 주라더라고. 구토를 유발하기 위해서 말이야—매일 몸무게 4.5킬로그램당 티스푼으로 한 스푼씩. 그러니까 릴리

---

* 카우보이들이 바지 위에 덧입는 가죽바지.

한테는 한 스푼 반이었지. 효과가 꽤 좋더라고. 지금까지도 난 와사비완두가 개들에게 독이 되는지 아닌지 몰라. 하지만 혹시 몰라서 그때처럼 과산화수소를 주기로 했지. 하지만 이번에는 낌새를 채고 입도 대지 않으려 하더라. 그래서 릴리의 주둥이를 쥐고 아래턱을 강제로 벌리려고 했어. 마지막 순간에 릴리가 고개를 왼쪽으로 꺾고 나는 오른쪽으로 꺾다가 결국 사레가 들렸지. 토하기는커녕 와사비완두는 위에서 활활 타오르고, 과산화수소는 기도에서 타오르고. 공포스럽게 씨근거리지 않고는 숨을 쉬지 못하더라. 그녀를 안고 동물병원으로 달려갔지. 그리고 몇 시간 후에 언제 그랬나 싶게 멀쩡해졌어. 이제 그녀가 죽는구나 했었는데 말이야." 그날 내가 얼마나 미웠는지 기억한다. 나 스스로를 완전한 패자로 느꼈던 것을. 그녀를 고작 일 년 남짓밖에 키우지 못했다면.

내가 이야기하는 동안 어느새 호수 위로 비가 다시 내리기 시작했다. 빗방울이 물위로 후드득 떨어지는 소리가 부드러운 스네어드럼 소리 같다. 나는 말을 멈추고 망가진 빨대를 유리잔에서 꺼내 빈 잔에 담겨 있던 다른 빨대와 바꾼다. 누구 잔인지 알게 뭔가. "왜 그 생각이 났는지 모르겠네."

하지만 나는 안다. 다시 내가 미워진다. 그날 밤만큼이나. 살아 있는 것들은, 따개비류나 식물들이 아니라면(식물도 기술적으로 태양을 향해 이파리를 뻗을 수 있긴 하지만) 모두 움직임이 필요하다. 그런데 내가 보는 앞에서 릴리는 타고난 것을—스스로 몸을 움직일 능력을—유지할 수 없게 되었다. 사고였고 품종 특유의 부상이라 해도—그것들 중의 하나일 뿐이라도—그것은 내 잘못이었다. 그녀에게 일어나는 모든 불행은 그녀를 보살펴야 하는 내 잘못이다.

테이블 위 칵테일 메뉴판 뒤에 여러 가지 과자들이 뒤섞여 담긴 그릇이 있다. 나는 거기에 손가락을 넣고 바삭한 과자들을 휘젓는다. 혹시 와사비완두가 있나 하나씩 살피듯이.

없다.

"아야!" 테이블 아래에서 빠르게 발에 챈 내가 놀라 움찔하자 칵테일 잔이 쨍그랑거린다. 메러디스를 건너다보니 입을 씩 벌리며 웃는다.

자기연민은 이제 그만.

"너 딱 걸렸어." 나는 메러디스에게 말한다.

"내가 뭘?" 아무렇지 않은 척 웃음을 참으려다 실패하고 그녀가 말한다.

나는 여러 사람의 팔꿈치를 잡고 그들을 데리고 테이블에서 일어난다. "춤추자!"

비는 그치고 배가 다시 움직인다. 이번에는 우리들을 태우고서. 그리고 나는 어느새 허공에서 손을 흔들고 밴드가 홀 앤 오츠의 〈그대 내 꿈을 이뤄주네You Make My Dreams Come True〉를 연주하기 시작할 때 리드미컬한 핑거스냅을 곁들인다.

서약

나는 프랭클린의 중국인 부모가 아들이 키 큰 백인 여자와 결혼하는 걸 어떻게 생각할지 잘 모르겠다. 하지만 키가 180센티미터가 넘는 게이 두 명이 이 행사에 어울린다고 생각하지 않으리라는 건 충분히 짐작할 수 있다. 그럼에도 그들은 고개를 끄덕이고 미소를 지으며 예의바르게 대화를 나누려 최선을 다하고 있다. 결혼식을 진행하는 판사가 중국인이라는 사실이 이 모든 것을 조금 더 쉽게 소화하는 데 도움이 될 것이다.

샌프란시스코 시청은 대리석과 예술적 열정, 포부, 건축학적 대담함이 어우러져 이뤄낸 괄목할 만한 성과다. 어떤 대성당 못지않게 아름다운, 정부를 위한 보자르 양식의 건축물. 메러디스와 프랭클린이 결혼서약서를 받고, 우리는 동굴 같은 입구의 웅장한 계단이 시작되는 곳에서 그들의 순서를 기다린다. 나는 원과 사각형으로 이루어진 대리석 바닥 무늬를 열없이 따라가며 밟아본다. 제이 크루의 등이 파인 심플한 크림색 웨딩드레스를 입은 메러디스는 놀랄 만큼 아름답다. 그녀의 체형에도 기질에도 완벽히 어울린다. 나는 여동생의 결혼을 상상해본 적이 없다. 그녀는 자라면서 그런 백일몽을 꾸는 스타일도 아니었고, 옷을 입고 신부 놀이를 한다거나 하지도 않았다. 하지만 지금 등이 파인 크림색 드레스를 입은 그녀의 모습은 화려하지만 과하지 않은 시청 건물을 배경으로 환히 빛난다. 다른 어떤 모습을 상상할 수도 없을 만큼.

차례가 되자, 우리는 웅장한 대리석 계단을 올라간다. 메러디스와 프랭클린이 앞서고, 제프리와 나 그리고 프랭클린의 부모님이 조용히 그뒤를 따른다. 나는 반구형 천장을 바라본다. 규모가 세계에서 다섯번째인가 그렇다는데 보는 것만으로도 감탄이 절로 나온다. 계단 꼭대기에서 우리는 원형 홀의 쌍여닫이문 앞에 서 있다. 그뒤로 시장실이 있다. 1978년에 당시 시장이던 조지 모스코네와 시의원이자 동성애자 권리 추구의 선구자인 하비 밀크가 과거의 동료에게 암살당한 곳이다. 그 사실을 떠올리자 몸서리가 난다. 중요하고 엄숙해 보이는 장소다.

의식은 간단하다. 메러디스와 프랭클린이 판사 앞에서 손을 잡고 반지를 교환하고 서약한다. 나는 증인, 사진가, 신부 가족, 신부 들러리의 역할을 절충하느라 애를 쓴다. 디지털카메라를 꺼내 다른 사람들에게 폐를 끼치지 않는 한에서 될수록 많은 사진을 찍는다. 나머지 가족들도 사진을 보고 싶을 테니까. 나는 이곳에 충실하기 위해 최선을 다한다. 마음은 613킬로미터 저편에 있지만.

집중하기 위해 나는 개들이 어떻게 증인이 될 수 있는가에 대해 생각한다. 그들이 어떤 식으로 우리의 가장 사적인 순간들에 함께하는지. 아무도 보고 있지 않다고 생각할 때 그들은 우리의 말다툼과 눈물, 우리의 투쟁, 우리의 두려움, 사람 친구들에게 감추고 싶은 모든 비밀스러운 행동들을 목격한다. 그들은 목격할 뿐 심판하지 않는다. 아내의 살인 사건을 해결하기 위해 자기 개에게 사람 말을 가르치려고 노력한 남자에 대한 책이 있었다. 개들이 자신들이 본 것을 우리에게 말해줄 수 있다면, 그것은 우리 삶의 모든 틈을 마법처럼 메꿔줄 수 있다는 말이었다. 나는 개가 지켜보는 방식으로 이 순간을 지켜보려 애쓴다. 모든 것을 눈에 담기 위해. 남은 가족들을 위해서. 이 결혼식은 그들 인생의 틈이 될 테니. 나는 그것을 메꾸기 위해 최선을 다할 필요가 있다.

결혼식은 내 여동생과 그녀의 새신랑에게 완벽하게 어울린다. 필요한 것만 간소하게. 신부를 소유물처럼 취급하는 말도 없다. 아무도 그녀를 건네주지 않고, 남편과 아내로 산다는 것에 대한 언급도 없고, 우리들 중 누구도 진심으로 믿지 않는 그리스도교의 신에 대한 언급도 없다. 그들은 둘 다 변호사다. 법이 그들의 교회다. 판사가 그들을 하나로 연결하며 선언한다. "캘리포니아주가 본인에게 부여한 직권으로 당신들이 결혼했음을 알립니다." 그리고 시작과 똑같이 빠른 속도로 의식이 끝난다.

나는 위에서 내려다본 사진을 몇 장 찍으려고 발코니가 딸린 3층을 서성인다. 숨 돌릴 시간이 필요하다. 동물병원에 전화하고 싶지만 그러지 않는다. 어차피 그곳 사람들은 내가 원하는 것을 해주지 않을 것이다. 릴리를 전화기 앞으로 불러달라고 하면 해주겠나. 진정제와 진통제에 취한 상태에서 릴리도 내게 할말이 많지 않을 것이다. 아래층에서 메러디스와 프랭클린이 중앙 계단을 내려가고, 나는 그들이 손을 잡고 있는 아름다운 장면을 포착한다. 제프리가 대리석 기둥에 기대 있는 모습도 찍는다. 느긋해 보이고 잘생겼다.

결혼식 후 페어몬트 호텔로 돌아와 나는 양해를 구하고 로비 바로 간다. 지난번의 빌어먹을 녀석이 또 있다. 똑같이 피아노를 드르륵거리며 치면서. 나는 바텐더에게서 뵈브 클리코를 한 병을 구입하고 잔 여섯 개를 달라고 부탁한다. 메러디스와 프랭클린의 방에 다 같이 모여 샴페인을 터뜨리고, 나는 신랑신부를 위해 건배를 외친다. 그리고 메러디스는 가족들에게 소식을 알리려고 전화를 돌린다. 상황은 이렇게 된다. 모두가 놀라고, 모두가 진심으로 축하한다. 메러디스는 한 명씩 통화한 후 전화를 내게 넘긴다. 그리고 내가 총대를 멘다.

"넌 알고 있었어?"

"언제부터 알고 있었는데?"

"네가 그러라고 했어?"

"나한테까지 말 안 했다 이거지?"

"넌 어째서 초대된 거야?"

"그애 임신했니?"

모두가 놀라서 아무도 릴리의 안부를 묻지 않는다. 나는 샴페인을 홀짝이며 할 수 있는 한 유연하게 대처한다. 하지만 속으로는 어째서 더 많은 사람들이 나에 대해서는 생각하지 않나 궁금해하고 있다. 여동생의 결혼식 날에.

엄마와의 통화가 마지막이다. 그녀는 금방 울음을 터뜨릴 것 같다. 목소리로 알 수 있다. 엄마는 여기 있고 싶을 것이다. 특히 프랭클린의 부모가 참석했다는 것 때문에 상처를 받은 듯하다. 그녀는 우리 식구를 대표해 내가 참석한 건 균형이 맞지 않는다고 한다. 그녀가 옳다. 누구도 엄마를 대신할 수는 없다.

"메러디스는 정말 행복해 보여요." 내가 전화기에 대고 말한다. 엄마의 슬픔을 조금이라도 덜어주기 위해서. 메러디스에게 좀 세게 나갔어야 했나?

"천 달러짜리 수표를 편지와 함께 보냈어." 엄마가 말한다. 하지만 나는 그것이 내게 하는 말인지 확신이 가지 않는다.

"뭐라고요?"

"릴리 수술을 위해서 말이야. 더 보태주지 못해 미안하구나."

이제 금방 울음을 터뜨릴 쪽은 나다. "그럴 필요 없……" 난 말을 꺼내고도 끝을 맺지 못한다. 생각하지 못한 배려다. 사양하지 않고 그냥 감사하게 받아들여야 한다. "고마워요." 겨우 들릴 정도로는 말한 것 같다.

전화를 끊고서 나는 커다란 거울 앞에서 신랑신부의 사진을 몇 장 더 찍는다. 꼭대기 층에서 보이는 도시와 항구의 전망이 멋지다. 나는 여동생의 어깨 너머로 멀리 앨커트래즈섬이 사진에 담기도록 한다. 이것이 결혼에 대해 내가 침묵으로 전하는 메시지다. 혹은 어쩌면 제프리와 나 스스로의 관계에 대해.

언제 와?

나중에 우리는 우르르 택시를 타고 도시의 유명한 언덕들을 누비며 엄청나게 부적절한 속도로 하워드 스트리트를 향해 달린다. 타운 홀이라는 레스토랑에서 저녁을 먹기 위해서. 이른 시간 시청에서 한 고생을 완벽하게 마무리하는 코스다. 타운 홀의 구조는 훨씬 단조롭다. 대리석 대신 벽돌, 돔 대신 붉은 차양. 넓게 퍼진 산허리 아래로 해가 내려앉고 공기는 차가웠다. 내부는 그대로 드러난 벽돌의 질감과 모던한 샹들리에가 어울려 따뜻하고 아늑하다. 나는 제프리와 프랭클린의 어머니 사이에 앉게 된다.

"복장이 이래서 죄송합니다. 출발하기 전에 드라이클리닝 맡긴 옷을 찾으러 가려고 했었는데. 제 강아지 릴리가 응급수술을 받게 되는 바람에요. 척추요. 발견했을 때는 부분적으로 마비가 왔었고. 그러니까, 수술로 다시 걷게 될 수 있기를 바라고 있어요. 그렇게 될 수 있을지 말하기는 아직 너무 이르지만요."

나는 프랭클린의 어머니가 영어를 어느 정도 하는지, 그녀가 말을 이해했는지 몰라 내 앞에 놓인 물잔이 빌 때까지 마신다. 내 여동생의 시어머니가 되신 분이 이따금 고개를 끄덕이고, 나는 그것을 계속해도 좋다는 뜻으로 이해한다.

"정말 불안해요. 솔직히 말하면 겁이 나요. 그런 강아지를 다시는 찾지 못할 거예요. 릴리는 너무 재미있어요. 가끔 하는 말을 들으면 전 그냥 쓰러진다니까요. 농담을 정말 잘해요." 프랭클린의 어머니는 해쓱해진다. 보기보다 영어를 더 잘 이해하고 있는 건 아닐까.

"어쨌든 내일은 그녀를 집으로 데리고 올 수 있어요. 잘 돌볼 수 있을지 걱정이에요." 나는 시선을 떨구고 무릎 위의 냅킨을 이런저런 방법들로 접어본다. 더이상 접히지 않을 때까지.

프랭클린의 어머니가 조용히 "컹" 하고 덧붙이고는 내게 따뜻하게 미소 짓는다. 내 역경을 이해한 것 같다.

결혼식 날 저녁에 이런 걱정을 하다니 우습다. 부자일 때나 가난할 때나, 아플 때나 건강할 때나 언제나 자신의 의무를 다할 것을. 나는 그런 맹세를 해본 적이 없다. 그렇게 될 거라고 생각해본 적도 없다. 하지만 이제 다르다. 나는 릴리에게 책임을 느낀다. 아픈 그녀와 견뎌내기 위해, 그녀가 자신의 네 발로 다시 설 때까지.

저녁식사 후, 메러디스와 프랭클린, 제프리와 나는 탑 오브 더 마크로 자리를 옮긴다. 캘리포니아 스트리트를 사이에 두고 우리 호텔과 마주보고 있는, 옥상에 있는 바다. 밤이라 우리를 둘러싼 빌딩들이 밤하늘에 뜬 별들처럼 반짝인다. 멀리 금문교에 작고 희미한 헤드라이트 불빛들이 점점이 박혀 있다. 메러디스가 나를 바 끝의 조용한 구석으로 끌고 간다.

"행복해?"

"네 결혼 말야?" 내가 묻는다. "물론이지!" 저쪽을 보니 프랭클린이 제프리에게 무슨 재미있는 이야기를 하고 있는 것 같다.

"아니, 오빠가 행복하냐고."

그녀에게 어디까지 솔직히 말해야 하는 걸까. "그런 건 왜 물어?"

"몰라. 주말에 오빠를 지켜봤잖아." 메러디스는 내 손에서 칵테일 메뉴판을 빼앗아 바 한쪽 위에 내려놓는다.

"그 문자메시지에 대해 곰곰 생각하고 있는 중이야. 머릿속에서 떠나지를 않아."

"누구한테 온 건데?"

"아무도 아닌 사람."

"아무도 아닌 사람이 문자를 보냈다고?"

"아무도 아닌 사람이 제프리한테 문자를 보냈어."

메러디스가 어이없어하며 나를 본다. "설마 〈패밀리 서커스〉 만화에 나오는 농담 같은 거 아니지?"

"다음에 얘기하자. 우선 릴리 문제부터 해결하고."

"릴리는 괜찮을 거야. 내가 걱정되는 건 오빠야." 메러디스가 내 어깨에 손을 얹지만, 나는 아무 대꾸도 하지 않는다. "릴리 핑계로 오빠 자신의 행복을 무시하지 마."

"안 그래." 내가 항변한다.

"속시원히 말해."

"그러고 있어!"

"아니, 아니야. 우리가 함께 자랐다는 걸 기억해. 난 오빠가 생각하는 것보다 오빠를 더 잘 알아."

"아, 그러세요." 나는 히죽거리며 말한다. "내가 지금 이렇게 할 거라는 것도 아셨나?" 나는 재빨리 그녀의 정강이를 찬다. 빚 갚음. 누구도 그녀가 지금 난폭한 사람과 결혼했다고 생각하지 않기를 바란다.

"아야! 진짜, 그래." 메러디스가 나를 올려다보며 정강이를 문지른다. "원하는 게 있으면 말을 해야 해. 내가 하고 싶은 말은 그게 다야."

"바텐더!"

메러디스가 으르렁거린다. "그 말이 아니잖아!"

"네가 무슨 말 하는지 알아."

우리는 프랭클린과 제프리에게 샴페인을 가지고 간다. 그리고 내가 마지막으로 건배 제의를 한다. "둘이 오래 행복하게 잘 살기를." 짧게. 간단히. 요점만. 아이보리색 가운을 입은 메러디스의 모습은 여유로워 보인다. 내 여동생은 다 컸다. 나는 우리가 함께 성장한 것이 감사하다.

우리 방으로 돌아와서 이번에는 내가 여행 일정을 바꾸고 아침 첫 비행기 두 좌석을 예약한다. 신혼부부와의 호화로운 브런치는 생략이다. 공항 커피와 기내식 같은 것이 있을 뿐. 운이 좋으면 공항으로 빠져나가기 전에 짧은 작별 인사를 나눌 수도 있을 것이다.

나는 침대로 파고들어 하루를 씻어낸다. 피곤했지만 우리의 샌프란시스코 여행은 여러 면에서 작고 고요한 오아시스 같은 것이었다. 통가 룸을 오가는 배를 타고 떠도는 나 자신을 생각한다.

댄 포글버그나 시나 이스턴 혹은 허리케인 바의 평행우주에서 여전히 인기가 많은 비슷한 누군가 사이를 휘저으며 다니는.

나는 불을 끈다.

어둠.

치유의 고된 작업의 시작된다.

압박

"눌러." 내가 말한다.

"누르고 있어." 제프리가 말한다.

"더 세게 눌러."

"겁이 날 만큼 세게 누르고 있다고."

"그럼 제대로 누르고 있지 않은가보지."

"그럼 네가 할 거야? 거기 서서 손전등 비추고 있는 편이 쉽지."

"네가 자꾸 움직이지 않으면 그렇겠지."

제프리는 짜증이 나서 그만둔다. 그는 일어서다 위에 뻗어 있던 가지에 머리를 부딪친다.

"나뭇가지 조심해." 내가 아무 쓸모없는 말을 한다. 그 말이 그를 화나게 할 거라는 걸 알지만, 나는 하고 싶은 말을 할 권리가 있다고 느낀다. 겁이 나니까.

나는 제프리에게 손전등을 건네고 릴리 옆에 쭈그리고 앉는다. 릴리는 쏟아지는 불빛을 받으며 자갈 위에 웅크리고 있다. 나는 수의사가 지시한 대로, 양손을 릴리의 배 양쪽에 얹고, 그녀의 부드러운 방광을 눌러 짠다. 눌렀다 놓고, 눌렀다 놓는다. 아무 일도 일어나지 않는다. 빛이 그녀의 등줄기를 따라 나 있는 의료용 스테이플러 자국을 반짝 비춘다. 그녀는 축구공처럼 꿰매어져 있다.

"나와?" 제프리가 묻는다.

나는 그녀의 하체를 살짝 들어본다. 혹시 오줌을 누었다는 무슨 흔적이라도 있나 싶어서. "아무것도." 나는 다시 같은 과정을 반복한다. "의사가 물풍선처럼 느껴진다고 했지?"

"응. 물풍선 같다고 했어. 조그만 레몬만할 거라고."

릴리의 복부는 물풍선 같은 느낌이다. 부드럽고 물컹하다. 그녀의 방광을 압박하는 건 샌프란시스코에서 돌아오는 비행기 안에서 결심한 것들에 포함되어 있지 않았다. 나는 정신적으로 충분히 준비가 되어 있다고 생각했다. 술 대신 커피를 마셨다. 잠드는 대신 깨어 있었다. 쇼핑 목록을 만들었다. 냅킨 뒷면에 우리에게 필요한 것들을 모두 적었다. 조그만 공간에 그녀가 따로 머물수 있는 강아지 울타리, 딱딱한 바닥에서 미끄러지지 않게 해줄 담요들, 물리적으로 흥분하지 않게 하면서 정신적으로는 활기를 유지하게 해줄 장난감들. 간식—건강한 것으로, 회복기에 운동

부족으로 살이 찌지 않도록. 체중이 늘어나면 결과적으로 척추에 더 무리가 갈 것이다.

하지만 그 목록에 개의 방광을 압박하는 법을 배우는 것은 없었다. 비록 지금은 명백해 보이지만. 우리의 퇴원 수속을 도와준 수의사는 차가운 철제 진찰용 테이블 위에 강아지 배변 패드를 깔고 시범을 보였다. 그 모습이 너무 쉬워 보여서, 나는 내가 방법을 이해했다고 생각했다. 이제 착오로 밝혀졌지만. 병원을 떠난 이후로 우리는 계속 릴리가 오줌을 누게 할 수 없었다.

"불쌍한 것. 이런 수모를 겪다니." 나는 릴리를 풋볼캐리어백에 넣는다. 그녀의 하체를 받쳐들고, 머리 위의 가지에 부딪히지 않도록 조심하면서. "그만 자자." 포기한 듯 제프리가 손전등 스위치를 끈다. 그건 그녀가 자다가 우리 침대에서 방광을 비울 수 있다는 뜻이다. 그냥 일어나서 시트만 갈아주면 된다. 더이상 세게 그녀를 눌러댈 수는 없다.

안으로 들어와 내가 담요 위에 릴리를 내려놓자 릴리는 똑바로 일어선다. 나는 이 갑작스러운 진전에 깜짝 놀란다. 아직 걷지는 못하지만 설 수는 있다. 불안정하기는 하지만 그것만으로도 엄청난 성과다. 지금으로서는 그것으로 충분하다. 나는 릴리의 처방약이 든 빨간색 통 위에 적힌 복용법을 다시 읽고 진통제로 트라마돌 한 알, 감염 방지를 위한 클라바목스 한 알을 고른다. 그리고 그것들을 필 포켓*에 넣는다. 그녀는 그것을 게걸스럽게

---

* 강아지들이 알약을 먹기 쉽도록 유도해주는 간식. 가운데 홈 부분에 알약을 넣은 후 눌러서 먹인다.

먹어치운다.

"멍키, 봐봐. 네가 서 있어."

"내 이름은 릴리야."

"알아." 내가 그녀의 정수리에 손을 얹는다. 그녀의 눈이 무겁게 깜빡인다. 그녀는 일곱 살밖에 안 되었지만, 처음으로 늙어 보인다. 스테이플러 자국을 따라 등 위로 길게 드러난 맨살. 마호가니 빛 털이 벗겨진 그녀는 슬퍼 보인다.

"어떻게 된 거니?"

릴리는 기억을 떠올리려 집중하는 듯 보인다. "몰라. 일어나보니 걸을 수 없었어."

"너 때문에 간 떨어질 뻔했어." 나는 손으로 그녀의 얼굴을 모아 쥔다. 그녀는 머리가리개를 쓴 수녀 같아 보인다.

그녀는 필 포켓의 뒷맛 때문인지 입맛을 다신다. "거기에 약 넣은 거 알아."

"나도 네가 안다는 거 알아." 그리고 덧붙인다. "약을 먹어야 잘 낫지."

릴리는 그 말을 곰곰 생각한다. "내 빨간 공 갖고 놀아도 돼?"

나는 그녀를 천천히 들어 그녀의 프랑켄슈타인 흉터를 들여다본다. 꼭 개 두 마리를 조립한 것 같다. 마냥 놀고만 싶어하던 어린 강아지, 그리고 자기 나이의 한계를 이해하게 될 늙은 개. 나는 그녀에게 약속한다. "곧."

나는 우리 침대에 타월을 깔고 제프리와 나 사이에 릴리를 조심스럽게 눕힌다. 진통제와 하루치 고통의 대가를 지불한 그녀는 녹초가 되어 곧 잠이 든다. 나도 그녀만큼 빨리 잠이 든다. 오늘 아침 잠에서 깼을 때 내가 샌프란시스코에 갔었다는 사실이 거의 믿기지 않았다.

나는 해변에 있는 꿈을 꾼다. 릴리가 어린 강아지였을 때 비수기에 가서 뛰놀곤 하던 해변. 꿈속에서 릴리는 달리고 또 달린다. 빠르지는 않지만 멀리 간다. 다른 개들, 더 큰 개들이 있다. 릴리는 그들 곁에서 뛰고 싶어하지만, 함께는 아니다. 그녀는 그들의 몸집과 그들의 발에 채는 모래에 가볍게 몸을 사린다. 몸 전체가 압축스프링이다. 한 발 뗄 때마다 몸이 잠깐씩 붕 떠오른다. 뛸 때마다 늘어진 양쪽 귀가 위로 활짝 펴지고, 누군가 잠깐 정지 버튼을 누른 것처럼 바람 속에 이따금 그대로 떠 있기도 한다. 내게 돌아오면 귀가 뒤집혀 있을 것이다. 머리와 목 뒤에 찰싹 달라붙어 있을 것이다. 나는 개의 귀를 출고 상태 그대로 세팅해놓느라 인생의 반을 보내고 있다.

내! 발! 밑에! 모래가! 너무! 푹신해! 그리고! 봐! 바다가! 얼마나! 넓은지! 뛰는! 나를! 봐! 없잖아! 목주……

그녀가 목줄이라는 말을 마치기 전에, 파도에 밀려온 미끈거리는 미역 한줄기가 그녀의 여린 발을 휘감는다. 그녀의 얼굴에 공포가 스친다.

뱀! 뱀! 뱀이야!

그녀는 돌아서서 마른 모래가 있는 곳으로 꽁무니가 빠지게 달아난다. 키 큰 풀들이 바람에 일렁이는 모래 언덕 가까이로. 그 즉시 그녀의 코가 죽은 게의 냄새를 맡는다. 그녀는 게의 다리 하나를 뜯어서 입에 물고 수평선의 점 하나로 보일 때까지 멀리 달아난다.

아침에 제프리와 나는 서둘러 옷을 입고 릴리를 당장 밖으로 데리고 나간다. 그녀를 잔디 위에 내려놓자 그녀는 다시 일어선다. 심지어 흥분해서 한 발, 두 발 걸으려는 시도까지 한다. 밤비처럼 보이기까지 한다. 다리만 짧다 뿐이지. 나는 그녀가 무리하지 않도록 진정시킨다. "쉿. 쉿. 쉿."

제프리가 끼어들 것처럼 보이지만 내가 어깨로 밀어낸다. 이건 내 일이다. 이건 내 순간이다. 난 비겁해지지 않을 것이다. 두려워하지 않을 것이다. 나는 겨우 얼마만큼만 사랑할 수 있는 그런 사람이 되지 않을 것이다. 힘들 때 자신을 남김없이 던져 함께 할 수 없는 그런 사람이 되지 않을 것이다. 나는 문자메시지 때문에 심란해지지 않을 것이다. 내가 사랑하는 이 개의 오줌을 짜내는 것—이것이 나의 에베레스트다. 이것은 내 몫이다.

나는 릴리의 뒷다리를 배 밑으로 집어넣어 평상시 앉는 자세로 그녀를 앉힌다. 다리가 약간 개구리처럼 벌어지게. 뒤에서 그녀의 배 밑으로 손을 넣고 물풍선처럼 느껴지는 레몬 크기의 부드럽고 물컹한 것을 찾는다. 찾아낸 다음에는 심호흡을 하고 정신을 가다듬은 다음 누른다. **끌어올리듯 뒤로 빼면서.**

아침 햇빛 속에서 무슨 차이가 있었는지 모른다—그녀의 차오른 방광, 자기 힘으로 움직이려는 그녀의 의지, 새로운 날의 여명 속에 사라진 내 두려움, 그녀가 뛰는 꿈, 그녀가 뛰는 것을 다시 보고 싶다는 간절한 바람. 여하튼 내가 손을 놓았다가 다시 뺏

속까지 눌러서 짜는 동안, 그녀의 꼬리가 낯익은 45도 각도로 솟아올라 막 발사되려는 미사일처럼 되더니, 그녀가 천천히 오줌을 누기 시작한다.

"그녀가 하고 있어! 네가 하고 있어!" 나는 흥분해서 하마터면 쥐었던 손을 놓칠 뻔한다. 하지만 그러지 않는다. 나는 계속해서 쥐어짠다.

갑작스레 일어난 일에 릴리는 화들짝 놀랐다가 안도감에 휩싸인다. 제프리가 허공에서 주먹을 치는 시늉을 하고, 우리 둘의 얼굴에 미소가 번진다.

"드디어." 제프리가 안도한 듯 말한다.

"하-하!" 나는 승리감에 젖는다.

릴리가 일어서려고 할 때가 되어서야 나는 그만 눌러짜도 된다는 걸 깨닫는다. 나는 조심스레 그녀를 그녀가 만든 웅덩이 너머로 안내한다.

"네가 해냈어, 빈." 다른 모든 것은 사라진다.

나는 그 어느 때보다 행복하다.

흡입

월요일

나와 릴리는 동물병원으로 가고 있고 옥토퍼스는 보통때와 같은 위치에 버티고 있다. 우리는 로스앤젤레스 카운티 미술관 주변의 공사장을 돌아가고 있다. 로스앤젤레스 사람들에게 융통성이란 없으니까. 릴리는 내가 운전을 할 때면 늘 같은 자세로, 내 무릎 위에 앉아 내 왼쪽 팔꿈치 안쪽에 얼굴을 묻는다. 오른팔로 기어를 저속으로 바꾸며 왼팔로 핸들을 돌려보려 하지만 귀한 손님을 모시다보니 쉽지 않다. 커브를 틀어야 할 때마다 그녀는 짜증스레 나를 올려다본다. 옥토퍼스는 오늘 아침 아무 말도 하지 않았다. 그럴 필요가 없다. 그의 목소리가 내 머릿속에서 문뜩문뜩 메아리치고 있으니까. 시간이 흐를수록 그는 커져간다.

대기실은 작고 어둡고 답답하다. 갈색 리놀륨 바닥은 모서리가 벗겨지고, 숨돌릴 만한 곳에는 빠짐없이 반려동물 사료와 리마딜*, 글리코플렉스** 같은 이름의 약품들이 놓인 진열대가 빽빽이 들어차 있다. 집에서 가깝다는 것 말고는, 내가 이 동물병원에 계속 오는 이유를 모르겠다. 아마도 이건 내 인생의 패턴이고 나는 그것에 대해 다시 생각해볼 필요가 있다. 상담사 제니, 이 우중충한 동물병원. 의사들은 지난번에 비해 낫다고 말하고 싶다. 호의적이지 않은 옐프Yelp 리뷰 후에 갑자기 사라진 무리들보다는.

나는 나무와 연철로 만든 빈 벤치에 자리를 잡는다. 전차를 기다리는 기분이다. 머리 위의 진열대 탑은 지진이 날 경우 우리를 비참한 파국으로 몰고 가겠지만 고맙게도 개인 공간이 있는 것 같은 환상을 불러일으킨다. 동물병원은 감정의 종합선물세트 같은 것이 될 수 있다. 고양이들은 어김없이 공포에 질린 채 사각형 모양 장에 담겨 있고, 그 주인들도 변덕스럽다. 검진처럼 간단한 것을 위해 온 행복한 개들도 있다. 세상 밖으로 나와 신이 나서는 주인이 줄 비스킷을 기다리는 개들. 어떤 상황에서도 수의사라면 질색인 긴장한 개들도 있다. 아프거나 다친 개들도 있다. 주인들은 자기 개들이 짖거나 달려들거나 물까봐 안절부절못한다. 반려동물 없이 이곳을 떠나는 주인들도 있다. 그저 어떤 종류의 충격적인 소식만 받아든 채로. 그리고 우리 같은 부류가 있다. 머리에

---

* 소염제.
** 관절 약.

옥토퍼스가 달린 개를 데리고 있는 사람들. 우리는 아마도, 가장 나쁜 사례다. 보기에도 너무나 공포스럽고 기형적이라 사람들은 우리를 멀찌감치 피한다.

시간이 조금 흐른 뒤, 우리는 진찰실로 안내되어 의사를 기다린다. 나는 릴리를 진찰 테이블 위에 내려놓는다. 차가운 금속에 발바닥이 닿자 릴리가 움찔한다. 나는 그녀를 진정시키느라 등을 토닥인다. 이 방도 작다. 벽에는 반려동물 치과 치료를 광고하는 포스터가 붙어 있다. 개의 이빨이 썩는 단계를 찍어놓은 사진들. 벽지 색이 아이러니하게도 치주염 색깔이다.

수의사가 웃으며 들어온다. 새로운 스태프 중 가장 귀여운 사람이고, 나는 속으로 그에게 두기*라는 이름을 붙였다. 수의사라 해도 그는 의사가 되기에는 너무 어려 보였으니. 수의학과 재학 기간은 보통 의대의 다른 학과들보다 짧은가? 아님 말고. 주름 잡힌 카키색 바지를 보고 나는 그의 옷차림이 얼마나 구닥다리 같은지 말을 해줄까 망설인다. 하긴 나이들어 보이고 싶어서 입은 건지도 모르지.

"오늘은 무슨 일로 오셨을까요?"

나는 깜짝 놀라 그의 눈을 똑바로 들여다본다. 지금 차트를 보고 있다면, 릴리의 환자 기록을 보고 있다면…… 저럴 수 없을 텐데. 저렇게 내 강아지를 똑바로 바라보며 씩 웃고 있다니. 이 상황에서는 경험 부족이 치명적인 단점이 될 수 있다.

---

* 1989~1993년까지 미국 ABC에서 방영된 드라마 〈천재소년 두기Doogie Hauser, M.D〉의 주인공 이름. 두기의 레지던트 생활을 소재로 한 드라마이다.

"지금 진심이세요?" 그것이 더듬거리며 내가 겨우 내뱉은 말이다.

"릴리는 어떤가요?" 그는 릴리의 입술을 젖히고 이빨을 들여다본다. 대체 저 사람이 뭘 하는 거지? 그래, 그녀의 치아는 노화했다. 썩은 거 나도 알아. 치아도 잇몸도 나의 빠듯한 재정과 방치의 희생양이라는 거 안다고. 하지만 그게 그녀의 머리에 달린 저것보다 더 나쁘다는 거야? 저 사람은 정말 그 말이 하고 싶은 걸까? 이빨에 대한 이곳의 강박은 대체 뭐지?!

"음, 일단, 머리에 옥토퍼스가 달렸어요."

수의사는 턱에서 손을 떼고 릴리의 머리를 보더니 얼굴이 해쓱해진다.

"오."

그래. 오.

수의사는 옥토퍼스를 더 잘 보려고 몸을 굽힌다.

"언제부터 이런 거죠?"

"저도 지난주에야 발견했어요."

그는 릴리의 주둥이를 쥐고 머리의 각도를 돌려가며 골고루 살핀다. "그리고 이걸 옥토퍼스, 라고 부르시고요."

"선생님은 뭐라고 하실 건대요?" 나는 방을 휘 둘러본다. 혹시라도 내게 믿음을 줄 만한 수의사 면허 같은 것이라도 벽에 걸려 있지 않을까 해서. 나는 지난번에 이곳을 다녀간 뒤 인터넷에서 두기를 자세히 검색했던 일을 기억한다. 그가 잘생겼다고 생각했으니까. 펜실베이니아에서 학교를 다녔다는 것 같은데 지금은 잘 모르겠다. 저 바지, 그리고 저 우둔함. 어쩌면 괌의 무허가 학교에서 학위를 샀는지도 모를 일이다. 나는 다시는 그를 인터넷으로 스토킹하지 않을 것이다.

두기는 옥토퍼스에 대한 관찰을 멈추지 않는다. 만져보고 두드려보고, 그러고 나서는 거즈 천을 들고 그것을 짜려고 한다. "옥토퍼스로 부르든 다르게 부르든 무슨 상관이겠어요." 그의 목소리는 나를 진정시키려는 것 같다.

"조심하세요." 내가 그에게 말한다. "옥토퍼스를 화나게 하고 있어요."

그가 손으로 옥토퍼스를 감싸쥐며 말한다. "화는 벌써 나 있는 것 같은데요." 두기는 일어서며 '의료 폐기물'이라고 적힌 스테인리스 쓰레기통의 페달을 밟아 뚜껑을 연다. 그리고 거즈를 던진다.

"저, 우리가 뭘 할 수 있는 거죠?"

"우선 좀더 알아봐야죠. 릴리를 안으로 데려가서 주사바늘을 넣고 액체 성분을 채취할 수 있는지 봐야겠습니다. 어떻게 할지는 검사 결과가 나와봐야죠."

릴리가 나를 올려다본다. 나만큼이나 짜증이 나 있다. 내 인내심은 거기까지다.

"우리 상대는 옥토퍼스라고요!" 내 얼굴이 빨갛게 달아오르고, 흥분하고 싶지 않지만 등줄기에 땀이 흐르는 걸 느낀다. 맙소사, 옥토퍼스의 이빨을 보겠다고는 안 할지.

"압니다. 하지만 옥토퍼스에 대해 더 잘 알아야 싸워서 이길 방법도 더 잘 알 수 있어요."

그가 한 말 중 처음으로 이성적인 말이라 나는 몸을 굽히고 릴리에게 직접 말한다.

"의사선생님과 함께 가. 옥토퍼스를 더 자세히 보고 싶으시대. 난 여기 바로 밖에 있을게."

두기가 동물병원의 보조를 불러 신속하게 릴리를 데리고 나간다. 나는 대기실로 돌아와 〈도그 팬시〉 잡지의 지난 호를 들춰본다. '이름을 떨친 다섯 마리의 개들'이나 '집중조명, 잉글리시 스프링어 스패니얼' 같은 기사들이 있다. 흥미롭지 않다. 하지만 '치아 세정에 관한 치의학적 논쟁 격화'에는 눈이 간다. 적어도 책장의 귀를 접을 만큼은. 이 우울한 곳에서 적어도 제정신 박힌 한 사람 정도는 관심을 가져주길 바라며.

나는 휴대폰을 꺼내 사진첩을 연다. 옥토퍼스가 나타나기 전의 릴리 사진들을 보기 위해서. 그녀와 내가 절벽에서 샌타바버라를 바라보는 사진은 언젠가 우리가 차를 타고 퍼시픽코스트 하이웨이로 드라이브를 갔을 때 찍은 것이다. 발자국 무늬가 그려진 담요를 덮고 잠든 그녀의 모습. 창으로 비쳐든 햇살 덕분에 그녀의 갈색 털에 붉은빛이 도드라져 보인다. 욕조 안의 젖고 짜증 난 릴리. 침대에서 잠들기 전 굿나잇 키스를 나누며 둘이서 찍은 셀피. 그녀가 기자Giza의 대 스핑크스처럼 소파에 앉아 있는 모습. 난 그녀의 털이 회색 트위드 소파 천과 대조되어 보이는 걸 좋아한다. 릴리가 내가 마우이섬에서 사온 화관을 쓰고 있는, 뒤뜰에서 찍은 셀피도 있다. 몇 주밖에 되지 않은 사진인데, 행복했던 시간은 훨씬 오래전인 것 같다.

사진 속 무언가가 내 눈길을 끈다. 나는 사진 위에 두 손가락을 얹고, 그녀의 오른쪽 관자놀이에 초점을 맞춘 다음 화면을 확대시켜본다. 그리고 거기 그가 있다. 바로 그녀의 오른쪽 눈 위에 평소의 자세로—더 작고, 더 어리고, 덜 또렷하게—옥토퍼스가 보인다. 어째서 그때는 보지 못했을까? 이 녀석은 나와 함께 하와이에서 돌아온 건가? 그 화관을 타고? 어쩌면 내가 해변에서 녀석을 데리고 온 건가? 웬드와 할런, 질과 바다 유리를 줍던 그날? 아니면 내가 바다에서 수영할 때, 내 감시가 소홀하고 주의가 흐트러져 있을 때? 내가 친구들과 휴가를 갔기 때문에 이 사달이 난 걸까? 아니면 샌타모니카 해변에서 기어나왔을까? 내가 미처 막을 틈이 없을 때, 수천 마일 떨어진 섬에서 럼주를 홀짝이는 동안 녀석이 내 강아지에 달라붙었나? 나는 공포에 빠져 허우적거리며, 양심의 가책으로 속이 부글거리는 걸 느낀다. 하와이에서 보낸 밤은 닷새뿐인데, 그 대가가 어떻게 이리 클 수 있을까?

"미안, 자기야." 덩치 큰 여자가 전화를 받으면서 내 발 가까이에 있는 선반에서 당뇨가 있는 개들을 위한 캔 몇 개를 꺼내려고 한다. 나는 의자에 앉은 채 다리를 다른 방향으로 휙 돌린다. 그녀는 물건을 꺼내려고 허리를 굽히며 끙 소리를 낸다.

나는 휴대폰을 집어넣고 다시 〈도그 팬시〉로 주의를 돌린다. 하지만 치아 세정에 관한 논의를 살펴볼 틈도 없이 두기가 내 이름을 부른다.

"에드워드?"

다시 진찰실로 돌아가니, 릴리가 테이블 위에서 나를 기다리고 있다. 그녀는 고통스러워 보인다.

"어떤가요?"

"제가 원하는 만큼 주삿바늘이 깊숙이 들어가질 않았어요."

"그러게 질긴 개자식이라니까요." 나는 인정한다.

"세포를 약간 추출할 수 있었는데, 옥토퍼스가 악성인지 구별할 만큼 충분하길 바랍니다. 조직검사실로 보내야 할 것 같아요."

나는 두기에게 화관을 쓴 릴리의 모습을 보여준다. 옥토퍼스의 초기 모습을. 그에게 내가 알고 있는 것들을 이야기한다. 릴리가 어젯밤 겪었던 발작에 대해. 그는 고개를 끄덕이며 듣다가 들고 있던 차트에 몇 가지를 기록한다. 릴리는 아무 반응이 없지만 그건 특별한 일이 아니다. 수의사에게 오면 그녀는 조개처럼 입을 꽉 다물고 열지 않는다.

"검사실에서 결과를 보내오면 좀더 알게 되겠죠. 릴리에게 약을 줘볼 수도 있을 거예요. 발작 방지 약 같은 것 말이죠. 아시겠지만, 문제를 다룰 최선의 방법은, 그러니까 저……"

"옥토퍼스요." 사람들은 왜 모두 이렇게 우둔할까?

"……옥토퍼스를 다룰 최선의 방법은 아마 외과적인 방법이겠죠."

나는 일부러 시선을 피한다. 밖을 내다볼 창문이 있다면 도움이 될 텐데. 대신 나는 다시 치아 관리 포스터를 정면으로 바라본다. 대기실에서 이곳 직원 누구라도 내가 〈도그 팬시〉를 보며 접어둔 부분을 발견하기를 간절히 바라면서.

"참, 릴리가 몇 살이었죠?" 수의사는 답을 기다리며 다시 차트를 들춘다.

"열두 살." 내가 말한다. "열두 살 반이요."

그는 차트를 내려놓는다. "외과 수술을 받기에는 좀 많은 나이네요. 노견에게는 마취 자체도 위험요소가 될 수 있어요. 하지만 이번주 중반쯤 어떤 조처를 취할지 더 상세한 논의를 할 수 있을 겁니다."

"검사실에서 결과가 도착한 다음에 말이죠." 내 목소리가 패배자의 목소리처럼 들린다. 나는 패배한 기분이다. 특히 진찰비로 285달러를 청구받은 다음에는 더욱더. 전혀 선택사항이 아닌 선택사항들이 주어질 수요일까지 기다리라는 특별한 언급의 대가로.

우리가 차로 돌아가자 누군가 내 자리로 들어오겠다고 깜박이로 신호를 보내지만 나는 손을 저어 단호하게 그들을 쫓아버린다. 마치 그들이 원하는 게 주차 자리가 아니라 내 영혼이라도 된다는 듯. 그리고 우리는 십이분 동안 그냥 거기 앉아 있다. 주차 미터기의 시간이 다 채워질 때까지. 릴리는 조수석에서 조용히 내 무릎으로 건너와 웅크리고 앉는다. 그리고 조그만 공처럼 몸을 만다. 그녀는 크게 한숨을 내쉰다.

"괜찮니, 빈?"

"그들이 내 머리에 주삿바늘을 꽂아."

"그들이 옥토퍼스에 주삿바늘을 꽂는 거야."

릴리가 그게 그거 아니냐는 듯 나를 바라본다. 혹시 그녀는 이미 희망을 버린 게 아닐까. 와사비완두 한 봉지를 삼킨 듯 목이 타오르기 시작하더니 꽉 잠긴다. 나는 뭔가 다른 것에 집중하려고 애쓴다. 그리고 와사비wasabi의 스펠링을 택한다. 묘하게도 'ie'로 끝나는지, 'i'로 끝나는지 기억이 나지 않는다. 그냥 'i'로 끝나는 것 같은데, 맞나? 머릿속 워드프로세서에서 올바른 철자가 아니라고 말하듯, 단어 밑에 빨간색 물결무늬 선이 그어지는 게 보인다. wasabi가 적절한 명사인가? 대문자로 써야 하는 것 아닌가? 아니, 그냥 식물이잖아, 안 그래? 나는 동물병원 안으로 되돌아가 수년 전 그들이 릴리를 위해 했던 것을 내게 하라고 하고 싶다. 나를 다시 숨쉴 수 있게 해줘. 그리고 와사비의 철자도 확인해주고. 마지막으로 제대로 숨을 쉰 게 언제인지 기억할 수 없다. 라마즈 수업이나 요가 DVD에서 말하는 그런 유의 깊고 긴 진짜 숨을. 아마도 하와이에서였을 거다. 휴가. 일과 마감 시한과 데이트에서 벗어나, 존재하는 것 말고는 아무것도 할 필요가 없었던 시간. 하지만 집에서 마지막으로 숨을 쉰 것은? 마이타이주를 마시고 긴장이 풀렸을 때 이외에는? 말할 수 없다.

나는 갑자기 그 아침을 잊어야 한다고 느낀다. 그날을 되돌릴 필요를 느낀다. 와사비완두를 토하기 위해서.

다시 숨쉬기 위해서.

"우리에게 필요한 게 뭔지 아니?" 내가 묻는다. 나는 그녀가 추측할 시간조차 주지 않는다. 릴리가 기운을 차린다. 그녀는 내 목소리의 억양만으로도 뭔가 신나는 일이 있다는 것을 안다. "아이스크림."

집으로 오는 길에 우리는 근처에 있는, 한국인 가족이 운영하는 반려동물 용품점 모퉁이에 차를 세운다. 그리고 특별히 개를 위해 제작된 땅콩버터 프로즌 요구르트를 고른다. 집으로 갈 때까지 기다릴 수도 없다.

옥토퍼스가 눈을 깜빡이며 묻는다. "뭘 가지고 온 거지?" 그의 목소리는 아무리 들어도 익숙해질 것 같지 않다.

"아무것도 아니야." 내 대답이다. 나는 릴리를 위해 차 안에서 바로 스티로폼 접시를 들어주고 그녀는 배가 고픈 듯 냉동 간식이 사라질 때까지 핥아먹는다. 접시가 빈 후에도 삼 분이나 더 핥고 나니 그녀의 기분이 밝아진다.

옥토퍼스는 계속해서 배가 고픈 듯 나를 바라본다. 하지만 나는 그에게 어떤 것도 내주지 않는다. 훗날 대가를 치르지 않기를 바라며.

화요일

릴리와 나는 화요일 밤에는 특별한 일정이 없다. 그래서 트렌트가 전화를 걸어 해변에서 한잔하자고 했을 때 나는 승낙한다. 밤인데다 순간적으로 마음이 바뀌어서 나는 이렇게 늦게 해변까지 먼길을 가야 한다는 게 귀찮게 느껴진다. 그것도 해변이 보이지도 않을 시간에. 하지만 트렌트는 업무와 관련된 저녁식사를 하느라 이미 그곳에 가 있었고, 식사는 막 끝나가는 중이다. 그리고 해변은 언제나 일종의 탈출구, 휴식의 공간, 궁극의 목적지처럼 보인다. 어둠 속에서도 짠 바닷물 냄새를 맡을 수 있고, 부서지는 파도 소리를 들을 수 있고, 서늘한 대양의 미풍을 느낄 수 있다. 여느 때라면 마음이 아늑해지는 것들이다.

하지만 지금 대양은 옥토퍼스가 기어나온 늪에 가깝다. 트렌트는 수의사가 릴리에게 어떤 진단을 내렸는지 궁금해하고, 난 금요일까지 제니를 만나지 못할 것이므로, 대화를 나누는 건 내게 좋을 것이다.

트렌트는 옛날 생각이 나는지, 90년대에 우리가 자주 가던 게이 바에 가자고 한다. 퍼시픽코스트 하이웨이의 윌 로저스 비치 건너편에 있는 곳이다. 윌 로저스 비치의 게이 구역은 특별히 진저 로저스라는 애칭으로 알려져 있다. 보통 그곳에 주차하는 건 악몽이지만, 운 좋게도 나는 깨진 가로등 아래, 운전자들의 눈을 피해 어둠 속에 숨겨진 완벽한 자리를 발견한다. 하지만 어찌나 돌아버리게 좁은지, 오 분 동안 그 빌어먹을 곳에 차를 끼워 넣으려다 결국 패배를 인정하고 400미터 정도 떨어진 다른 자리를 찾는다.

바가 있는 쪽으로 되돌아가는 길에 나는 웅덩이를 밟는다. 몇 주째 비가 내린 적은 없어서 뭔가 께름칙하다. 트렌트에게 문자를 보내려는데 전화기가 멈춰버려서 어렵게 다시 켜야 한다. 드디어 바에 도착하니 외관이 달라 보인다. 내 기억처럼 항해를 테마로 한 것이긴 한데 뭔가 맞지가 않는다. 내 초췌한 얼굴을 볼 수만 있다면 바 역시 나에 대해 같은 말을 할 것이다.

조명이 어둡지만, 바에 앉아 있는 트렌트는 금방 눈에 띈다. 그를 포함해 사람이 몇 명 없다. 나는 그 옆 의자를 빼고 바텐더를 손짓해 부르며 자리에 앉는다.

"여기는 어쩐 일로?" 내가 묻는다.

"의뢰인과 저녁 먹었어. 노동의 안개.* 옛날이 좋았지."

우리 쪽으로 온 바텐더는 외모가 준수하지만, 게이 바 바텐더로서의 자격요건이라 할 만한 그런 유의 준수한 외모와는 거리가 멀다. 트렌트에게 뭘 마시겠냐고 물으니 보드카토닉이라기에 나도 같은 걸로 주문한다.

"수의사가 뭐래?" 트렌트가 묻는다. "어떤 방법이 있대?"

바텐더가 내 쪽으로 음료를 내밀며 마지막에 라임을 추가한다. 내가 지갑을 꺼내려 하자 트렌트가 막는다. "내가 나중에 같이 계산할게."

한 모금 마셔보니 내가 좋아하는 독한 맛이다. "약으로 편하게 고통과 발작을 멈추게 할 수도 있고, 마취한 다음 더 큰 옥토퍼스의 샘플을 채취해서 훨씬 더 공격적인 치료 계획을 세울 수 있대."

"넌 어느 걸 선택할 건데?"

나는 어깨를 으쓱해 보이고 술을 한 모금 더 마신다. "몰라. 릴리와 얘기해봐야지."

"그래봐야 네 결정이잖아."

"그런가?" 나는 썰렁한 바를 둘러본다. "사람들 다 어디 갔어?"

트렌트가 고개를 돌리고 둘러보다 주춤한다. 바가 비어 있는 것을 그제야 알아챘다는 듯이. "몰라. 아마 늦은 시간이 되면 붐

---

* 다큐멘터리 영화 〈전장의 안개The Fog of War〉에 빗댄 말.

빌 거야."

바텐더가 엿듣고 있었는지 이렇게 귀띔한다. "열한시 넘으면 손님이 많아요."

나는 몇 시인지 보려고 휴대폰을 꺼내지만 다시 켜지지 않는다. 나는 바에 전화기를 탁 내려놓는다. "끝내준다. 빌어먹을 화요일."

"화요일이 뭐 잘못됐어?" 트렌트가 묻는다.

"전부. 월요일은 매번 같은 월요일이지만, 적어도 뭔가 새로운 것의 시작이잖아. 수요일은 한 주의 중간이고, 목요일은 곧 금요일이 오는 날이고, 금요일은 휴일로 이어지지. 하지만 화요일은? 개뿔도 아니야."

트렌트가 나를 바라보며 고개를 설레설레 젓는다. "뭐가 다르다고 그래? 집에서 일하는 사람이."

"재택근무야" 하고 받아쳐보지만, 뭐가 다른 건지 나도 모르겠다. "휴대폰은 먹통이고, 주차 자리는 말도 안 되게 좁았고, 발은 빠졌고⋯⋯" 나는 내 신발을 바라본다. "⋯⋯오줌에. 릴리 문제는 어떻게 해야 할지 모르겠고. 계속할까?"

트렌트가 내 어깨에 손을 얹는다. "너 아무래도 연애가 답이야." 그가 다시 실내를 둘러보지만 가능성은 희박하다.

"아, 나 했어."

"언제?"

나는 날짜를 확인하려고 휴대폰에 손을 뻗다 휴대폰이 죽은 것을 기억한다. "기억은 안 나. 최근에." 나 아직 안 죽었다고, 왜

이러서.

"최근에?" 그가 미심쩍게 묻는다.

"그래. 최근에." 그리고 어쩔 수 없이 덧붙인다. "최근이었다고 생각해." 세월 참 빠르군.

"음, 그렇담 다시 연애를 해야지. 어디 노는 입 없나." 그는 '캐주얼 키스'라고 부르는 가벼운 연애를 말하는 것이다.

"아마 열한시 넘으면."

난 어째서 화요일을 이렇게 싫어하게 된 걸까, 집에서 프리랜서로 일하는 사람이? 트렌트가 정곡을 찌른 거다. 내가 좀더 전통적인 노동 인력의 구성원으로서 화요일을 싫어했다면—화요일에 변별성을 느낄 만한 무엇이 결여되어 있다는 이유로 화요일을 싫어했다면—그렇다면 이제는 모든 요일을 싫어해야 맞는 것 아닐까?

나는 매일 아침 여덟시에 일어난다. 릴리를 깨우는 게 좀 힘들지만 심한 정도는 아니다. 대개는 헬스클럽에 갈 동기부여가 될 수 있는 옷들을 대충 걸치고 우리는 하루의 첫 산책을 나간다. 아침 햇살이 딱 적당하다. 뜨겁거나 후텁지근하지 않다. 집 앞 모퉁이를 돌아설 즈음이면 릴리가 헐떡이기 시작하지만, 그것도 물 몇 모금이면 금방 나아지니까. 릴리에게 아침을 주고 나는 스테비아로 단맛을 낸 커피 한 잔(늘 한 잔)을 마신다. 밤새 충전해둔 노트북을 책상에서 가져와 부엌에 앉는다. 빛이 창을 통해 들어와 화면을 비껴가는 곳에 자리를 잡고 한두 시간 정도 글을 쓴 다음 얇게 썬 바나나 반 개(나머지는 냉장고에 넣는다)를 얹은 카쉬* 한 그릇을 먹는다. 그러고 나서는 스스로에게 좀 미적거릴 시간을 준다. 뉴스를 읽고, 맹한 사람들과 여러 웹사이트에서 토론을 하고, 온라인으로 아무나 뒷조사를 해본다. 요즘은 뜸하지만, 이따금 진짜 헬스클럽에 가기도 한다.

오후에는 집에서 나가려고 노력한다. 하지만 장보기나 머리를 식히는 일 역시 단조롭기는 마찬가지다. 식료품점에서 저녁거리를 사고, 라치몬트에서 커피를 마시고, 아크라이트에서 특별히 볼 마음이 없는 영화를 본다. 차를 타고, 주차를 하고, 차에서 내린다. 주행도 목적지도 늘 기억하고 있지는 않다. 릴리와 나는 두 번째 산책을 나간다. 저녁 산책이다. 해가 긴 한여름이나 일찍 어두워지는 동지 때만 제외하고는 그 시간에도 하늘로 피어오르는 부드러운 안개를 즐길 수 있다. 릴리는 저녁과 생가죽 개껌을 얻고, 나는 와인 한 잔과 안주가 될 만한 것을 먹는다. 보통은 말린 망고나 살구 같은 것들이고, 두통을 유발할 황이 첨가되지 않은 (방부제가 없는) 종류를 먹는다. 잠시 글을 쓴다. 릴리와 저녁에 하는 일과들, 게임하는 밤과 영화 보는 밤, 그리고 피자, 그런 것들이 단조로운 일상에 약간의 변화를 준다.

밤에는 책상에 다시 노트북을 올려두고, 전화기는 충전기에 꽂는다. 릴리와 나는 마지막으로 한번 더 밖으로 나간다. 나는 자기 전에 알람을 맞춰두는 적이 없다. 그럴 필요가 없다. 나는 단조로움이 이미 내면화된 사람이니까. 나의 다른 모든 것들처럼,

---

* 유기농 시리얼.

의식중이든 무의식중이든.

누군가 트렌트 옆의 높고 둥근 의자에 앉고, 그들 둘이 이야기를 나눈다. 트렌트가 뒤에 있는 나를 가리키자 남자가 트렌트 너머로 몸을 뒤로 젖혀 나를 보더니 손을 올린다. 마치 '관심 없어'라고 말하듯이. 트렌트가 나를 돌아보고 어깨를 으쓱해 보인다.

"어떤 자와 만나는 거야?" 화제를 다시 내 성공 사례로 돌리려는 것이 뻔하다.

"마사지하러 온 남자. 우리집으로."

"시어도어." 트렌트가 못마땅하게 말한다. 그는 내 이름 전부를 부르고 싶을 때 에드워드 대신 시어도어라고 부른다. 그것이 내 신경을 건드린다는 걸 아니까.

"이름 가지고 그러지 마."

"그거 돈 내고 뭐 그러는 거 아냐?"

"노오오오오." 나는 '오'를 네다섯 번 덧붙이며 말한다. 한편으로는 내 자부심을, 한편으로는 마사지 가이의 자존심을 지키기 위해서다. "마사지 받은 돈은 냈어. 그러고 나서 이야기를 했어. 내가 음료를 한잔 권했어. 대화를 하면서 각자 몇 잔씩 마셨고. 그도 작가더라고. 오페라 음악극……"

"음란극 작가?"

"아니. 음, 그것도. 음악극 작가. 그는 그 말 쓰던 걸…… 요점은, 우리가 놀랄 만큼 공통점이 많다는 거야. 그래서 한동안 대화를 나눴어. 그다음에……" 나는 문장이 그렇게 끝나게 둔다. "데이트 같은 거였어. 알잖아, 내가 타월을 두르고 있던 것만 제외하면."

트렌트가 웃는다. "그럴 줄 알았어."

"갑자기 그렇게 됐어." 하지만 어쩌면 나도 그럴 줄 알고 있었는지 모른다. 적어도 그런 일이 일어날 조짐을.

오멘.

나는 그런 면들에 둔감한 편이다. 그걸 봤어야 했을까? 옥토퍼스가 다가오는 것을 봤어야 했을까? 그런 징조를? 옥토. 라틴어로는 여덟을 뜻한다. 내가 아는 사람 중에 라틴계가 있었던가? 얼마든지 있다. 그래도 여기는 로스앤젤레스가 아닌가. 아마도 라틴계 출신이 문제의 핵심은 아닐 것이다. 아마 중요한 건 여덟 그 자체일 것이다. 바텐더가 맥주를 따른다. 1갤런은 8파인트다. 크레욜라 상자 안에는 크레파스가 여덟 개 들어 있다. 옥탄은 원소 여덟 개로 구성된다. 탄소? 생명 활동의 기본이 되는 물질인 탄소 화합물, 그것일까? 정지 신호 표지판은 모서리가 여덟 개다. 옥토퍼스는 나에게 정지 신호일까? 그렇다면 뭘 멈추라는 거지?

하지만 오멘은 나쁜 만큼 좋을 수도 있는 것 아닌가? 옥토퍼스가 오고 내가 놓친 오멘이 있었다면 난 치유의 오멘을, 옥토퍼스가 떠나는 오멘을 기다려야 하지 않을까? 오멘도 라틴어다. 다시 라틴어로 돌아왔다.

골치가 아프다.

"몇시야?" 내가 묻는다.

트렌트가 휴대폰을 본다. "열한시 십오분."

때마침 문이 열리고 몇 사람이 웃으며 들어선다. 모두 검정 바지에 흰 셔츠를 입었다. 나는 "묘하네" 하고 중얼거리는 트렌트를 팔꿈치로 치며, 나중에 도착한 사람들을 훑어보다가 귀 뒤에 펜을 꽂은 남자에게 시선을 멈춘다.

"저 친구 어때?" 트렌트는 여전히 내가 건질 만한 노는 입에 주의를 기울이고 있다.

내가 손짓해 바텐더를 부른다. "한 잔 더 드릴까요?" 그가 묻는다.

"좀 바보 같은 질문을 해도 될까요?"

"얼마든지요."

"여기 게이 바 아닌가요?"

바텐더가 웃는다. "그랬었죠. 주인이 가게를 팔았어요. 요즘은 지역 레스토랑 서비스 직원들이 퇴근 후에 이용하는 만남의 장소처럼 되었어요. 그래서 늦게야 붐비는 거고요."

트렌트를 쳐다보니 그는 그저 어깨를 으쓱해 보인다.

나는 머리를 바에 쿵 부딪히며 팔로 머리를 감싸쥐고 말한다. "우리 지금 뭐하냐." 나는 말한다. "네 탓이야. 넌 너무 오래 행복했어."

"네 탓이야. 넌 너무 오래 **불행**했어." 트렌트가 내 머리 위의 텅 빈 공간을 물끄러미 바라본다.

"뭐하는 거야?"

"네 머리 위의 먹구름을 찾고 있어." 그가 주먹으로 장난스럽게 나를 친다. 나는 주먹을 되돌려준다. 조금 덜 장난스럽게.

"한 잔씩 더요." 트렌트가 바텐더에게 말하고, 바텐더는 우리 음료를 만들러 뒤로 물러나기 전에 깨끗한 칵테일 냅킨 두 장을 바에 놓아준다.

금요일

"한 주 잘 보내셨어요?"

다시 금요일이다. 그 말은 내가 제니의 버터 상담실로 돌아가 수요일이나 목요일을 가물가물 기억하는 시간을 갖는다는 뜻이다. 다시 발작이 왔었다. 처음만큼 끔찍하지는 않았지만 여전히 공포스러웠다. 수의사에게 전화가 왔었다. 옥토퍼스의 세포를 충분히, 확실한 뭔가를 발견해낼 만큼 채취하지 못했다고 했다. 두기는 좀더 큰 샘플을 채취하기 위해 릴리의 전신마취를 권했다. 포옹남과 또다른 데이트 일정이 있었지만 취소했다. 스스로가 사랑받기에 징그럽고 매력 없고 보잘것없는 사람으로 느껴졌기 때문이다. 아이러니하게도, 그것이 그가 자기감정을 분명히 하는

데 도움이 될지 모른다. 남자들은 사냥꾼이고 고분고분하지 않은 상대를 좋아하는 경향이 있다.

대체로 이번주에 나는 몸을 사렸다.

하지만 상담 시간에는 몸을 사리기 어렵다―제니와의 상담이라 할지라도. 오늘은 특히 그렇다. 제니가 자신의 직업에 대한 새로운 열정으로 무장하고 내 앞에 앉아 있으니까. 어떤 다른 환자가 그녀의 우둔한 분석에 염증을 느껴 게시판에 불만사항을 올리기라도 했는지, 불만 신고가 더 올라오는 것을 피하려고 애쓰는 것 같았다. 어쩌면 드디어 문제를 대하는 그녀의 양가적이고 모호한 태도가 환자의 문제에 몰입하는 것을 막고 있다는 사실을 깨닫게 되었는지도. 어떤 경우든, 왜 하필이면 지금 정신을 차리셨나, 제니.

나는 그녀의 질문에 대답하고 싶지 않다. 어쩌면 방법을 모르는 것일 수도 있다. 내 한 주는 어땠지? 동물병원을 방문했던 건…… **짜증스러웠다?** 이성애자 바와 게이 바의 차이점을 알지 못한 게 **굴욕적이었다?** 적당한 수식어가 떠오르지 않는다. 그래서 나는 진정하고 말을 삼키며 한숨을 내쉰 다음 그녀에게 다른 말을 한다. "대신 우리 방문객에 대해 말씀드릴 수 있을 것 같네요."

"우리라면……" 제니가 말을 멈춘다. 이전의 만남에서는 그녀가 한 번도 의문을 제기한 적 없던 단어다. 이전의 그녀는 문맥상 알아차리거나 아니면 그다지 주의를 기울이지 않았을 것이다. 이건 완전히 새로운 제니다. 그리고 난 그런 그녀가 마음에 들지 않는다.

"릴리와 저요. 그리고 저의, 제게 속한 것이요." 적절한 문구가 나를 피해 간다.

"당신과 릴리요. 좋아요. 계속하세요."

계속하라고. 아이고 친절도 하셔라. 그래도 될까요?

제니가 윗입술을 핥는다. 더 많은 이야기에 굶주린 채.

"릴리와 저에게 옥토퍼스가 있어요." 나는 극적인 효과를 위해 잠시 말을 멈춘다. 하지만 돌아오는 건 혼란스런 눈빛. 나는 우리에게 닥친 모든 시련을 이야기하기 시작한다. 트렌트에게 했던 것처럼, 두기에게 그랬던 것처럼. 그것은 이미 내가 데이트를 앞두고 선별해두는 이야기 꾸러미처럼 되어가고 있다. 이야기를 하면서 나 스스로 지루해진다. 제니는 고개를 끄덕이며 이야기를 들어주고 눈을 마주쳐도 흔들림이 없다. 내가 마음을 다 털어놓고 있는 이 여자가 대체 누군지 거의 알 수 없다. 정말이지, 그녀의 정밀검사에 맥이 빠진다.

"옥토퍼스라면, 무슨 뜻……"

"옥토퍼스요. 제가 우리라면 릴리와 나를 말하는 것이고요, 옥토퍼스라고 하면 옥토퍼스인 거예요." 제니는 여전히 미심쩍게 바라본다. 그래서 나는 휴대폰을 꺼내 그녀에게 화관을 쓴 릴리와 내 사진을 보여준다. "보세요. 바로 이거요. 지금은 훨씬 크고 더 눈에 띄고 성이 나 있어요."

제니는 사진을 찬찬히 들여다보며 손가락으로 옥토퍼스가 있는 부분을 확대한다. 그것 자체만으로도 날 화나게 하고(나 역시 똑같이 했음에도), 마치 내가 두더지 흙 두덩을 산으로 만들고 있다고, 아무것도 아닌 일로 일주일하고도 하루를 극심한 히스테리를 부리며 보낸다고 말하는 듯하다. 게다가 그녀에게 그것이 더 커져 있다고 방금 말했는데도. 더 고약해졌다. 나를 바라보는 그녀의 눈에 동정 비슷한 것이 어려 있다. 이해심과 동정 사이의 어딘가 안됐다는 표정. 하지만 나는 그녀의 동정을 원하지 않는다. 동정 비슷한 그 어떤 것도 필요하지 않다. 내 스스로 고칠 테니까. 나는 옥토퍼스를 이겨낼 것이다. 그런 눈빛은 필요 없다.

제니가 내 휴대폰을 돌려준다. "수의사에게 가보셨어요?"

쯧쯧. "월요일에요."

"그녀가 뭐라던가요?" 그녀는 남성 위주의 사회에 어떤 방점을 찍기 위한 수단으로서 여성 대명사를 사용한다. 아마도 90년대 후반 여성학 시간에 들어봤을 법한, 하지만 이제는 진부하고 과하게 힘이 들어간 듯 느껴지는 행동이다.

"그는," 나는 그를 강조한다. "말해줄 수 있는 게 별로 없었어요. 검사를 하려고 조직을 약간 채취했는데, 검사 결과가 확실치 않아서요. 이번에는 전신마취를 해서 더 큰 샘플을 채취하자고 하네요."

"그것에 대해 어떻게 느끼시죠?"

누군가의 질문에 대답하고 싶지 않을 때, 나는 그냥 상대가 묻지 않은 것에 대답한다. 지금 이 순간 나는 너무 많이 그러고 있다. "요즘 제가 그녀를 잠깐씩 혼자 두고 나가는 버릇이 생겼다는 사실을 알았어요. 난 그녀에게서 떨어져 있고 싶지 않아요. 하지만 그녀와 있는 건 그와 함께 있어야 한다는 뜻이기도 하죠."
나는 말을 멈추고 제니는 고개를 끄덕인다. "그리고 옥토퍼스는
제가 없을 때 왔어요. 그래서 제 안의 일부는 이렇게 생각하죠.
그를 떠나게 하려면 내가 나갈 필요가 있겠다고요."

"어쩌면 옥토퍼스는 떠나지 않을 수도 있어요."

나는 대답하는 대신 노려본다.

"어쩌면 옥토퍼스는 떠나지 않을 수도 있어요. 그리고 당신은
릴리로부터의 감정적 분리를 시도하고 있고요."

속이 뒤집힌다. "그런 말 불쾌하네요. 불쾌해요."

"불쾌하게 하려던 건 아니었어요. 그건 애도에 속하는 자연스
러운 반응이에요."

"애도라고요???" 나는 갑작스럽게 낚아챈 단어에 물음표 세
개를 더해 묻는다. "무슨 말씀을 하시는 거죠? 누가 애도를 하고
있다는 거예요?"

제니가 눈썹을 치켜세운다. 아닌가요? 하고 말하려는 듯.

"뭘 애도해요? 난 옥토퍼스를 떠나게 하려고 온 힘을 다하고
있어요."

"왜 둘 다는 못하죠?" 그녀가 묻는다.

진짜 사람 놀라게 하시네.

제니는 계속한다. "왜 옥토퍼스가 떠날 것에 힘을 기울이면서
동시에 그러지 않을 경우에 대비할 수는 없는 거죠?"

"그는 떠날 거예요."

"당신과 의사가 그렇게 말해도 제가 말릴 수는 없겠죠. 하지만

릴리는 나이가 많고, 당신 스스로도 릴리가 무리 중에서 약한 아이였다고 하시지 않았나요. 그다지 튼튼하지 않았다고요. 가까운 미래에 당신에게 엄청난 파국이 일어나지 않는다면, 릴리는 거의 확실히 당신보다 일찍 죽을 것이고, 당신에게 남은 시간과 릴리에게 남은 시간을 비교해봤을 때도 상대적으로 그래요. 옥토퍼스가 아니더라도 결국 뭔가가 그러겠죠. 코뿔소든 기린이든."

"코뿔소나 기…… 개가 어떻게 기린을 갖게 된다는 거죠?" 새로운 제니는 완전히 돌았다.

"자연스러운 거예요. 우리가 사랑하는 것들이 늙어가고, 그들의 상실을 애도하는 것은요. 심지어는 그들을 잃기도 전에요."

나는 그녀의 말들을 나의 상상 속 상담사에게로 넘긴다. 제니의 엉터리 조언을 되받아 조금 덜 식상한 것으로 바꿔줄 거라 믿고 있는 그에게. 이상하게도 그는 잠시 조용하다. 나는 그것이 그녀의 진단에서 틀린 게 아무것도 없다는 뜻일까봐 두렵다.

"그런데 애도가 뭐죠? 그 말의 의미가 대체 뭐냐고요?" 나는 완고하게 군다.

"사람에 따라 정의가 다른데 저는 한시적인 비정상 상태라고 말하고 싶네요. 프로이트는 삶에 대한 정상적인 태도로부터 벗어나는 것과 같다고도 했죠."

내가 제니의 눈을 똑바로 바라보자 그녀가 내 짜증을 읽어낸다. "하나, 제 질문은 수사학적인 거예요. 난 애도가 뭔지 알아요. 둘, 나를 비정상이라고 해줘서 고맙네요."

제니는 그녀가 준 모욕을 얼버무리듯 미소 짓는다. "애도는 병리적인 상태예요.* 살아가면서 우리 중 너무 많은 사람들이 겪는 일이다보니, 그렇게 다룰 생각을 못 하는 거죠. 우린 그저 사람들이 그것을 통과하기를, 견뎌내기를, 그래서 반대쪽으로 나오기를 바라는 거죠."

햇살이 창으로 쏟아져 들어와 제니의 발 근처에 햇무리를 만든다. 그녀는 신발을 차버리고 햇살을 향해 맨발을 뻗는다. 그 행동이 고양이처럼 햇빛이 있는 곳을 찾아가 낮잠을 자곤 하는 릴리를 생각나게 한다. 뒷다리는 자기 침대에 걸치고, 몸의 나머지 부분은 햇빛에 데워진 리놀륨 바닥에 뻗고 있는 모습을.

나는 이따금 나의 햇살이 되는 발륨과 바이코딘을 생각한다. 그것들의 온기 속에 몸을 웅크리고 싶은 욕구. "좋아요. 저는 애도하고 있어요. 저에게 처방전을 써주실 수 있겠죠."

불행하게도, 제니는 중독될 우려가 있다는 내 걱정을 알고 있어서 걸려들지 않는다(우리는 그 주제를 소모적으로 덮어버린다). "두고보죠."

아마 나 역시 옥토퍼스의 출현으로 장애를 겪고 있을지 모른다. 이유 있는 발작을. 최근 내 생각들은 성인 남자의 것이라기보다 어린아이의 것과 유사했다. 옥토퍼스를 떠나게 하려는 필요에서 비롯된 마술적 합리화. 위협적인 사람이 되고 싶고 원래의 나보다 더 커지고 싶고 내 안에 허리케인을 갖고 싶은 욕망, 짜증을 내며 모든 것을 표현하고자 하는 욕구.

---

* 프로이트는 우울과 달리 애도는 병리적 상태가 아니라고 규정함.

"애도라고 하면 무슨 생각이 나시죠?" 제니의 질문이 나의 주의를 다시 환기시킨다.

나는 별생각 없이 대답한다. "아마 W. H. 오든의 「장례식 블루스Funeral Blues」요. 오든이 맞는 것 같아요. 그렇게 독창적인 것 같지는 않지만요."

"전 모르는데요."

"시예요."

"그럴 거라 생각했어요."

"그냥 확실히 하는 거예요. 블루스 앨범이 아니라는 걸."

제니는 그녀의 지성을 의심하는 내 공격을 무시한다. "당신의 반응이 독창적이어야 하나요? 시는 원래 그렇지 않아요? 시인은 지극히 사적인 것을 표현해 결국 보편적인 것으로 환원시키는 것 아닌가요?"

나는 어깨를 으쓱해 보인다. 제니, 당신은 누구인가. 심지어 시가 어떤 것이냐고 말하는 새로운 제니는? 그렇다면 나는 누구인가?

"그 시를 왜 특별하게 생각하시나요?"

"모든 시계를 멈추고, 전화선도 끊어라. 개에게도 뼈다귀를 던져주어 짖지 않게 해라. 피아노를 멈추고 드럼도 덮어라. 관을 내어놓고, 슬퍼하는 이들을 들여라." 나는 대학에서 이 시를 외웠고 그건 내 머릿속에 박혀 있었다.

제니는 와인 한 병을 시음하듯 단어들을 음미한 후 말한다. "안 어울리는 건 아니네요."

그녀는 내가 아는 제니로 돌아온다. 그것으로 그녀의 관찰은 모두 틀렸다. 그것으로 그녀는 악몽의 상담사가 된다. 그것은 안 어울린다. 상황에 맞지 않고, 우리 대화의 문맥 속에서 고려할 만한 것도 되지 못한다. 명백한 한 가지 이유만 봐도 그렇다. 개에게도 뼈다귀를 던져주어 짖지 않게 해라.

나는 또다시 내 안에서 짜증이 솟구치는 걸 느낀다.

"안 어울리죠. 당신이 애도하는 대상이 개일 경우는요!"

일오일

냉동 칠면조가 쿵 소리를 내며 싱크대에 떨어지고 릴리가 그 소리에 놀라 깨어난다. "이크, 조용히 해!" 릴리는 달콤한 낮잠을 방해받는 걸 질색한다.

나는 냉동 칠면조를, 아니 칠면조 자체를 살 마음이 없었다. 하지만 6월에 얼리지 않은 칠면조를 사기란 쉬운 일이 아니고, 나는 내가 애도하고 있지 않다는 것을 필사적으로 증명하고자 했다. 내가 병적인 상태로 힘들어하고 있지 않음을 입증하는 데 축하파티를 여는 것보다 나은 게 어디 있겠는가. 특히 우리가 감사해야 할 모든 것을 축하하는 파티라면? 감사의 표시로 칠면조 만한 것은 없다. 거기에다 스터핑.* 그레이비소스. 그리고 매시트 포테이토. 그리고 스쿼시.** 식료품점에서 계산을 하기 전에 내가 계산원의 시선을 보고 깨달은 것은 6월에 추수감사절 만찬을 풀코스로 준비한다는 건, 사실상 발광 그 자체라는 것이다.

"그거 토퍼키***야?" 릴리는 침대에서 일어나 싱크대 옆 내 발치에 앉는다.

"그래. 이따가 토퍼키 먹을 거야." 나는 몇 년 전에 채식주의자가 되겠다고 덤빈 적이 있다. 그리고 어느 해에는 추수감사절에 토퍼키를 만들기에 이르렀다. 릴리가 칠면조를 먹자고 했을 때, 나는 그녀에게 우리집에는 칠면조가 없다고, 대신 토퍼키가 있다고 했다. 그녀에게 주자 그녀는 칠면조나 마찬가지로 게걸스럽게 먹어치웠다. 그레이비소스는 완전한 채식이 아니었다. 그리고 입맛은 나나 릴리나 별 차이가 없는 듯했다. 갖가지 재료로 속을 꽉 채우고 감자와 버터, 거기다 소스를 듬뿍 끼얹으면 끝내주게 맛이 있었다. 그 이후로 릴리는 모든 칠면조를 토퍼키라고 불렀다. 그녀가 토퍼키라고 말할 때 너무 귀여워서, 나는 그녀에게 아니라고 고쳐줄 마음이 생기지 않았다.

"오늘 파티 여는 거야."

아! 내가! 완전! 좋아하는! 토퍼키! 나! 혼자! 다! 먹어치울! 수도! 있을! 것! 같아!

---

* 칠면조 속에 채우는 여러 가지 재료들.
** 칠면조 구이에 곁들여 먹는 단호박 요리.
*** 칠면조 모양의 콩고기.

158

릴리는 이제 잠이 완전히 깼다. 그녀가 내 발 위에 발을 얹는다.

"이 빌어먹을 것을 어떻게 해동해야 할지 알 수만 있다면." 칠면조는 싱크대를 거의 꽉 채울 만하다.

릴리가 옆에 있는 전자레인지로 쓱 눈길을 주고, 나는 그 젠장맞을 것을 그 안에 밀어넣으려 해본다. 8킬로그램짜리 칠면조가 들어갈 만한 대류식 전자레인지는 없다는 걸 여전히 깨닫지 못한 채.

아님! 언! 채로! 먹자! 아이스크림처럼!

"토퍼키는 얼면 아이스크림처럼 맛있지 않아." 나는 나를 올려다보는 릴리를 내려다본다. 그녀는 문제가 해결되기를 간절히 바라고 있다. "그래, 온수 목욕이 있잖아!" 릴리가 뒷걸음질치기 시작한다. "토퍼키 말이야" 나는 그녀에게 말한다. "너 말고."

그녀가 즉각 다시 다가온다. **그래! 그렇게! 해!**

나는 칠면조 아래 배수구를 막고, 싱크대를 따뜻한 물로 채운다. 나는 '큰 걸로 굽기'라는 제목의 기사가 실려 있는 〈쿡스 일러스트레이티드〉 잡지 한 권을 가지고 있다. 나는 한 번도 읽지 않고 쌓아둔 요리책 무더기 속에서 그것을 찾아낸다. 왜 그걸 보관하고 있었는지는 모른다. 제목을 보고 사춘기 아이들처럼 몇 번 낄낄거린 적은 있지만.

칠면조가 해동되는 동안, 릴리와 나는 테이블 세팅을 한다. 어렸을 때 나는 늘 어머니가 준비하는 명절 테이블 세팅에 매료되곤 했다. 추수감사절과 크리스마스를 위한 특별한 테이블보,

11월이면 마법처럼 등장하는 금테가 둘린 흰색 본차이나. 내 안에서 싹트기 시작하던 동성애적 기질로 인해 나는 접시들을 유심히 살펴보곤 했고, 뒷면을 돌려보며 웨지우드라든가 본* 그리고 잉글랜드와 같은 단어들에 흠뻑 취하곤 했다. 어느 해에 어머니는 받침까지 있는, 유리로 만든 핑거볼을 준비한 적도 있었다. 식사가 끝나고 디저트가 나오기 전에 메러디스와 나는 핑거볼 안에 손가락을 담갔다. 그 모든 게 너무 우아해 보였다. 혹시 우리 외가가 알려지지 않은 왕족의 후손이 아닐까 궁금하기도 했다. 엄마에게 비밀리에 전해져오는 혈통의 비밀을 내게 공유해달라는 마음을 눈빛으로 전하려 했지만(나는 비밀을 안전하게 지켰을 것이다. 우리가 만약 실제로 어떤 사악한 황제나 여왕으로부터 숨어 살아야 하는 상황이었다면!), 엄마는 절대 그러지 않았다. 어른이 되면 저녁마다 이렇게 차려서 먹을 거라고 다짐했던 기억이 난다. 숙모가 돌아가신 후 내가 숙모의 본차이나를 물려받았지만, 물론 그걸로 우아하게 식사를 하는 경우는 드물다.

추수감사절에 릴리는 상석인 내 옆 바닥에 앉곤 한다. 애타게 입맛을 다시면서. 사람들이 두 그릇, 세 그릇 배부르게 먹고 나서야 그녀도 부엌 바닥의, 자기 밥그릇에 담긴 명절 음식을 먹을 수 있다. 그럴 때 나는 항상 그녀 곁에 쭈그리고 앉아 있다. 마치 자상한 남자 대학생이 토하고 있는 여자친구의 머리카락을 뒤로 잡아주는 것처럼, 그녀의 귀를 뒤로 젖혀 잡고서. 이 순간이 나에게

---

* bone. 남자의 성기를 뜻하기도 함.

160

는 명절의 하이라이트다. 일 년 중 가장 좋아하는 시간인지도 모른다. 그녀가 발산하는 순수한 기쁨을 나 역시 온몸으로 느낄 수 있다. 이번에 나는 바닥에서 그녀의 접시를 들어 테이블 위에 놓아준다. 그녀의 자리에 놓아둔 은식기와 천 냅킨은 손대지 않겠지만, 그렇게 해야 테이블의 균형이 맞는다.

"우리가 처음 함께 보낸 추수감사절 기억해?" 내가 릴리에게 묻는다.

"우리 토퍼키 먹었어?" 릴리가 묻는다.

"너 토퍼키 진짜 많이 먹었지."

그해 저녁식사 후 다른 사람들이 설거지를 하는 동안, 나는 칠면조 몸통에서 남은 고기를 발라내고 뼈들을 봉투 두 개에 담아 다른 쓰레기들과 함께 문 뒤에 가져다둔 뒤 디저트를 차리려고 테이블을 다시 정리했다. 그날 밤늦게 나는 봉투 두 개가 뜯겨 있고 뼈에 붙어 있던 고기 찌꺼기가 말끔히 사라진 것을 발견했다. 그리고 기름기가 끈적이는 발자국을 따라 얼마 가지 않아 부엌 식탁 밑에서 릴리를 발견했다. 평소보다 몸이 거의 두 배는 불어나 있었다. 그녀는 여전히 기름기가 묻어 있는 얼굴을 핥으며 나를 올려다보았다. **나를! 혼내! 그래야! 한다면! 하지만! 그럴 만한! 가치가! 있었어!**

내가 이 이야기를 하는 동안 릴리는 웃으며 말한다. "그때가 제일 좋은 추수감사절이었어."

"제일 좋았던 추수감사절 다음날은 아니고?"

릴리는 생각하더니 순순히 인정한다. "아, 그래." 그날부터 나는 남은 뼈로 수프를 끓여주곤 했다.

'큰 걸로 굽기'에는 칠면조 가슴이 아래로 가도록 해서 섭씨 218도에서 한 시간 동안 구우라고 되어 있다. 껍질이 바삭해지면, 육즙이 빠져나가지 않도록 163도로 온도를 낮춘다. 그러고 나서는 가슴 쪽이 위로 올라오도록 재빨리 뒤집어 익히다가 육류용 온도계를 꽂아 중심온도가 74도가 될 때까지 기다린다. 속까지 골고루 다 익히려면 네다섯 시간이 걸린다.

안 그래도 더운 여름날에 오븐이 상당한 열기를 뿜어내고, 릴리와 나는 베이스팅* 사이사이에 부엌을 벗어나 낮잠을 잔다. 달리 추수감사절 행사라고 할 게 없어 나는 홀리 헌터 주연의 〈홈 포 더 할리데이〉 DVD를 켠다. 영화가 반쯤 끝나갈 때 나는 채소 껍질을 벗기러 가고 식사를 준비하는 동안 릴리를 위해 영화를 켜둔다.

트렌트가 다섯시쯤 도착한다.

"와. 냄새 좋은데. 호박빵도 만들었어?"

"아니." 내가 짜증스럽게 대답한다. 칠면조에, 스터핑에, 감자, 단호박, 육수, 거기다 껍질콩까지, 호박빵 만들 시간이 있었겠나.

"호박빵이 빠지면 추수감사절이 아니지." 트렌트가 입을 내민다.

"진짜 추수감사절도 아니잖아."

트렌트는 매시트포테이토가 든 냄비 뚜껑을 열고 손가락을 집

---

* 칠면조를 굽는 중간중간에 그레이비소스를 뿌려주는 작업.

어넣는다. 집게손가락에 묻혀 한입 떠먹더니 버터를 좀더 넣으란
다. "이건 또 무슨 맛이지?"

"감자에 든 거?"

그는 고개를 끄덕인다.

"육두구." 나의 비밀 재료다.

트렌트는 냉장고로 가서 맥주를 꺼내 마신다. "옥토퍼스 볼 수
있어?"

"릴리는 거실에 있어. 하지만," 나는 트렌트의 팔꿈치를 잡는
다. "오늘 저녁엔 그 얘기는 하지 말아줘."

나는 트렌트가 내 제일 친한 친구이고, 그가 보일 반응이 내가
알아야 할 모든 것들을 말해주기 때문에 그를 따른다. 그는 빌어
먹을 빈말을 하지 않고 내게 단도직입적으로 말할 것이다. 릴리
는 잠들어 있다. 옥토퍼스를 드러낸 채로. 우리 둘 다 잘 보인다.

"아, 맙소사." 그의 반응은 내가 이미 알고 있는 것을 확인시켜
준다. 제기랄 큰 문제이고 꾸물거릴 시간이 없다는 것을. "어떻
게 할 건지 결정했어?"

"추수감사절에는 그 이야기를 하지 않기로 결정했어."

테이블에 앉을 시간이 되자 나는 옛날 영화 의상을 파는 가게
에서 사온 모자 세 개를 꺼낸다. 트렌트와 나를 위해 각각 멋진
버클이 달린 큰 순례자 모자 두 개를, 릴리를 위해서는 턱끈이 달
린 순례자 보닛을(어떤 영화에 나온 것인지는 모르겠다). 트렌트
는 모자 쓰기를 주저하지만, 나는 협상의 여지를 두지 않고 말한
다. "써."

릴리에게 모자를 씌우자, 우리들이 하는 행동을 미심쩍게 바라보던 옥토퍼스가 말한다. "뭣들 하는 거야? 나도 칠면조인지 토퍼키인지 저거 맛있을 것 같은데." 그는 모자 밑으로 사라지지 않은 한쪽 눈을 굴린다.

"안됐지만 넌 초대받지 않았어." 나는 릴리의 보닛을 씌워 옥토퍼스를 완전히 덮어버린다. 처음으로 그녀는 뭔가 착용하는 것에 반발하지 않는다. 나는 그녀를 의자 위에 올리고 테이블 높이에 맞도록 쿠션을 받쳐준다.

"내가 칠면조를 써는 동안 우리가 감사할 일에 대해 이야기하자. 자, 시작."

토퍼키야! 릴리가 틀리게 수정한다.

칠면조는 자르기 아까울 만큼 먹음직스러워 보인다. 노릇하고 바삭하고 촉촉하고 맛있어 보인다. '큰 걸로 굽기'라고 쓴 사람은 뭘 좀 아는 사람인 것이다. 다리를 자르려고 처음 칼을 대는 순간 방안 가득히 퍼지는 냄새에 갑자기 허기가 솟구치며 하루종일 아무것도 먹지 않았다는 사실이 떠오른다. 그대로 입으로 가져가 뜯어먹고 싶은 마음을 참기 힘들다.

트렌트가 먼저 시작한다. 호박빵이 없어도, 모자를 써야 했어도, 그는 신나게 행사에 참여한다.

"저에게 맷과 위지를 허락해주셔서 감사합니다." 그가 그의 남자친구와 불도그 이름을 대며 운을 뗀다. "물론 좋은 친구들을 주신 것도 감사합니다." 그는 릴리와 내게 잔을 들어올린다. "그리고 맛있는 음식과, 앞으로의 성공과 더불어 사는 삶에 감사합니다. 댈러스 카우보이스*를 있게 해주셔서 감사합니다."

나는 갑자기 우리들의 임시 휴일에 풋볼과 퍼레이드 소리가 빠졌다는 걸 깨닫는다.

"릴리, 너는?"

토퍼키! 주셔서! 감사합니다!

"다른 건?" 내가 묻는다.

난! 토퍼키가! 전부야! 릴리가 자기 음식을 핥아먹는다.

"좋아, 내 차례야." 나는 칠면조 몇 조각을 릴리의 저녁 그릇에 덜어주고, 트렌트와 내 접시에도 조금 더 담는다. "저도 친구들과 토퍼키를 주셔서 감사합니다. 그리고 나중에 남은 칠면조로 만들 샌드위치와, 6월의 추수감사절이라는 모험을 허락하심을 감사합니다. 가족이 있어서 감사합니다. 여동생 메러디스가 제가 다시 삼촌이 된다는 소식을 전해왔습니다. 삼촌이 되는 게 좋습니다."

"축하해!" 트렌트가 말한다. 나는 손가락을 들어 아직 끝나지 않았음을 알린다.

"하지만 무엇보다 릴리에 대해 감사합니다. 제 인생에 발을 들인 후, 릴리는 제게 인내와 따뜻함과 위엄과 우아함으로 역경과 맞서는 법, 그 모든 것을 가르쳐주었습니다. 누구도 그녀만큼 저를 웃게 하지 못하고, 누구도 그녀만큼 꼭 안아주고 싶지 않습니다. 릴리, 넌 정말 인간에게 최고의 친구라는 이름에 걸맞게 살아

---

* 텍사스주 댈러스에 연고를 둔 미식축구팀.

왔어."

트렌트가 내게 포크를 던진다. 그를 제외한 누구도 내 최고의 친구라고 일컬어지는 것을 원하지 않으니까. 하지만 나는 좀더 큰 맥락에서 생각하라고 요구하며 답으로 포크를 다시 던진다. 릴리가 짜증난 얼굴로 나를 본다. 순례자 보닛을 쓰니 얼굴에 약간 그늘이 져서 더 귀여워 보인다. 이 모든 말들은 우리의 식사를 지연할 뿐이다.

나는 우리가 먹을 음식의 플레이팅(릴리의 경우에는 볼링 bowling이라고 해야 하나)을 마치고 음식 위에 그레이비소스를 끼얹는다. 트렌트와 릴리 둘 중 누가 더 맹렬하게 음식 속으로 파고드는지 말하기 어렵다. 나는 내 음식에 손대지 않는다. 대신, 릴리가 한입 한입 베어 무는 것을 지켜본다. 그레이비소스 속에 잠긴 보닛 끈을 질질 끌며 그릇이 빌 때까지 필사적으로 끈을 핥는 그 낯선 얼굴을 관찰하면서.

빌어먹을, 제니.

나는 애도하고 있다. 이제 그 정도는 확실히 알겠다. 나는 삶의 정상적인 태도로부터 벗어나는 행동을 하고 있다. 8킬로그램 무게의 칠면조는 셋이 먹어도 좋은 양이다. 개의 밥그릇을 사람의 테이블 위에 올릴 수 있다. 순례자 모자는 6월에 적당한 옷차림이다. 옥토퍼스가 내 강아지를 데려갈지도 모른다.

11월은 오지 않을지도 모른다.

월요일

우리의 즉흥 추수감사절 다음날 오후 서너시 경에야, 나는 그 날이 블랙 프라이데이*가 아니라는 걸 깨닫는다. 심지어 금요일 도 아니고 월요일이다. 하지만 나는 이미 특별한 목적 없이 그로 브의 아웃도어 쇼핑몰을 거닐며, 아주 싸게 파는 물건이 없나 기 웃거리고 있다. 평소 같으면 유심히 봤을 여러 가게들을 지나치 지만 내 생각은 딴 곳에 있다. 모든 좋은 기억들이 실수의 기억으 로 떠오른다. 병치된 기억. 가려져 있던 더 어두운 추억들. 강아 지 시절에 릴리가 내 신발을 모조리 계단 꼭대기에 가져다놓은

---

* 11월 마지막 주 목요일인 추수감사절 다음날. 일 년 중 쇼핑센터가 가장 붐비 는 날이다.

기억은 그녀가 그 계단에서 떨어지는 끔찍한 사고가 날 수도 있었다는 사실을 환기한다. 왜냐하면 그때 나는 울타리로 그녀를 막아둘 생각을 못 했었으니까. 외과 수술 후 그녀의 방광을 누르며 좋아라 했던 일은 또다른 회상 장면으로 이어진다. 릴리가 소변을 누려 하지 않아서 내가 절망한 나머지, 아파서 끽 소리를 낼 만큼 세게 그녀의 목줄을 잡아당겼던 일로. 우리가 가장 길게 나눈 대화에 대한 기억은 가장 오래 이어졌던 침묵과 짝을 이룬다. 둘 다 화가 났었을 수도 있고 아닐 수도 있었지만, 우리는 서로 상대가 화났다고만 가정할 뿐 정말인지 확인하려는 노력조차 해보지 않았던 것 같다.

내가 그 모든 좋은 일들을 기억한다면, 나쁜 일들을 기억할 책임도 있는 것 아닐까? 추수감사절에 맛있게 먹고 즐긴 것을 기억한다면, 음식물 중독에 걸리게 한 것과 억지로 과산화수소를 먹인 것 역시 기억해야 하지 않을까? 밤에 그녀가 내 옆으로 파고들어 잠들었을 때 그녀의 가슴을 통해 전해지는 심장박동을 느낄 수 있다면, 과산화수소를 잘못 삼켰을 때의 밭은 숨소리도 들려야 마땅하지 않을까?

추억의 시작과 끝에 세워진 북엔드 사이에서 나사 바이스가 내 머릿속을 조여온다. 커다란 소라껍데기처럼 바다의 백색소음이 들려오기도 한다. 누군가 바이스 손잡이를 돌리는 것처럼, 더 조여지고, 더 시끄러워지고, 더는 참을 수 없어진다. 나는 무슨 이유로 여기 왔는지 기억해내려 애쓴다. 그래, 세일. 하지만 무슨 세일? 뭘 사려고 했지? 나는 그리 크지 않고, 그리 복잡하지 않고, 전혀 낯설지 않은 장소에서 갈 방향을 찾지만 허사다. 한 무리의 관광객들이 카트를 끌고 귀가 먹먹해지는 소리를 내며 지나간다. 낮게 끌리면서 찌를 듯한 소리. 나는 동물병원의 트롤리 벤치를 생각한다. 카트의 종점은 그곳일까? 사람들이 상점을 빠져나와 내 뒤를 따라오는 것만 같다. 한 남자가 목줄을 맨 닥스훈트 두 마리를 데리고 걷는다. 그들은 군중 속을 칼같이 빠져나간다. 레이저로 초점을 맞춘 것처럼.

그들이 지나가는 바로 그 순간, 나는 헛구역질을 시작한다.

모든 것이 희미해지고, 내 뇌에서는 이곳을 빠져나가야 한다는 알람이 울릴 뿐이다. 차는 주차장 6층에 있는데 갑자기 운전을 할 수 없을 것 같다. 이곳을 빠져나가려면 주차장 한가운데 있는 현기증 나는 램프를 연달아 빠르게 우회전해야 하고, 그것은 내게 남은 마지막 균형감각을 사라지게 할 것이다. 나는 레스토랑 두 곳을 휘청거리며 지나간다. 두 곳 다 얼마나 매력이 없고 특징이 없는지, 기분이 좋은 날에조차 누가 거기서 밥을 먹을까 의문이다. 나는 이 레스토랑들이 쇼핑몰의 출구, 주차장으로 가는 길을 표시한다는 걸 안다. 하지만 그 사이의 좁은 통로로 걸어갈 수 없다. 내 머릿속은 몇 달 전 주차장 옥상에서 뛰어내린 남자 생각으로 가득하다. 그는 에스컬레이터가 시작되는 지층에 쿵 소리를 내며 떨어졌다. 정확히 말하면 그 남자에 대한 생각이 아니다. 그에 대해서는 뉴스에 보도된 것 이외에 아는 것이 없다. 그러나 죽음에 대해.

우두둑 소리를 내며 부서지는 뼈에 대해.

끝에 대해.

교살에 대해.

옥토퍼스에 대해.

나는 불안한 걸음으로 앞으로 간다. 이런 식이라면 몰을 한 바퀴 더 돌아야 한다. 곁눈질로 제이 크루 맨 매장의 '오픈 임박'을 알리는 팻말을 본다. 저기를 좋아하게 될 것이다, 여기서 살아 나가기만 한다면. 이곳에 다시 올 엄두를 낼 수만 있다면.

어째서인지 잔디 구역에 테이블이 놓여 있다. 해마다 11월이면 고층빌딩처럼 높은 크리스마스트리가 세워지는 곳이다. 오늘이 진짜 블랙 프라이데이라면 그럴지도 모른다. 나는 의자에 주저앉아 고개를 떨군다. 테이블 위가 끈적거리지만 상관없다. 심지어 이 테이블이 누구 건지조차 모른다. 어쩌면 여기 앉는 대가로 하겐다즈 아이스크림이나 윗즐스의 소프트 프레즐을 사야 할지도. 그럴지도 모르지만, 지금 당장 내게 필요한 건 어지러움을 멈추는 것이다. 나를 억누르지 않는 생각들이 필요하다. 나쁜 생각을 불러일으키지 않는 좋은 감정들이 필요하다. 소라껍데기 속 먹먹한 포효를 가라앉힐 필요가 있다.

나는 나 스스로의 의심으로부터 괴롭힘 당하지 않을 필요가 있다.

계속 머리가 쿵쿵거리고, 공기는 커스터드 크림 속에서 숨을 쉬는 것처럼 답답하다. 셔츠가 땀에 흠뻑 젖어 사란 랩처럼 등에 딱 달라붙어 있다. 나는 알약을 생각한다. 기쁨과 안도감을 주는 캔디들. 집에 남은 게 있는지 모른다. 빌어먹을 제니. 더이상 처방을 해주지 않다니. 나는 단번에 안정감을 주는 발륨의 효과를 떠올리려 애쓴다. 뇌 속에서 메시지의 전송 속도가 느려지면서 점점 어눌해지고 멍한 느낌이 늘어난다. 안정에서 오는 행복. 따뜻한 포옹. 아마도 나는 알약에 대한 기억, 알약에 대한 생각만으로도 좀더 평온한 상태로 나를 이끌 수 있을지 모른다.

솜털 하나가 내 발 근처에 내려앉는다. 그리고 또하나. 눈이 오는 것인가 생각한다. 로스앤젤레스에는 눈이 내리지 않는다. 크리스마스에 그로브의 극장 옥상에서 대포 같은 기계로 가짜 눈을 날릴 때를 빼면. 두 송이가 여섯 달 동안 잔잔한 바람 속을 떠다닌 걸까? 아니다. 한 엄마가 민들레 홀씨를 부는, 걸음을 막 뗀 아이를 쫓고 있다. 그러면 그렇지. 어떤 것도 저절로 그렇게 오래 허공에 떠 있지 않는다. 여섯 달 동안은 아니다.

겨드랑이 밑으로 닥스훈트 두 마리가 지나가는 모습이 다시 보인다. 그것들의 작은 발, 짧은 다리, 옥토퍼스처럼 전부 여덟 개다. 하지만 어찌나 빨리 움직이는지 다리가 만 개 달린 노래기가 오후 산책을 나온 것만 같다. 그들이 요령 있게 거대한 장애물들과 소음을 피해 빠져나가는지 지켜보는 것은 알약에 대한 상상과 더불어 천천히 나를 진정시킨다.

릴리는 다시 그로브를 견디지 못할 것이다. 더이상은. 늙은 나이로는. 저런 군중 속에서 빠져나갈 방법이 없을 것이다. 몸을 웅크리고 고개를 떨굴 것이다. 내가 우리 둘이 안전하게 앉을 장소를 찾을 때까지. 그녀는 지금의 나처럼 될 것이다. 어쩔 줄 모르고 어지럽고 두려운 나처럼.

나이가 들어가면서 릴리는 반응이 느려졌고 전보다 시야가 흐려졌다. 두기의 전임자는 내게 경고했었다. 그녀가 차차 갇힌 세상 증후군Enclosed World Syndrome이라는 증상을 보일 가능성이 있다고. 나는 그에게 새로운 세상 증후군New World Syndrome(토착민들에게 새로운 거주 스타일을 강요해 비만, 당뇨, 그리고 심장질환을 일으킨 것을 말함―북미원주민들이여, 고맙다는 인사는 사양합니다)이란 말은 들어봤지만, 갇힌 세상 신드롬이란 건 들어본 적이 없다고 했다. 나는 갇힌 세상 증후군이란 게 공식적인 명칭인지 그 수의사가 만들어낸 것인지 모른다. 도대체 그런 거창한 이름을 붙이는 일은 누가 하는지. 하지만 릴리는 상당히 빠른 속도로 점점 더 작은 공간에서 편안함을 느끼기 시작한다. 우리집을 포함해 더 작은 동심원 안에서만, 집 중심으로. 그리고 나도 그랬다.

어쩌면 릴리의 노화는 나와 제프리의 관계가 끝나고, 내 글쓰기 경력이 멈춘 것과 동시에 일어난 것 같기도 하다. "제프리는 잘 지내?" "글 쓰는 건 어떻게 되어가?" 이런 질문들이 내 깊숙한 곳까지 뒤흔들었다. 질문이 부적절해서가 아니라, 할 수 있는 대답이 없어서였다. 제프리는 어땠나? 우리는 싸우지 않고는 이틀을 못 넘긴다. 글은 어떤가? 몇 달 동안 한 줄도 쓰지 못했다. 내가 분투하고 있다는 것을 설명하기보다 사람들을 피하는 게 더 쉬웠다. 나의 갇힌 세상 증후군은 조금 나아졌다, 다시 싱글이 되었을 때. 필요에 의해서이기도 했지만. 릴리는 그런 적이 없다.

옥토퍼스가 온 이후로, 나는 내가 능숙하게 내 몸을 가둘 고치를 만들고 있다는 걸 느낀다. 나 스스로에게도 말할 수 없는 것에 대해 이야기하는 것은 불가능하다. 친구들이 소란스러운 바나 북적이는 레스토랑에서 만나 "릴리는 잘 지내?" 하고 물으면 대체 무슨 답을 할 수 있단 말인가.

"음, 머리에 옥토퍼스를 달고 다녀."

"머리에 파스를 붙였다고?"

모든 대화는 거기서부터 흐지부지해질 뿐이다.

천천히 나는 고개를 들어 주변을 둘러본다. 애버크롬비 앤 피치 매장 앞에 상의를 탈의한 모델이 서 있다. 노드스트롬 매장은 가게 앞의 공간을 리모델링하는 모양이다. 크레이트 앤 배럴 앞에는 선명한 줄무늬가 있는 간이 파라솔이 펼쳐져 있다. 진짜 마크 러팔로인지 헷갈리는 사람이 곧장 키엘 매장으로 향한다. 천천히, 머릿속 쿵쾅거림이 멎는다. 천천히, 체온이 내려가고 심장 박동이 정상으로 돌아온다.

옥토퍼스가 가고 없는지 휴대폰으로 알아볼 수 있는 방법이 있으면 좋겠다. 아이 보기 카메라 중 어떤 것에 연결된 앱으로 우리집의 모든 방을 엿볼 수 있는 방법이. 그런 것이 있다면 그 괴물에게 방해받지 않고 깊이 달콤한 꿈을 꾸면서 침대에 잠들어 있는 릴리를 볼 수 있을 텐데. 어쩌면 그런 게 없어서 좋은 것 같기도 하다. 아마 나에게는 휴대폰으로 집요하게 체크해야 할 항목이 하나 더 늘어나는 것뿐일 수도 있다. 나를 이 순간으로부터 앗아가는, 나를 삶으로부터 앗아가는. 어쩌면 릴리 곁에 줄곧 붙어 있지 않을 핑계로 내가 마술적 합리화를 이용하는 것은 아닐까. 내가 나가야 옥토퍼스도 나간다고 믿으면서, 내가 몰에 다녀오는 사이에 옥토퍼스가 떠난다는 건 말이 안 된다는 걸 뻔히 알면서도.

집으로 돌아오자 옥토퍼스는 여전히 거기 있다. 머릿속에서는 그러지 말라고 하지만 가슴이 철렁한다. 나는 릴리에게 하니스를 둘러주고 목줄을 쥔다. 우리는 밖으로 산책을 나간다. 우리의 옛 산책로, 조용한 거리 위의 언덕이 있는 곳으로. 우리의 증후군이 우리를 은둔하게 만들기 전에, 우리가 재빨리 집으로 돌아가게 해줄 더 짧은 코스로 외출이 제한되기 전에 매일 가곤 했던 곳으로.

두 블록을 지나 모퉁이를 돌고 언덕에 오르자 멀리 할리우드 사인이 보인다. 릴리가 도로와 인도 사이의 풀밭에서 뭔가의 냄새를 맡는다. 나는 목줄을 확 잡아당기지 않고 그녀가 킁킁대도록 놔둔다. 그녀는 이곳에 마음껏 머물 수 있다. 그리고 나는 내가 저지른 모든 실수들을 용서할 것이다. 지나치게 화를 냈던 시간들에 대해서. 꽁해서 옹졸하게 군 것에 대해.

오후 공기가 서늘하고 실안개는 부드럽다. 자카란다 나무의 얼마 남지 않은 꽃잎들이 보도를 물들이고 있다. 거리는 텅 비어 있다. 아직 사람들이 집으로 돌아와 개를 데리고 산책할 시간이 아니다. 우리를 이상하게 쳐다보는 사람도 없고 곁눈질도 없다. 그 누구도 멈춰 서서 내 강아지를 타고 앉은 옥토퍼스에 대해 묻지 않는다. 멀리, 부드러운 산과 둥그런 언덕들이 경계선처럼 로스앤젤레스의 분지를 둘러싸고 있다. 공기 속에서 옅은 소금 냄새가 난다—정말 맡으려 한다면 맡을 수 있다.

"와, 봐봐! 할리우드 사인이다." 옥토퍼스다. 릴리가 킁킁거리던 것을 멈추고 몸을 돌려 나를 바라본다.

나는 눈을 부라린다.

"상상했던 것보다 작은데."

"너야말로 내가 상상했던 것보다 작아." 내가 무슨 뜻으로 그 말을 하는지도 모르겠고 응수라고 하기에는 충분하지 않지만, 그것이 내가 할 수 있는 전부다. 아마도 '하찮다'는 뜻으로 그랬을 것이다.

잠시지만 나는 옥토퍼스가 그저 여러 명소들이나 구경하려는 게 아닐까 생각한다. 할리우드 사인. 그라우맨즈차이니즈 극장. 베니스 비치. 〈다이 하드〉를 촬영한 빌딩. 옥토퍼스가 릴리를 바퀴 네 개 달린 작은 관광버스로 착각하고, 버스의 2층에 올라탄 다음 사진 찍을 기회를 기다리는 걸지도 모른다고.

하지만 나는 그것이 사실이 아니라는 걸 안다.

탁 트인 풍경을 바라보며 나는 생각한다. 그래도 밖으로 더 많이 나오는 게 중요하다고. 옥토퍼스가 떠나리라는 희망 때문이 아니라 어쩌면 그가 계속 머물 수도 있기 때문에.

수요일 밤

잠에서 깨보니 침대가 흔들리고 있다. 처음에는 지진이라고 생각한다. 수년 동안 기억에 남을 만한 지진을 겪은 일은 없지만, 마음 한구석에서는 준비가 되어 있었다.

기대.

기다림.

나는 팔꿈치를 바닥에 딛고 상체를 일으킨 자세로 어둠 속을 응시한다. 뭔가 다르다. 뭔가 잘못됐다. 이건 지각의 흔들림에서 전해져오는 일반적인 진동이 아니다. 롤러코스터를 타고 정상에 도달했다가 하락하기 직전처럼 가슴이 철렁하지 않는다. 나를 압도하는 건 여느 때의 침착함이 아니다. 지진을 감지했을 때 내가 하리라고 여겼던 반응—손전등의 배터리가 어디에 있는지 생각하고, 병에 든 식수의 양은 얼마인지 계산하고, 트랜지스터 라디오가 어떻게 작동하는지 기억해내고, 발견되었을 때 품위를 잃지 않을 만한 것을 걸치고 있는지 돌아볼 만한 능력—과는 완전히 배치된다. 나는 릴리에게 손을 얹는다. 지진 활동의 근원이 명백해진다. 그녀는 또다시 극심한 발작에 시달리고 있다. 나는 옆으로 돌아누워 그녀를 가슴에 꼭 껴안는다. 그녀의 귀 뒤에, 옥토퍼스 뒤에 입술을 맞추면서. 나는 화난 목소리로 속삭인다. "릴리에게서 떨어져. 떨어지란 말이야. 가버려!" 그러고 나서 릴리에게 말한다. "내가 도와줄게. 내가 여기 있어. 쉿."

내 마음은 표류하고, 나는 우리가 어딘가 전쟁으로부터 멀지 않은 야전 병원에 있는 것 같다는 생각이 든다. 공기는 뜨겁고 탁하고, 부상을 당한 참전용사인 릴리는 모르핀 때문에 의식이 몽롱해져 있다. 저 깊은 곳에서 전쟁터의 끔찍한 사건들을 상상하면서. 나는 그 군인을 안정시키려는 친절한 간호사다. 이마를 닦아주고, 멀리서 들려오는 폭격 소리를 무시하라고, 부상당한 친구들의 신음 소리를 무시하라고, 까맣게 타버린 살에서 나는 악취와 파괴된 삶들을 무시하라고, 임박한 죽음을 요란하게 알려대는 까마귀의 울음소리를 무시하라고 그녀에게 말한다.

릴리는 눈이 뒤집히며 계속 경련을 하고, 경련이 끝나기를 기다리는 동안 내 공포는 무력감과 마비로 전이된다. 나는 릴리의 목이 꺾이지 않게 손으로 그녀의 턱을 받치고 있다. 두려움에 그녀가 나를 물 수도 있지만 상관없다. 물라고 해라. 아파도 좋을 것이다. 이토록 철저한 쓸모없음으로부터 벗어날 방법이 뭔가 있다면 차라리 그편이 나을 것이다. 옥토퍼스가 내 머리를 조여오는 것 같은 기분이 들면서, 나는 눈물을 흘리기 시작한다. 그의 팔 여덟 개가 내게 달라붙어 공황발작을 일으킬 듯 나를 조여온다. 나는 옥토퍼스가 그녀의 머리에서 내 머리로 뛰어넘어온 게 아닌지 보려다 하마터면 릴리의 턱을 받치고 있던 손을 뗄 뻔한다. 하지만 떼지는 않는다. 아니라는 걸 알기 때문에. 나는 아직 그를, 그의 촉수가 그녀를 감싸쥐고 있는 것을 볼 수 있다.

경련이 잦아들고, 나는 아랫도리가 따뜻해지는 걸 느낀다. 물에 착색제를 한 방울 떨어뜨렸을 때처럼 축축함이 퍼진다. 온기는 빨리 식는다. 릴리가 침대를 적셨고 그녀의 소변이 시트 위에 사방으로 스며든다. 우리 둘 다 흠뻑 젖어 있지만 나는 몸을 빼지 않는다. 발작이 완전히 가라앉을 때까지. 그러고 나서도 우리는 꼼짝 않고 누워 있다. 내 알람시계가 째깍거리며 몇 분 흘러갈 때까지.

나는 릴리의 취침 전 산책에서 소변보는 데 실패했던 밤들을 생각한다. 그것이 내게 얼마나 스트레스를 주곤 했는지. 그런 날엔 잠들기도, 깨어 있기도 얼마나 힘이 들었는지. 절망에 지친 나는 날이 밝기 무섭게 그녀를 마당으로 데리고 나갔을 것이다. 그것 때문에 우리 둘 사이에 얼마나 많은 언쟁이 오갔는지. 나는 항상 그녀가 소변을 눌 시간을 내가 더 잘 안다고 생각했다. 하지만 오늘밤까지 그녀는 진짜로 침대를 적신 적이 한 번도 없었다. 그런 일이 일어난 지금 우리는 이 혼돈 속에 누워 있고, 시계의 분침이 움직이고, 내가 간직한 그녀에 대한 사랑은 커져가고, 우리는 둘 다 숨을 돌리고 있다.

뭐가 그렇게 끔찍했을까?

왜 나는 매번 그렇게 화를 냈을까?

왜 나는 꼭 내 생각만 옳다고 했을까? 그녀와의 싸움에서 이기려고? 개에게 고집을 피우려고?

그리고 그렇게, 모든 분노가 사라진다. 방광이 비워져 우리가 젖은 몸으로 누워 있는 부드러운 면 시트 속으로 스며드는 것처럼.

릴리는 숨을 고르려 애쓴다. 하지만 오래지 않아 다시 숨이 가빠온다.

"물 마실래? 내 물 마셔도 돼." 나는 늘 침대 머리맡 테이블에 놓아두는 물컵을 가리킨다.

릴리가 고개를 젓는다.

"정말 미안해." 내가 말한다. "지난 모든 밤들이."

"왜-에-에-에-에?" 밭은 숨이 계속된다.

그래서 더 눈물이 쏟아진다. 지나온 그 밤들에 그녀는 내가 왜 화를 내며 잠자리에 드는지 이해하지 못했다. 알았다 하더라도 잊었을 것이다. 왜냐하면 개들은 현재를 사니까. 왜냐하면 개들은 억울해하지 않으니까. 왜냐하면 개들은 그들의 분노를 매일, 매시간 털어내고, 절대 곪게 내버려두지 않으니까. 흘러가는 매 분마다 무책임을 선언하고 용서하니까. 모든 코너를 돌 때마다 과거를 청산하고 새로 시작할 기회가 있으니까. 공이 튀어오를 때마다 기쁨이 솟아나고, 새로운 도약을 약속하는 거니까. 그녀는 왜 내가 미안해하는지 알고 싶어한다. 나는 그녀에게 내가 화났던 일을 이야기하고 싶지 않다. 그녀의 눈에 비친 내 이미지를 더럽히고 싶지 않다. 지금은 아니다. 옥토퍼스가 함께 듣게 하고 싶지는 않다.

그래서 나는 거짓으로 답한다.

"왜냐하면 내가 지금 너를 목욕시킬 거니까."

릴리의 별명 모음

실리

리틀

릴

멍키

버니

버니 래빗

마우스

타이니 마우스

구스

실리 구스

몽구스

몬스터

몬스터닷컴

피넛

페누치*

피너클

스윗 피

월넛

월넛 브레인

쿠퍼바텀**

크레이지

베이비

퍼피

구피

올드 레이디

크랭크

크랭키***

크랭키팬츠

스퀴키****

---

* 퍼지 비슷한 사탕.

** 영화 〈로봇〉의 주인공.

*** 짜증쟁이.

**** 꽥꽥이.

스퀴키 프롬Fromme

타이거

딩뱃

머시*

머시페이스

힙스터

슬링스터**

슬링키

빈

도그

---

* 죽.

** 프란체스카 리아 블록의 소설에서 유래된 단어로 '쿨하다, 멋지다'는 뜻.

토요일

해가 활짝 뜬다. 6월의 어둠이 물러가고 7월이 다가온다는 표시다. 우리는 둘 다 피곤해서, 아침 산책 후 다시 잠을 자는 쪽이 편했을 것이다. 아마도 책이나 좀 보면서, 잠이 들었다 깼다 하면서. 하지만 해가 그와 정반대의 강렬한 메시지를 외친다. 어둠이 있다면 빛도 있다. 침대에 머무는 건 어둠을, 발작을, 옥토퍼스를 껴안는 것이다. 밖으로 나가는 것은 빛을 껴안는 것이다.

"우리 어디 가는 거 어때?" 아침식사로 그녀는 키블을, 나는 언제나처럼 카시를 먹으면서 내가 제안한다.

릴리는 밥을 다 먹고 그릇에서 튀어나간 알갱이가 더 없다는 것을 확인할 때까지 부엌 바닥을 킁킁거리며 다닐 뿐 답이 없다.

"난 안에 있는 게 좋은데."

"알아. 네가 안에 있는 걸 좋아한다는 거. 하지만 난 우리가 차를 타고 바다를 보러 가면 좋을 것 같아."

릴리가 내 질문을 듣고 생각하는 동안 나는 속으로 그녀가 바다를 얼마나 기억하는지 묻는다. 바다가 그리운지. 우리는 바다에 자주 갔었다. 내 바람은 옥토퍼스가 바다가 그리워서 자기 고향을 보려고 다시 바닷속으로 기어들어가는 것이다.

아침 햇살을 받아 차가 따뜻하다. 나는 차 지붕을 연다. 릴리는 30초 정도 조수석에 앉아 있다가 평소처럼 내 무릎에 웅크리고 앉는다. 그녀는 세 번이나 몸을 틀고, 나는 정지 신호에서 그녀가 자리를 잡길 기다린다. 강아지가 건드리지 않아야 할 민감한 곳을 밟으면 운전하기가 곤란하니까. 언제나처럼 그녀는 턱을 내 왼쪽 팔꿈치 안쪽에 묻고 얌전히 앉아 있다. 우리는 서쪽으로 방향을 틀고 도로를 따라 달린다.

우리는 단숨에 퍼시픽코스트 하이웨이에 닿는다. 사람들은 다 어디로 갔지? 도시 전체가 어둠과 연무에 잠겨, 몸에 밴 일찍 일어나는 습관을 버린 것 같다. 그들에게는 안됐지만 우리에겐 잘된 일이다. 해는 우리가 10번 도로와 터널을 지나 눈앞에 태평양이 펼쳐질 때까지도 사라지지 않고 있다. 로스앤젤레스 대부분의 지역과 바닷가의 날씨 차이를 이곳에 살지 않는 사람들에게 설명하는 건 어렵다. 때때로 해변은 도시 전역에서 해가 가장 드물게 뜨는 지역이다. 하지만 오늘은 아니다. 오늘 해는 물위로 장대하게 빛을 뿜고 있다.

나는 휴대폰으로 음악을 재생한 후 볼륨을 높인다. 하지만 릴리가 싫어하는 것 같다—쿵쾅거리는 베이스 소리가 곧바로 그녀를 꿰뚫고 지나가서, 그녀는 심한 숙취에 시달리는 사람 같다. 하는 수 없이 나는 볼륨을 낮춘다. 음악 소리가 차의 열린 지붕 너머로 스치는 바람 소리를 간신히 넘어설 정도로. 우리는 익숙한 명소들을 여러 군데 지나친다. 제프리와 내가 처음 데이트를 했던 레스토랑, 아버지가 마지막으로 오셨을 때 함께 점심을 먹었던 파라다이스 코브. 이십대에 말리부 해변으로 가기 전에 병에 담긴 물과 스낵을 사곤 했던 트랜커스 마켓. 나는 그곳에 있었던 더 젊었을 적의 내 모습을 보며 손을 흔들고 싶은 충동을 억누른다. 더 어릴 때의 나 자신들은 지금의 나를 어떻게 생각할까. 그들이 나를 알아볼 수 있을까, 혹은 다시 손을 흔들어주기라도 할까?

　우리는 말리부 북쪽으로 16미터 정도 떨어진 엘 마타도어에서 멈춘다. 언제나 위안이 되고, 머리가 맑아지는 뭔가를 주는 해변이다. 처음 도시로 이사 오고 나서 그런 날들이 있었다. 친구 하나둘과 어울려 타월과 자외선 차단제를 들고 이곳에 오곤 했었다. 해질 무렵에도 날 이곳에서 끌어내리려면 고생을 좀 해야 했다. 지금은 항상, 하루종일 레저를 즐기기에는 할 일이 너무 많은 것 같다. 하지만 어쩌면 그건 그저 변명일 수도. 할 것이 뭐 있겠나, 진짜로.

　이른 시간임에도 조그만 주차장에는 자리가 세 곳밖에 남아 있지 않고, 나는 그중 하나를 차지한다. 나머지는 의심할 것 없이 서퍼들이 점령한 것이다. 그들 몸속의 시계는 조류에 맞춰져 있다. 주차장은 대략 해변 위 45미터 높이의 절벽 위에 있다. 주차장에서 보는 광경만으로도 기분이 짜릿해진다. 다른 작은 해변들이 잘 보인다. 엘 페스카도르(어부)와 엘 피에드라(바위). 엘 매터도어는 어떻게 그런 이름을 갖게 되었을까. 투우사. 아마도 바다에 험준하게 솟아 있는 암석 모양 때문이겠지. 하지만 내 눈에는 소보다 바다 괴물처럼 보인다. 옥토퍼스처럼. 엘 풀포. 그다지 호감을 주지 않는 이름이다.

릴리와 나는 차에서 나와 절벽 가장자리를 따라 조금 거닌다. 나는 릴리를 안고 함께 수평선을 바라본다.

"자, 해변 기억해?"

"이게 해변이야?" 그녀가 묻는다.

"응, 그래—저기 아래, 거기야."

릴리가 내려다본다. "기억해." 그러고 나서 망설이듯 묻는다. "우리 저기 내려가?"

"오늘은 아니야. 개들은 이 해변에 들어갈 수 없거든." 알림 표시가 있지만 나는 규칙을 어겨볼까 한다. 뭐 어쩔 건데? 공원 경비원을 부르겠어? 경찰을? 하지만 릴리는 이대로도 만족스러워 보이고, 비어 있는 피크닉 테이블이 있길래 나는 신경을 곤두세우지 않기로 한다. "그냥 잠깐 여기 앉아 있어도 될 것 같은데."

릴리가 동의한다. 그리고 우리는 테이블 위에 앉아 바닷소리를 듣는다. 너무 깊어서 훨씬 멀리에서 들려오는 것 같은 철썩이는 파도 소리를. 킬킬 웃는 사람들의 웃음소리가 먹먹하게 물속에 잠기고, 멀리 날아가는 갈매기 울음소리가 이 교향곡의 화음처럼 어우러진다.

"우리 뭔가 좀 결정할 게 있어, 멍키."

릴리는 잠시 이 말의 무게를 생각하는 듯하더니 묻는다. "왜 나를 그렇게 부르는 거야?"

"내가 뭐라고 불렀는데?"

"멍키."

"내가 왜 널 멍키라고 하느냐고?"

"그것 말고 다른 이름들도."

"그건 애칭이라는 거야."

"무슨 말인지 모르겠어." 릴리는 눈을 가늘게 뜨고 태양을 바라본다.

"애칭이란 건 말이야, 네가 아주 많이 사랑하는 누군가를 부를 때 쓰는 이름 같은 거야."

바람이 거칠어질 기미가 보이고, 우리는 말없이 잠깐 앉아 있다.

"나한테 애칭을 엄청 많이 만들어줬잖아." 그녀가 말한다.

"그건 내가 널 아주 많이 사랑하니까 그런 거지." 그리고 뒤늦게 이런 생각을 한다. "넌 나를 부르는 애칭이 있니?"

릴리가 잠시 생각한다. "대개는 '그 남자'라고 생각해."

내가 싫어할 수도 있는 말이었지만 싫지 않다. 어쩌면 애칭을 짓는 건 사람들의 일이다. 확실히 개가 고안해낸 것은 아닐 것이다. 그들에게는 다른 방법이 있다―예를 들어 꼬리를 흔든다든가. 그녀에게 나는 '그 남자'다. 남자.

그녀의 남자.

물속에서 돌고래떼가 물 표면을 가르고 나온다. 거품이 이는 파도 위로 솟아올랐다가 다시 내려간다. 마음 한구석에서 그런 생각이 든다. 우리가 이렇게 높은 절벽에 있지 않았다면, 돌고래에게 헤엄쳐 가서 그들에게 도움을 요청하고 싶다. 그들의 주먹코로 릴리에게서 옥토퍼스를 떼어내 바닷속 깊은 곳으로 데려가 줄 수 없겠냐고.

"옥토퍼스에게 지금 우리 말이 들릴까?" 내가 묻는다.

"아니."

"넌 알 수 있어?"

"가끔. 그는 우리가 지겨워지면 듣지 않아."

"그렇게 지겨우면 가버리면 되잖아." 나는 불쾌함을 억누르려 애쓰며 릴리의 목뒤를 긁는다. 우리가 지겨워? 진짜? 확실히 그는 말을 곱게 못하는 녀석이다. 빌어먹을 자기가 뭐라고?

릴리가 허공에 주둥이를 내미는 시늉을 한다. 나는 그녀가 기분 좋아한다는 것을 알고 계속한다. 그녀의 몸을 어루만질 때 옥토퍼스가 끼어들지 않는다는 걸 알고 있으면 더 편안하다. "우리 결정을 내릴 게 있는데, 구스. 어려운 거야. 어떻게 제거를……" 나는 **옥토퍼스**라고 말하는 대신 그것을 가리킨다. 그의 주의를 끌어서 호기심을 자극하고 싶지 않다. "솔직히 말하면, 모든 방법이 다 형편없어."

나는 계속 릴리의 등을 쓰다듬는다. 그녀가 내 말을 얼마나 알아들었을지 모르겠다. 옥토퍼스에게 형편없다고? 그녀에게 형편없다고? 우리에게 형편없다고? 나는 두기가 나에게 말한 것뿐 아니라 스스로 조사해서 읽은 것들까지 생각한다. 구글에서 '개 위의 문어'를 검색하면 대부분의 검색 결과는 핫도그 소시지의 아래쪽 3분의 2 정도를 세로로 8등분해 잘라서 다리처럼 보이게 하고 머리 부분은 그대로 남겨두는 방법에 관한 것이다. 아마도 일본 사람들이 이렇게 만들어서 아이들 점심도시락에 넣어주나 보다. 왠지 일본 사람한테 실망이다.

"수술을 할 수 있어. 그들이 녀석을 잘라내려고 시도할 거야. 아마 그게 가장 확실한 방법일 거고. 하지만 의사들도 완전히 제거할 수 있을지 어떨지는 몰라. 너를 마취시킨 다음 그가 어떤 식으로 달라붙어 있는지 확인할 때까지는." 릴리가 어리둥절한 얼굴로 바라보기에 나는 그녀에게 기억을 떠올려준다. "너 척추 수술 받은 적 있잖아."

릴리가 흠칫한다. 그녀가 떨고 있다는 걸 느낄 수 있다. "난 수술 싫은데."

"누가 안 그렇겠어." 있다면 그건 외과 의사들뿐이겠지.

"그리고 또?"

그녀의 반응은 이미 내가 알고 있는 사실을 확인시켜준다. 그러나 여러모로 외과 수술은 가장 만족스러울 것이다. 옥토퍼스에 메스를 꽂고 베어내기 시작하는 상상은 너무나 매혹적이다. 내가 직접 나서서 하고 싶을 지경이다. 난폭한 칼끝으로 그의 죽음을 부르기 위해. 그러나 아무리 솜씨 좋은 외과 의사라 해도 릴리에게 칼을 꽂지 않고서는 그렇게 할 도리가 없다. 우리 둘 다 그것을 참을 수 없다. 심지어 그럴 가치가 있는 일이라 해도.

"화학치료와 방사선 요법도 있어."

"그건 어떻게 하는 건데?"

"작게 만들어보려는 거야, 옥토…… 그 녀석을. 내 생각에는." 만화처럼 재미있는 장면이다. 옥토퍼스가 우리 눈앞에서 작아지고 작아져 끽 찢어지는 목소리만 남고 "내가 노오오오오오 옥고 있어"라는 말을 남기며 사라지는 거다. 〈위키드〉의 사악한 서쪽 마녀처럼.

"그것도 수술처럼 아파?"

나는 릴리가 겪을 과정들을 상상해본다. 이미 꺼져버린 영혼에 그런 것들이 무슨 소용일까? 그녀의 목소리는 사라져갈 것이다. 그녀가 외치는 것을 전혀 상상할 수 없다. **난! 방금! 화학치료! 받고! 돌아왔어! 너무! 재미! 있었어! 땅콩! 버터! 입천장에! 왕창! 바르자! 그리고! 다! 없어질! 때까지! 신나게! 빨아! 먹자!**

다시는 그녀의 외침을 들을 수 없을 것이다.

"둘 다 유쾌하진 않아." 내가 말한다.

"다음은." 그녀가 오만하게 말한다.

"옥토퍼스의 크기가 줄도록 너에게 스테로이드제를 주사할 수 있어. 그가 네 뇌 속에 만드는 부기를 빼는 거야. 발작의 빈도를 줄이기 위해 항경련제를 놓기 시작할 거야. 하지만 그런 것들이 신장에 상당한 손상을 가져올 수 있어."

릴리는 이미 여러 번 스테로이드 치료 과정을 거친 적이 있다. 척추에 붓기가 재발했을 때 나는 릴리가 스테로이드 주사를 맞는 것을 재미있게 상상해보곤 했다―집에 오면 벽에 닥스훈트 모양의 구멍이 뻥 뚫려 있고, 헐크와 같은 분노에 휩싸인 릴리 때문에 주변의 차들이 태반은 뒤집혀 있는 모습을. 하지만 그저 겁이 나서 웃으려고 했던 것 같다. 나는 스테로이드가 초인적이고 초견적인 효력을 갖고 있다고 믿을 필요가 있었다. 척추 수술을 다시 받을 수 없는 상황에서 스테로이드의 효과는 마땅히 좋아야 했다. 제 기능을 해야 했다.

"흐흠." 릴리가 못마땅한 듯, 모든 선택지들에 대한 그녀의 느낌을 요약하는 듯한 헛기침을 한다.

그녀는 내가 결정을 내리는 데 도움이 되지 않을 것이다. 그녀는 개이고 다른 생각이 있다. 그리고 이것들 중에 그녀가 진짜 이해할 수 있는 게 무엇이 있겠나? 아니면 그녀는 이미 결정을 내렸고, 나는 귀담아들을 필요가 있는 것일까? 어쩌면 그녀는 수의사의 말을 알아들었을지도 모른다. 생각해보면 누구에게든 명백한 말이었다. 지금까지 찾아낸 방법 중 어느 것으로도 개의 옥토퍼스를 실제로 치료할 방법이 없다는 것은.

릴리가 내 무릎 위에 일어서 앞발 하나를 들어올린다. 가장 멋진 파수견의 자세로.

저기! 봐! 돌고래가! 돌아왔어! 그리고! 그들이! 뛰어올라! 나도! 파도! 속으로! 뛰어들고! 싶어! 저렇게!

눈을 들어보니 돌고래 무리가 돌아와 있다. 그리고 그들은 정말로 뛰어오르고, 뒤틀고, 뒤집고, 꿈틀거린다. 솟아오르는 파도 속에서 신나게.

그보다 더 황홀한 것은 릴리의 목소리다. 작아지거나 침묵으로 변하는 것을 참을 수 없을 만큼. 그녀는 나이가 들었고, 감탄을 해도 예전처럼 오래가지 않았다. 그녀의 강아지다운 열정은 사라졌다. 하지만 목소리는 여전하다. 여전히 그녀다.

"넌 젖는 것 좋아하지 않잖아." 내가 말한다.

"아, 맞아." 릴리가 말한다. 그녀는 다시 내 무릎에 웅크리고 앉는다.

"그래도 재미있는 생각이야, 마우스. 파도를 타며 물장난을 하는 건."

잠시 말이 없던 릴리가 나를 바라본다. "가끔 나는 널 아빠로 생각해."

심장이 내 목구멍까지 솟아오르는 기분이다.

그것은 내게 필요한 유일한 애칭이다.

먹물

1

늦은 시간이다. 릴리를 찾아 침대로 데려갈 시간이 지났다. 오늘밤은 따로 그럴 필요가 없었다. 왜냐하면 그녀가 복도에서 엄청난 소란을 피우며 짖고 으르렁거리고 난리법석을 피우고 있기 때문이다. 따라가보니 그녀는 침실과 욕실 문 사이의 구석을 응시하고 있다. 방어적으로 낮게 웅크린 자세로, 확실히 놀라고 흥분해서 뒷덜미의 털을 곤두세운 채.

"구스? 구스! 몽구스! 왜 그래?"

그녀는 조금도 멈칫하거나 뒤를 돌아보지 않고, 어떤 식으로든 내가 나타난 것에 대해 아는 체하지 않는다. 진군하는 부대라도 되는 듯이 그저 젠장맞을 구석을 보고 짖을 따름이다. 그녀를 잡으려고 이미 몸을 수그리고 있는데 그녀의 목소리가 서늘하게 내 동작을 멈춘다.

이! 라마! 비치볼! 세븐! 의회! 캐서롤! 남극대륙! 파자마!

이게 무슨······

우리는 얼어붙은 듯 물끄러미 서로를 바라본다. 누군가 방언을 시작하고 방 전체가 침묵에 빠지는 공포영화에서처럼. 곧 릴리의 머리가 부엉이 머리처럼 회전하고 그녀가 완두콩 수프를 토할 것만 같다. 확실히 그녀는 악령들에 씐 것이 아니다—물컹물컹하고 촉수가 여덟 개 달린 멍청한 악령 한 놈뿐이다. 나는 그녀를 들어서 달래려고 품에 꼭 안는다. 하지만 그녀는 왼쪽으로 꿈틀, 오른쪽으로 꿈틀, 그리고 나서는 내 손에서 빠져나가려고 발버둥친다. 그녀가 어떤 혼수상태에 있든 거기서 깨어날 수 있도록 다시 꼭 안아주는데, 시간이 조금 걸린다. 깨어난 그녀는 내 팔에서 감당할 수 없이 몸을 떨기 시작한다.

"구피, 무슨 일 있었니?"

릴리가 내 쪽에서 불빛이 비치는 곳으로 고개를 돌린다. 그리고 불빛에서 다이닝룸으로, 다이닝룸에서 다시 침실로.

"나 안 보여." 그녀가 말한다.

나는 놀란다. "뭐가 안 보여?" 나는 불을 켠다. 그것이 그녀에게 도움이 되길 바라며.

긴 침묵이 흐른다. "아무것도 안 보여."

나는 옥토퍼스를 본다. "너 무슨 짓을 한 거야?"

옥토퍼스는 멍하니 바라본다. "요즘 이 집에 새로 생긴 패턴이 있다는 거 눈치 못 챘어? 무슨 일만 생기면 나부터 물고 늘어지네."

"무슨 짓을 했냐니까!"

"쟤한테?"

나는 전부터 이렇게 하지 않으려고 참아왔다. 하지만 릴리의 상태가 어차피 이렇게 되어서, 나는 옥토퍼스를 철썩 때린다. 세게. 나는 당장 후회하지만, 릴리는 의식하지 못한다.

"아야!" 팔 하나가 솟아올라 내가 때린 곳을 쓰다듬는다. "먹물 주머니 좀 비웠어. 됐나?"

"릴리 눈이 안 보인다고!"

"그게 바로 먹물 주머니를 비우는 목적이지." 내 분노에 맞서 침착할 수 있는 옥토퍼스의 능력은 그가 싫은 이유 중에서도 가장 싫은 것이다.

"그래놓고 왜 욕을 먹는지 모르겠다니."

"오, 이봐, 저걸 봐. 이번엔 진짜 내가 그런 게 맞아." 나는 그의 직관을 혐오한다.

저 녀석을 흠씬 패줄 방법이 있다면, 정말이지 온 힘을 다해 어퍼컷을 날려줄 텐데. 하지만 방법이 없다. 릴리까지 다치게 하는 위험을 감수하지 않고서는. 그래서 대신 그녀의 목에 입을 맞춘다. 옥토퍼스로부터 멀리 떨어진 다른 쪽에.

"아예 방을 잡으시지그래." 옥토퍼스가 말한다.

나는 녀석의 팔을 움켜쥐고 그것으로 목을 돌돌 말아서 당장 숨통을 끊어놓는 상상을 한다. 레아 공주가 자바 더 헛에게 했던

것만큼 심하게. 그 보기 싫은 혓바닥을 축 늘어뜨리고 죽어 나자
빠질 때까지. 하지만 그러지 않는다. 나는 릴리를 바닥에 내려놓
고 그녀의 등을 계속 긁어준다. 우리 둘 다 진정할 수 있게. 잠시
후 그녀는 무슨 결정을 내린 듯 벽을 향해 똑바로 세 걸음을 내딛
다가 벽에 부딪히고 만다.

"이런. 천천히, 멍키."

릴리가 뒷걸음질치며 경로를 조정하고, 몇 걸음 가다 다시 벽
에 부딪힌다. 하지만 이번에는 부엌문 쪽에 좀더 가깝다.

"내 물 어디 있어?" 릴리가 묻는다.

나는 그녀의 몸통 가운데 부분을 잡고 현관을 지나 부엌의 물
이 있는 곳으로 조심스레 안내한다. 내가 그녀를 멈춰 세우기 전
에 그녀가 그릇 가장자리를 밟고, 물이 그녀의 발에 튄다.

"찾았네." 쏟아진 물에서 발을 들어올리며 그녀가 말한다. 그
러고는 갈증이 나는 듯 그릇에 남아 있는 물을 핥아먹는다.

"옥토퍼스, 넌 이제 가야 되는 거 아니야?"

"아닌 것 같은데." 그는 릴리가 계속 물을 마시는 동안 말한다.
"어째서?"

"먹물 주머니를 비우는 게 네 일이라며. 다 했으니까 사라져도
되잖아. 네가 하는 짓은 포식자를 피하려고 물을 흐리게 하는 거
니까."

옥토퍼스가 고개를 설레설레 젓는다. 릴리의 몸이 휘청한다.
하지만 그녀는 필요한 만큼 똑바로 선다. "오, 이제 보니 우리 둘
중에 옥토퍼스 전문가는 당신이네?"

"네가 잠들자마자 내가 너 같은 부류에 대해 얼마든지 읽을 수 있다는 걸 몰랐나보지? 난 널 죽일 방법을 찾을 수 있어." 아마도 그 말은 하지 않는 편이 나았을지도 모른다. 너무 쉽게 패를 내보인 꼴이 됐다. 하지만 보통 내가 자료를 조사하는 동안 릴리가 내 무릎에 앉아 있기 때문에, 그도 이미 어느 정도는 알고 있으리라 짐작한다.

릴리가 물을 다 마신 뒤 그녀의 침대 방향으로 몇 발자국 걸음을 떼고, 나는 옥토퍼스에게 새된 소리를 지르기 직전이다. 내가 너한테 말하고 있는 동안 다른 데로 가지 말란 말이야. 그가 승객일 뿐이라는 생각은 미처 하지 못한 채. 릴리가 자기 위치를 가늠할 수 있게 주변을 돌아보게 하고 싶다. 그녀는 물그릇을 기준으로 자기 침대의 위치를 가늠해, 사고 없이 제자리로 돌아간다.

"음, 이 물건을 약탈자라고 부르는 건 좀 무리가 있겠는걸." 옥토퍼스가 대답한다. 침대에 눕기 전에 릴리가 습관대로 제자리에서 세 바퀴 돌자 그는 안 됐다는 듯 고개를 젓는다.

"왜, 그녀 머리에서 내려와서 네가 저 물건에 맞서 얼마나 버티나 보지그래?" 아마도 이 순간이 내가 릴리의 사냥본능에 대해 두려움을 느끼지 않는 유일한 순간일 것이다. 그녀의 플러시 천으로 만든 먹잇감의 내장을 해체하는 기술, 선천적인 야수성에 대해. 만약 그녀가 옥토퍼스를, 녀석의 저 물컹물컹한 살을 잡을 수만 있다면, 그래서 그의 내장이 겉모습을 장식할 때까지 흔들어댈 수 있다면.

"됐어. 난 지금 이 자리가 좋아." 그는 비틀어진 미소를 짓는다. 릴리는 침대 모서리에 턱을 받치고 자리를 잡고 있다. 아마도 자는 게 지금 그녀가 할 수 있는 최선일 것이다. 하지만 한편으로는 그녀가 이대로 포기한 채 눈이 멀지 않았으면 좋겠다. 마음 한 구석에서는 그녀가 고개를 숙이고 부엌 벽을 향해 전속력으로 달려들었으면 좋겠다. 옥토퍼스가 항복을 외치도록 들이받기를, 그가 자신의 거만함에 질식하게 만들기를.

"그녀가 약탈자가 아니라면, 넌 도망치는 것도 아니면서 먹물은 왜 뿌려?"

옥토퍼스가 눈알을 굴린다. "난 댁이 옥토퍼스 전문가인 줄 알았는데."

우리는 서로를 노려보고 있다. 우리 둘 중 누구도 물러서지 않으리라는 걸 나도 알고 그도 안다. 그래서 내가 내 질문에 대답한다. "왜냐하면 넌 가끔씩 지루하거든."

옥토퍼스가 놀란 얼굴로 쳐다본다. 아마도 조금은 인상적인 듯, 하지만 재빨리 표정을 감추려 애쓴다. "아주 훌륭하네."

"먹물은 얼마나 가는 거야? 그녀가 언제 다시 볼 수 있게 되냐고?"

옥토퍼스는 어깨를 으쓱한다. 어떻게 그렇게 할 수 있는지 모르겠다. 옥토퍼스에게는 어깨가 없는데. 하지만 그는 바로 그렇게—어깨를 으쓱—하고 있다. "나도 몰라." 그의 목소리가 정말 당황스럽게 들린다.

"왜? 왜 몰라? 보통 얼마나 가는데?"

"보통 그게 사라질 때쯤이면 난 이미 오래전에 떠나고 없으니까."

"하지만 너 아직 여기 있잖아!" 나는 그 자리에서 굳어서 당장이라도 내 머리카락을 뽑아버릴 기세다.

"알았어, 취소. 당신 정말 전문가가 되어가네."

나는 그에게서 돌아서서 손으로 입을 막는다. 고통에 찬 비명이 새어나오지 못하도록.

"내가 모르는 또하나의 이유는, 여태 내가 누군가의 뇌에 직접 먹물을 뿌려본 적이 없어서지." 그가 바람을 불어넣는 시늉을 한다, 입술이 떨리도록. 그것이 누구도 예측할 수 없는 것임을 강조하기 위해.

그리고 바로 그렇게, 나는 릴리의 시력이 다시 돌아오지 않을 거라는 걸 이해한다. 옥토퍼스는 그냥 지루해서, 그리고 할 수 있어서 그렇게 한 것이다. 그녀는 내 얼굴을, 세상을, 그녀의 세상을 마지막으로 보았다. 이제 그녀는 눈먼 개다.

내 화살통의 화살이 다 떨어졌다. 하지만 나는 정신적으로 남아 있는 몇 개 중 하나를 들어 조심스레 조준한다. "옥토퍼스에게는 포획자가 있어, 알고 있나?"

옥토퍼스가 씩 웃는다. "하-하. 있지. 상어!" 그는 부엌을 둘러본다. "상어가 한 마리도 안 보이네!"

이번에 나는 내 생각을 말하지 않는다. 이번에는 내가 쥔 패를 보여주지 않는다. 이번에 나는 늦은 밤들의 고민과 독서가 내게 가르쳐준 것을 털어놓지 않는다. 이번에는 내가 그보다 한발 앞서 있다.

그렇다. 상어. 그리고 사실이다. 여기엔 상어가 없다. 하지만 나는 대담해질 필요가 있다.

옥토퍼스에게는 두 개의 타고난 천적이 있다.

상어.

그리고 사람.

2

뜨거운 햇살이 눈 위에서 이글거린다. 눈을 더 꼭 감을수록 열과 땀이 번지며 가려움이 심해진다. 나는 눈을 찡그렸다 편다. 컬러와 패턴들로 이루어진 만화경 속 풍경이 눈앞에 떠다닌다. 텔레비전 정지 화면, 페이즐리 무늬, 불타는 유성의 꼬리, 구름 사이로 비치는 햇살, 토네이도, 전투, 고요—모든 것이 감은 눈 뒤의 어둠 속에서 일어난다. 릴리가 보고 있는 건 이런 것일까. 지금 눈이 먼 상태에서 그녀는 빛을 감지할 수 있을까. 그녀의 보이지 않는 세상은 빛깔과 모양들로 가득할까. 아니면 그저 어둠뿐일까. 옥토퍼스의 먹물로 눈이 컴컴하게 칠해진 어둠?

나는 팔꿈치로 몸을 받치고 일어나 천천히 눈을 뜨고 트렌트의 풀장 안 파란 물을 본다. 풀장 건너편에 내 친구가 있다. 얼굴에 선글라스를 비스듬히 걸치고 길게 엎드려 있어서 깨어 있는지 자는지 구별할 수 없다. 나는 유일하게 그늘인 의자 밑의 플라스틱 텀블러에 더듬더듬 손을 뻗는다. 하지만 손에 닿는 건 선크림이다. 컵을 찾아보니 비어 있다.

"마실 것 좀 더 만들까?" 트렌트의 목소리가 가늘고 길게 끌리며 오후의 잔잔한 소음 속으로 사라진다.

몸을 돌려보니 그는 여전히 누워 있다. "내가 할게. 잠깐만." 내 몸이 안락의자에 시멘트처럼 굳어 있다. 우아하게 일어날 방법이 없고, 햇볕은 기분이 좋다. 나는 몇 주 만에 제일 편안한 시간을 보내고 있다. 릴리는 이런 것을 좋아할 것이다. 따뜻한 오후, 부드러운 잔디, 여러 가지 냄새로 가득한 조용한 뒤뜰. 하지만 옥토퍼스가 그녀의 시력을 앗아간 뒤로는 그녀를 안심하고 물가에 둘 수 없다. 가볍게 마당을 돌아다니다 갑자기 풀장에 빠질수도 있다.

집에서의 생활에 조정이 필요했다. 하지만 우리는 잘 버텨냈다. 그녀는 기억을 기초로 집의 윤곽은 알고 있지만, 이따금 몇인치 차이로 출입구에서 길을 잃을 때도 있다. 우리들의 노력은 오래된 헬렌 켈러 유머 시리즈를 떠오르게 한다. 헬렌 켈러를 벌주는 방법은? 가구 재배치하기.

두기는 릴리가 시력을 잃었다는 소식에 놀라지 않았다. 그렇다 해도 그나 그의 동료들 중에 그녀의 시력을 되찾아줄 사람은 없었다. 우리의 선택지는 그 어느 때보다 협소하다. 대신 그는 집에서 한 지점을 골라 '홈 베이스'로 부르라고 했다. 릴리가 길을 잃으면 나는 그녀를 그곳에 데려다놓는다. 언제나 같은 장소에 데려다놓고 큰 소리로 말하는 것이다. "홈 베이스!" 그녀가 다시 방향 감각을 찾을 수 있도록 끝없이 리셋 버튼을 누르는 것과 같다. 그럴 때 나는 매번 바보가 된 느낌이다. (마르코! 폴로!*) 하지만 효과가 있는 것 같고, 고맙게도 릴리가 반응을 한다. 천천히, 우리는 해결책을 찾아간다.

헬렌 켈러는 어떻게 남편을 만났나? 블라인드 데이트에서. 헬렌 켈러의 다리는 왜 젖었나? 그녀의 강아지도 장님이라서.

건너편 풀장의 수심 깊은 쪽 풀밭에서 위지가 바람이 빵빵하게 들어간 비치볼을 마구 때리고 있다. 개를 위해 특별히 제작된 오렌지색 구명조끼를 입어서 금세 눈에 띈다. 영국 불도그와 수영을 연결 짓기는 쉽지 않을 것이다. 해변의 윈스턴 처칠처럼, 위지는 좀처럼 어울리지 않는다. 바로 그때 내가 고개를 돌리자 위지가 풀장에 비치볼을 던져넣고 있다. 그녀는 비치볼이 천천히 닿지 않는 곳으로 가는 것을 못마땅하게 바라보고 있다. 혀를 축 늘어뜨리고 헐떡이면서, 비치볼이 다시 자기에게 돌아오기를 간절히 바라며. 그렇게 되지 않아서 오히려 다행이다. 다시 가지게 되면 이빨로 물어뜯을 것이고, 그것으로 비치볼의 생명은 끝날 것이다.

---

* 물속에서 하는 술래잡기 놀이의 일종.

"물놀이용 장난감은 어디서 사?"

트렌트가 끙 소리를 낸다. 고개를 돌리다 얼굴에 걸쳐 있던 선글라스를 완전히 떨어뜨린다.

"너네 물놀이용 장난감 말이야. 어디서 사?"

"벤츄라." 그는 등을 바닥으로 하고 돌아눕는다. "마실 거 더 만든다며?"

"거기 상어도 있을까?"

"상어?"

"공기를 넣어서 부풀리는 상어들."

트렌트는 잠시 생각한다. "있는 것 같던데…… 돌고래는."

나는 잠시 숙고해보지만 돌고래는 안 될 것 같다. 옥토퍼스는 돌고래에 속지 않을 것이다. "험악해 보이는 게 필요한데. 꼭 상어여야 해"

"위에다 이빨을 그려넣어."

"그건 그냥 이빨이 아니야. 분수공이지."

"어디에 쓰려고?"

"옥토퍼스 때문에."

트렌트가 팔꿈치로 받쳐 몸을 일으키고는 선글라스를 찾아 얼굴에 다시 쓴다. 그는 나를 바라본다. "너 지금 그것한테 선물을 사주겠다는 거야?"

"선물 아니야. 장애물이지. 옥토퍼스는 상어를 무서워해."

"그렇구나." 트렌트는 고개를 저으며 벌들을 쫓느라 허공에서 팔을 거칠게 휘젓는다. 벌을 무서워해서 가끔 벌이 한 마리도 없을 때도 저러고 있다.

"됐어. 가서 마실 것 좀 만들어 올게."

나는 그와 나의 잔을 들고 부엌으로 간다. 수영장 언저리의 뜨거운 바닥에 발을 데지 않게 재빨리 움직여야 한다. 집안으로 들어서기 전 나는 유리 미닫이문에 비친 내 그림자를 발견하고 섬뜩한 느낌에 멈춰 선다. 콘크리트 바닥에서 발바닥이 타고 있지만 개의치 않는다. 햇빛과 낮술로 탁해진 내 시선이 흐릿하고 희미한 형체를 파악한다. 유리에 비친 부드러운 이미지에도 불구하고, 표정에 뚜렷한 냉혹함이 있다. 초췌해진 내 모습. 나는 눈을 가늘게 뜨고 한 발자국 뒤로 물러난다. 이제 두 겹의 그림자가 생긴다. 두 개의 팔과 두 개의 다리 대신 나는 네 개의 팔과 네 개의 다리를 가지고 있다. 여덟.

나는 내가 알아보지 못하는 무언가가 되어가고 있다.

나는 더 단단하고, 더 음흉하고, 더 거칠어지고 있다.

나는 옥토퍼스가 되고 있다.

3

나는 쿠키 여섯 개와 냅킨 세 장이 담긴 종이봉투에 손을 넣어 M&M 쿠키 하나를 꺼내 한입 베어 문다. 빵집 오븐의 열기인지, 이곳으로 오는 동안 자동차 대시보드에 놓여 있었기 때문인지 따뜻하다. 아무튼. 내가 아는 것은 또다른 금요일 오후를 이 부드러운 버터 지옥 속에서 보내야 한다면 쿠키를 먹으리라는 것뿐이다. 그것도 아주 많이.

나는 제니에게 하나 권하지 않는다.

"그건 뭐죠?" 나는 눈을 동그랗게 뜨고 제니의 손에 들려 있는 커다란 카드 다발을 미심쩍게 바라본다.

"오늘은 조금 색다른 걸 해보려고요."

"전 색다른 거 좋아하지 않는데요." 지금 당장은—확실히 제니와는 아니다.

제니는 고개를 끄덕이면서도 꿋꿋이 계속한다. 카드의 크기와 모양을 보고 어렸을 때 메러디스와 쓰던 바느질카드를 떠올린다. 나는 내 것보다 메러디스의 장난감이 훨씬 좋았다. 특히 그녀의 동물 봉제인형과 공예와 관련된 것이면 무엇이든지. 어느 크리스마스에 그녀는 선물로 받은 동물 손가락인형 조립 세트를 그냥 내게 양보했다. 그중 하나를 지금 갖고 있다면 좋을 텐데. 제니에게 보여주고 싶은 특별한 손가락이 있으니까.

"로르샤흐 테스트라고 들어보셨어요?"

"다 아는 거 아네요?"

"그건 그렇다는 대답인가요?"

빌어먹을, 제니. 나는 쿠키를 한입 더 베어 물고 꽉 찬 입으로 말한다. "잉크 얼룩 테스트죠."

"이 테스트 받아본 적 있으세요?"

"아뇨. 그리고 지금 내가 왜 받아야 하는지 모르겠네요."

"당신의 감정 기능, 사고 과정, 내적 갈등에 대해 제가 알 수 있게 도움을 주기 때문이에요. 당신이 근본적으로 어떤 사고장애를 가지고 있는지……"

"내 강아지 머리에 옥토퍼스가 있다는 생각 같은 거요? 그런 유의 사고장애요?"

"제 말은 그런 뜻이 아니에요."

"지금 그런 뜻이잖아요."

"그런 뜻이 아니에요."

"내가 당신한테 사진을 보여줬기 때문이죠!"

제니는 의자에 앉은 채 몸을 앞으로 수그리며 결백하다는 몸짓으로 내 생각을 싹 무시하려 한다. 하지만 균형을 잃고 앞으로 고꾸라질 뻔한다. "재미있을 거라고 생각했어요."

나는 확실히 갇힌 세상 증후군을 앓는 누군가로서 이런 말을 하고 있고, 내 말을 듣는 상대는 그 사실을 알고 있다. 그래도 나는 말을 멈출 수 없다. "외출을 좀더 하셔야겠네요."

제니가 미소를 지으며 카드로 탕 소리 나게 테이블을 친다. 제임스 본드 영화에서 딜러가 카드를 나눠주기 전에 하는 것처럼 나름 폼나게. 하지만 카드를 나눠주지는 않는다. 그저 가장 위의 카드를 하나 내게 건넨다. "자, 그럼 시작해볼까요?"

나는 마지막 쿠키를 입에 물고 손에 남은 부스러기를 털어낸다. 그리고 카드를 쥐고 처음에는 왼쪽으로, 다음에는 오른쪽으로 돌려본다. 내가 오늘 상대하고 있는 것이 옛날 제니인지 새로운 제니인지 감이 오지 않는다. 그래서 그냥 따르기로 결정한다. 심지어 내 상상 속 좀더 똑똑한 상담사가 해보라고 용기를 북돋우기까지 한다.

손해볼 건 없잖아요? 그가 말한다.

얻을 건 있나요? 내가 다시 묻는다.

나는 카드를 유심히 살핀다. 뭐 그냥 잉크 얼룩처럼 보인다. 하지만 카드를 뒤집자 드디어 보인다. "옥토퍼스예요." 나는 여전히 입에 쿠키를 문 채 말한다. 부스러기가 앞섶에 떨어진다. 백악

관에서 일하는 친구 하나가 했던 말이 떠오른다. 언론인 캔디 크롤리는 늘 먹다가 떨어뜨린 부스러기를 묻히고 다닌다고. 왜 지금 그 사람이 떠오르는지 모르겠다. 나 스스로를 속사포 속에서 내가 보고 있는 것을 전달하려고 최선을 다하는 리포터로 생각하다보니 그런 것인지.

제니는 카드를 뒤집는다. 그녀도 볼 수 있도록. "보통 사람들은 박쥐나 나비라고 해요."

나는 입에 물고 있던 쿠키를 꺼낸다. "보통 사람들이 틀렸나보죠, 그럼. 그건 옥토퍼스예요. 위에서 내려다본 모습이라고요. 내가 대개 그러는 것처럼. 그는 닥스훈트의 머리에 있으니까요. 닥스훈트는 다리가 짧고요."

제니가 나를 미심쩍게 바라본다. 지금 자기를 놀리고 있는 건지 묻고 싶은 것이다. 이 테스트를 진지하게 받아들이고 있느냐고. 우리 둘 사이의 긴장을 풀 필요가 있겠다는 생각이 든다.

"헤르만 로르샤흐가 섹시했다는 거 알아요?"

"뭐라고요?" 그녀가 묻는다.

"이 테스트의 발명가 말이에요." 내 의도는 그녀의 경계심을 푸는 데 있다. 어쩌면 형세를 약간 역전시키는 것에.

제니는 첫번째 카드를 우리 사이에 있는 테이블 위에 놓고 의자에 몸을 깊이 묻는다. "아뇨, 난 헤르만 로르샤흐가 누군지 알아요."

"오. 음, 그는 섹시했어요. 브래드 피트식의 독보적인 미친 섹시함 말이죠. 언젠가 글쓰기 프로젝트 때문에 그에 대해 조사한 적이 있었어요. 알고 보니 서른일곱 살에 죽었더라고요. 복막염으로요."

제니는 나를 보며 진료기록부에 몇 가지를 재빨리 적어넣는다. 아마도 내가 이것을 알고 있다는 사실이 1번 카드에서 뭘 봤는지보다 더 많은 것을 말하는가보다. 어쩌면 나중에 찾아보려고 복막염이라는 단어를 써넣고 있는지도. 내 말은, 아마도 그녀는 그게 무슨 뜻인지 알겠지만, 이건 제니 같은 이름을 가진 사람들이 겪는 문제다. 나 같은 사람들은 이름이 제니인 사람은 멍청하다고 가정하는 경향이 있으니까.

"어쨌든. 구글에서 그를 검색해보세요." 나는 쿠키를 더 꺼내려고 봉투에 손을 넣는다. 이번엔 계피맛이다. 평소에는 좋아하지 않지만, 오늘은 왠지 당긴다.

"두번째 카드를 계속해보죠." 제니는 첫번째 카드와 비슷한 카드를 내게 건넨다. 빨간 점이 네 개 있다. "뭐가 보이세요?"

이번에는 찬찬히 들여다볼 필요가 없다. 당장 보인다. "옥토퍼스요. 팔 네 개에서 피가 떨어지고 있네요."

제니가 입을 오므린다. "피가 어디서 흘러나오나요?"

나는 대답을 거부한다. 대신 어깨를 으쓱해 보이며 과하게 많이 묻어 있는 계핏가루를 털어낸다. 떨어진 가루가 셔츠에 묻자 갑자기 캔디 크롤리에게 호감을 느낀다. 곁눈으로 보니 제니는 진료기록부에 아까보다 더 많이 뭔가를 휘리릭 써내려가고 있다. 나한테서 뭘 더 캐낼지 결정하는 중일 것이다. 만약 그렇다면 그녀는 아무것도 얻지 못할 것이다.

"이것도 한번 보죠." 그녀가 세번째 카드를 준다. 역시 빨간 얼룩들이 있다.

"바퀴벌레요."

"옥토퍼스가 아니고요?"

"그런 식으로 유도심문을 하시면 안 되죠. 그건 검사자의 추정이에요."

"그냥 확실히 하고 넘어가려는 거예요." 제니가 말한다.

"내 눈에 보이는 건 바퀴벌레라고요." 나는 쿠키를 한입 베어물며 잠시 말을 멈췄다가 덧붙인다. "어떤 범주에서는 땅의 옥토퍼스로 알려져 있죠."

제니는 절망스럽게 진료기록부를 내려놓고, 앉은 채로 몸을 앞으로 수그린다. 턱을 받친 손에 쥔 볼펜심이 뺨에 작고 푸른 점을 남긴다. "그게 어떤 범주인데요?"

"어떤 범주요." 나는 정말이지 뭐라 대답할지 모르겠다. "아마도 곤충학자들 사이에서요."

제니가 한숨을 쉰다.

"보세요. 시간을 좀 절약해드릴게요." 나는 남은 카드 다발을 집어올린다. "이건 옥토퍼스가 행글라이딩 하는 거예요. 이건 내가 릴리에게서 옥토퍼스를 떼낸 후에 전기 소몰이 막대로 뇌를 지지는 거고. 이건 팅커벨 둘이 키스하는 거죠." 나는 잠시 쉬었다가 카드를 얼굴 가까이 가져간다. 하지만 내 눈에 보이는 것은 확실하다. 이번에 마음에 기록하는 쪽은 나다. 생각해볼 여지가 있다. 나머지 카드들은 컬러다. "이건 옥토퍼스가 바다에서 어떤

운 나쁜 희생자에게 달려드는 거예요. 내 상상 속에서 이건 옥토 퍼스가 살고 있는 산호초 군락이에요. 이건 에펠탑을 떠받치고 있는 해마 두 마리고요." 나는 카드를 테이블 위로 던진다. "또 뭐 잊은 게 없나 모르겠네요."

제니는 내가 건방을 떨면 좋아하지 않는다. 그래서 나는 봉투 입구를 그녀 쪽으로 내민다. "쿠키 드실래요?"

그녀는 잠시 나를 노려보더니 이윽고 표정이 누그러지며 봉투 속으로 손을 넣어 초콜릿칩 쿠키를 꺼낸다. "에라 저도 모르겠네 요."

"그러지 마요. 제니. 당신도 나도 이게 사이비 과학이란 거 잘 알잖아요."

제니는 쿠키를 한입 깨물고 나머지를 무릎에 올려둔다. "맛있 네요." 그녀는 뒤집은 카드들을 집어서 다시 정리한다. "로르샤 흐 테스트는 모종의 의도성 때문에 광범위하게 비판을 받아왔어 요. 하지만 여전히 상당히 훌륭한 불안의 지표죠." 그녀는 내 눈 을 똑바로 들여다본다. "적대감에 대한 지표이기도 하고요."

"그가 그녀의 눈을 멀게 했어요." 나도 모르게 말이 튀어나온 다. 나는 물론 나는 불안해요, 물론 적대적이고요, 라고 말하려고 했다. 하지만 입을 열자 다른 말이 튀어나온다.

"릴리요? 누가 그랬나요?"

나는 손가락으로 카드 다발 맨 위의 카드를 톡톡 두드린다. "난 행동해야만 해요. 그것도 지금요. 나에게는 가능한 선택사항 이 없어요. 적어도 의학적으로는요. 시간이 흐를수록 내가 점점 더 증오스러워요. 이렇게 무기력하고, 도움이 되지 못하고, 옥토 퍼스가 짜낸 고치 속에 갇혀 있는 내가요."

"그럼 의학 외적인 선택사항들은 있나요?" 나는 어깨를 으쓱 한다. 스스로 그런 질문을 해보았다. 하지만 할 수 있는 대답들은 마음에 들지 않는다. 사랑? 아로마 오일? 기도?

"분석적으로 말하자면," 제니가 계속 이야기한다. "고치를 꼭 올가미로 이해할 필요는 없어요. 그건 성장과 변형, 탈바꿈의 상 징이에요."

나는 두 개의 그림자에 대해 생각한다. 내가 트렌트의 뒤뜰에 서 본 것. 쿠키 하나를 더 먹으려고 봉투에 손을 넣지만 빈손이 나온다. 나는 봉투를 구겨서 남은 쿠키를 가루로 만든 다음 바닥 에 봉지를 던진다.

제니의 장점, 그녀는 동요하지 않는다. "이 카드를 다시 해보 는 게 어떨까요. 이번에는 저한테 진짜 대답을 해주시고요. 그러 면 아마도 당신의 감정 기능과 반응 경향에 대해 뭔가 알아낼 수 있을 거예요."

그녀는 마주친 눈을 피하지 않고 카드 다발로 손을 뻗는다.

나는 제니에게 그녀가 원하는 대답을 해줄 것이다. 그녀와 더 입씨름할 시간이 없었다. 정말로 난 이 시간을 다른 곳에 써야 한 다. 나는 내 시간 전부를 또다른 목적을 위해 사용하고 있다. 분 노가 내 고치 속에 뿌리를 내리는 데.

이런 비유가 있었던가, 아주 오래되었으나 이 순간 의심할 바 없이 명백한 진실을 담고 있는 비유.

적을 이기려면 적을 알아야 한다.

쿠키 봉투가 러그 위에서 터지며 부스러기가 쏟아져나온다.

거대한 변화가 일고 있다.

4

나는 수영용품점을 네 군데나 들러서야 공기를 넣어 부풀리는 적당한 상어를 발견한다. 내가 상상했던 것과 꼭 들어맞지는 않지만, 나는 그것을 여섯 개나 구입한다. 등지느러미 양쪽에 손잡이가 하나씩 있다―아마 아이들이 타기 좋으라고 붙여놓은 것 같다. 무시무시한 이빨이 있어야 할 자리에는 벌린 입이 빨갛게 칠해져 있다. 피에 굶주린 모습을 연상시키려고 그런 것 같은데, 그보다는 상어들이 립스틱을 칠한 것처럼 보인다(상어에게 입술이란 게 있기나 하다면 말이다). 그래도 크기는 적당하고, 의도한 목적을 잘 실현해줄 것이다.

집에 오니 릴리는 잠들어 있다. 그래서 나는 뒤뜰에서 상어에 바람을 넣기로 한다. 더위 속에서 그것들을 부는 게 조금 힘들기는 하다. 하나를 불고 또하나를 반쯤 불고 나니, 머리가 띵해지면서 계획에 확신이 들지 않는다. 나는 주저앉아 상어들을 바라본다. 하나는 주목 자세를 하고 있고, 다른 하나는 중풍이라도 앓는 듯이 조기弔旗처럼 쭈그러진 모양이다. 릴리가 어릴 때였다면 잘 가지고 놀았을 거라는 생각이 문득 든다. 그녀가 빨간 공 이외의 모든 장난감에게 그랬듯 망가뜨리면서. 릴리가 강아지였을 때, 아버지의 새 아내가 지나치게 큰 오렌지색 팔을 가진 봉제 원숭이 인형을 그녀에게 준 적이 있었다. 어느 날 나는 팔 하나가 없어진 것을 알았다. 집안을 샅샅이 뒤졌지만 어디에서도 찾을 수 없었다. 그리고 다음날 릴리를 데리고 친구와 산책을 나섰다가 비로소 극적으로 팔을 찾게 되었다.

"맙소사, 네 강아지 어떻게 된 거야?"

돌아보니 릴리가 쭈그리고 앉아 볼일을 보는데 오렌지색 원숭이 손이, 그다음에는 팔이, 거꾸로 탈장검사를 하듯 릴리에게서 빠져나오고 있었다.

"오. 가끔 그래." 나는 얼버무리며 그녀에게서 나온 남은 것을 떼어내려고 플라스틱 봉투를 들고 웅크려 앉았다. 마술사가 가장 구역질나는 손수건 트릭을 보여주듯이.

나는 집 아래에 있는 작은 창고에서 집주인의 낡은 자전거용 펌프를 찾아 몇 번의 실수 끝에 남은 상어들에 바람을 넣는다. 일을 마치고, 나는 험악한 인상의 새 친구들과 반원으로 둘러앉아 있다. 이상한 나라에서 가장 이상한 티 파티를 벌이듯. "자리가 없어! 자리가 없다고!" 상어 중 한 마리가 외친다. 모자 장수와 3월의 토끼 둘 다를 연기하면서. 물론 그는 틀렸다. 자리는 남아돈다, 우리가 앉아 있는 뒤뜰에는.

"우린 한 팀이야, 너희들과 나." 내가 상어들에게 말한다. "보통 때 같으면 서로 그저 적으로서 대면했겠지만, 오늘 우리는 옥토퍼스를 사냥하는 거야. 함께."

"옥토퍼스?" 다른 상어가 외친다. 상어들이 서로 말을 주고받기 시작하자 무슨 말인지 알아듣기가 힘들다.

"얘들아, 얘들아, 얘들아! 한 명씩만 얘기해." 나는 그들이 누구를 의장으로 뽑을 것인지 둘러본다. 내 오른쪽 옆에 앉은 녀석이다.

"물론. 우린 옥토퍼스 좀 먹어본 상어들이니까."

"요점은 이래. 자, 중요하니까 잘 들어." 주위를 빙 둘러보며 상어에게 귀가 달려 있나 살펴보지만 귀는 없다. 적어도 내가 볼 수 있는 한에서는. "얘들아, 너희들 귀가 있니?"

"내림프관 같은 작은 모공이 있어." 내 건너편에 있는 상어가 말한다. "그것들이 귀 역할을 해."

"어디에?"

상어들이 절을 하듯 고개를 숙인다. "여기." 한 녀석이 말한다. "우리 정수리에." 상어들이 일제히 내게 고개를 숙이고 절하는 모습에 왠지 기운이 난다. 플라스틱 손잡이 근처에 소위 모공이라는 것이 보인다.

"좋아. 이제 들어봐. 옥토퍼스가 작은 개에게 달라붙어 있어."

"개?" 그들이 외친다. 그리고 다시 서로 이야기하기 시작한다.
"견공." "잡종견?" "보신탕!"

"얘들아!"

내 옆의 상어가 의장으로서의 제 역할을 기억해낸다. "물론,
우린 보신탕 좀 먹어본 상어들이니까." 웅성웅성 동의하는 소리
들이 들려온다.

"보신탕을 먹는 게 아니라니까!" 나는 큰 소리로 두 손을 마주
친다. 그들의 주의를 집중시키기 위해. 그들 중 하나가 지느러미
로 소리가 들리는 숨구멍인지 뭔지를 막는다. 나는 그들이 다시
주목할 때까지 기다린다. "개는 먹지 마. 내 말 알겠지? 옥토퍼스
는 먹어도 돼. 하지만 개는 안 먹을 거라고 믿을게. 다들 이해했
지?"

나는 빙 둘러 주위를 살피고 상어들은 동의의 뜻으로 고개를
끄덕인다.

내가 다시 말한다. "다들 이해했지?"

"네!"

"네!"

"물론입니다!"

"네!"

"옥토퍼스!"

"개."

"개는 안 돼!"

"개는 안 돼."

"좋아!"

내가 무슨 일을 벌이고 있는 건지 모르겠다.

나는 살금살금 집안으로 들어간다. 한 번에 상어 두 개씩을 가지고 들어와 릴리의 침대 주변에 빙 둘러 놓아둔다. 옥토퍼스가 깨어나면 먼저 그들을 볼 수 있도록. 공포스러운 광경이다. 빨간 입술의 상어떼가 씩 웃고 있는 것을 상상해보라. 입을 귀까지…… 음, 귀가 아니다. 내림프관…… 어쩌고…… 모공. 신경 쓰지 말길, 그냥 나쁜 애니까. 하지만 눈앞에 그려볼 수 있을 것이다. 나는 옥토퍼스가 말 그대로 놀라서 죽기를 바란다.

모든 준비가 끝나자 나는 짧게 휘파람을 불어 릴리를 깨운다. 그녀는 고개를 들고 귀를 흔들다 멈추고 상어들을 뚫어지게 쳐다본다. 당황하지 않고. 그녀는 그들을 볼 수 없다. 하지만 옥토퍼스는 비명을 지른다.

"아아아아아아아아아아아악!"

그는 팔 두 개로 눈을 가린다.

나는 기대감에 입술을 깨문다. 심장마비가 올까? 그냥 쇼크를 받고 죽을까? 입 끝이 아래로 쳐지고 눈은 만화에서처럼 X자로 변할까?

"장난 좀 해봤어, 수장." 옥토퍼스가 말한다. 팔을 원래대로 릴리의 머리에 다시 늘어뜨리며. "물놀이 장난감 좋은데."

"물놀이 장난감 아니야, 상어들이라고. 진짜 상어! 그렇지, 애들아?"

동의하는 웅성거림 대신 이번에 그들은 침묵한다. 실제로 한 마리는 옆으로 쓰러지고 만다. 참도 무섭다. 아쉽게도 다 틀렸다. "어떻게 알았지?"

옥토퍼스가 고개를 설레설레 젓는다. 내가 얼마나 한심한지 믿을 수가 없는 거다. "쟤들 콘돔 냄새 나."

"네가 콘돔 냄새는 어떻게 알아?"

"오. 릴리와 내가 네 귀중품 서랍 좀 열어봤거든. 몇 개 끼워봤지."

나는 릴리를 내려다보았다. 어떻게 이런 녀석과 저도 모르게 공범이 될 수 있었을까. 어떻게 이 괴물과 한 번이라도 한 팀이 될 수 있었단 말인가. 하지만 그녀는 앞이 보이지 않는데다 남을 잘 믿고 상냥하다. 아마도 저 녀석이 그녀가 어쩔 수 없게 조종하고 있는 것인지 모른다. 이 새로운 현실에 밑줄을 긋듯, 릴리가 멍하게 빈 공간을 바라본다. "여하튼 아홉 개 남아 있었는데 내가 여덟 개를 썼어, 그래서……"

"그리고 냄새를 맡았다고?" 나는 못 미덥다.

"우리 후각 감지기는 팔 끝에 있거든. 안 맡으려야 안 맡을 수가 없는 거지."

나는 내 발치에 힘없이 누워 있는 상어들을 바라본다. "나도 상어에게 명령을 내릴 수 있다. 경은 들으시오!" 케이트 블란쳇이 그렇게 말한 적 있다. 나는 상어들에게 찢어지는 소리로 외친다. "저놈을 잡으시오!" 나는 옥토퍼스를 가리킨다. 하지만 아무 일도 일어나지 않는다. 나는 너무도 화가 나서 지느러미 손잡이를 잡고 상어 한 마리를 들어서 옥토퍼스에게 던진다. 내가 다시 외친다. "저놈을 잡으란 말이닷!"

상어가 릴리의 코에서 까닥거린다. 그리고 그녀는 그것이 자신에게 그러는 거라고 오해한다. 그녀는 갑자기 활기를 찾아 원을 그리며 달리고, 돌 때마다 부풀린 상어를 들이받는다. 꼬리지느러미를 붙들고, 레슬링 선수가 미스매치 상대를 쿵 하고 던져버리듯 휘휘 돌린다. 다른 상어들은 그녀의 광기 어린 게임에 안전 범퍼 역할을 한다. 그녀는 사냥감을 물고 어디로든 달릴 수 있다. 불운한 상어가 죽음에 이를 때까지. 그리고 나는 그녀가 달리다가 오븐에 머리를 부딪칠까 염려할 필요가 없다. 옥토퍼스가 그녀의 눈을 멀게 한 후로 그녀가 이렇게 재미있게 노는 것은 처음이다. 그녀가 다칠까봐 방향을 다시 고쳐주면서 쉴새없이 방해하지 않고 내버려둘 수 있다.

마침내 그녀의 이빨이 운 없는 물고기에 구멍을 뚫는다. 천천히 바람이 빠지기 시작한다. 릴리는 꼬리에서 충분히 공기가 빠져나갈 때까지 기다렸다가 다시 덮친다. 그녀는 지느러미 핸들 사이에 올라앉아 그녀의 몸무게로 포획물을 짓눌러서 서서히 공기를 뺀다. 상어의 으스스한 빨간 미소가 녹아 일그러진 웃음으로 변한다. 릴리는 부풀린 상어에서 콘돔 냄새를 맡지 않을 거라는 생각이 문득 든다. 상어들에게서 빨간 공을 새로 샀을 때와 같은 냄새가 난다. 모험의 냄새가 난다. 재미있는 냄새가 난다.

옥토퍼스는 피식 웃고, 나는 아직 화가 나 있다. 하지만 릴리가 뛰어다니며 노는 모습을 보니 기쁜 마음이 드는 걸 어쩔 수가 없다. 아직 그녀 안에 활기가 있다. 아직 우아함과 승리의 기쁨과 강아지스러움과 경이로움이 있다.

나는 그녀가 실컷 까불고 장난치며 노는 모습을 즐기기 위해 자리에 앉는다. 어쩌면 이것이 그녀의 이런 모습을 보는 마지막일지도 모른다. 마지막으로 나는 그것을 즐기기로 한다.

우리는 둘 다 변해가고 있다.

5

릴리가 오후에 깜빡 졸다가 하품을 하고 기지개를 켜며 일어나 내 무릎에서 내려가려고 낑낑거린다. 나는 그녀를 살며시 바닥에 내려준다. 그녀는 뭔가 못마땅한 표정이다. 방향감각을 되찾도록 홈 베이스("홈 베이스!")로 데려다줄까 하는데, 그녀가 내 무릎 위로 기어올라와 그 짓을 시작한다. 정말이지 전에 없던 일이다—강아지 때 광적인 히스테리 속에서 한두 번 그랬을까. 하지만 그건 성적이라기보다는 억제하기 힘든 삶의 환희에 가까웠다. 그러나 지금, 이것은 번식이라는 단순한 목적을 가지고 있어서 불편하다.

"릴리, 그만둬."

나! 네! 다리에! 그! 짓을! 해!

그녀는 앞발로 내 다리를 더 세게 움켜쥔다. 속도를 두 배로 늘려 헉헉거리며.

"릴리. 안 돼! 넌 여자야!" 메러디스가 이 상황을 보면 날 죽이려 덤빌 것이다. 왜 소녀들은—빌어먹을—여자들은 찌르는 사람이 되면 안 되는데? 나는 여동생의 목소리를 머리에서 지우며 릴리를 떼어낸다. 이 각도에서 그녀를 떼어내는 것이 어렵지만 나는 손으로 그녀의 가슴을 감싼 뒤 휙 잡아당긴다. 마침내 릴리의 앞발이 부직포처럼 소리를 내며 힘들게 떨어져나가고, 나는 다시 그녀를 내 무릎에 올린다.

"대체 그건 뭐였니?" 내가 묻는다.

릴리가 머리를 흔들고 귀를 팔랑거리며 입을 핥는다. "뭐가 뭐냐는 거야?" 그녀는 나만큼 어리둥절하다.

옥토퍼스가 한쪽 눈만 뜨고 말한다. "그거참 민망하더군."

"누가 너한테 물어봤어?" 그가 다시 휴면에 들기를 바라며 나는 가능한 한 경멸하는 투로 말한다.

릴리는 제자리에서 세 번 돌고 한숨을 내쉬며 내 무릎에 주저앉는다.

강아지의 한숨 소리.

"쟤도 더이상 어쩔 수 없어. 프로이트 학설이지."

"프로이트 학설?"

"지그문트 프로이트? 창시자로 알려져 있잖아, 그……"

"나도 지그문트 프로이트가 누군지 알아!" 내가 제니에게 헤르만 로르샤흐가 누구인지 설명하려고 했을 때 그 목소리가 얼마나 불쾌하게 들렸을지 이제 알 것 같다. "우리는 생일이 같아." 내가 왜 이런 쓸데없는 말을 하는지 모른다. 왜 옥토퍼스와 계속 대화를 하려고 하는지. 하지만 그건 사실이었고 그냥 나도 모르게 튀어나왔다.

"황소자리시군." 옥토퍼스가 어깨를 으쓱하며 말한다.

내 휴대폰이 울린다. 소리는 들리는데 보이지가 않는다. "네가 어떻게 그를 아는지가 더 궁금한데."

내가 소파의 포인트 쿠션 아래 삐죽 고개를 내밀고 있는 휴대폰을 들고 대답하려 할 때 옥토퍼스가 말한다. "옥토퍼스들이 융의 추종자라는 건 사실이야."

나는 더이상 참지 못한다. "이 거짓말쟁이!" 그러고 나서 전화기에 대고 말한다. "여보세요?"

"지금 전화 받기 어려워?" 어머니다.

"아니에요."

"누구한테 말하고 있니?"

"이야기해도 제 말을 믿지 않으실 거예요."

내 대답이 어머니 마음에 들지 않는다는 것을 알 수 있다. 대충 얼버무리는 게 진심 어린 대화를 방해하리라는 걸.

"종교인들이 문 앞에 와 있어요. 여호와의 증인요." 이편이 좀더 만족스러워 보인다. 비록 내가 여호와의 증인들을 향해 거짓말쟁이라고 말할 용기는 없을 테지만. 소문으로는 그 종교의 신자로 알려진 프린스*가 자신의 믿음을 전파한다며 내 이웃집들을 방문한 적이 있다고 한다. 내가 무슨 수로 프린스에게 소리를 지르랴.

"너 시골에 살아야 되겠다. 그 사람들 그렇게 멀리까지는 안 오거든."

릴리가 기대하는 표정으로 나를 올려다본다. 그래서 나는 그녀의 발 근처에 빨간 공을 놓아준다. "전화는 왜 하셨어요?" 내입에서 말이 나오자마자 그게 얼마나 버릇없게 들릴지 알 것 같다.

어머니가 한숨을 쉰다. "네 소식을 한참 못 들었잖니. 잘 지내나 궁금해서."

"전 잘 지내요, 엄마. 좀 바빠서 그렇죠." 그렇게 거짓말은 아니다.

"메러디스 소식은 들었니?"

"임신한 거요?"

"너무 잘된 일이지 않니?"

"그애는 좋은 엄마예요." 내가 말한다. 빨간 공이 소파 밑으로 미끄러져 들어가고 나는 무릎을 굽혀 공을 다시 찾는다. 릴리는 맞은편 벽을 보면서 꼬리를 흔들고 있다.

"무슨 뜻이니? 메러디스는 좋은 엄마라니." 엄마의 목소리에서, 내가 당신에게 좋은 엄마가 아니라고 암시했다고 생각하는

---

* 미국의 싱어송라이터이자 배우. 2016년 4월 사망.

게 느껴진다.

"무슨 뜻이냐고요? 그애가 좋은 엄마라는 뜻이에요. 그게 다예요. 그애는 좋은 엄마예요. 엄마도 좋은 엄마고요. 누구나 좋은 엄마죠."

"음, 누구나는 아니야." 우리 둘 다 어머니의 어머니는 그렇지 않았다는 걸 알기 때문에 분위기가 어색해진다. 어머니는 얼마나 자주 어머니의 사랑을 좇고 있었을까, 내가 어머니의 사랑을 좇는 동안. 나는 우리 둘이 시작도 끝도 없는 원형 선로를 달리는 모습을 그려본다. "개 산책시킬 때 나한테 전화하곤 했잖니. 하루 중 이맘때쯤 말이야. 그런데 요즘은 통 소식이 없더라."

나는 얼굴 바로 옆에 공을 놓아주었는데도 릴리가 공 주변을 킁킁거리는 것을 본다. "우린 이제 그렇게 산책 많이 안 가요."

"왜?"

옥토퍼스가 미소를 지으며 나를 올려다본다. "맞아, 왜?" 그가 반복한다.

나는 주먹을 꽉 쥐고 한 발자국 앞으로 나가며 때릴 태세를 취한다. "넌 끼어들지 마!"

"뭐라고?" 어머니가 말한다.

"엄마 말고요. 엄마한테 말한 거 아니에요." 나는 그녀에게 확실히 해둔다. 옥토퍼스를 죽이고 싶다. 그 어느 때보다 더.

"테드. 거기 누가 또 있어?"

"릴리가 장님이 됐어요, 엄마."

"뭐라고?"

"릴리가 시력을 잃었다고요." 내 설명이 바보처럼 들린다. 릴리가 시력을 엉뚱한 곳에 놓고 오기라도 했다는 듯.

"어쩌다?"

나는 옥토퍼스를 노려본다. 이 모든 상황을 어디까지 깊이 이야기해야 할지 모르겠다. "그냥, 늙어가는 거죠."

옥토퍼스는 나를 바라보며 눈알을 굴린다. "겁쟁이."

나는 커피 테이블 위의 잡지무더기를 철썩 친다. 그러자 〈트래블＋레저〉와 〈엔테테인먼트 위클리〉가 바닥으로 쏟아진다. "그녀는 늙어가고 있고, 전 별로 그것에 대해 이야기하고 싶지 않아요. 산책도 많이 가지 않고요."

"집에 오면 좋을 것 같구나."

"아니에요, 엄마. 전 잘 지내요."

"그래서가 아니라……" 어머니가 말끝을 흐리고, 나는 릴리 때문이 아니라는 걸로 남은 문장을 이해한다. "메러디스가 다음 달에 식구들과 온다고 해서. 우리도 널 본 지 오래됐잖니. 한번 생각해보렴."

나는 약속은 하지 않고, 생각해보겠다고 말한다. 전화를 끊고 나서 보니 집에 다녀온 지가 언제인지 까마득하다. 제프리와 나는 해마다 여름에 메인으로 여행을 가곤 했었다. 해변에 가서 랍스터나 구운 조개를 먹곤 했고, 그가 강가 벤치에 앉아 책을 읽는 동안 나는 어머니와 카약을 탔다. 그러고 나서 모두 어머니 집 테라스에 모여 앉아 로제 와인을 마셨다. 그 모든 것이 이제는 마치 타인의 삶처럼 느껴진다.

어머니가 나를 보러 마지막으로 이곳으로 온 게 언제였을까? 제프리와 내가 헤어진 지 얼마 안 되었을 때로 기억한다. 어머니는 주말에 왔었다. 거의 갑작스럽게. 매우 그녀답지 않게. 내가 그때 일을 기억 속에서 능동적으로 지우고 있었던 것인지, 혹은 그 시절의 안개 속으로 사라져버린 것인지 모르겠다. 하지만 전화기 너머에서 들려온 어머니의 마지막 말은 익숙하다. "내가 네 걱정을 안 한다고 생각하는 거 알아. 하지만 그렇지 않단다."

릴리를 건너다보니 옥토퍼스가 나를 비웃고 있다. 녀석은 여전히 릴리가 내 다리를 붙들고 그 짓을 한 게 재미있는 모양이다. "융 추종자. 넌 개자식이야." 나는 투덜거린다.

"우린 그냥 대화를 나누고 있었을 뿐이야."

"우린 그냥 대화를 나누지 않아. 넌 대화를 하고, 난 네 죽음을 계획하지."

옥토퍼스가 씩 웃는다. "계획은 잘 되어가?"

"내 개를 돌려줘!"

빨간 공이 다이닝룸으로 굴러들어오자 릴리가 옥토퍼스를 달고서 그 뒤를 느릿느릿 따라간다. 나는 옥토퍼스의 말뜻을 알아내려고 프로이트 학설을 떠올려본다. 자유연상, 전이, 그리고 리비도 같은 것들. 그리고 오이디푸스 콤플렉스까지. 하지만 어째서 그는 릴리가 난데없이 반대의 성을 가진 부모에게 느끼는 성적 소유욕에 힘들어한다고 생각하는 걸까? 적어도 내 다리에 그 짓을 할 만큼은 강한 소유욕. 그리고 내가 사랑을 갈구하는 어머니로부터 온 전화는 뭔가? 한참 대화를 나누던 바로 그 순간에? 우연일까? 나는 소파에 주저앉는다. 그것은 릴리가 눈이 멀었기 때문이다. 오이디푸스는 스스로 자기 눈을 멀게 했고, 옥토퍼스는 릴리의 눈을 멀게 했다. 하지만 나도 무언가에 눈이 멀어 있는 걸까? 내가 볼 수 없는 것은 무엇일까?

나는 변신에 속도를 낼 필요가 있다.

6

　내 앞에 줄 서 있는 남자는 내가 이제껏 본 남자 중 가장 멋진 문신을 하고 있다. 반팔 셔츠 아래로 보이는 호쿠사이* 스타일의 파도 형상은, 내 상상 속에서 그의 어깨 너머로 이어진다. 게다가 반대편 팔뚝에는 멋진 호랑이가 팔꿈치에서 손목까지 굽이치듯 우아하게 그려져 있다. 말로는 묘사하기 어렵다. 전체적인 효과를 느끼려면 정말이지 그냥 봐야 한다.

　"뭣 좀 물어봐도 될까요?"

　남자는 미소를 지으며 돌아선다. 맹세코 내가 타투 예술가에

---

* 일본 에도 시대의 우키요에 화가.

관한 추천을 믿는다면 그건 이 남자의 말일 것이다. 그가 슈퍼마켓에서 비건 초리조와 망고, 라이터 기름과 수제 맥주를 사들고 내 앞에 서 있는 그냥 어떤 남자라 할지라도.

"망고를 구우려고요." 그가 말한다. 그의 미소가 짜증스럽게 변한다.

"아니, 아니, 아뇨." 나는 말을 더듬는다. "그 잉크 누가 했어요?" 그걸 잉크라고 부르는 게 쿨한지, 아니면 터무니없이 멍청하게 들릴지 모르겠다.

"문신할 생각 있어요? 그렇다면 칼에게 가보세요. 정말 철학적인 접근을 한다니까요."

철학적인 접근이요? 그게 자연스럽게 이어지는 질문일 것이다. 하지만 나는 그가 칼의 작업실 이름을 가르쳐줄 때 "고마워요"라고만 말한다. 그리고 우리는 조용히 식료품점에서 계산을 마친다. 그동안 나는 셔츠를 벗은 그의 모습을 상상해보려 한다.

나는 여전히 철학적 접근이라는 게 무슨 맥락에서 나온 말인지 잘 모르겠다―문신 전반에 대한 철학적 접근? 기술적인 과정? 통증 관리? 정말 모르겠다. 왜 이것이 끌리는지, 아니 심지어 내가 이걸 왜 원하는지도 모른다. 하지만 그렇다. 그래서 나는 망고 굽는 남자의 추천을 받아 전화로 예약을 한다. 그리고 지금 여기 와 있다. 인상적인 디자인들이 보이는 타투 샵 창문 앞 도로에 주차를 하고 차에서 나갈 엄두를 내지 못하고 있다.

내가 타투 샵에서 뭘 하려는 건지는 나도 잘 모른다. 낯선 사람에게 추천을 부탁할 정도로 확신이 있었음에도 불구하고. 옥토퍼스가 먹물로 릴리의 눈을 멀게 한 이후로, 나 스스로에게도 먹물로 뭔가를 새기려는 강박이 내 안에서 자라났다. 우리 사이의 연대 의식, 화합이라고 부르자. 혹은 릴리와 내가 유일한 회원인 형제 동맹을 결성하고픈 욕망이라고. 옥토퍼스에게 서약할 기회를 주지 않고.

전에도 문신을 하고 싶다는 생각을 한 적이 있었지만 적당한 때가 아니라고 느꼈었다. 이번에는 다르다. 지금 내 마음은 전시戰時에 문신을 하는 군인의 마음에 가깝다. 몸을 바꾸어 자신이 속한 부대와 나라에 충성을 표시하고픈 의식적인 욕망이라고 해도 좋을 것이다. 내게 필요한 통과의례처럼 느껴진다. 나는 나라를 위해 싸우고 있지도 않고, 소속 부대도 없지만—이 전쟁의 전우는 단 한 명이다. 릴리의 생일을 새길까 생각했다. 우리가 만난 날—내가 사랑에 빠진 날—도 함께. 하지만 숫자들은 지나치게 실제의 전쟁 타투를 연상시킬 것이다. 전쟁 포로들의 표식 같은 것. 언젠가 그것은 긍지를 가지고 드러낼 생존자의 각인이 되겠지만, 이 전쟁에서 그런 기회는 쉽사리 와주지 않을 것이다. 그럼에도, 철학적 접근을 한다는 칼이라는 이름의 예술가와의 만남을 기다리는 동안, 나는 릴리와 이 형제 동맹에 가입한다는 사실에 현기증을 느낄 지경이다. 심지어 바늘의 고통마저 기대될 정도로.

진짜 사나이의 표식을 새기게 된다는 기대.

나는 몇 차례 심호흡을 하며 차에서 내려 칼의 가게로 들어가기 위한 힘을 모은다. 로비는 파도치는 바다의 초록빛으로 칠해져 있고 내부는 낡은 검정색 가죽 가구들로 꾸며져 있다. 가죽에서 여전히 취할 듯한 동물의 냄새가 풍겨나온다. 벽에는 여기서 새긴 것으로 보이는 타투 사진들이 걸려 있다. 기성 디자인은 걸려 있지 않다. 제대로 찾아왔다는 느낌이 든다. 쿠키 커터로 찍어내는 식으로는 변화하지 않을 거라는, 내 시도가 도리어 역효과를 부르지는 않을 거라는, 프롤레타리아의 일원으로서의 정체성을 더 강화시키지는 않으리라는 느낌이 든다. 재닛 가로팔로*보다 더 젊고 덜 화가 나 보이는 접수원이 나를 벨벳 커튼 뒤의 방으로 안내한다. 나는 마법사와 예약이 되어 있다. 내가 머리와 심장과 용기를 요구하더라도 욕심이 많다고 생각하지 않아야 할 텐데. 그가 나와 이 작은 에메랄드시티**를 상대로 사기를 치는 점쟁이 이상이기를.

칼의 몸에는 타투가 없는 곳보다 있는 곳이 더 많고, 나는 즉시 무장해제를 당한다. 그의 몸이 흡수할 수 있는 잉크의 양, 그리고 그로부터 뿜어져나오는, 겉치장이 아닌 자연스러운 기운. 그는 잘생긴 얼굴에 나이도 좀 지긋하고, 관자놀이 주변의 머리칼이 희끗하다. 아마도 북미 원주민? 아니 그보다는 캐나다 원주민에 가깝다. 이누이트 혹은 에스키모. 그는 가벼운 포옹으로 나의 어색한 악수 시도를 단칼에 자른다.

"이누이트에게는 인사말이라는 게 따로 없어요." 그가 말한다.

---

* 미국의 여배우.
** 마법사가 사는 오즈의 수도.

"그래서 우린 악수나 포옹을 하죠."

"포옹 좋아요." 적어도 누군가 내게 포옹이 의미하는 바를 설명해준다면.

칼은 내게 등받이가 없는 동그란 의자에 앉으라는 몸짓을 한다. 한가한 날이라 우리는 한동안 인생에 대해, 자연에 대해, 관계에 대해 이야기를 나눈다. 가벼운 관계들과 그렇지 않은 것들에 대해. 내가 흥미로워 보이는 타투들에 대해 묻자 그가 숨겨진 사연들을 들려준다. 그는 내가 긴장하고 있다는 걸 알지만 개의치 않는 듯하다.

"당신이 타투에서 가장 좋아하는 점은 뭐죠?" 참 아마추어다운 질문이다. 초등학교 3학년생이 학교 과제로 인터뷰를 할 때 던질 만한. 타투 예술가에 대한 과제를 내줄 학교가 있기나 한지 모르지만. 혹시 대안학교나 몬테소리 학교라면?

"영구성이요." 칼이 말한다.

"하지만 요즘은 레이저 시술로 지울 수 있잖아요."

칼은 어깨를 으쓱한다. "아직은 흉터가 남아요. 영혼처럼." 그는 오랫동안 누구도 하지 않은 방식으로 나를 유심히 들여다본다.

"하지만 결국 우린 죽어요. 그리고 살은 썩어 없어지죠."

칼은 계속 눈을 피하지 않으면서 나를 보고 미소 짓는다. 분위기가 불안하다. 아니면 적어도 내가 불안을 느끼는 것이거나.

"제 생각에, 사람들도 영혼을 남기고 떠나요."

"겁을 내고 계시군요. 처음엔 보통 그래요."

나는 처음이란 말을 한 기억이 없고, 옷으로 몸을 완전히 가리고 있어 문신을 했는지 아닌지 볼 수 없는데도 그는 알고 있다. "겁이 나요. 하지만 바늘이나 고통이나 후회 때문은 아니에요."

"그럼 뭐죠?"

"아직 떠나지 않은 누군가를 애도하는 것 때문이에요. 내가 싸움을 포기하는 거요. 내가 전쟁에서 항복하는 거요." 나는 진짜 생각을 말하라는 제니의 목소리를 듣는다. 나는 내 이론을 더 밀고 나간다. "죽음에 대한 두려움인 것 같아요. 그리고 아마도 처음 같은데, 나 자신의 유한성에 대해서요.

"죽음은 특별한 적이지요. 언제나 이기는 적." 칼은 아주 잠깐 어깨를 으쓱해 보인다. 별 의미 없다는 듯이. "싸움을 그칠 때가 된 거라면 항복은 부끄러운 것이 아니에요."

"위로가 되네요." 내가 빈정대듯 말한다. 하지만 빈정대는 말은 칼의 언어가 아닐지도 모른다.

"그래요?" 칼이 묻는다. 나는 그가 유머 감각이 없다고 생각하지 않는다. 하지만 이 점에서 그는 완전히 진지하다. 나는 웃는다. 무슨 말을 해야 할지 몰라서 불안할 때 나오는 그런 웃음이다. 칼이 서랍을 열고 폴라로이드 사진 한 장을 꺼내더니 내게 준다.

"이게 뭔가요?"

"내가 지난번에 한 타투예요. 베끼는 건 안 좋아해서요. 거긴 예술가로서의 도전성이 별로 없어요. 난 이게 맘에 들어요. 우리 재미있게 해볼 수 있을 거예요."

나는 사진을 본다. 한 남자의 흉곽을 가로지르며 흘려쓴 글씨들. '죽는다는 것은 어쩌면 가장 큰 모험일지도 몰라.'

나는 당장에 알아차린다. "피터 팬."

"J. M. 배리." 칼이 교정한다. "피터 팬은 실재하지 않아요."

"그래요? 나는 늘 피터 팬이 죽음이라고 생각했어요. 아이들을 데리러 온 저승사자라고요."

칼은 눈썹을 치켜뜬다. "당신은 생각보다 어둡네요."

"원래 그렇지는 않았어요." 나는 변신중이다.

"죽음이 뭐죠? 광합성의 끝, 화학적 합성의 끝, 항상성의 끝 아닌가요?" 칼은 시인의 리듬을 가지고 있다. "마지막 심장박동? 마지막 세포 생성? 마지막 호흡?"

"아마도 그것 모두겠죠."

그는 정말로 철학적인 접근을 한다.

"우린 몰라요, 그렇죠? 그게 티핑 포인트가 될 수 있어요. 소멸이 확실한 결정적인 시점이요."

"그렇다면 죽음은 태어나는 순간이겠네요?"

"아니면 수정되는 순간이거나요, 심지어."

"타투에 대해 당신이 정말 좋아하는 면은 실제로 존재하지 않아요." 나는 내 발을 내려다본다. 그런 지적을 한 것이 당황스러울 지경이다.

"영구성이요?"

"진짜 그런 건 없으니까요. 만약 우리 모두가 티핑 포인트를 통과한 거라면 말이죠."

"영구성은 상대적인 개념이에요."

나는 웃는다. "정말이지, 영구성이란 게 뭘까요?"

칼도 웃는다. 그는 내가 건방을 떨고 있다는 걸 깨닫는다. "우리 저 아래 토끼굴까지 너무 깊이 파고들어가지 말자고요."

"그러지 않기가 힘드네요." 하지만 그가 옳다. 이러다보면 하루종일 그리고 밤새 여기 있을 수 있을 것이다. 나는 칼을 본다. 그와 함께라면 그리 나쁘진 않을 것 같다.

"죽음을 속이는 데 인생을 다 써버린다면, 인생을 껴안을 시간이 남지 않아요." 그가 내 어깨에 손을 얹는다. 따뜻하다. "두려워 마요. 내가 하고 싶은 말은 그게 전부예요."

칼이 옳다. 나는 이제 두려워하는 것이 지겹다. 옥토퍼스처럼 잉크를 갖게 되는 건 내 변신의 마지막 단계다.

"그리고," 칼이 말한다. "나에게 더 좋은 생각이 있어요."

"뭔데요?"

칼이 서랍을 열고 스케치북과 목탄을 꺼내 작업대 위에 올려놓는다. "그려봅시다."

나는 어릴 때 64색 크레파스 상자를 선물 받았을 때처럼 입이 양쪽 귀에 걸리도록 활짝 웃는다. 내가 얼마나 그리는 것을 좋아했는지 떠올린다. 왜 더 그리지 않았을까. 글을 써서일까? 글은 말로 그리는 그림이다. 하지만 칼의 스케치북과 목탄을 보자, 글을 쓸 때와는 다른 느낌이 나를 압도한다.

나는 나의 단어들, 예술가로서의 내 목탄을 사용해 나의 생각을 칼에게 설명한다. 그가 슥슥 그려본다. 가끔 명암을 주느라 엄지손가락을 잠시 멈추거나, 손등으로 종이를 문지르거나 하면서.

그는 이따금 고개를 끄덕이며 들을 뿐 내 말을 끊지 않는다. 내가 말을 마치자 그는 그림을 보고 눈을 크게 뜬다. 그는 천천히 스케치북을 돌려서 내게 보여준다.

내 심장이 멎는다. 그리고 다시 뛴다.

"그래요." 내가 말한다.

완벽하다. 세부적인 것들과 아름다운 이누이트의 영혼이 더해져 생동이 있다. 차에 앉아 있는 동안에는 상상조차 할 수 없었던 것이었다. 두려움이 사라졌다. 피부가 톡톡 쓰려온다. 마치 천 개의 바늘이 동시에 나를 찌를 것을 미리 느끼기라도 하는 것처럼.

나는 살아 있다.

칼이 총처럼 생긴 문신 기계를 눈높이로 들어올린다. 그도 나만큼 흥분하고 있다. 눈에서 빛이 난다. 준비가 되자 그가 눈을 반짝인다. "시작할까요?"

7

내 손가락이 통화 버튼 위를 맴돈다. 내가 그 빌어먹을 것을 눌렀는지 아닌지 기억이 나지 않을 만큼 오랫동안. 그리고 전화벨이 울린다. 나는 새삼 '다이얼링'이라는 말에 대해 생각해본다. 다이얼. 왜 우린 아직 그렇게 말할까? 다이얼 있는 전화기를 사용하는 사람이 사라진 지가 언제인데? 한밤중이고 나는 지쳐 있고 아마도 약간은 의식이 혼미한 상태인지도 모르겠다. 다이얼을 생각하면 전화보다 비누가 생각난다.* 아니면 더 불길한 어떤

---

* 다이얼(Dial) 비누. 아머앤드컴퍼니의 화학자들에 의해 개발되었으며, 1948년 처음 소개되었다. 다이얼은 회사 창립자의 이름으로 알려져 있는데, 1970~80년대 한국을 비롯한 각국에서 각광받은 상품이다.

것. 다이 올Die-all. 어쨌든 전화벨이 울리고 있다. 소리 자체는 약간 위로가 된다. 늦은 밤에 그저 벨소리만 듣고 끊을 수 있는 전화번호가 있으면 좋겠다. 누구도 받지 않을 것이지만, 저기 어딘가에 당신을, 당신이 해야 할 모든 말을 들어줄 누군가가 있다는 희망. 링Ring. 이제 그 단어조차 이상하게 느껴진다. 어떻게 나무 그루터기의 둥근 나이테와 전화기에서 나는 소리 두 가지를 동시에 의미할 수 있단 말인가? 다이얼, 링, 다이얼, 링. 다이얼. 링.

"여보세요?" 나는 소리를 듣자마자 전화를 끊는다.

음, 빌어먹을. 그에게 전화를 걸어 무례하게 끊는 재미로 그를 깨운 꼴이 되었다. 나는 그에게 다시 전화를 걸어야만 할 것 같은 책임을 느낀다. 그는 전화벨이 울리자마자 받는다.

"안녕." 트렌트다.

"안녕."

긴 침묵.

"지금 몇시지?" 그는 자고 있었다. 그가 정신을 추스르려 애쓴다.

나는 어떻게 내가 하고 싶은 말을 표현할까 생각한다. "내가 미쳤어?"

"뭐라고? 끊지 마."

그가 침대에서 나오는 소리를 들을 수 있다. 아마도 매트를 깨우지 않으려는 듯. 나는 내 침대의 덮개 이불 위에 누워 있고, 릴리는 내 팔꿈치 안쪽에 코를 비비고 있다. 태양처럼 열을 방사하지만 나는 그녀가 아늑하게 느끼는 한 움직이지 않을 생각이다.

내 땀이 우리 둘을 *끈끈하게* 달라붙게 만든다. 접합한다는 생각, 그녀를 내게 묶는다는 생각이 위로가 된다. 트렌트가 발 *끄는* 소리를 내며 다른 방으로 간다. 끼익 하고 침실 문 닫히는 소리가 들려온다.

"됐어."

"내가 미친 건지 알고 싶어. 농담 아니고 뭐 특이하다거나 그런 뜻도 아니고. 네가 날 정신이상이라고 생각하는지 궁금해."

긴 침묵.

"그렇게 생각 안 해. 넌 그렇게 생각해?"

이번에는 내가 침묵한다.

"가끔."

"음, 난 네가 그렇다고 생각하지 않아."

"정말 옥토퍼스가 있어."

침묵. "알아."

"그가 그녀를 손아귀에 넣고 있어."

트렌트가 한숨을 쉰다. 혹은 하품이거나. "알아, 그것도."

우리는 잠시 조용히 앉아 있다. 트렌트는 내가 유일하게 뭔가를 말해야 한다는 압박을 느끼지 않는 사람이다. 그렇지만 내가 그를, 그의 남자친구와 그의 건강한 개가 함께 있는 그의 침대에서 끌어냈다는 사실을 갑자기 견딜 수 없다. 내가 그를, 옥토퍼스와 나의 아픈 강아지와 함께 침대에서 외로움에 지쳐 있는 나와 이야기를 하게 만들었다.

릴리와 내가 처음 만나고 불과 일 년 아니면 반년쯤 되었을 때

였나. 그때의 기억이 떠오른다. 11월이었다. 그해에는 사자자리 유성우가 장관을 이룰 예정이었다. 2098년쯤이나 되어야 다시 그런 장관을 볼 수 있을 거라고 했다. 아니면 릴리와 내가 확실히 우주의 먼지가 되어 있을 2131년에나. 그래서 나는 한밤중에 일어나 베개와 이불을 들고 나가서 뒷마당 잔디 위에 깔았다. 나는 릴리를 바짝 끌어안았고, 거기 누워서 불꽃이 비처럼 쏟아지는 하늘을 올려다보고 있었다. 그녀는 우리가 따뜻하고 아늑한 침대를 놔두고 어째서 차갑고 딱딱한 바닥에서 허접한 휴식을 취하고 있는지 이해하지 못한 것 같았지만. 나는 그녀가 유성의 마술을 이해한다고 생각하지 않는다.

내가 아무런 말을 못하자 트렌트가 다시 말한다. "위지를 잃게 된다면 나도 내가 어떻게 할지 모르겠어. 생각만 해도 난…… 상상이 안 돼."

하지만 넌 위지를 잃게 될 거야. 나는 그렇게 말할 뻔한다. 더이상 나는 만약이라는 세계에 살지 않는다.

나는 칼과 티핑 포인트에 대해 생각한다. 죽음이 불가피해지는 시점. 그가 옳았을까? 티핑 포인트는 정말로 탄생일까, 삶의 시작 그 자체일까? 우리는 중요한 모든 것을 잃을 것이다. 혹은 중요한 모든 것들이 우리를 잃을 것이다. 그것은 그렇게 정해졌고 삶의 법칙이다. 하지만 나는 이것을 트렌트에게 말하지 않는다. 내 친구를 침대에서 끌어내 그를 우울하게 만들 이유가 전혀 없다.

"나도 그런 식으로 릴리에 대해 생각했었어."

"지금은?"

"상실은 더이상 개념에 불과한 게 아니야."

"그 남자는 만나봤어?"

"칼. 이름이 칼이야."

"괜찮았어?"

"그랬어."

"잘생겼어?"

"아주."

"그래서?"

"두고봐. 보여줄게."

릴리가 내 겨드랑이 속으로 더 깊이 파고든다. 나를 이용해서 코를 긁을 때처럼. 그러던 중 그녀는 나를 향해 옥토퍼스를 치켜든다. 아주 조금일 뿐인데도 나는 움찔한다. 그가 나타나면 여전히 움찔하는 내가 싫다.

"난 위치를 잃는 게 상상이 안 돼."

"벌써부터 그런 생각하지 마." 그때는 내가 그의 곁에 있을 것이다.

"내가 널 미쳤다고 생각하는지 알고 싶어서 전화했어?"

"응." 그것 때문에, 그리고 외로움에 지치지 않으려고.

"난 네가 뭔가 큰일을 할 필요가 있다고 생각해. 삶을 움켜쥐고 상황을 뒤흔들어볼 필요가 있어. 옥토퍼스가 말하는 대로 움직이지 말고." 그의 안에서 말하는 것은 페리스 뷸러다. 수년 동안 페리스는 어딘지 잠잠했다. 나는 그가 표면까지 들끓을 때가 좋다. "내가 어떻게 생각하는지 알고 싶어? 내 생각에 넌 더 미칠 필요가 있어."

전화를 끊고 나는 잠시 휴대폰을 바라본다. 당연하게 여기고 사용해오던 기술을 달리 바라보면 갑자기 어떻게 목소리가, 나에게 말하는 목소리가 들리는지 상상할 수 없어서 낯선 느낌이 드는 것처럼. 그 목소리가 나에 대해 그리고 내 세상에 무슨 일이 일어났는지에 대해 완전히 이해하지는 못했다 하더라도. 아마도 난 전화를 걸기 전보다 더 쓸쓸해졌는지 모른다. 비록 혼자가 아니라 해도. 더이상은 아니다. 나는 내 속에서 분노가 잉태되어 기하급수적으로 커지는 것을 알 수 있다. 마치 손에 초음파 검사 인쇄물을 들고 있는 것처럼 확실히 알 수 있다. 그것은 상상할 수 없는 방식으로 폭발하려 하고 있다.

나는 잠이 든 릴리를 조용히 안고 리넨 캐비닛에서 담요를 꺼내 밖으로 나간다. 나는 우리 앞에 담요를 깐다. 될 수 있는 한 한 손으로. 오늘밤에 유성우는 없다. 그래서 나는 마당을 가로지르며 줄줄이 매달려 있는 옛날식 전구의 불을 켠다. 바비큐나 파티를 할 때만 켜는 그 전구들은 뒤뜰을, 가식적인 사람들이 유유자적하게 살아가는 곳을 찍은 축제 분위기 카탈로그의 한 페이지처럼 만든다. 우리는 담요에 누워 그것들을 올려다본다.

"우리 뭐하는 거야?" 릴리가 하품을 하며 내게 다시 코를 비빈다. 밤공기는 따뜻하고 고요하다.

"추억을 만드는 거야."

"왜?"

나는 그녀에게 이유를 말하지 않는다. 답은, 내가 필요해서다. 내 계획이 어긋날 경우에. 그래서 그녀가 더이상 내 곁에 있지 않을 경우에 나를 지탱해줄 추억이 필요하다.

"왜냐하면 가끔 추억을 갖는다는 건 좋은 거니까. 너도 좋아하는 추억이 있지 않니?"

릴리는 생각해본다. "내 모든 기억들이 다 좋아하는 기억인데."

나는 이 말에 놀란다. "나쁜 기억들도?"

"개들에게 나쁜 추억은 없어." 부러워하며 나는 그녀 가슴의 벨벳처럼 부드러운 부분을 긁어준다. 얼마나 멋진 삶의 방식인가.

"네가 강아지였을 때 이렇게 한 적이 있어. 침대에서 나와서 담요를 밖으로 가져온 다음 잔디에 누워서 별들을 바라봤지."

"저것들이 별이야?" 릴리는 희미한 전구들을 올려다본다. 볼 수 없지만, 그녀가 별을 상상할 수 있을 만큼의 빛은 감지할지 궁금하다.

"그래." 나는 거짓말한다. "별이야. 저 빛들은 수십억 년을 여행했어. 감동스럽지 않니?"

릴리가 동의한다. 왜냐하면 그녀는 작고, 그녀는 개이고, 그녀에게는 작은 것들조차도, 그녀가 볼 수 없는 것들조차도 감동적이니까.

"조금 있다가 다시 안으로 들어가도 돼."

릴리가 잠깐 생각한다. "아니, 이게 좋아."

"네가 별을 좋아해서 기뻐. 우린 별들 아래에서 시간을 많이 보내게 될 거야." 나는 그녀에게 내 계획을 말하기 전에 잠시 말을 멈춘다. 아니 적어도 내 계획을 실현할 때가 왔다고 말하기 전까지. 트렌트가 내게 그것을 확실히 해주었다. "우린 곧 여기를 떠날 거야. 그리고 돌아오게 될지 모르겠어."

"우리가 곧 여기를 떠난다고? 어딜 가는데?"

나는 나를 믿으라고 할 때 항상 그러듯이 그녀를 품에 꼭 안는다. 아마도 그녀가 영원히 기억하게 될 유일한 집일 이곳을 떠나 나를 따라오라고.

넌 더 미칠 필요가 있어.

"우리는 가장 큰 모험을 하게 될 거야."

죽음. 죽는다는 것은 어쩌면 가장 큰 모험이다. 하지만 이번에는 아니다. 이 모험은 아니다. 우리의 모험, 가장 큰 모험은 살고자 하는 투쟁이다.

나는 손으로 내 타투를 덮고 있는 투명한 밴드를 만지작거린다. 몇 시간만 붙여도 되는 것이지만, 좀더 오래 붙이고 있어도 나쁠 건 없다고 생각했다. 나는 밴드 밑을 살짝 들여다본다. 여덟 개의 팔 끝이 숨을 쉬려고 안달복달하는 것을.

더이상 기다릴 수 없다. 나는 척추가 없는 불청객이 나를 밟는 게 지긋지긋했다. 그의 조건에 맞춰서 싸우는 싸움에 진절머리가 난다. 트렌트가 옳았다. 나는 충분히 미치지 않았던 것이다.

그러지 않았다.

그 모든 것은 이제 멈춘다. 나는 내 안의 큰 변화를 느낀다. 내 신경 속에서, 내 기관 속에서, 내 정맥 속에서.

내 변신은 거의 완성 단계에 이르렀다.

8

나는 기억을 더듬어 차이나타운이 있는 거리를 나름대로 수월하게 찾아가고 있다. 딤섬을 먹고 유명인들을 구경하는 맛에 자주 들르던 임프레스 파빌리온이 문을 닫은 후에는 온 적이 없었는데도. 나는 차로 거리를 누비며 식료품점들 사이에서 생선 가게를 찾아본다. 바깥 차선에서 천천히 움직이고 있지만 누구도 경적을 울리지 않는다. 브로드웨이와 노스 스프링 양쪽으로 작은 점포들이 많다. 하지만 차양에 쓰인 글씨들이 모두 중국어라(아마도 와인을 파는 보데가로 보이는 한 곳만 빼고) 뭐가 뭔지 구별이 어렵다. 그래서 스프링에 주차를 하고 걸어서 탐색을 계속하기로 한다.

로스앤젤레스의 차이나타운은 뉴욕이나 샌프란시스코의 차이나타운만큼 활기가 넘치지(중국스럽지도) 않는다. 주중 오후에는 가게를 드나들며 이국적인 재료들을 쉽게 구할 수 있다. 처음 들어간 생선 가게에는 메인주의 랍스터와 던지니스 게 말고는 이국적인 것이 없다. 혹시 가게 안쪽에 숨겨진 창고 같은 게 있나 물어볼까 싶지만 그들이 불법으로 잡은 것들을 팔까봐 걱정이다. 멸종 위기에 처한 성게나 독성이 있는 복어 같은 것들 말이다. 원하는 게 그런 것이 아닐뿐더러 나는 **그렇게 미치지는** 않았다.

브로드웨이에서 들어가본 두번째 집은 좀더 내 취향에 맞는다. 관광객 호객 분위기가 덜 나고 좀더 진정성 있는 중국이다. 잘게 부순 얼음 위에 놓인 것 중에 내가 찾는 것은 바로 보이지 않는다. 하지만 주인에게 물어보면 된다. 친절한 인상의 사내는 늙은 사과처럼 쪼글쪼글한 얼굴을 가졌다.

"옥토퍼스를 찾는데요."

친절하고 쪼글쪼글한 얼굴이 어리둥절하게 나를 바라본다. 나는 그가 내게 영화 〈그렘린〉에서처럼 중국 도깨비, 모과이 같은 것을―궁극적으로 득보다 실이 많을 것을―팔지 않게 잘 설명해보려 한다. 하지만 중국어로 옥토퍼스가 뭔지 알 수가 없다. 그래서 나는 손가락 여덟 개를 치켜든다. 그리고는 손을 거꾸로 세워 들고 꼼지락거리는 모양을 보여준다.

"아아아. 짱위"

그를 따라 진열대 끝으로 가니 그것들이 얼음 위에 꼼짝 않고 누워 있다. 예닐곱 마리 정도 될까. 죽은 것들은 훨씬 덜 위협적으로 보인다.

"흐으으음." 나는 아주 특별한 뭔가를 찾듯이 그것들을 찬찬히 살펴보는 모양을 해 보인다. "다른 건 없나요. 그러니까, 좀더 큰 거요?" 나는 강조하려고 손을 양쪽으로 넓게 벌린다.

생선 가게 주인은 집게손가락을 올려 내게 기다리라는 시늉을 하고 큰 냉장고 쪽으로 사라진다. 에어컨이 무지막지하게 돌아가고, 실내는 온통 전기가 윙윙거리는 소리로 진동하고 있다. 유리창 위에 붙인 노란 셀로판종이가 사물에 우울한 느낌을 덧입히는 것 같다. 출입구에서 파리 몇 마리가 윙윙거리지만, 생선 가까이 가지는 않는다. 나는 파리들이 얼음을 좋아하지 않는 것인가 생각한다. 나이든 중국 여자가 굴소스를 보고 있다. 눈이 마주쳐 나는 웃어 보인다. 그녀는 어찌할 줄 모른다.

남자는 내 맘에 드는 더 큰 것을 가지고 돌아온다. 내가 고개를 끄덕이자 그가 웃으며 그것을 기름종이로 둘둘 만다. 그에게서 물건을 건네받으며 내가 말한다. "필요한 게 하나 더 있는데요."

생선 장수는 기대되는 얼굴로 나를 바라본다. 내가 고갯짓으로 그의 등뒤로 보이는 것을 가리킨다. 그가 새우를 가리킨다. 나는 아니라고 고개를 젓는다.

"저거요."

그는 어리둥절 돌아서 내가 가리키고 있는 것을 본다. 내가 사고 싶은 건 그의 큰 식칼이다. 이번에는 그가 고개를 젓는다. 혐오까지는 아니지만 거의 그 정도다. 확실히 아주 못마땅해한다. 이건 〈그렘린〉이 따로 없다. 그가 이렇게 말하는 소리가 들린다.

"너희들은 너희 사회가 자연의 모든 선물을 다룬 방법으로 모과이를 다루고 있어. 너희들은 이해하지 못해!" 하지만 나에게는 **모과이** 대신 **옥토퍼스**라고 들린다. 나는 옥토퍼스가 선물이라고 생각하지 않는다. 만약 그렇다면 필사적으로 되돌려주고야 말 것이다.

내가 고집스럽게 다시 그것을 가리킨다. 그리고 주머니에서 이십 달러 지폐 몇 장을 꺼낸다. 그는 돈을 보고 약간 주저하더니 큰 식칼을 내어준다.

장을 보고 돌아오자 릴리는 그녀의 침대에 앉아 있다. 깨어서 멍하니 오른쪽을 바라보면서. 그녀는 내 소리를 듣지 않지만, 옥토퍼스는 듣는다. 나는 부엌으로 들어가 테이블 위에 쩔렁 소리를 내며 열쇠를 내려놓는다. 옆구리에 끼고 있던 종이가 부스럭거린다. 나는 종이 꾸러미를 싱크대의 커다란 도마 위에 올리고, 도마를 들어 옥토퍼스가 보이는 테이블 위로 옮긴다. 나는 그가 보고 있는지 곁눈질로 릴리를 본다.

보고 있다.

나는 엉성하게 꾸러미를 감싼 끈을 푼다. 원래도 묶은 걸 푸는데 젬병이긴 하지만, 이 어눌함은 드라마틱한 효과를 위해서다. 나는 내 새 식칼을 꺼내 꾸러미를 감싼 납작한 끈의 한끝을 쾅 내리친다. 칼끝이 도마 안으로 파고들어가는 것을 느낄 수 있다. 내 좋은 도마를 희생시키고 싶은 마음은 없지만, 전반적인 효과는 좋다.

어차피 우리는 곧 이곳을 떠난다.

"그 안에 든 건 뭐야?" 목소리의 주인공은 옥토퍼스다. 성공. 그의 관심을 끈 것이다.

"오, 보면 알아."

내가 조심스레 포장을 풀자 요란하게 종이 구겨지는 소리가 난다. 꾸러미를 미처 다 풀기도 전에 냄새가 코를 찌른다. 릴리가 10억분의 1초도 지나지 않아 냄새를 맡고는 꿈결에서 깨어나 허공을 킁킁거리며 내가 있는 곳으로 달려온다. 오다가 잠깐 내 정강이에 부딪혀 멈추긴 하지만. 그녀는 자신의 역할을 완벽하게 해내고 있다. 이 파티의 귀빈을 실어나르는 길게 뻗은 리무진.

"진지하게 묻겠는데," 옥토퍼스가 말한다. "그 안에 든 건 뭐지?"

"알고 싶어?" 나는 이를 악물고 가장 사악한 미소를 짓는다. "이거."

나는 종이의 마지막 덮개를 풀고 죽은 옥토퍼스의 머리를 들어올린다. 축 늘어진 팔에서 액체가 바닥으로 뚝뚝 떨어진다.

"으악." 옥토퍼스는 비명을 지르며 한 팔로 눈을 가린다. "그거 내가 생각하는 그게 맞나?"

"옳소."

"야만적이야!" 옥토퍼스는 모순이라는 걸 모른다.

"그래." 내가 다시 말한다.

"아이고 세상에, 냄새. 대체 누구야?"

나는 이름을 모른다. 있다 해도 생선 가게 주인에게 물어볼 생각도 못했을 거다. 나는 숨을 거둔 흐물거리는 잿빛 옥토퍼스를 본다. 시들어가는 제비꽃처럼 희미한 보랏빛만 남았다. 정말이지, 한때 살아 있었다는 걸 상상하기조차 힘들 정도로.

"아이리스." 내가 대답한다. 옥토퍼스에서 떨어진 액체를 주린 듯 핥아먹고 있는 릴리를 내려다본다. 나는 항상 꽃 이름 붙이는 것을 좋아했다.

"아이고, 세상에. 아이리스는 내 숙모 이름인데."

그 말에 나는 마녀처럼 낄낄거리며 웃는다. 셰익스피어의 마녀들 중 하나처럼. "더이상은 아닐지도 모르지!"

난리법석이 지나가고 전쟁의 승자와 패자가 가려지고 나면.*

나는 종이를 옆으로 치우고 죽은 옥토퍼스를 도마 위로 철썩 내리친다. 옥토퍼스가 축축하고 찰지게 철퍼덕 소리를 내며 도마 위로 떨어진다. 나는 다시 칼을 꺼내 팔 하나를 세게 내리친다. 5센티미터 정도로 뚝 잘리도록.

옥토퍼스가 비명을 지른다.

아름다운 것은 추악하고, 추악한 것은 아름다워라. 안개 낀 더러운 허공을 떠도네.

나는 떼어낸 팔 조각을 릴리에게 던져준다. 릴리는 철퍼덕 소리를 내며 떨어진 것을 단숨에 찾아 게걸스럽게 삼킨다.

"멈춰! 멈춰! 멈춰! 당신 미쳤어?"

나는 나의 새로운 만트라에 대해 생각한다. "더 미쳐야 해!" 나는 네모난 식칼을 도마에서 들어올렸다가 다시 내리치며 다른

---

* 셰익스피어『맥베스』1막 1장에 있는 구절.

팔을 몇 센티미터 길이로 잘라낸다.

"저런!" 옥토퍼스가 공포로 입안을 헹군다. 나는 릴리에게 죽은 옥토퍼스를 더 던져준다. 그녀도 나만큼이나 이것을 즐기는 듯하다.

"미안한데, 이게 괴로우신가?" 내가 옥토퍼스에게 묻는다. 걱정하는 듯이 가장하며.

"당연히 괴롭지! 오, 이런! 이 아이의 두개골을 통해서 그 맛이 느껴진다고." 옥토퍼스가 초록색으로 변하고 있다. "토할 것 같아."

내가 어깨를 으쓱한다. "네 숙모일 뿐인 걸 다행으로 알아."

식칼. 토막 내기. 릴리에게 한입 던지기.

"무슨 뜻이지?"

나는 식칼을 쥐고 옥토퍼스의 눈을 들여다보기 위해 쭈그리고 앉는다. 릴리는 옥토퍼스가 떨어졌던 자리를 핥으며 계속 협조중이다. 릴리가 고개를 숙이고 있어서, 옥토퍼스와 내가 얼굴과 얼굴, 눈과 눈을 마주한다. 정면 대결. 식칼이 그의 얼굴에서 2.5센티미터쯤 떨어진 곳에서 그를 겨누고 있다.

"실수하지 마, 옥토퍼스. 넌 오늘밤 떠나는 거야. 오늘밤 떠나지 않으면 내가 보트를 빌려서 빌어먹을 그물을 가지고 바다를 샅샅이 뒤지고 다닐 테니까. 네가 사랑하는 모든 이들을 잡을 때까지." 옥토퍼스가 설마 네가 그럴 수 있겠느냐는 듯 나를 올려다본다. "그리고 여기로 돌아와서 그것들을 토막 내서 내 개에게 먹이로 줄 거야. 넌 그들이 썩어가는 살냄새를 맡을 거고."

내 말에 설득력을 부여하기 위해 나는 식칼을 쥔 손에 힘을 주며 일어난다.

탕!

"이건 네 엄마!" 나는 옥토퍼스 한 조각을 릴리에게 던져주고 릴리는 그것이 바닥에 떨어지기 전에 낚아챈다.

탕!

다른 한 토막. "이건 네 아버지!" 그것이 철퍽 소리를 내며 떨어지자마자 릴리는 순식간에 덮친다.

"네 형제!"

"난 형제 없어!"

난 무시한다.

탕!

"네 누이!"

"그만해!"

"마누라는 있나? 난 시간이 얼마든지 있는데. 릴리, 너는 이 게임이 좋니?"

응! 씹는! 즐거움! 릴리에게! 짭짤한! 고기를! 더! 제발!

"알았어, 알았어, 알았어! 무슨 말인지 알아들었어."

"떠날 거지?" 나는 그의 앞에서 음산하게 식칼을 흔든다.

"오늘밤까지라며." 옥토퍼스는 끝까지 음흉하다.

내가 그렇게 말했나? 무슨 말을 했는지 기억나지 않는다. 나는 알아내야 할 것이다. 눈먼 분노―살인의 분노―가 애도의 자연스러운 일부인지. 이 상황에서 적에게 고통을 주고 싶은 게 정상인지. 아니면 내가 돌이킬 수 없을 만큼 멀리 와버린 것인지.

나는 옥토퍼스를 똑바로 쳐다보며 셔츠 소매를 세게 잡아당긴다.

"뭐야?" 그가 묻는다.

나는 천천히 소매를 걷어올리고 타투를 내보인다. 여덟 개의 옥토퍼스 팔다리가 내 이두박근에 매달려 있다. 옥토퍼스의 눈이 점점 커지는 걸 느낄 수 있다. 나는 셔츠를 더 걷어올려 칼의 작품을 아래쪽부터 드라마틱하게 내보인다. 결국 내 셔츠 소매가 어깨 근처까지 올라가고, 타투 전체가 모습을 드러낸다. 닥스훈트가 의기양양하게 옥토퍼스의 머리 위에 올라타 있다.

"이게 작별 인사다, 이 후레자식아."

나는 옥토퍼스의 눈에 타투가 충분히 잘 보이리라 믿으며 근육을 불끈거린다. 그리고 도마가 두 동강 나도록 엄청난 힘으로 식칼을 내리꽂는다.

"이제 내가 옥토퍼스다!"

해수대

정글의 법칙

무리와 무리가 정글에서 마주쳐,
서로 물러서지 않을 때에는,
지도자들의 말이 끝날 때까지 엎드려 있으라.
그들이 공정함을 이끌어낼 것이니.
무리의 한 늑대와 싸울 때에는,
멀리서 홀로 맞서야 할 것이라,
다른 늑대들이 싸움에 끼어들게 만들면,
전투로 인해 무리의 수는 감소할지니.

_러디어드 키플링

피쉬풀 싱킹

　나는 여러 날 동안 준비하고 짐을 꾸렸다. 여섯 분야로 세심하게 구성한 목록에 적힌 물건과 과제들을 하나하나 체크하면서. 우리의 마지막 가방 지퍼를 잠그는데 릴리는 아직 자고 있다. 침실 문가에 무더기로 쌓여 있는 가방들은 릴리뿐 아니라 어쩌면 나까지 왜소하게 만들면서, 운반되기를 기다리고 있다. 먼저 차로, 그다음엔 우리를 기다리고 있는 선박으로. 비품이 어마어마하다. 우리가 얼마나 머물지, 우리의 여행이 얼마나 위험할지 장담할 수 없다. 트렌트는 (내게 옥토퍼스의 게임을 그만둘 필요가 있다고 제안했으면서도) 내가 명백한 운명으로부터 달아나고 있다고 경고했고, 나는 우리를 걱정하는 그의 마음을 안다. 이 계획은 위험하다. 그러나 한편으로 나는, 이 모든 시련이 시작된 뒤 처음으로 내가 상황을 통제할 수 있다고 느낀다.

나는 침대의 푹신한 깃털 이불 둥지 안에서 내 귀여운 강아지가 평화롭게 쉬는 모습을 뿌듯하게 바라본다. 이불 속으로 다시 들어가 그녀의 등을 긁어주고 싶은 마음이 들 정도다. 옥토퍼스가 떠난 지 이틀이 되었다. 팡파르도 작별 인사도 없이, 그는 그냥 한밤중에 달아났다. 사라진 것이다. 내가 릴리에게 섬뜩한 먹이를 주고 있을 때 약속한 대로. 불청객이 사라진 뒤, 우리는 폭풍의 눈 속에 있는 것 같다. 물은 고요하고 바람은 가라앉고, 위태로운 평화 속에 더할 나위 없는 아름다움이 있다. 곧 또다시 폭풍이 불어올 거라는 예상에도 불구하고.

이렇게 잠이 든 모습, 구레나룻이 난 뺨이 고요하게 숨을 쉬는 모습을 보면, 강아지 시절의 모습이 떠오른다. 오소리와 해변, 따뜻한 무릎과 레슬링, 햇살과 사냥을 꿈꾸는 강아지. 옥토퍼스가 겁을 먹고 영원히 철수했는지, 심지어 어디로 가버린 것인지조차 모르지만 거의 상관없다.

거의.

릴리도 나도 그가 돌아오지 않기를 희망하며 한가로이 앉아 있을 수만은 없다. 아마도 이번에는 병력을 증원할 것이다. 우리 앞에는 한 가지 선택만 있을 뿐이다. 나는 한 손을 릴리의 가슴에 얹는다. 그녀는 깜짝 놀라 잠에서 깨어난다. "쉬이이이이이이이이, 쉬이이이이이이이, 쉬이이이이이이이이." 내가 말한다.

그녀가 나를 올려다보며 하품을 한다. 턱을 경첩처럼 딱 소리나게 벌리고 다리는 수평으로 쭉 뻗으면서. 서 있는 곳이 마룻바닥이 아니고 구석에는 낡은 방수 천으로 된 더플백 더미가 산처럼 쌓여 있다는 것을 알아차리기까지 시간이 좀 걸린다. 옥토퍼스가 사라지자 그녀는 다시 볼 수 있다.

"세상에, 이게 다 뭐야?" 릴리가 묻는다. 그녀가 아기였을 때 여행 짐을 싸려고 옷장에서 꺼내놓은 여행 가방 안으로 기어오르던 일이 다시 떠오른다. 이렇게 겹겹이 쌓인 가방들은 허물어지고야 만다. 어디로 뛰어들까?

"저건 우리들의 비품이야."

"저게 우리들의 비품이라니, 무슨 비품?" 그녀는 천천히 매트리스 위에 몸을 똑바로 하고 앉아 고개를 흔들고, 귀를 날개처럼 미친듯이 팔랑거리며 잠을 털어낸다.

"우리의 모험을 위한 비품." 나는 옥토퍼스가 앉아 있던 그녀의 정수리를 긁어준다. 아플까봐 손길이 조심스럽다. 그 자리에 난 그녀의 부드러운 털을 다시 느낄 수 있어 좋다. "기억해? 내가 말했잖아. 우리 가장 큰 모험을 떠나게 될 거라고."

릴리는 고개를 돌려 자기 몸을, 거시기한 부위를 핥는다. 그리고 묻는다. "응, 하지만 가장 큰 모험을 어디로?"

나는 그녀의 눈을 똑바로 바라본다. 그녀를 지켜주고 싶다. 조금도 놀라게 하지 않고. 하지만 이 여행에서 그녀가 나의 부선장이 되어야 한다면 몸을 사리는 건 도움이 되지 않는다. "우린 옥토퍼스 사냥을 떠나는 거야."

릴리가 마지막 더플백을 이빨로 물어 집에서 보도 위로 몇 발자국 끌어낼 즈음 주위는 아직 어둡다. 나는 그것을 조심스레 차에 싣는다. 그 안에는 비바람으로부터 나를 보호해줄 옷들이(크리스마스에 동부로 돌아가면 입곤 하는, 입으면 어부처럼 보이는 꽈배기 스웨터를 포함해서) 들어 있다. 릴리의 담요, 위지의 것과 같은 릴리 사이즈의 구명재킷, 통조림, 사료, 생가죽 개껌, 헤밍웨이, 멜빌, 그리고 패트릭 오브리앙의 책 여러 권. 어망과 작살, 나침반, 식수가 든 대형 생수통들, 성냥, 카드 한 벌, 릴리의 빨간 공, 글렌리벳 18년 세 병, 불 줄 모르는 하모니카. 이 모든 것을 차에 가득 싣고, 우리는 집에 작별 인사를 한다. 어렵다. 계획을 세울 때 이 부분은 제대로 생각해본 적이 없었다. 우리 둘 중 누구도 확신을 가지고 말할 수 없다. 언제 집으로 돌아올지 (돌아오기는 할지).

우리는 50킬로미터쯤 롱비치로 차를 몬다. 이른 시간인데도 놀랄 만큼 차가 많다. 그래도 정체까지는 아니다. 주행은 고요한 편이다. 릴리가 계속해서 제 몸을 핥는 나지막하고 축축한 소리만 빼면. 이 난리법석 와중에 그녀의 벼룩 약을 잊은 건 아닐까. 이제 와서 어쩔 수 없지만. 긍정적으로 보자면, 아마 바다에는 벼룩이 많지 않을 것이다. 정박지에 도착하니 해가 막 스카이라인을 뚫고 나온다. 나는 마지막 빈자리에 차를 세운다. 야간주차 금지라고 적힌 간판 바로 아래다. 언제가 됐든 우리가 돌아온다면, 덕지덕지 붙은 딱지들이 우리를 맞을 거라고 상상할 수밖에.

지난 이틀 동안 약간의 거친 전화 협상을 통해, 나는 '피쉬풀 싱킹Fishful Thinking'이라는 이름의 저인망 어선을 확보할 수 있었다. 아침 안개가 걷히자 부두 끝에 배가 모습을 드러낸다. 예쁘지도 않고 다시 칠을 할 때가 된 것 같다. 하지만 견고하고, 약간의 무료함이 낭만적이기까지 하다. 그리고 시간의 흔적이 묻어난다. 피쉬풀 싱킹에는 갑판과 두 개의 돛대—주 돛대와 보조 돛대, 갑판 작업대, 뱃머리까지 이어지는 양쪽의 노 받침대가 있다. 무기한 임대다.

"당신이 테드요?" 배 주인은 바다 냄새를 풍기는 늙은 뱃사람이다. 그는 내 짐 속에 들어 있는 것과 같은 스웨터를 입고 있다. 하지만 그의 것은 구멍투성이다. 그가 놀랍게도 파이프 대신 전자담배를 피우는 걸(베이핑*한다고 말하던가) 보니 모든 게 촌스럽고 제대로가 아닌 것만 같다. 어째서 그의 형편없는 폐 건강이 물에 성공적으로 배를 띄우는 필요조건이라고 생각이 드는지 모르겠지만, 어쩐지 내 머릿속에서는 그렇다.

"네, 저예요. 이 배인가요?" 내가 갑판 덮개를 손으로 두드리며 묻는다.

"이게 그거요." 그가 우리 물건들을 갑판에 싣는 걸 도와주고, 릴리는 대개 부두에 앉아 바라보고 있다. 무거운 짐을 옮길 때 발밑의 잔교가 흔들리자 그녀는 발을 들어올린다. 나는 그녀를 앉히고 조용한 순간들을 즐기며 주변에 익숙해지려 한다. 그녀는 멀미하지 않고 배 안을 돌아다닐 수 있는, 적응된 네 개의 다리가 필요할 것이다. 나는 두 개면 되지만.

---

* vape. 불연성 담배에서 나오는 연기를 들이마신다는 뜻의 신조어. vaping은 분사형.

"짐이 가볍지는 않네." 남자가 굵고 걸걸한 목소리로 말한다.

"네, 아저씨. 준비를 철저히 하려고 했거든요."

"무슨 준비를?"

나는 그것에 대해 생각한다. 나는 옥토퍼스 사냥을 떠나본 적이 없고 모든 잠재적인 위험을 예견하는 것은 불가능하기 때문에 조심스레 대답한다. "모든 경우에 대비해서요."

"당신 혼자에다 저 작은 것뿐인데 뭐가 그렇게 필요하다고." 그가 고갯짓으로 릴리를 가리킨다.

"좀 걸릴지도 몰라서요." 사실이다.

"어디로 가는데? 그 정도는 물어봐도 되나?"

내가 무거운 여행 가방을 바닥으로 던지자 먼지가 일고 우리 둘 다 기침을 한다. 남자가 담배를 깊이 한 모금 빨아들였다 내쉬자 그의 전자담배에서 나온 증기가 먼지와 뒤섞여 가라앉는다. 나는 대답한다. "옥토퍼스가 사는 곳으로 나가려고요."

남자는 놀라서 나르던 가방을 떨어뜨릴 뻔하다가 마지막 순간에 잡아서 내려놓는다. 유리병이 흔들려 부딪히는 소리가 난다. 스카치가 들어 있는 가방인가보다. 그가 심술궂은 표정을 지으며 상체를 일으키자 척추에서 딱 소리가 난다. 그의 낡은 스웨터는 헐렁하게 늘어져 끝이 너덜너덜하다. "물이 바닥과 가깝지도 않고, 그렇다고 수면에서 가깝지도 않고, 가까운 곳에 해변도 전혀 없는 곳."

"해수대요." 나도 책에서 읽었다. "거기가 우리 운명이 놓여 있는 곳이에요."

남자는 고개를 끄덕인다. "그리스 사람들이 난바다라고 하는 곳이지."

나는 그리스인들이 뭐라든 조금도 관심이 없지만, 어쨌든 웃어 보인다. 신경이 쓰이는 건 단 하나다. "피쉬풀 싱킹이 할 수 있을까요?"

남자는 끝이 파란 담배를 한 모금 빨고 나서 나를 아래위로 훑는다. 그는 우리가 숨을 나누어 쉬는 비좁은 공간에 증기를 뿜어낸다. "걱정할 건 배가 아니야."

바로 그때 나는 남자에게서 눈을 돌려 릴리를 본다. 그녀가 우리가 서 있는 갑판 아래로 이어지는 계단에 앉아 조용히 듣고 있다. 그녀가 혹시 그의 염려하는 소리를 들었는지 모르겠다.

"우리 걱정은 하지 않으셔도 돼요." 내가 말한다. "우린 모험가입니다. 저애랑 저요. 새삼스러운 것도 아니고요. 별로 그래 보이지 않지만 우린 용감하거든요. 게다가 우리에겐 해야 할 일이 있어요. 망망대해가 겁나지 않습니다." 적어도 집에 앉아 옥토퍼스를, 아니 심한 경우 그가 돌아오기를 기다리는 것보다는 덜 겁난다. 내 생각에 우리는 협상을 한 것이다. 일종의 휴전. 하지만 나는 그가 협상을 끝까지 지킬 거라고 믿지 않는다. 그러니 왜 나라고 그것을 지켜야 할까?

"바다에는 온갖 것들이 숨어 있다오. 당신이 얼마나 용감한 사람이었는지 따위는 상관없는 것들 말이지." 겁을 주는 말투다.

"우리가 찾는 게 바로 그거예요." 그리고 오, 내가 그를 찾는다면 난 그를 어떻게 할 것인가.

배가 부두에서 살짝 흔들린다. 그리 멀지 않은 곳에서, 성난 갈매기들이 먹이 한 조각을 두고 싸우고 있다.

"그러시든가." 남자가 말한다. 그는 우리가 생각을 바꾸지 않을 거라는 걸 알아챈다.

"배는 안전하게 돌려드릴게요." 손가락 마디로 배의 측면을 톡톡 두드리며 내가 말한다. 단단한 뼈대로 만들어 튕기는 소리가 탄탄하다.

남자는 또다시 증기를 뿜는다. "여하튼 난 보증금이 있으니까." 그가 말한다. 그러고는 담배를 피우는 사람 특유의 걸걸한 소리로 웃는다. 가래가 걸린 씩씩거리는 탁한 숨소리. 그는 돌아서서 갑판으로 나가다가 문득 멈춰 서서 묻는다. "문어를 웃게 하려면 간지럼을 몇 번 태워야 할까?"

진심일까? 내 경험상 옥토퍼스는 가볍게 웃지 못하는 역겨운 피조물이다. 달리 뭐라고 해야 할지 몰라서 내가 되묻는다. "그걸 알아야 하나요?"

"열 번 간지럽혀야지."*

남자는 숨이 넘어가도록 웃는다. 상체를 앞으로 푹 꺾고 배 난간에 몸을 겨우 지탱하고서. 이러다 심폐소생술이라도 하게 되는 게 아닌가 싶어서 나는 몸이 굳는다. 내 입을 저 심술쟁이 영감 근처의 어디에도 대고 싶지 않다. 천천히 그가 정신을 차리고 작별 인사로 손을 흔든다. "구닥다리 농담일세."

---

* Ten-tickles. 촉수라는 뜻의 단어 'tentacle'과 발음이 비슷한 것을 사용한 언어유희.

계단을 올라가며 그가 릴리의 정수리를 쓰다듬는다. 그리고 다시 그녀에게 말한다. "구닥다리 농담이란다. 그건."

릴리는 줄곧 걱정스러운 눈으로 나를 바라보고 있다. 남자가 떠나자 나는 그녀를 안심시키느라 최선을 다한다. "걱정 마." 나는 그녀에게 말한다. "빨간 공을 잊지 않고 가져왔어."

그녀는 잘했다는 식으로 나를 본다.

노파와 바다

갑판 밑 선실의 우리 자리에서 어느 방향을 바라보든 바다 외에는 아무것도 보이지 않는다. 파란색, 회색, 초록색, 그리고 그 색들이 어우러져 만들어내는 무수한 빛깔들이 보이고, 수평선마저 뚜렷하지 않다. 어디가 물이고 어디가 구름 낀 하늘인지 구별할 수 없다. 우리는 십칠 일째 항해중이고 아직 우리가 살아 있기는 한 건지 모르겠다. 해수대는 단호하다.

처음에 릴리와 나는 눈앞에 펼쳐진 모험에 관심을 가졌고 의욕이 넘쳤다. 하지만 팔 일째쯤 되자 바다에서의 삶의 무기력한 본성에, 그 계속되는 단조로움에 굴복했다. 갑판실은 점점 비좁

게 느껴졌고, 해가 길어지면 오븐처럼 뜨겁게 달궈지기도 했다. 우리가 흘린 땀과 익어가는 살냄새로 악취가 났다(짐을 쌀 때 내가 잊은 한 가지는 선크림이었고, 우리는 피부가 그을 때까지 몇 날 동안 화상을 입었다). 배 안의 모든 것이 때와 소금으로 덮인 듯했다. 우리는 번갈아가면서 규칙적으로 일했다—갑판 닦기, 식사 후 설거지, 옥토퍼스가 나타나는지 망을 보며 배를 조종하기. 취사당번은 대개 나였다. 릴리는 심지어 요리가 되지 않은 것도 발이 닿기 무섭게 먹어치우니까. 우리는 번갈아서 야간 보초를 섰다. 둘이 교대로 잠을 자면서 항상 하나는 바다를 지켜볼 수 있도록. 탈진 상태가 오기 전 사흘 동안 그랬고, 우리는 함께 기력을 잃었다. 우리는 집에서 하던 대로 잠이 들었다. 그녀가 내 무릎 뒤에 포근하게 자리를 잡았다. 그것이 우리 둘 다에게 위로가 되었다. 나는 항해일지를 썼다. 하루에 일어난 일들을 상세히 기록하고 시간이 어떻게 흘러가는지 기록했다. 적어도 여행 초기에는. 마지막 기록은 간단했다. 낮. 서남방. 65해리. 바람 약함.

육 일째 되는 날 우리는 번개를 보았다. 몰아치는 폭풍과 함께 파도가 솟아올랐다. 우리는 갑판 아래서 '크레이지 에이트 게임'을 하며 극심한 폭풍을 견뎌냈다. 하지만 게임을 하다보니 자꾸 옥토퍼스가 떠올라서 금방 싫증이 났다. 릴리를 두 번 이기게 하고 판에 던져진 카드들을 다시 섞으며 나는 '워 게임'을 제안했다.

구 일째에 나는 바다에서 건져올린 부목으로 조각을 했다. 내가 읽은 항해에 관한 책에 고래 잡는 사람들이 상아나 고래 뼈에 조각을 하곤 한다는 내용이 있었다(이따금 코코넛이나 거북 껍질에도). 그리고 그걸 선원공예라고 한다고 했다. 나는 상아나 뼈로 조각을 해본 적이 없고, 작품이라고 부를 수 있을지는 모르지만, 부목으로 꽤 괜찮은 닥스훈트를 만들었다. 나는 릴리에게 그것이 그녀의 엄마, 위치 푸라고 했다. 위치 푸가 우리를 돌봐주고 안전하게 지켜줄 거라고 했다.

"우리 엄마 이름이 위치 푸라고?" 그녀가 물었다.

"그래." 내가 대답했다. "너도 알잖아."

이 주가 채 되지 않아 나는 내 예전 모습을 기억하지 못할 정도가 되었다. 샤워를 하고 싶어 죽을 지경이었다. 수염이 거칠게 삐죽삐죽 자라나고 소금으로 덮였다. 피부는 화상을 입어 껍질이 벗겨지고 각질이 쌓였다. 갑판실 창유리에 비친 내 그림자를 언뜻 보고 내가 아닌 다른 사람인 줄 알았다. 릴리가 나를 알아볼 것 같지 않았다. 그녀가 여기서 나의 느린 변화 과정을 지켜보지 않았다면 말이다.

"털이 마호가니색이야." 릴리가 내게 말했다. "내 털처럼." 우리 둘 다 턱밑 수염이 희끗희끗했다.

십오 일째에 나는 두려움을 삼키고 뱃머리에서 대양으로 뛰어내렸다. 몸에 닿는 물의 느낌은 충격이었지만 곧 활력을 주었다. 나는 바닷속 괴물에 대해 생각했다. 옥토퍼스가 내 다리를 감고 나를 거대한 심해로 끌어내리지는 않을지, 물의 압력 때문에 머리가 터지는 건 아닐지, 익사하지는 않을지. 그러나 잠깐뿐이었다. 죽기에는 너무 기운이 넘쳤다. 설득하는 데 꽤 힘을 들였지만, 해질 무렵 나는 릴리와 수영을 할 수 있었다. 두 손으로 그녀를 꼭 붙들어 바짝 끌어안은 채로 발장구를 치며 물위에 떠 있었다. 그녀는 대개 겁에 질려 발을 허우적거렸다.

"내가 있잖아, 멍키. 난 절대 놓지 않아."

우리는 함께 물위에 떠서 오렌지색 하늘을 바라보았다. 눈에 보이지 않는 화산에서 흘러나온 용암의 빛깔이 구름에 스며 있었다. 고개를 젖히고 물에 대니 귀가 물속에 잠기고, 며칠 만에 처음으로 모든 것이 고요해졌다. 너무 멀리 흘러가지 않도록 피쉬풀 싱킹을 보고는 있었지만, 나는 우리의 모든 근심을 흘려보냈다. 그것은 일종의 세례 같았다. 대양 한가운데 잠겨 있는 한, 우리는 보호받고 있었다. 이제 우리는 순결했다.

십칠 일째가 되었다. 우리는 참치를 빵이나 접시에 얹어 먹는 대신 그냥 캔째로 먹었다. 그편이 수월했고 치울 것도 적었다. 나는 먼저 자기 캔을 먹어치운 릴리를 흘끗 보았다. 그녀는 꿋꿋하게 정면을 응시하고 있다. 빛이 그녀의 목과 구레나룻 주위, 그리고 눈가의 희미한 잿빛을 도드라져 보이게 한다. 그녀는 더이상 젊지 않다. 그녀는 더이상 나의 소녀가 아니다.

"바다에서의 모험을 위해 참치 캔을 싸오다니 재미있네." 그녀가 말한다, 약간 빈정거리는 투로.

나는 낚시그물과 저인망 어선, 피쉬풀 싱킹을 장식하고 있는 모든 장비를 둘러보았다. "하하, 웃겨서 재미있다는 거야? 아님 재밌다며 비꼬는 거야?"

그녀는 대답하지 않는다. 나는 식사를 마치고 빈 캔을 모은다.

우리는 결국 참치 캔을 다 먹고 바다에서 우리의 끼니를 잡아올리게 될 것이다. 하지만 나는 그녀에게 이야기하지 않는다. 겁을 줄 필요는 없다.

"옥토퍼스가 언제 나타나는지 어떻게 알아?" 선체를 감싸고 쉴새없이 일렁이는 잔물결을 바라보며 그녀가 다시 묻는다.

나는 매번 전과 같은 대답을 해줄 수밖에 없다. 나는 그녀의 턱 밑과 목줄에 달린 번호표 근처를 긁어준다. "알게 될 거야."

지난 이 주 내지 이 주 반 동안의 따분함에도 불구하고, 그 단조로움에도 불구하고, 나는 옥토퍼스 외의 다른 것은 거의 생각하지 않았다. 그는 우리가 자신이 사는 물속 깊은 곳으로 오는 것을 용납하지 않을 것이며 자신을 알리고 싶은 충동을 억제할 것이다. 그는 자기집에 우리가 나타난 것을 개인적인 모욕으로 여길 것이다. 우리집에 그가 나타난 것에 내가 분개했던 것처럼.

밤에 잠들기 어려울 때면 나는 바다의 큰 전투를 위해 독하게 마음을 먹는다. 그 괴물이 우리 배를 억센 팔로 감고, 주둥이로 선체를 뚫으려 하는 모습을 그려본다. 그사이 릴리와 나는 필사적으로 그의 허를 찔러 반격하고 작살을 찌른다. 꿈에서 그를 죽이려고 생각해보지 않은 방법이 없다. 수술, 방사선 치료 그리고 알약. 2대 1의 싸움이지만 우리가 그를 당해낼 수 있을지 아직 모르겠다. 그에게는 바다라는 이점이 있다.

"그런데 어째서 우리는 그를 다시 잡으려고 하는 거야?" 릴리가 묻는다.

나는 배의 나침반을 체크하고 항로를 서남향으로 5도 조정한다. "그게 우리가 함께 있을 수 있는 최선의 방법이니까."

릴리는 일어나서 제자리에서 세 번 돌고 다시 앉는다. 지루할 때 하는 행동이다.

"노래할까?" 내가 묻는다.

"별로." 그녀가 대답한다.

"그럼 하모니카 한번 불어볼게."

릴리는 움찔하지만 예의를 지킨다. "고맙지만 사양하겠어."

"우린 그를 찾을 수 있어." 나는 그녀에게 장담한다. "바다가 워낙 커서 그런 것뿐이야."

"로스앤젤레스도 그래." 닥스훈트에게는 아마도 마찬가지인가 보다.

"이렇게 넓지는 않지."

나는 찬찬히 해도를 살펴본다. 내가 정확히 읽은 거라면 우리는 해구海口 위에 있다. 내 안의 무언가가 근처에 옥토퍼스가 있다고 말한다.

릴리가 뱃전 너머를 보며 말한다. "이상해. 우리와 살려고 그가 여기 바다를 떠났다는 게."

나는 옥토퍼스의 동기에 대해 별로 생각해본 적이 없었다. 이유 따위는 상관없어 보였다. 하지만 릴리가 옳다. 이상하다. "옥토퍼스도 너처럼 생각했으면 좋겠다. 우리가 작살로 그의 물컹한 머리를 찌르기 바로 직전에."

릴리가 약간 해쓱해지는 걸 보고 나는 처음으로 혹시 그녀가 그 기생충에게 약간의 호감을 가지게 된 것은 아닐까 생각한다.

스톡홀름 증후군. 억류 유대. 뭐라고 부르든. 그녀가 그러지 않기를. 그래서는 안 된다. 그를 죽일 시간이 되었을 때 그녀가 망설여서는 안 된다.

해가 저문다. 우리에게는 해가 수평선 아래로 뉘엿뉘엿 가라앉는 모습을 바라보는 습관이 생겼고, 오늘밤도 마찬가지다. 우리는 피쉬풀 싱킹의 뱃머리에 나와 앉아 있다. 나는 가부좌 자세로 앉아 있고, 그녀는 내 다리 사이에 앉아 있다. 그리고 해가 시야에서 사라져갈 즈음 내가 말한다. "진다, 진다, 진다…… 졌다." 그러고 나서 보통 우리는 소원 같은 것을 빈다. 하루 중 내가 제일 좋아하는 순간이다.

"넌 집에 가면 제일 먼저 하고 싶은 게 뭐야?"

릴리는 내 말을 곰곰이 듣고 말한다. "생각해본 적 없는데."

그녀는 내가 모르는 뭔가를 알고 있을까? 아니면 이런 게 한순간도 놓치지 않고 현재를 살아가는 개의 능력일까? 한편으로는 알고 싶지 않다. "음, 네가 뭘 하고 싶은지는 모르겠지만 난 뜨거운 물로 샤워하고 우리 침대에서 늘어지게 자고 싶어. 그리고 구운 피망과 블랙 올리브를 올린 빌리지 피자리아 피자 한 조각을 먹으면서 차가운 샘 애덤스 맥주를 마시고 싶어."

집으로 간다는 생각이 릴리의 흥미를 끈다. 그런 일이 일어날지 확신하지 못한다 해도, 머릿속 게임에 불과하다 해도. "나는 내 밥그릇에 땅콩버터 담아서 먹고 싶어. 쿵쿵거리며 뒤뜰을 돌아다니다 조용해지면 네 무릎에서 잠들고 싶어." 우리 둘 다 배의 흔들림에 익숙해졌다.

"탁월한 선택이야!" 나는 열광적으로 말한다. 서늘한 미풍이 갑판을 쓸고 지나간다. 으스스한, 귀신이 나올 것 같은 휘파람 소리를 내면서.

"그리고 커다란 그릇에 치킨 앤 라이스를 한가득 먹고 싶어. 아프지는 않지만."

"뱃멀미가 있을지도 모르지." 내가 말한다.

"바다가 진저리나서 생긴 병일 거야, 아마도." 그녀가 대답한다.

나는 고개를 끄덕인다. 배탈이 나면 내가 늘 만들어주곤 하던 치킨 앤 라이스를 말하는 것이다. 왜 좀더 자주 해주지 않았는지 모르겠다. 그렇게 좋아하는데. 여기서는 만들어주려야 줄 수가 없다. 닭고기는 없으니까.

갑자기 별이 뜬다. 환하게 반짝이면서 눈이 부시도록 찬란하게.

"다른 얘기 해도 될까?"

"뭐든" 그녀가 말한다.

나는 당장 말한다. "아, 아니야."

"아니긴, 뭐가?"

말을 꺼내지 말았어야 했다. 나는 내가 하려는 말이 릴리에게 어떻게 들릴지 생각한다. 내가 그녀가 없는 미래를, 적어도 우리 둘만의 것은 아닌 미래를 생각한다는 데 실망하지 않을까. 하지만 어리석게도 나는 이미 입을 열었고, 그럴듯한 거짓말이 떠오르지 않는다. 나는 내 생각을 매듭지어야만 할 것 같은 강박을 느낀다. "나는 다시 사랑을 하고 싶어."

잇따르는 침묵 속에서 들리는 것은 피쉬풀 싱킹의 엔진에서 흘러나오는 규칙적인 윙윙 소리뿐이다. 우리는 지나가는 갈매기 울음조차 들리지 않을 만큼 해변으로부터 멀리 떨어져 있다. 나는 릴리가 샘을 내리라는 걸 알고 있다. 내가 사랑에 빠진다는 생각. 그녀는 그 누구와도 내 사랑을 나누고 싶어하지 않는다. 나는 한 번도 그녀에게 개들이 사람만큼 오래 살지 않는다는 것을 분명히 말해주지 않았다. 옥토퍼스와 시간을 보내며 그녀가 얼마나 알게 되었는지 모르겠다. 지난 몇 주 동안 내가 그랬던 것처럼 그녀 역시 죽음에 대해 깊이 생각했는지 모르겠다.

"그렇게 될 거야." 그녀가 말한다. 그리고 생각났다는 듯 덧붙인다. "내가 약속해."

유성이 하늘을 가르며 지나가고, 내가 그걸 가리키며 외친다. "봐!" 하지만 릴리는 그걸 볼 수 있을 만큼 빨리 돌아서지 않는다.

밝고 밝은 흉터,
오늘밤 처음 본 빛나는 흉터*

보름달 달빛이 계단 꼭대기의 열린 틈새로 흘러들어온다. 갑판 아래로 푸르스름한 장막을 드리우면서. 어쩌면 장막은 너무 거창한 단어일지도 모르겠다. 내 기분에 색을 덧입히는 건 달이 아니라 스카치일 것이다. 그렇다 해도, 나는 손가락 두 개 높이만큼의 위스키를 더 붓는다. 좀더 아낄 필요가 있지만 지금은 위스키의 스모키한 향이 꼭 필요하다.

나는 릴리가 잠자리에 들도록 옷을 벗겨준다. 내 고집 때문에 그녀가 온종일 착용해야 하는 구명재킷을 풀어준다는 말이다. 내

---

* 영어 동요 〈Star Light, Star Bright〉의 가사 'Star light, star bright, the first star I see tonight'에서 'star'을 'scar'로 바꾼 것.

가 근처에 옥토퍼스가 있다고 처음 느낀 날부터 차고 있었다. 그녀는 캐묻는 표정으로 나를 올려다본다.

"뭐?" 내가 그녀에게 묻는다.

"기운 자국이 있어. 턱 바로 밑에, 수염이 더 자라지 않는 곳 말이야."

나는 내 턱밑을 만져본다. 거친 수염이 제멋대로 자라고 있어서 손가락으로 그것들을 헤치고 릴리가 말하는 바로 그 자리를 찾는다. 부드러운 피부가 만져진다.

"아, 이거. 흉터야."

릴리는 내 대답에 아주 잠시 동안 만족해한다. "흉터가 뭐야?"

"베거나 화상을 입거나 다친 자리가 나은 후에 남는 거야."

릴리가 이 말을 생각한다. "그건 어떻게 생긴 건데?"

"내가 다섯 살 때 여동생 메러디스를 커피 테이블로 밀어서 턱이 찢어진 적이 있었어. 치사하고 조심성 없고 멍청한 짓이었지. 왜 그랬는지도 기억이 나지 않아. 나랑 나이차가 얼마 안 나서, 그리고 자주 옆에 있어서, 메러디스에게 많은 일을 저지르곤 했었다는 것만 생각나. 한번은 메러디스의 콧속으로 핑크색 크레용을 밀어넣고 뚝 부러뜨린 적도 있어. 의사가 조그만 집게로 빼내야 했지. 한번은 머리에 바셀린 한 통을 다 바르게 한 적도 있어. 그러고 나서 메러디스는 머리를 확 잘라내야 했지."

"다 네 턱밑의 흉터와는 상관없는 일들이잖아."

나는 내가 하고자 하는 말의 요점이 대체 무엇인지 생각한다. "내가 해줄 수 있는 최선의 답은 카르마는 염병할 것이 될 수도 있다는 거야."

"카르마가 뭔데?" 릴리가 알고 싶어한다.

"카르마는 어떤 사람의 현재 행동이 미래의 운명을 결정한다는 믿음이야. 메러디스를 커피 테이블로 밀고 나서 몇 주 후에 난 욕조에서 넘어져서 턱이 찢어졌어. 이 흉터는 그렇게 생긴 거야."

릴리는 말하기 전에 곰곰 생각한다. "나한테 메러디스라는 여동생이 있는데."

"아니." 내가 수정한다. "메러디스는 내 여동생이야. 네 자매들 이름은 켈리와 리타고."

"그리고 엄마 이름은 위치 푸!"

"그렇지." 나는 주머니에서 위치 푸 부적을 꺼내 침대 위에 놓는다. 릴리가 매트리스 위로 뛰어올라 코를 대고 킁킁거린다.

"나 흉터 있어." 침대 위에서 긴 등이 내게 보이도록 돌아서며 릴리가 말한다. 그녀는 슬픈 눈으로 나를 돌아다본다.

"그래, 있어. 척추 두 군데가 파열됐을 때 수술하고 생긴 거지. 그때 너 때문에 얼마나 놀랐다고." 나는 가끔 그녀가 그때 일을 얼마나 기억할지 궁금하다. 혹은 머릿속에서 대부분 차단했는지. 그녀가 등의 흉터를 의식하고 있다면, 옥토퍼스와 관련된 일들은 잘 보이지 않는 다른 곳에 흉터를 남겼을 것이다.

나는 바지를 벗어서 갠 다음 옆으로 치워둔다. 빨지도 못한 속옷을 삼 일째 입고 있다. "여기 이거 보여?" 나는 맨다리를 침대 위에 올린다. "이건 내가 외과 수술 받았을 때 생긴 흉터야. 의사가 내 다리를 열고 정맥 몇 개를 끄집어냈어."

릴리가 얼굴을 찡그린다. "그 사람이 왜 그랬어?"

"판막들이 망가져서 내 심장으로 피를 공급할 다른 방법이 없었거든. 새가 바닥에서 지렁이를 낚아채듯 의사가 확 잡아당겼어."

릴리가 눈을 깜빡거리며 고개를 숙인다. "내 눈 위에 이 자국은 뭐야?"

나는 그녀의 주둥이를 쥐고 고개를 더 수그리게 한다. "그거? 그거 아무것도 아냐. 그건 기쁨의 흉터지. 네가 빨간 공을 너무 열심히 쫓아가다가 곤두박질쳐서 오븐에 머리를 부딪친 거야."

릴리는 스스로도 멍청한 짓을 했다고 생각하는 듯 소리내어 웃는다. 그러고는 마치 본능인 듯, 저쪽으로 달려가 자신의 빨간 공을 찾아낸다. 우리가 바다를 보다 지치면 밥을 먹곤 하는 작은 테이블 아래에서. 그녀는 침대로 뛰어올라가 공을 발 앞에 안전하게 떨어뜨린다.

대양이 선체에 저항하듯 스카치가 내 유리잔 옆면에 부딪혀 찰랑거리는 것을 보면서, 나는 왼손 검지를 뻗는다. 손가락 맨 아랫마디 바로 윗부분에 흉터가 있다. "이건 너랑 싸우다 생긴 거야."

"나랑 싸우다가?"

"그래. 내가 식료품을 집어넣고 있는데 네가 바로 내 손에서 초리조 소시지를 물고는 내 손에 들린 채로 우적우적 씹었어."

"내가 그랬어?"

"소시지가 얼마나 맛있었는지 내 손가락을 놔주지 않더라."

"그래서 어떻게 했는데?"

"네 콧잔등을 한 대 때려주고 너를 청경채 사이에 떨궈버렸지. 그렇게 해서 겨우 내 손가락을 되찾을 수 있었어."

릴리가 어깨를 으쓱한다. "난 소시지 개좋아."

"나도 알아."

릴리가 다시 몸을 돌린다. "여기 내 옆구리에 툭 튀어나온 건 뭐야?"

나는 그녀의 배 옆을 누른다. 뜬 갈비뼈가 만져진다. "아, 그거. 네가 강아지였을 때 계단참에서 떨어진 적이 있었어. 의사는 네 늑골이 부러졌다고 생각했지. 당시에는 몰랐는데 이상하게도 나은 것 같아. 어렸을 때 너 때문에 얼마나 많이 놀랐다고." 나는 내 유리잔을 들어올린다. "너의 뜬 갈비뼈를 위하여."

릴리가 침대에서 뛰어내려 복도의 물그릇 쪽으로 간다. "그럼 난 너의 뜬 갈비뼈를 위하여." 그녀는 목이 타는 듯 물을 핥는다. 나는 내게 뜬 갈비뼈가 없다고 굳이 설명하지 않는다. 그녀의 마음을 아니까. 릴리는 다시 침대로 뛰어올라 묻는다. "다른 흉터 더 있어?"

"바로 내 마음에 있지. 그냥 비유하자면 그렇다는 거야."

릴리는 무슨 말인지 헤아려보려는 듯하다. 수년 동안 나는 그녀에게 제프리에 대해 설명하려고 했다. 육 년 동안 함께 지내다 갑자기 사라진 이유에 대해. 사랑이라고 할 수 없던 고함과 슬픔과 정적과 기만에 대해. 지금까지도 난 그녀가 그걸 다 이해했는지 확신할 수 없다.

나는 침대 위 그녀 옆에 앉아 그녀의 귀 뒤를 긁어준다.

"옥토퍼스는 카르마 때문에 나한테 왔던 거야?" 그녀가 묻는다.

나는 그 질문에 깜짝 놀란다. 마침내 그녀의 질문이 무슨 말인지 깨달았을 때는 주먹으로 배를 세게 얻어맞은 기분이다. "아니. 아니. 물론 아니지."

"하지만 네가 말했잖아, 어떤 사람의 현재 행동이……"

나는 그녀의 말을 자른다. "그냥 그렇다는 거야. 사람의 경우에…… 반면에 개들은…… 개들은 순수한 영혼을 가지고 있어. 나를 봐." 나는 그녀의 턱을 쥐고 눈을 똑바로 들여다본다. "개들은 늘 착하고 사심 없는 사랑으로 가득해. 그들은 순수한 기쁨의 전달자들이야. 그 어떤 나쁜 일도 당해서는 안 돼. 특히 너는. 내가 널 만난 이후로 넌 가능한 모든 방법으로 내 삶을 더 낫게 만드는 일 말고 다른 것은 하지 않았어. 이해하겠니?" 릴리는 고개를 끄덕인다. "그러니까 아니야. 옥토퍼스는 카르마 때문에 널 찾아온 게 아니라고."

그녀가 다시 고개를 끄덕이고, 나는 그녀의 턱을 놓아준다. 나는 남은 스카치를 입속에 털어넣고 빈 잔을 바닥에 쾅 소리 나게 내려놓는다.

"잘까?" 나는 그녀와 함께 침대 속으로 파고든다. 등에 뭔가가 걸려서 담요 밑을 들춰보니 빨간 공이 나온다. 나는 그것을 바닥의 빈 유리잔 곁에 놓아둔다. 나는 행운을 가져다줄 위치 푸를 톡톡 두드리고 등 안의 촛불을 불어 끈다. 릴리가 내 코에 부드럽게 입을 맞추고. 나도 그녀에게 키스를 돌려준다. 눈 사이의 옴폭 팬 곳에.

나는 우리의 시련이 시작된 어두운 순간에 나 스스로 궁금해했던 것에 대해 말하지 않는다. 옥토퍼스가, 정말 카르마 때문에 그녀에게 왔는지.

하지만 그녀의 행동으로 인한 카르마는 아니다.

내가 한 행동 때문인지는 몰라도.

한밤중

나는 다리를 벌리고 릴리를 타고 앉아 반복해서 그녀의 주둥이를 때리며 외친다. "**죽어! 죽어! 죽어!**" 내 얼굴에서 눈물이 흐르고 손가락 마디마디가 고통으로 타오르고 공기는 불 같고, 내 폐와 심장과 모든 것이 타고 있다. 나는 배신 외에는 어떤 것도 기억할 수 없다. 릴리가 옥토퍼스라는 날카로운 깨달음. 그녀가 내내 나를 기만해왔다는 것. 나는 더이상 아무것도 알 수 없다. 어디까지가 배고 어디부터가 물인지, 어디까지가 물이고 어디부터 하늘인지, 어디까지가 하늘이고 우주 공간이 시작되는 곳은 어디쯤인지, 우주는 어디쯤에서 끝나고 어둠이 시작되는지.

혹은 어둠은 어디서 끝이 나는지.

어쩌면 배가 뒤집혔는지도 모른다. 침대가 천장으로 무너져내린 건지도 모른다. 창유리가 깨져 물이 쏟아져 들어올지도, 우리가 익사할지도 모른다. 어쩌면 온 세상이 뒤집혔는지도 모른다. 혹은 내가 속한 이곳만 뒤집힌 것일 수도. 내 사랑스러운 강아지의 얼굴을 때리며 나는 배신의 아픔 말고는 아무것도 생각할 수 없다.

그렇게 나는 거친 숨을 몰아쉬며 잠에서 깬다.

나는 당장 릴리를 돌아본다. 깊이 잠들어 있다. 그녀의 얼굴은 싸움의 흔적 없이 완벽하다. 그녀는 옥토퍼스가 아니다. 그녀는 결코 나를 배반할 수 없을 것이다. 그건 불가능하다. 그런 짓을 할 아이가 아니다. 하지만 꿈이 너무나 생생해서 불길한 징조처럼 느껴진다. 저렇게 예쁘고, 저렇게 고요해 보이는데. 나는 나쁜 감정을 떨쳐내려 애쓴다. 하지만 그전에 이렇게 속삭인다. "절대 죽지 말아줘."

그건 살아 있는 어떤 것에게도 불가능한 요구다.

옆구리에 축축한 것이 만져져서 나는 옥토퍼스가 돌아온 게 아닌가 덜컥 겁이 난다. 하지만 이번에 범인은 나다. 아니 좀더 정확히 하자면 내가 옆구리에서 찾아낸 빈 스카치 병이다. 나는 정신이 들게 눈을 비비려다 잘못해서 코를 친다.

그때 나는 내가 취했다는 것을 깨닫는다.

코끝에서 꼬리 끝까지 매일 씻으라,

마시되 너무 취하도록 마시지는 말라.

밤은 사냥을 위한 시간임을 기억하고,
낮은 잠을 위한 시간임을 잊지 말라.

이 시가 뭔지, 왜 내 머릿속에 들어 있는지 모르겠다. 누가 한 말인지, 어디서 온 것인지도. 키플링? 상관없다. 그저 원칙을 어겼다는 아찔한 깨달음뿐이다. 법칙. 규정. 지켜야 할 것들. 어기면 안 될 것들. 흔들림 없어야 할 중심.

달이 구름 뒤로 모습을 감추자 우리가 있는 곳에 완전한 어둠이 깃든다. 우리처럼. 구름 뒤에서. 우리는 이 여행을, 우리가 여기 있는 목적을 망각했다. 우리는 사냥꾼이고, 밤은 사냥을 위해 있다. 그런데 우린 여기서 술에 취해 자고 있다. 만약 옥토퍼스가 지금 공격해온다면 우리는 쉽게 그의 제물이 될 것이다. 한심하게도. 도살당할 준비가 되어 있다. 어떻게 이런 일이 일어났을까? 어쩌자고 이런 일을 용납했을까?

나는 자고 있는 내 사랑을 바라보며 조용히 그녀에게 용서를 구한다. 내가 우리를 어떤 곤궁 속으로 끌어들인 걸까? 그녀에게 필요한 것은 이런 게 아니다. 그녀는 이런 것을 원하지 않는다. 그녀는 복수를 이해하지 못한다. 우리의 여행이 공격적인 책략이라고 생각하기를 더 좋아하는 한. 동기의 일부가 보복이라는 데 의심의 여지가 없다. 너는 우리의 물속에 닻을 내렸고, 이제 우리가 너의 물속을 깊숙이 항해하고 있다.

나는 취객들이 그러듯, 비틀거리며 침대에서 빠져나온다. 서툴고 요란하게. 벌떡 일어서다가 천장에 머리를 부딪친다. 빈 스카치 병이 발에 채여 탕 소리를 내고, 빨간 공이 바닥 저쪽으로 굴러간다. 나는 소리를 죽이려고 재빨리 병을 집어든다. 릴리를 본다. 지금 그녀를 깨울 것이 있다면 그건 빨간 공이 통통 튀며 판자벽에 부딪히는 소리일 것이다. 아직까지 그녀는 쌔근쌔근 자고 있다. 더할 수 없는 고단함의 표시로.

나는 갑판으로 몇 발자국 올라가 가벼운 밤바람을 쐰다. 깊이 숨을 들이쉰다. 수천 개의 별이 보인다. 구름 뒤에도 수없이 많은 별이 떠 있을 것이다. 배가 흔들리자 몸의 균형을 잃을 뻔하고, 그래서 갑판에 누워 하늘을 올려다본다. 나는 이렇게나 작다. 육체적으로 작을 뿐 아니라 하찮기도 하다. 왜 나는 용서보다 복수에 이끌려왔을까?

나는 내가 용서해야 할 모든 사람들을 생각한다.

제프리? 우리는 서로 사랑했지만 사랑만으로는 충분하지 않았다. 그가 무분별한 행동으로 모든 것을 내팽개친 것일까? 아니면 내가 관계에 있어서 그가 한눈파는 것을 막을 만큼 그의 곁을 채워주지 못한 걸까? 결국 우리는 우리가 가진 것에 똑같이 등한했던 건지도 모른다. 그런데 어째서 헤어질 때가 되었을 때 그렇게 화를 내야 했을까?

나를 사랑한다고 말하지 않는 어머니? 우리는 너무 자주, 우리 부모가 우리가 태어난 그날 완벽한 기능을 장착한 성인으로 이 행성에 도착했다고 생각하는 우를 범한다. 우리가 태어나기 전에 그들에게 과거 따위는 없었다고. 아버지는 아들이 아니고, 어머니 역시 아이였던 적 없다고. 어머니는 어려운 가정에서 태어나 내가 거의 알지 못하는 고생을 견디며 자랐다. 하지만 나는 여전히 그녀의 고통을 폄하하고 내 고통은 과대평가한다. 유치하게 자기밖에 모르는 내가 갑자기 우습게 느껴진다. 나는 갑자기 터진 웃음에 깜짝 놀란다. 웃는 소리가 로켓처럼 치솟아 성층권에 닿을 때까지, 그리고 나서 조용히, 언젠가 읽은 적 있는 인용구에서처럼 다시 지구로 떨어질 때까지, 나는 그대로 누워 있다. 네 눈의 대들보보다 내 손톱 밑 가시가 아픈 법. 이 순간, 나는 어머니가 그립다.

옥토퍼스? 그가 내 용서를 받을 자격이 있나? 그는 그저 옥토퍼스로서 할 일을 하는 것뿐이었을까? 나는 가젤을 사냥하는 암사자를 욕해야 할까? 아니면 생태계를 욕해야 할까—다른 동물의 살이 먹이가 되도록 창조된 세상을?

지금껏 나는 가장 심한 질책과 조롱은 늘 스스로에게 돌렸다. 하지만 내가 정말 그걸 감수할 만큼 잘못했을까? 정말로? 관계가 어긋나도록 허용함으로써? 옥토퍼스가 오는 걸 막지 못함으로써? 반격하지 않고 우울증을 참아냄으로써? 릴리와 나를 바다로 끌고 나옴으로써?

갑자기 배를 돌리고 싶다. 집이 그립다. 마치 집이 사라져서 애도라도 하는 듯이. 하지만 집은 없어지지 않았고 멀리 떨어져 있을 뿐이다. 우리를 기다리면서. 우리는 뭘 하고 있나? 우리는 외딴곳에서 표류중이고 언제 식량이 떨어질지 모른다. 왜? 배를 돌리기만 하면 된다. 나침반을 서쪽 대신 동쪽에 맞추면 된다. 눈물이 고인다. 그게 내가 원하는 것이다. 나를 위해. 우리를 위해.

하지만 나는 그러지 않는다.

어떤 일들은 용서할 수 없다. 내 문제는 인류가 겪고 있는 문제와 정반대다. 나는 전투에 충분히 자주 참여하지 않았고, 전쟁에 환호하지 않았다. 나는 늘 충돌을 꺼렸고, 대개 싸움에서 후퇴했다. 싸움은 늘 어리석었고 스스로를 너무 유치하게 느끼게 만들었다. 무엇보다 전쟁은 먼 곳에서 먼 사람들에게나 일어나는 일이었다. 자신의 최전선에서 여덟 개의 팔을 가진 침입자에 의해 촉발되는 무엇이 아니었다.

하지만 이것은, 옥토퍼스와의 이것은, **전쟁**이다. 게릴라 전쟁. 나는 그에 대해 자의식을 가져서는 안 된다. 전쟁이 시작되기에 앞서 주눅이 들 수는 없다. 이제 우리는 군인이다, 좋든 싫든. 그만큼 정신이 맑아야 하고, 깨어 있어야 하고, 경계해야 한다. 그리고 계속 서쪽으로 갈 필요가 있다.

모든 것이 정신을 번쩍 들게 한다. 나는 다시 일어나 정면으로 밤을 마주한다. 이번에 내 발은 견고하고, 나는 배의 흔들림에 걸음을 맞춰야 한다는 것을 기억한다.

밤은 사냥을 위한 시간임을 기억하라.

나는 갑판실로 들어가 음향측심기를 켠다. 기계가 작동하기 시작하고 때맞춰 바닷속으로 소리를 전송한다. 나는 빙긋 웃는다. 삼 주 전의 나는 알지도 못했던 것들이 이제 내 제2의 천성이 되었다. 나는 우리의 사냥감이 어디 있는지 알려줄 음향신호를 기다린다. 하지만 돌아온 정보는 우리 아래 있는 해구의 깊이를 알려주는 정도에 불과하다.

나는 옥토퍼스가 밖에 있다는 것을 안다. 나는 배 모서리로 가서 고물을 잡는다. "내 말 들리냐? 난 네가 거기 있다는 걸 알아!" 나는 외친다. 내 목소리는 막막한 어둠에 삼켜지고 머릿속의 메아리만 남는다.

나는 음향측심기를 *끄기* 전에 데이터를 다시 체크한다. 아무것도 없다. 대신 갑판실에서 펜과 종이를 찾아 나의 불길한 경고를 휘갈겨 적는다. 난 네가 거기 있다는 걸 알아. 나는 메시지를 빈 스카치 병에 밀어넣고 마개를 꼭 막는다. 그리고 온 힘을 다해 어둠 속으로 던진다.

떨어지는 소리가 들리지 않는다.

돌풍

삼 일 후 폭우가 시작된다. 인정사정없이, 경고도 타협도 없이. 나는 릴리의 구명재킷 위로 겨우 하니스를 매주고 그녀를 피쉬풀 싱킹의 핸들에 단단히 붙들어 맨다. 그녀가 정면으로 공격당하기 전에. 폭우 속으로 향하는 배의 이물을 지키는 일은 힘겨운 싸움이다. 릴리는 갑판실 밖에서 두 번 토하고 치킨 앤 라이스를 달라고 한다. 얼마나 불가능한 요구인지 설명할 시간조차 없다. 나는 해도와 지도가 날아가지 않도록 무거운 것으로 눌러놓으며 우리의 저인망을 지키기 위해 최선을 다하고 있다. 하늘이 너무 어두워져 밤인지 낮인지 분간이 가지 않는다. 떨어지는 비가 얼음을 깨는 송곳처럼 피부를 찌른다. 한 방울 한 방울 맞을 때마다 피부가 뚫리듯 따끔거린다. 물이 배 안으로 들어와 엔진이 털털거리다 멎는다. 파도가 현측을 와르르 덮치고, 릴리는 갑작스레 배를 덮치는 파도 위로 코를 내밀기 위해 안간힘을 쓴다. 손잡이가 달린 양동이로 배에 고인 물을 퍼내지만 역부족인 것 같다. 폭우가 거세지고 있다.

파도에 몸을 맡기는 것 말고는 달리 할 일이 없어 보인다. 적어도 핸들을 잡지 않은 나머지 한 손으로 배 바닥의 물을 퍼내며 릴리가 떠 있을 수 있게 주의를 기울일 수는 있다. 마음 한구석에서는 우리가 뒤집힐 수 있다고 생각한다. 하지만 그런 생각을 지울 수밖에 없다. 생존은 절대적인 집중을 요한다.

릴리는 묶인 채 온몸을 떤다. 나는 기어가서 그녀를 물에서 건져내 갑판실의 낮은 선반에 올려놓는다. 그녀가 평상시에 앉는 스툴 위에 앉히고 싶지 않다. 무게중심이 지나치게 높아서 떨어질까봐 겁이 난다.

"여기 있어!" 그녀는 바람 너머로 내 말을 거의 들을 수도 없다.

그녀는 알았다고 머리를 끄덕이고, 나는 다시 물을 퍼낸다.

때마침 기다렸다는 듯 리듬감 있는 박수 소리처럼 갑판을 때리며 우박이 내리기 시작한다. 휘몰아치는 빗발만큼 아픈 건 없다고 생각했는데 내가 틀렸다. 실제로 몸에 멍이 드는 게 느껴진다. 40해리의 돌풍이 우박과 비를 사방으로 몰아가고 가시거리가 0미터로 떨어진다. 나는 다시 갑판실로 들어가 릴리의 곁을 지킨다.

난! 이! 폭풍! 싫어! 난! 무서워!

나는 그녀에게 가까이 다가가 앉는다. 따뜻해지도록. 바람이 성난 마녀들의 집회처럼 피쉬풀 싱킹의 갑판 위로 비명을 지르며 지나간다. 돌풍이 실제로 바다를 편평하게 깎아놓는 것처럼 보인다. 배의 흔들림이 가라앉고 더이상 토하고 싶지 않을 만큼 잠잠해진다. 뱃전을 넘어 들어오던 물의 속도가 차츰 느려지면서 갑판을 휩쓸던 물살이 약해지고, 바람이 이물을 비껴간다.

"젖는 거 싫어." 릴리는 내가 잡고 있는데도 더할 수 없이 몸을 부르르 떤다. 전율이 파도처럼 온몸을 지나 꼬리 끝에서 사라진다.

"싫어하는 거 알아." 나는 그녀를 진정시키기 위해 이야기를 들려준다. "네가 강아지였을 땐 비가 오면 아예 나가려고도 하지 않았어. 내가 작은 우비랑 다 사줬는데 아무것도 소용없었지. 어느 날 밤에 비가 억수같이 내리는데 네가 오줌을 누게 해야 한다고 마음먹었던 적이 있어. 따뜻하고 보송한 침대 속에 들어갔다가 한밤중에 비가 올 때 너를 데리고 밖으로 나가고 싶지 않았거든. 넌 오줌을 누지 않으려고 고집을 부렸고, 난 네가 오줌을 눌 때까지 들어가지 않겠다고 작정했어. 그리고 우린 각자 서로에게 고집을 부렸지."

"그래서 어떻게 됐는데?"

"내가 마른 자갈이 좀 있는 처마 밑을 찾아냈고 결국 네가 고집을 꺾었어." 승리의 희열을 기억한다. 그리고 그런 기회가 자주 오지 않았다는 것도. "그게 아마 네가 나한테 정말 항복한 처음이자 마지막일 거야."

릴리는 이야기가 재미있나보다. 우리가 잠시 서로에게 집중하는 동안 폭우는 차츰 물러나고 있다. 하지만 그 갑작스러운 고요 속에서, 나는 옥토퍼스가 다시 나타날 것 같은 두려움을 느낀다. 나는 다시 몸을 떨며 더듬더듬 방향을 찾는다. 너무 오랫동안 나는 옥토퍼스가 내 유일한 적이라고 생각하며 시간을 보냈다. 그가 바다처럼 강력한 적과 한 팀이 되어 나를 상대할 거라고는 꿈도 꾸지 못했다. 이 모든 게 얼마나 어리석게 들릴지 깨닫는다. 바다를 과소평가하는 게 얼마나 순진한 짓인지. 이것이 우리 둘의 끝이 될 수도 있었다.

릴리가 그녀의 코로 뱃머리를 가리킨다. 어둠과 안개로부터 흐릿한 그림자 같은 것이 어른거린다.

봐! 봐! 봐!

그림자는 형태가 되고 형태는 배가 되고 희망이, 몇 분 전만 해도 불가능하다고 생각했던 방식으로 나를 스쳐간다. 이곳에 있는 게 우리만이 아닐 수도 있다는 건가? 나는 우리 존재를 알리기 위해 피쉬풀 싱킹의 경적을 울린다. 가장 중요한 건 충돌을 피하는 것이다. 나는 경적을 다시, 또다시 울린다. 십 초마다 한 번씩. 저쪽 배의 응답이 희미하게 들려올 때까지. 소리가 작은 것에 비해 배는 훨씬 가까운 곳에 있는 것 같다. 배의 경적 소리가 바람에 거의 삼켜진다.

꾸준히 방향을 유지하며 다가오는 저쪽 배는 심해 요트다. 아직 엔진 두 개를 다 사용할 수 있는 듯 보인다. 나는 갑판실 밖으로 뛰쳐나가 우리 배를 조종할 수 없다는 것을 알리려고 미친듯이 손을 흔든다. 요트가 천천히, 능숙한 솜씨로 다가와 우리 곁에 멈춘 후 엔진을 끈다.

잠시 후 남자가 밧줄을 손에 둘둘 말아 쥐고 나타난다.

"어이!" 그가 외친다.

"어이! 여기예요, 여기!" 나는 답한다. 우리 사이에 물이 출렁거리고 물거품에 몸이 젖지만 상관없다. 나는 그저 어디선가 도와줄 사람이 나타났다는 것만으로도 반갑고 안도감이 들어 어쩔 줄 모른다.

남자가 던진 밧줄이 쿵 소리를 내며 내 발치에 떨어진다. 나는 밧줄 끝을 잡고 배와 몸을 동시에 당긴다. 갑판 위의 커다란 밧줄 걸이에 수부 매듭을 얼추 흉내만 내서 걸고, 현측식 트롤이 허용하는 한에서 요트와 가깝게 거리를 유지한다.

"폭풍 한번 사납군요." 남자는 나에 비하면 무심하고 태연해 보이지만, 들쑥날쑥 솟은 수염을 보면, 그도 풍파에 시달린 티가 난다. 그는 두상이 동그란 대머리이고, 추위 때문에 피부가 파르스름하다. 해변으로부터 떨어진 거리로 판단해보면 그는 꽤 오래 바다에 나와 있었던 것 같다.

"험한 폭풍이었어요." 나는 말한다. 그리고 거의 자연스럽게, 뒤따르는 생각이 입 밖으로 나온다. "제일 심한 고비는 넘긴 걸까요?" 나는 긴장하며 답을 기다린다. 그렇지 않다면 우리에게 무슨 일이 닥칠지 알 수 없다.

남자가 웃는다. 바람 속을 가르며 들려오는 개 짖는 소리에 내가 릴리를 돌아본다. 하지만 그녀는 조용히 몸을 떨고 있다. 골든 리트리버 한 마리가 요트 선실에서 꼬리를 흔들며 나온다. "엔진이 나간 거죠? 이리로 건너오시지 그래요. 고래잡이들이 한다는 사교방문 한번 해봅시다."

사교방문이란 말을 『모비딕』에서 읽은 기억이 난다. 바다에서 두 배가 만나면, 그들은 닻을 내리고 구조선을 띄워 선원들을 다른 배로 건너보내서 떠도는 소문과 소식 등을 교환한다. 나는 릴리 쪽을 본다. 그녀는 풀이 죽은 것 같다. 왜 그럴까. 다른 개가 나타났는데 저렇게 조용하다니 그녀답지 않다.

"듣던 중 반가운 소리네요. 저희 배의 일등항해사를 데려가도 될까요?" 나는 릴리를 가리킨다.

"여기 골디가 그러라네요." 남자는 개의 머리를 쓰다듬는다. 나는 릴리를 들어서 그녀가 안심할 수 있도록 꼭 안고서 갑판실에서 마지막 남은 스카치 병을 가지고 나온다. 남의 배에 빈손으로 가는 건 실례라고 생각하면서. 기껏 한두 모금밖에 남아 있지 않지만, 그 정도면 충분할 것이다.

더 견고한 배에 올라타니 바다는 당장에 더 고요해진다. 요트의 이름은 오우 투Owe Too이고 피쉬풀 싱킹보다 새것이다. 선실은 따뜻하고 아늑하다. 아주 과하게 큰 것은 아니지만 우리 갑판실에 비하면 궁전이 따로 없다. 남자는 벽장에서 수건 몇 장을 꺼내 내게 던져준다. 나는 릴리를 구명재킷에서 풀어주고 수건으로 문질러 부드럽게 말려준다. 내가 몸의 물기를 닦는 동안, 그녀는 골디에게 다가간다. 이어 골디가 그녀의 뒷다리와 궁둥이 근처를 기웃거리며 킁킁댄다. 릴리는 오우 투의 보송보송한 피난처에서 긴장을 푼다. 다른 사람과 다른 개를 볼 수 있다는 큰 안도감에 나는 눈물이 글썽해지는 것 같다. 실제로 눈물이 떨어지지는 않지만. 정말로 울기에는 너무나 탈진하고 충격을 받은 상태다.

"골디. 네 친구를 배 안의 특별한 장소로 데리고 가지 않고." 남자가 휘파람을 불며 손가락으로 탁 소리를 내자 골디가 릴리에게 따라오라는 시늉을 하고 그들은 작은 문으로 함께 사라진다. "저 밑에 못 쓰는 공간이 있어서 골디를 위해 속을 좀 파냈어요. 울타리처럼 에워싸고 있어서 망막한 바다 위에서 저 녀석에게 안전한 장소가 되어주지요. 내가 먹을 것을 차리는 동안 우리 선장들끼리 이야기를 나누면 될 것 같네요."

내가 선물로 가져온 남은 스카치를 들어올린다. 남자는 웃으며 내 쪽으로 유리잔 두 개를 밀어준다.

그는 우리가 먹을 것으로 스튜를, 개들을 위해서는 치킨 앤 라이스를 데운다. 릴리가 보면 좋아 죽을 지경일 것이다. 그가 일하는 동안 나는 그에게 우리 이야기를 들려준다. 옥토퍼스의 도착, 수의사의 진단, 그리고 우리가 그동안 겪은 일들—옥토퍼스의 갑작스런 증발, 피쉬풀 싱킹 임대, 우리 사냥의 상세한 부분들—을 들려준다. 그는 주의깊게 들으며, 한두 번 정도 요점을 정확히 파악하기 위해 말을 끊는다.

"당신이 그 옥토퍼스를 죽일 수 있을 거라고 생각해요?"

나는 사실대로 대답한다. "그 순간을 아주 즐길 수 있을 것 같아요."

내 대답이 어색하게 공기 중에 떠 있다.

"그거 알아요. 요트가 네덜란드어 '야흐트'에서 온 거라는 거? 말 그대로 번역하면 **사냥**이라는 뜻이고."

몰랐지만 나는 새로울 것 없다는 듯 고개를 끄덕인다. 바다에서 삼 주를 보내고도, 항해에 대한 내 지식은 보잘것없다. 남자가 우리가 먹을 뜨거운 스튜 두 그릇을 담는다. 그 순간 스튜는 내가 평생 먹어본 음식 중 가장 맛있는 음식이다. 절인 생선과 토마토와 파스닙*과 다른 뿌리채소도 있다. 그는 치킨 앤 라이스 그릇 두 개를 바닥에 놓고 휘파람을 불어 개들을 부른다.

치킨! 앤! 라이스! 봐! 나! 치킨! 앤! 라이스! 먹어!

릴리에게는 크리스마스 아침이다. 그녀도 나만큼이나 신이 나 있다. 배에 탈 때 잠시 꺼렸던 마음은 완전히 사라졌다. 골디에게 자기가 치킨 앤 라이스를 얼마나 좋아하는지 떠들어대느라 시간을 낭비하지 않는다. 대신 따뜻한 죽 그릇에 얼굴을 통째로 파묻는 쪽을 택한다.

"여긴 먼바다잖아요. 주변에 사람도 하나 없고. 아저씨도 뭔가 사냥하러 나오신 걸지도 모르겠네요?" 내가 묻는다.

남자가 잠시 멈칫하다 말한다. "뭐, 아마도"

"뭘 사냥하고 계신지 여쭤봐도 될까요, 실례가 되지 않는다면?" 남자는 선을 넘고 있는 거 아니냐는 투로 나를 바라보고, 나는 눈을 깜빡이지 않고 그를 마주본다. 침묵이 너무 오래간다. "우리가 그냥 얘기하고 있는 거라면요. 선장 대 선장으로."

---

* 배추 뿌리같이 생긴 채소.

"그냥 얘기하고 있잖소." 대답하기 전에 그가 거듭 확인한다. "사람이 사냥할 게 뭐가 있겠습니까? 평화. 위로. 의미." 그러고 나서 잠시 쉰 다음, "전리품?"

"전리품이요?" 그 단어가 이상하게 충격적이다. 전쟁의 노획물 같은 걸 말하는 걸까?

남자는 어깨를 으쓱해 보인다.

스튜를 먹고 있을 때 오우 투가 한 차례 큰 파도에 휩쓸린다. 우리 둘은 테이블에 의지해 버틴다. 돌풍이 다시 우리 방향으로 불어올까 두려워하면서. 이후에는 고요해진 것으로 보아, 파도는 한 번으로 그치는 듯싶다.

"그런데 말이지, 내가 당신이 말하는 그 옥토퍼스를 본 것 같은데." 남자가 말한다.

나는 포크를 떨어뜨린다. 포크의 갈퀴 쪽이 쨍 소리를 내며 그릇에 떨어진다. "당신이 봤다고요?"

"한 사흘 됐나. 골디와 내가 우현 쪽으로 해가 기울어가는 것을 보고 있는데 막 넘어가는 해와 다르게 반짝거리는 그림자 같은 게 하나 물속으로 들어가더란 말이야. 좀더 가까이 가서 자세히 들여다봤지요. 그랬더니 맹세코, 어떤 눈알이 나를 보고 있는 거 아니겠소. 골디가 냄새를 맡고 짖기 전에 눈을 한 번 깜빡하더라고. 골디를 보면서 더 가깝게 헤엄쳐왔어. 내가 골디의 목줄을 내 쪽으로 잡아당겼지. 전부 아주 잠깐 동안 일어난 일이오. 하지만 섬뜩하더군. 배 가까이 와서 물속으로 가라앉았는데 그후로는 보지 못했어."

목 뒷덜미의 털이 곤두선다. 우리 둘은 각자 자기 잔으로 손을 뻗는다. 내 직감이 옳았다.

우리는 가까이 있다.

남자의 테이블 옆 선반에 내가 어릴 때 가지고 놀던 마법의 8번 공이 있다. 나는 손을 뻗는다.

"해봐도 될까요?"

남자가 허락한다는 뜻으로 고갯짓을 한다. 나는 까만 공을 두 손에 쥐고 내 머릿속의 질문을 소리내어 해본다. "내가 언젠가 옥토퍼스를 따라잡을 수 있을까요?" 나는 뒤집어서 답을 보기 전에 공을 잘 흔들어준다.

그렇게 될 조짐이 있습니다.

"당신이 원하는 답이 나왔구면." 남자가 일그러진 미소를 지으며 말한다. "마법의 8번 공은 거짓말을 하지 않지." 그가 접시를 비우고 내 빈 접시로 손을 뻗는다. "더?"

내가 그러겠다고 말하기 전에 릴리가 으르렁거리기 시작한다. 치킨 앤 라이스를 향한 애정이 골디에게 도전할 만큼 그녀를 대담하게 만든 것은 아닐까 걱정스럽다. 하지만 그들의 그릇은 비어 있다. 그리고 골디는 어디에도 보이지 않는다.

릴리가 남자를 향해 으르렁거린다.

"릴리! 그건 못된 짓이야. 아저씨가 치킨 앤 라이스를 만들어 주셨는데! 골디는 어디 있니? 주인아저씨에게 고맙다고 해."

골디는! 물고기야!

"뭐라고? 무슨 소리야? 골디는 개야, 너처럼."

그녀는 계속 으르렁거린다. 낮고 깊은 소리로. 그녀는 딱 한 번 저런 소리를 낸 적이 있다. 로스앤젤레스에서 집으로 가다가 밤에 코요테가 우리 길을 막아섰을 때.

나는 점점 불안해진다.

"걱정 마요." 남자가 말한다. "폭풍우 때문에 예민해졌나본데. 좋은 개로군요." 그는 싱크대 옆에 그릇들을 놓는다. "저 개한테 무슨 일이 생기면 아쉽겠어."

그가 하는 모든 말이 상황을 악화시키고 순식간에 일이 심각해진다. 릴리가 노년의 남은 이를 악물고서 몸을 낮게 숙인다. 공격할 태세로.

"릴리?" 이번에 나는 꾸짖지 않는다. 이번에는 좀더 잘 안다. 이번에 나는 내 개를 믿는다. 나는 남자에게 돌아선다. "오우 투라는 이름은 어디서 온 거죠?"

그는 주저 없이 대답한다. "내가 이름에 빚진 게 너무 많아서 말이야."

오우 투.

릴리가 정신없이 짖어댄다. 골디가 물고기라고? 나는 골든 리트리버를 찾아 주위를 둘러본다. 하지만 흔적이 없다. 시끄러워서 정신을 집중할 수 없을 지경이지만 나는 서둘러 방법을 떠올리려 노력한다.

오우 투.

릴리, 나한테 안 보이는 뭐가 보이는 거니?

오우 투.

오, 투…… 오 투 뭐라고?

오 투Oh two. 아무 뜻도 아닌데!

O2?

산소.

나는 숨을 못 쉴 지경이고 심장은 빠르게 뛴다. 생각해, 빌어먹을. 나는 릴리가 짖어대는 소리에 내 생각을 거의 들을 수가 없다. 나는 참을성 있게 내 발을 내려다본다. 산소. 숨. 삶.

그리고 생각이 난다.

산소의 원자 번호는 8이다. 주기율표에서 산소는 여덟번째 원소다.

여덟.

마법의 8번 공.

나는 천천히 고개를 들어올리고 우리를 구조한 남자를 바라본다. 그의 눈이 릴리에게 고정되어 있다.

"그녀 안에 광풍이 불고 있소." 그가 나를 보고 천천히 눈을 찡긋한다. 의도적으로. "그렇지 않은가."

내 목구멍에서 분노가 치민다. 광풍을 아는 것은 셋뿐이다.

나.

릴리.

그리고 옥토퍼스.

사냥

나는 재빨리 몸을 돌려 릴리와 옥토퍼스 사이에 자리잡는다.
반사적으로 빈 스카치 병을 들어 테이블 위에 후려친다. 깨지지
않는다. 다시 후려치지만 마찬가지다. 영화에서는 이렇게 하면
뾰족뾰족한 무기가 잘도 만들어지던데, 왜 금도 안 가는 걸까?
옥토퍼스는 우리와 출구 사이에 서 있고 골디는 아직 어디에도
보이지 않는다.

"너지, 안 그래?"

"누구?"

"우리가 사냥하려는 놈." 다른 병, 조리대에 병이 하나 더 있
다. 나는 온 힘을 다해 병을 테이블 위로 내려친다. 이번에는 병

이 깨지고, 안에서 내가 휘갈겨 쓴 경고문이 튀어나온다. 난 네가 거기 있다는 걸 알아. 그가 병을 찾아냈다. 내 병을.

옥토퍼스는 그의 인간 입에서 흘러나온 침을 닦는다. "날 언제 알아보려나 궁금했지."

"네 못생기고 물컹한 머리를 즉시 알아봤어야 했는데." 온정과 음식에 그토록 쉽게 유혹당한 나에게 화가 난다. 알아봤어야 했다. 추워서 몸이 푸르스름한 게 아니라 두족류라서 보랏빛이었던 거다. 바다에서 이십사 일을 보내며 나는 약해졌고, 릴리를 지키는 데 실패하고 말았다.

나는 끝이 톱날처럼 뾰족한 스카치 병을 들고 옥토퍼스에게 덤벼든다. 그가 구석에 세워져 있던 외촉 작살을 쥔다. 둘 다 무장을 했다. 그에게는 더 멀리 뻗어나가고 더 많은 무기를 들 수 있는 일곱 개의 팔이 남아 있다.

나는 벽에 달려 있는 석유램프를 켠다. "맹세코 이 배를 바닥까지 태워버릴 거다."

"바다까지겠지." 그가 수정한다. "그러시든가. 우리 셋 중 누가 수영을 제일 잘할까?" 릴리의 구명재킷이 쓸모없이 구석에 뒹굴고 있다는 사실이 떠오르며 순간 아찔하다. 물론 그가 옳다, 언제나처럼. 그놈에 대해 가장 미치겠는 점이 바로 그것이다.

"멍키." 나는 옥토퍼스에게서 눈을 떼지 않고 조용히 릴리에게 말한다. 곁눈으로 그녀가 귀를 쫑긋 세우고 있는 게 보인다. "달려!"

릴리가 쏜살같이 그의 가랑이 사이로 뛰어가고 그가 작살을 아래로 던진다. 나는 움찔하지만, 민첩한 내 아기는 0.01초도 안 되는 사이에 날카로운 작살 끝을 피한다. 옥토퍼스가 선실 바닥에 꽂힌 작살을 빼려고 달려들 때 내가 그를 후려친다. 내 모든 체중을 실어, 날카로운 이빨 모양으로 부러진 병을 그의 어깨에 내리꽂는다. 즉시 피가 흘러나오고, 나는 더 많은 피를 짜내기 위해 병을 비튼다.

"계속해봐. 내 팔을 가져가라고. 나한테는 일곱 개나 더 있으니."

그래, 하지만 어디? 그가 어떻게 사람의 모습을 하고 있는지 모르겠다. 그의 교활함은 끝을 알 수가 없다. 그가 내 코를 주먹으로 친다. 내가 뒤로 자빠지자 제 살에 박힌 병을 뽑아 바닥에 던져 산산조각을 낸다.

나는 휘청하지만 넘어지지 않는다. 코에서 피가 흐르는 게 느껴지고, 얼굴의 고통은 이루 말할 수가 없다. 나는 몸의 중심을 낮추고 싸울 태세를 취한다. 나는 싸움을 해본 적이 없다. 이런 식으로는. 이렇게 변치 않는 결심으로 파멸을 부르는 싸움은 해본 적이 없었다. 삶을 끝장내는, 목숨을 끊는 싸움은. 나도 모르는 사이에 나는 최고의 속도로 그를 향해 돌진하고 있다.

우리는 선반이 있는 벽에 몸을 부딪쳐 둘 다 바닥으로 쿵 하고 떨어진다. 수직 기둥 하나가 갈라져 책과 먼지와 항해지도가 우리 위로 우르르 쏟아진다. 나는 세게 주먹을 한 방 날리고 양쪽 엄지손가락으로 그의 두 눈을 찌른다. 눈알이 찌그러지기를 바라면서. 그가 릴리의 눈을 멀게 한 것처럼 그의 눈을 멀게 하려고.

그리고 갑자기, 뒤에서 불길이 타오르는 소리가 들려온다. 램프! 뒤로 나자빠지며 내가 그걸 떨어뜨렸고 커튼에 불이 옮겨붙은 것이다. 조그만 어항이 선반에서 미끄러져 옥토퍼스의 팔에 떨어진다. 물이 쏟아지고 금붕어 한 마리가 바닥에 떨어진다. 물고기가 숨을 헐떡이며 가망 없이 파닥거린다. 물고기가 곧 이물 아래 움푹 팬 곳으로 움직인다.

섬광처럼 스쳐가는 깨달음. 릴리가 내게 경고했다. 골디는 물고기야.

"골디?" 골든 리트리버는 미끼였다. 속임수. 옥토퍼스의 물고기 친구 중 하나가 나와 릴리에게 가짜 안도감을 주어 우리를 꾀려고 개의 모습으로 몸을 바꾸었는데, 내가 경계심을 늦추고 있었다. 모두가 개를 데리고 다니는 사람을 신뢰한다. 옥토퍼스가 장화 신은 발로 금붕어를 쿵쿵 밟는다. 튀어나온 내장을 바닥에 문지르면서. 나는 얼굴을 찡그린다. 오늘밤 그의 첫 살해.

마지막 살해이기를.

옥토퍼스의 성한 팔, 쏟아진 어항 물에서 퍼덕이던 팔 하나가 꿈틀거리고 찌르르하며 탈바꿈하기 시작한다. 내가 그에게서 떨어지기도 전에, 그것은 옥토퍼스의 팔, 점액으로 미끌미끌한 보라색 팔이 된다. 긴 팔이 비단뱀처럼 나를 돌돌 말아 내 목을 조이고, 빨판이 내 피부에 달라붙는다. 일부는 옥토퍼스이고 일부는 사람인 그가 견디기 힘들 만큼 세게 나를 조인다. 그리고 선실이 어두워지기 시작한다. 질척거리는 두꺼비 같은 팔을 할퀴고 때려보지만 그의 억센 아귀힘을 풀 수 없다. 시야가 좁고 흐려지기 시작하고, 실패했다는 생각밖에 할 수 없다.

그때 릴리가 연기 사이에서 나타나, 입에 밧줄을 물고 무서운 기세로 돌진한다. 밧줄 끝이 올가미로 묶여 있다. 그녀가 그것을 묶었는지, 아니면 우리를 매달기 위해 준비되어 있었던 것인지 알 수 없다. 그녀가 밧줄을 내 손안으로 밀어넣자 옥토퍼스-사내가 고개를 든다. 나는 뒤로 손을 뻗어서 그의 목에 올가미를 씌운다. 릴리가 밧줄을 물고 잡아당긴다. 그녀는 등을 약간 구부린 채이빨을 드러내고 몸을 낮추고 있다. 매듭 장난감을 가지고 놀 때열두 번도 더 본 자세다. 나는 그녀가 얼마나 강해질 수 있는지 알고 있다.

나는 마지막 남은 힘을 다해 몸을 휙 돌려서 발로 옥토퍼스의 턱밑에 한 방을 먹이고, 그의 턱을 릴리가 끌어당기는 반대쪽으로 누른다. 올가미가 더 조여지고 내 목을 누르던 손아귀의 힘이 풀린다.

"여기서 빠져나가야 해!" 내 목을 감고 있는 옥토퍼스의 팔을 풀며 내가 릴리에게 외친다.

올가미가 팽팽해지자 릴리는 물고 있던 밧줄을 놓고 병에 찔린 옥토퍼스의 상처 부분을 깨문다. 옥토퍼스의 살을 한입 가득 물고 찢어져라 머리를 세차게 흔든다. 이런 모습도 본 적 있다. 봉제 장난감을 가지고 놀 때면 그녀는 그것들의 몸통을 잡고, 목을 끊기 위해 사납게 쥐고 흔든다. 그녀 안의 살해 본능은 언제나 나를 조금씩 불안하게 하곤 했다. 하지만 지금은 신이 난다. 옥토퍼스가 나를 놓고 릴리를 떨쳐낸다. 릴리는 아직 사람에서 변하지 않은 그의 팔 한 덩어리를 입에 문 채로 선실 저편으로 날아간다. 나는 밧줄을 더 세게 잡아당긴다. 그의 얼굴이 더 진한 보라색으로 변한다. 선실 뒤편에서 불길이 치솟자, 그는 두 팔을 되는 대로 흔들고 때리며 몸부림친다.

릴리는 쭉 미끄러져내려와 테이블 아래에서 멈춘다. 테이블 다리 두 개는 이미 불이 붙어 타오르고 있었다. "릴리, 조심해!" 릴리가 뒤따라오는 불길을 보고 테이블 밑에서 재빨리 뛰어나온다. 동시에 테이블 한쪽 끝이 무너진다. 불꽃이 튀어 쿠션 몇 개에 불이 옮겨붙는다. 선실 연기가 빠른 속도로 우리를 질식시키고 있다.

나는 옥토퍼스의 목을 죄고 있는 밧줄을 끌어당긴다. 세 걸음만 나가면 갑판이다. 그가 자신의 옥토퍼스 팔로 밧줄을 잡아당긴다. 밧줄 아래서 미끄덩거리며, 올가미와 목 사이에 숨쉴 틈이라도 만들기 위해서. 릴리가 그의 아킬레스건을 세게 물자 그는 고통에 몸부림친다. 나는 층계 위로 밧줄을 확 잡아당긴다. 그렇게 나는 옥토퍼스-사내를, 옥토퍼스-사내는 릴리를 끌고 간다.

"이 세상에 작별 인사를 고하시지, 이 개자식."

"켁켁크르르륵" 옥토퍼스가 허공을 향해 몸부림치며 숨넘어가는 소리를 낸다.

현측 바로 아래에 도끼가 매달려 있다. 그것을 떼어내야 한다고 마음먹을 새도 없이 나는 이미 그것을 손으로 휘두르고 있다. 왼손으로 올가미를 감아쥐고, 살인적인 고함을 지르며 있는 힘껏 도끼를 내리친다. 옥토퍼스가 납작 엎드려 있다가 옆으로 몸을 피하자 도끼날이 갑판 깊숙이 박힌다.

"릴리!" 도끼를 다시 빼려면 두 손이 다 필요하다. 릴리가 느슨해진 끈을 잡아당겨 밧줄걸이에 감는다. 나는 도끼를 박힌 곳에서 빼낸다. 릴리가 다시 옥토퍼스 근처로 달려와 그의 바짓가랑이를 물고 끌어당기자 올가미가 다시 팽팽해진다. 나는 다시 도끼를 들어 그의 옥토퍼스 팔 중 하나를 조준한다. 이번에는 도끼날이 통과하며 철퍽 귀가 먹먹해지는 소리가 나고 팔이 잘려나간다.

옥토퍼스가 고통에 비명을 지른다.

그는 릴리를 발로 차 방파벽 쪽으로 날려보낸다. 내가 갑판에서 다시 도끼를 빼려고 애쓰는 사이에 올가미 밧줄에 그가 팔을 꿈틀댈 만한 틈이 생긴다. 릴리는 멍하니 있다가 몸을 부들부들 떨며 일어난다. 옥토퍼스가 절름거리며 우현 쪽으로 가다가 돌아서서 마지막으로 우리를 바라본다.

"또 보자고, 수장." 그가 말한다. 내가 도끼를 빼드는 바로 그 순간, 그는 조용히 뱃전에서 뛰어내린다.

컹컹 짖어대는 릴리와 함께 나는 뱃전으로 달려간다. 그의 부러진 목이 매달려 있기를 바라면서. 하지만 그는 밧줄에 매달린 채로 게거품을 물고서 숨을 헐떡이고 있다. 다리는 무릎까지 물에 잠겨 있다. 그가 몸부림치자 주변에서 거품이 일어나고, 그의 몸이 보라색 연기에 휩싸인다. 우리는 그의 두 다리가 넷, 다섯, 그리고 여섯으로 변해가는 것을 바라볼 뿐이다. 그가 완전히 옥토퍼스의 몸을 되찾자 인간의 상체는 스르르 사라진다. 우리가

마지막으로 본 것은 다시 무척추동물이 되어 미끄러지듯 올가미
에서 빠져나가는 그의 심술궂고 혐오스러운 모습이다.

익사

　"빌어먹을!" 나는 방법을 강구하며 반대편으로 몸을 휙 돌린
다. 둘 중 하나가 먼저 재정비를 할 것이고, 그보다는 우리가 그
하나였으면 좋겠다. 자, 집중. 집중! 승리가 그렇게 가까웠는데
뒷걸음치며 물러날 수는 없다. 하지만 옥토퍼스에게는 홈그라운
드라는 이점이 있다. 우리에겐 기적이 필요하다. 도끼가 걸려 있
던 자리에서 뭔가 반짝하고 눈길을 끈다. 저멀리 현측에 오렌지
색 케이스가 있다. 나는 달려가서 그것을 떼어낸다. 손마디가 시
리고 아프다. 두려움과 기대로 손가락이 떨린다. 케이스를 여는
데 힘이 들지만, 열어보니 그만한 보상이 있다. 선원용 신호총 두
자루다.

릴리가 좌현에서 짖는다. 바다가 솟구치며 옥토퍼스의 팔이 뱃전에 나타나 배를 반시계 방향으로 확 잡아당긴다. 나는 그 크기 자체에 깜짝 놀란다. 이 괴물이 얼마나 커질 수 있는지를 보고. 릴리는 겁없이 팔을 공격하다가 두번째 팔이 나타나자 놀라 뒷걸음질치고, 팔은 선실의 창을 뚫고 들어온다. 나는 총을 들고 옥토퍼스를 공격한다. 그때 그가 배 측면에 구멍을 내고, 배 안으로 물이 들어온다.

우리에게 남은 방법은 하나뿐이다—우리 배로 돌아가는 것. 적어도 우리에게는 트롤 어선이라는 이점이 있다. 피쉬풀 싱킹은 9미터 정도 저쪽에 조용히 떠 있다. 불길이 닿지 않을 안전한 거리에. 우리는 점프할 수 없다. 널빤지를 가로질러 갈 수 없다. 배로 돌아가는 방법은 헤엄치는 것뿐이다. 물로 들어가야 한다. 그리고 그렇게 하려면 옥토퍼스의 주의를 흩어놓아야 한다.

나는 릴리에게 휘파람을 불고 손으로 허벅지를 찰싹 친다. 그녀가 번개같이 달려오고, 나는 몸을 숙여 품안으로 뛰어드는 그녀를 잡는다. 수년 동안 보지 못한 민첩한 모습이다. 나는 총 케이스를 내려놓고 불이 붙어서 가라앉고 있는 요트로부터 피쉬풀 싱킹이 되도록 멀리 떨어지게 밧줄을 푼다. 릴리를 꽉 붙잡고 총 한 자루를 쥔다. 그리고 내가 낼 수 있는 가장 처절하고 무서운 목소리로 외친다. "이봐 옥토퍼스! 항복한다. 릴리를 원하나? 그럼 가져가. 난 익사하고 싶지 않으니!"

옥토퍼스는 우리와 꽤 오랜 시간을 함께 보냈으므로, 내가 정말 압박을 느끼면 이기적인 면모를 나타낼 거라고 생각할지도 모른다. 그가 내 제안이 진심인지 보려고 물위로 눈을 살짝 내민다. 릴리를 가져가려고 팔을 뻗는 대신, 그는 내 신호총의 총구를 본다.

"뒈져버려, 이 버러지 같은 자식." 나는 방아쇠를 당긴다.

물속으로 되돌아가며 옥토퍼스는 정수리에 번개가 치듯 신호총을 맞는다. 물밑으로 가라앉으며 그는 뱀 무리가 흩어지듯 쉭쉭 소리를 낸다. 불길이 선실의 다른 창을 부수고, 깨진 유리가 갑판으로 밀려나온다.

"가야 해, 지금이야!" 나는 총을 떨어뜨리고 릴리를 꼭 안고서 우현에서 물로 뛰어들어 피쉬풀 싱킹 쪽으로 간다. 물속에서 빨리 이동하기 위해 나는 가능한 한 세게 발장구를 치고, 수면으로 떠오를 때는 한 팔로 필사적으로 헤엄을 친다. 릴리 역시 그녀의 짧은 다리로 발장구를 친다. 3미터쯤 더 남아 있다. 우리 뒤에서 오우 투가 폭발한다. 불길이 마침내 엔진에까지 이른 것이다.

옥토퍼스가 우리를 자기 배로 초대할 때 던져준 밧줄이 우리 어선 옆에 걸쳐 있다. 나는 그것을 세게 당겨본다. 아직 밧줄걸이에 단단히 고정되어 있다. 그것을 잡고 가능한 높이 우리 몸을 물속에서 일으킨다. 내가 릴리를 밀어올려주고 그녀가 어렵사리 뱃전을 기어오르는 순간 옥토퍼스가 그의 촉수로 내 목을 조른다.

"리……이이이이일리." 그가 내 기도를 끊기 전에 내가 겨우 릴리를 부른다. 릴리는 자기 이름을 알아듣고 옥토퍼스가 두번째 팔을 피쉬풀 싱킹의 갑판으로 뻗칠 때 그를 피한다.

내 손가락이 하얗게 변하며 더이상 배를 잡고 지탱할 수 없게 되었을 즈음, 릴리가 갑판실 칼 세트의 삐죽빼죽한 살코기칼을 휘두르며 다시 나타난다. 그것으로 그녀는 내 목을 조르고 있는 옥토퍼스의 촉수를 찌른다. 칼끝이 내 살에까지 닿아 뾰족한 끝이 턱을 찌르는 걸 느낄 수 있다. 옥토퍼스가 나를 놓쳐 나는 배에 오를 시간을 번다.

나는 트롤 윈치*를 올리기 위해 곧장 갑판실로 달려간다. 다행히도 돌풍에 전기가 나가지는 않았다. 현측의 트롤이 윙 소리를 내며 바닥끌그물이 돌아가고, 나는 좌현 쪽에 어망을 내린다. 하활**이 획 돌아갈 때 릴리를 친 건 아닌가 걱정이 된다. 내가 멀리 가지 말고 몸을 숙이고 있으라고 외치자 그녀는 내 옆으로 쭈뼛쭈뼛 다가온다. 본능적으로, 나는 음향측심기를 켜고 숨 돌릴 틈도 없이 생존의 흔적을 살핀다. 약 삼십 초 후에 옥토퍼스가 움직인다.

깜빡.

"저기다!"

엔진에 시동을 건다.

깜빡. 깜빡.

"자, 자, 자……"

엔진이 털털거리고 쿨럭거린다.

"제발!"

깜빡. 깜빡. 깜빡.

---

* 밧줄이나 쇠사슬 같은 무거운 물건을 들어올리거나 내리는 기계.
** 돛의 맨 밑에 댄 활죽.

옥토퍼스가 다가오고 있다.

엔진 조작 패널을 주먹으로 치자 갑자기 엔진이 씩씩 숨쉬듯 살아난다. 내가 핸들을 왼쪽으로 세게 돌리고, 피쉬풀 싱킹은 급회전한다.

깜빡. 깜빡.

우리는 옥토퍼스를 지나가지만 그물의 감지기는 포획 신호를 보내지 않는다. 릴리가 작살총의 끈을 꽉 물고 고물로 끌고 간다. 그녀는 거기 그것을 내려놓고 뒷다리를 가로대에 걸치고 선다.

깜빡.

옥토퍼스가 멀어진다.

침묵.

피쉬풀 싱킹이 회전을 멈추자 우리는 파도와 맞선다. 나는 증기로 뿌옇게 된 갑판실 창유리를 옷소매로 닦아내며 눈앞의 바다를 훑어본다. 두텁고 으스스한 고요함.

나는 고물로 달려가서 뒤쪽을 조준할 수 있게 받침대에 작살총을 고정한다. 릴리에게 코로 총을 회전시키는 방법을 보여준다. 총을 제대로 잡는 법과 움직이는 표적을 맞히는 법, 내가 훌륭한 저격수인, 우리 어머니의 남편으로부터 배운 요령들을 알려준다. 릴리가 비장하게 고개를 끄덕이며 듣는다.

깜빡. 깜빡.

음향측심기가 고물 밖에 뭔가 있다고 알린다. 나는 갑판실로 달려가 릴리를 향해 외친다. "그가 우리 뒤에 있어! 바로 네 쪽으로 오고 있어!" 나는 그녀가 한 발을 작살총의 방아쇠에 올리는 것을 본다. 옥토퍼스는 12미터 밖에 있다. 9미터. 6미터. "기다려! 아직! 준비하고 있다가 내가 명령하면 쏴야 해!"

릴리가 조심스럽게 목표를 향해 총구를 겨눈다.

"내가 한 말 기억하고!"

나는 음향측심기를 향해 돌아선다. 3미터.

릴리는 마지막으로 한번 더 목표를 조준한 후, 코로 작살총을 아주 약간만 내린다.

옥토퍼스! 있는! 곳! 말고! 옥토퍼스! 가는! 방향! 으로!

"발사!"

그녀가 방아쇠를 당긴다.

작살이 목표물에 적중하고 나는 흥분으로 주먹을 불끈 쥔다. 밧줄이 팽팽히 당겨지자 릴리는 작살총을 받침대에서 떨어뜨리고, 총은 갑판 위를 미끄러져 뱃전으로 날아가다가 현측 모서리에 걸린다. 나는 핸들을 급히 꺾는다. 이번에는 오른쪽으로, 그물이 고물 방향으로 끌리도록.

"릴리! 스위치!

내가 배 뒤편으로 가자 릴리는 핸들을 잡기 위해 재빨리 달려온다. 작살을 묶어 맨 밧줄을 감아올리며 마지막으로 세게 잡아당긴다. 옥토퍼스는 넓게 펴진 그물을 보고 어리둥절해한다.

"윈치를 올려!"

릴리가 힘껏 뛰어올라 코로 윈치 스위치를 올린다. 지브*가 올

---

* 기중기에서 물건을 들어올리는 팔과 같은 부분.

라오기 시작하면서 망구網口가 닫힌다. 그로테스크한 포획물의 무게에 밑으로 축 처진 그물이 천천히 모습을 드러낸다. 옥토퍼스가 대양에서 떠오른다. 먼저 주둥이가, 그리고 남은 일곱 개의 팔이 뒤통수에 붙은 채로.

"안녕하신가, 옥토퍼스." 나는 차갑게 말한다. "다시 만나니 반갑군." 그것도 이처럼 가망 없이, 망태 감옥에 갇혀서. 처음으로 내 말은 진심이다.

릴리가 쪼르르 달려와 내 옆에 앉는다.

"날 여기서 내보내줘!" 옥토퍼스가 고함을 친다. 그물 때문에 팔이 몸에 딱 붙은 상태로 밭은 숨을 쉬면서. 팔들이 숨구멍을 꽉 막고 있는 게 보인다.

"네가 날 죽이려고 하면, 나라고 가만있을 수 없지. 내 강아지를 죽이려고 하면 넌 죽는 거야."

릴리가 정말 이럴 필요가 있냐고 묻는 듯이 내 장딴지에 코를 댄다. 나는 그녀에게 믿음을 주고 싶을 때 하는 것처럼 그녀를 내려다본다. 차에 타면서 동물병원이 아니라 재미있는 일을 하러 갈 거라고 알려줄 때나, 새로운 길로 산책을 나가서 익숙하지 않은 길 때문에 그녀가 머뭇거릴 때, 한여름 가장 더운 날에 그녀를 시원한 욕조에 담가주며 이렇게 하면 불편함이 가실 거라고 알려줄 때처럼. 그녀에게 우리가 가장 큰 모험을 떠날 거라고 말하던 때처럼.

"넌 날 죽일 수 없어! 넌 날 절대로 죽이지 못해!" 옥토퍼스가 요동치기 시작하자 그물도 흔들리기 시작한다. 배가 기우뚱거리고 지브가 삐걱 신음 소리를 낸다. 옥토퍼스의 몸이 피쉬풀 싱킹의 뱃전에 부딪치고, 그물을 지탱할 밧줄이 묶인 도르래가 풀리기 시작한다. 그물이 바닷속으로 풍덩 빠지고 크랭크에서 밧줄이 급속히 풀린다. 마지막 순간에, 릴리가 밧줄을 꽉 물고서 있는 힘을 다해 쭈그려 앉는다. 발톱으로 갑판에 깊은 쟁기 자국을 내며 그녀는 겨우 밧줄이 사라지는 것을 막는다.

"놓치지 마!" 나는 얼른 갑판실로 뛰어가 핸들을 바로 하고 엔진을 꽉 밟는다. 배가 앞으로 휙 쏠리고, 나는 릴리에게로 몸을 날려 밧줄을 붙잡는다. 옥토퍼스가 반대편 끝에서 엄청난 힘으로 잡아당긴다. 내 손바닥 피부가 아프게 찢겨나가도록. 배에 속도가 붙고, 릴리와 나는 함께 밧줄을 움켜쥐고 버틴다. 밧줄이 고물 근처로 미끄러진다. 나는 그의 팔이 숨구멍을 틀어막고 있어 그가 물속에서 더이상 숨을 쉴 수 없다는 것을 안다. 우리가 할 일은 주둥이를 내밀고 있는 녀석의 목구멍 속으로 익사할 만큼 물이 충분히 흘러들어갈 때까지 밧줄을 놓지 않고 전진하는 것뿐이다.

우리가 지탱할 수만 있다면.

옥토퍼스가 애를 쓸수록, 우리의 발뒤꿈치가 안으로 깊이 팬다. 내 손가락 열 개가 모두 갈기갈기 찢어진다 해도 상관없다. 피쉬풀 싱킹이 전속력으로 전진하는 동안, 나는 방어벽에 발을 의지한 채 옥토퍼스의 몸부림을 느낀다.

"십 초만 더 참으면 돼!" 릴리가 고개를 끄덕이며 더 세게 문다.

나는 거꾸로 열을 센다.

"열, 아홉, 여덟."

나는 밧줄을 내 왼손에 더 단단히 감고 잡아당긴다.

"일곱, 여섯, 다섯."

물밑 어딘가에서 마지막으로 엄청난 힘이 우리를 당기고, 내 손가락 하나가 툭 부러지는 둔탁한 소리가 들려온다.

나는 괴로워하며 비명을 지른다.

릴리가 흔들림 없이 나 대신 숫자를 센다. 밧줄을 입 한가득 물고 거칠게 그르렁거리면서.

넷! 셋! 둘!

나는 릴리를 건너다보며 눈을 감는다. 우리는 함께 말한다.

"하나!"

릴리와 함께 영까지 세고 나서도 나는 여전히 삼십 초 정도 더 밧줄을 붙들고 있다. 우리가 셋을 셌을 때 옥토퍼스가 이미 싸우기를 멈췄다는 것을 알면서도.

나는 릴리를 본다. "됐어." 긴장이 풀리며 어깨가 축 늘어지고 나는 밧줄을 잡고 있던 손을 놓는다. "다시는 녀석이 우리를 괴롭히지 못할 거야."

릴리는 물고 있던 것을 놓고 나를 뒤로 눕힌다. 그녀는 내 몸에 기어올라와 내 양쪽 흉골에 발을 딛고 서서 미친듯이 내 얼굴을 핥기 시작한다. 옥토퍼스를 웃게 하려면 열 번 간지럼을 태워야겠지만, 나는 내 개가 몇 번 핥는 것으로 충분하다. 우리는 서로에게 키스를 퍼부으며 숨이 막히도록 웃는다.

행복.

평정을 되찾고 나서, 부러진 손가락을 내려다보니 나는 여전히 밧줄을 손에 꽉 쥐고 있다.

나는 릴리와 함께 숙연한 마음으로 밧줄을 윈치에 다시 걸어놓고, 부러진 손가락을 전기테이프 같은 것으로 고정한다. 나는 몇 주 만에 피쉬풀 싱킹의 방향을 되돌려서, 처음으로 집 방향으로 가고 있다. 해가 떠오르는 쪽으로. 새로운 시작이 있는 곳으로. 릴리와 나는 갑판실에서 잠이 든다. 조용히 동쪽을 바라보며 캘리포니아 쪽으로. 배가 지나간 자리로 끌려오는 죽은 옥토퍼스를 매달고서.

무한대
(∞)

오전 여덟시

    그날 밤 우리는 불안해하며 몇 시간을 뒤척인다. 그리고 마침내 잠이 들었다가 깜짝 놀라 깨어나보니 침대는 완전히 더럽혀져 있고, 릴리는 고통스럽게 숨쉬고 있다. 나는 그것이 우리의 마지막날이라는 것을 직감한다. 나는 릴리를 내려다본다. 옥토퍼스가 돌아왔다. 심지어 내 기억보다 더 커져 있고 목을 조르는 힘이 어느 때보다 위협적으로 보인다. 우리 둘을 질식시킬 기세다. 방이 빙글빙글 돈다. 아니 내 머리가 빙글빙글 돈다. 무언가가 빙글빙글 돌면서 모든 것을 불분명하게 만들고 있다. 방 어디에도 풀다만 가방 같은 것은 보이지 않고, 내 얼굴 어디에도 듬성듬성 자란 수염이 만져지지 않고, 피부 어디에도 몇 주 동안 피쉬풀 싱킹의 선상에서 뙤약볕 아래 보낸 증거나 그을린 빛을 볼 수 없고, 내 손 어디에도 군은살과 흉터, 바다에서의 험난한 전투로 부러진 손가락 같은 것은 보이지 않는다. 그토록 생생하고, 그토록 세세하게 기억이 나건만—내 심장은 여전히 옥토퍼스를 이긴 승리감에 흠뻑 젖어 있는데, 광포한 그의 죽음, 확 트인 태평양 위에서 우리 둘이 선박을 지휘하며 집으로 돌아오는 항해의 고요한 달콤함에 젖어 있는데. 그런데 아직, 옥토퍼스가 있다.

우리 운명의 급격한 반전에 놀라 속이 울렁거린다. 토할 것 같은데, 마지막으로 먹은 게 무엇인지 기억이 나지 않는다. 음식이 무엇이고 배고픈 게 무엇인지도 기억이 나지 않는다. 뭐가 현실이고 뭐가 아닌지도. 나는 개들이 저인망 어선의 부선장이 될 수 있는지, 작살총을 쏠 수 있는지, 혹은 옥토퍼스가 사람으로 변했다가 되돌아올 수 있는지 모른다. 나는 우리가 살았는지 죽었는지, 왜 완전히 옥토퍼스를 이긴 천국이 우리의 패배라는 새로운 지옥으로 변했으며, 왜 그를 우리 침대로 돌아오게 했는지 모른다. 나는 내가 더는 아무것도 모른다는 걸 깨닫는다. 그때 옥토퍼스가 말한다. "좋은 아침."

"제발 가줘, 제발 가줘, 제발 가달라고." 나는 사정한다. 나는 처음으로 나를 버리고 옥토퍼스의 자비를 구한다. 어쩌면 그 안의 뭔가에 호소할 수 있지 않을까. 정의라든가 공평함이라든가 하는 것에. 릴리의 사랑스러움을, 그녀의 순수함을 그에게 납득시키며, 그가 개를 잘못 택했다고 설득하며. 하지만 옥토퍼스는 킬킬거릴 뿐이다.

"왜! 내가! 가야! 하지! 나에게! 필요한! 모든 것이! 바로! 여기! 있는데!"

그 순간 나는 알게 된다. 그가 릴리를 전부 빨아들였다는 것을. 내 옆에서 가쁜 숨을 쉬고 있는 몸이 내가 사랑하는 강아지의 껍질에 불과하다는 것을. 어떻게 보아도 그녀는 이미 세상을 떠났다는 것을.

나는 릴리를 품에 안았다. 그녀는 심지어 고개를 들 기운조차 없다. 사랑해, 하고 몇 번 속삭인 후, 나는 그녀를 바닥에 놓아준다. 그녀가 일어날 수 있을지도 모른다는, 다시 기운을 차리고 싸울 수 있을지 모른다는 희망을 품고서. 그녀가 다리를 휘청하더니 우당탕 소리를 내면서, 멍하니 방구석 어딘가를 바라보며 즉시 옆으로 쓰러진다.

그녀가 헐떡이기 시작한다.

이미 결정은 내려졌다. 나는 더이상 구걸하며 옥토퍼스를 만족시켜주지 않을 것이다.

오전 아홉시

파일이 들어 있는 캐비닛 서랍을 3분의 1쯤 뒤적이다 알파벳 D의 Dog에서 내가 빠짐없이 보관해둔 릴리의 문서 파일을 찾는다. 그녀의 혈통을 보여주는 미국 애견 클럽의 증서, 광견병 예방접종 증명서와 처음 그녀를 집으로 데려올 때 구매한 물건들의 영수증들—그녀를 만나기 전날 내 텅 빈 집에 배치했던 그릇들과 침대, 우리가 처음 함께 식사를 할 때 그녀의 저녁 접시 아래 깔았던 WOOF라는 글씨가 새겨진 매트, 그녀가 들어가 자기 싫어했던 사각 철장을 사고 받은 영수증이다. 나는 찾던 것을 서류철 뒤편에서 발견한다. 그녀의 척추 수술 서류. 나는 두기에게 돌아갈 수 없다. 최후의 시도로서, 지난번 죽을 고비에 그녀를 받아준 사람들에게 연락을 한다. 육천 달러짜리 청구서를 빼낸다. 정말 내가 육천 달러를 냈던가? 까마득한 옛일 같다. 청구서에 두 개의 번호가 있다. 응급상황과 비응급상황. 나는 오 분 넘게 청구서를 손에 쥐고 있고, 구겨진 종이 위로 땀방울이 떨어진다. 어느 번호를 눌러야 할지 전혀 모르겠다.

나는 모퉁이를 돌아 부엌으로 간다. 릴리는 그녀의 침대, 홈 베이스에 모로 누워 있다. 삼십 분쯤 전에 내가 눕혀준 자세 그대로. 나는 침실로 되돌아가 문을 닫고 또다시 오 분 정도 청구서를 들고 있다. 나는 여전히 침대 옆 충전기에 꽂혀 있는 휴대폰에 손을 뻗어 비응급 번호로 전화를 건다. 틀린 것 같은데, 다른 번호를 누를 수가 없다. 번호가 지나치게 들쭉날쭉하다.

"동물외과 응급센터입니다. 응급상황이신가요, 아니면 기다릴 수 있으신가요?" 여자의 목소리. 기운을 북돋는 목소리다.

나는 청구서와 전화기를 다시 번갈아 본다. 비응급으로 전화하지 않았나? 그랬다.

"기다릴 수 있어요."

기다리는 동안, 그동안만큼은 현실이 아니다. 전화를 건 목적을 말로 하지 않는 이상은. 네, 기다릴 수 있어요. 영원히 기다리게 해라. 여기 살면서 콜센터에 진을 칠 테니. 차라리 그편이 낫겠다. 지금 내 처지보다는.

기다리는 동안 음악이 흘러나오지는 않는다. 아주 작지만 귀가 멍해지는 윙 소리만 들려온다. 내 귓속에서 피가 돌아가는 소리일 수도 있을 것이다. 바깥귓길에 양분을 공급하는 부어오른

모세혈관에서 나는 소리.

"기다려주셔서 감사합니다."

내 혀가 굳는다. "기다릴 수 있어요." 나는 이것이 잘못된 말이라는 걸 희미하게 깨닫는다.

하지만 맞는 말이기도 하다.

"뭘 도와드릴까요?"

나는 숨을 들이쉬고, 내쉰다.

"내 개. 그녀에게…… 덩어리 같은 게 있어요." 나는 옥토퍼스라 말하지 않는다. "뇌에 있어요. 그게 발작을 일으켜요. 약물 치료를 받고 있어요. 병원에서는 수술을 하지 않는답니다. 우린 수술하지 않기로 했어요. 제 생각에는 치매인 것 같아요. 다시 일어설 수 없을 것 같아요. 의식이 없는 것 같아요. 끝인 것 같아요."

땀에 젖은 손안에서 청구서가 동그랗게 뭉친다. 어릴 때 할머니가 가르쳐준 마술이 기억난다. 빨대의 종이 포장지를 구겼다가 물 한 방울을 떨어뜨리면 쭉 늘어나면서 벌레처럼 꿈틀거리던 마술. 나는 이 구겨진 종이와 땀으로 똑같은 마술을 해보일 수 있을 것이다. 거의.

내 할머니는 돌아가셨다.

내 어린 시절은 떠나갔다.

마법은 사라졌다.

나는 숨을 들이쉰다. 숨을 내쉰다. 다시.

나는 말을 하려다 거듭 실패한다. 내 목소리는 매번 단어들 사이에서 갈라진다.

내 단어들은 사라졌다.

나는 혀를 꽉 물고 드디어 질문한다.

"안락……에 대해 어떤 분과 얘기할 수 있을까요?"

수화기 저편에서의 어리둥절해한다. "안락에 대해서요?"

나는 횡격막을 누르며 어렵사리 말을 뱉어낸다. "안락사요."

오전 열시

전화를 받은 여자가 언제 올 것인지 물었다. 나는 가까스로 이렇게만 대답할 수 있었다. "오늘요." 나는 릴리 옆 바닥에 앉아 그녀를 부드럽게 내 무릎 위로 옮겨놓는다.

"뭘 원하니, 타이니 마우스? 뭐든 먹을 수 있으면."

릴리는 한쪽 눈을 치켜떠보려고 안간힘을 쓰지만 아파하는 게 보인다. 잠시 후 그녀는 조심스럽게 입맛을 다신다.

"치킨 앤 라이스 먹고 싶지. 그렇지, 빈? 치킨 앤 라이스는 속이 안 좋을 때 먹는 거고, 넌 아프지 않아. 넌 완벽해. 넌 그냥 괴로울 뿐이야. 그게 다야. 이제 통증은 거의 끝났어. 그러니 네가 원하는 건 뭐든 해줄게. 뭐든 좋아."

릴리는 고개를 끄덕이다 턱이 미끄러져 내 무릎에서 떨어질 뻔한다.

"뭐든, 말만 해."

묵직한 것이 내 폐를 짓누른다. 숨을 쉬지 못할 것 같다. 숨을 들이쉬자 납처럼 무거운 공기에 가시가 돋친 듯 고통이 딸려온다.

"알았다!" 나는 거의 눈물을 참을 수 없다. "땅콩버터. 땅콩버터 어때?" 피쉬풀 싱킹에서의 기억이 희미하게 떠오른다. 집으로 돌아가면 뭐가 제일 먹고 싶은지 물었을 때 그녀의 대답은 땅콩버터였다. "네가 언제든 제일 좋아했잖아."

릴리가 거부하지 않는 걸 보고, 나는 천천히 일어나 그녀를 캐비닛 쪽으로 데려간 뒤 땅콩버터를 꺼낸다. 그리고 우리는 부엌 식탁에 앉는다. 나는 조심스럽게 뚜껑을 연다. 통은 새것이나 다름없다. 그것을 그녀의 코밑에 대주고, 그녀가 반응할 때까지 기다린다. 한참 시간이 흐른 뒤, 그녀는 고소한 땅콩과 설탕과 기름 냄새를 알아차리고 천천히 고개를 든다. 그리고 허공을 핥기 시작한다. 나는 통을 그녀의 턱밑에 대준다. 그녀가 마음껏 즐길 수 있도록.

"먹을 수 있는 만큼 다 먹어. 원하면 한 통 다 먹어도 돼."

그녀는 땅콩버터에 입을 댔지만 너무 기운이 없어서 많이 삼키지 못한다. 땅콩버터의 정수. 나는 손가락에 조금 묻혀 그녀가 먹을 수 있게 해본다. 어린 시절 부드러우면서도 날카롭던 혀의 감촉이 떠오른다. 내가 꺼진 컴퓨터를 켜듯 그녀를 재부팅할 때까지, 무아지경으로 끊임없이 내 손을 핥던 일들이.

십이 년 반 전의 일이다.

릴리는 내 손가락에 묻은 땅콩버터를 다 먹고 나서 다시 뚜껑을 핥는다. 그러다 고개를 숙이고 쩝쩝 입맛 다시는 소리를 내더니 결국은 그것도 그만둔다.

"착해라." 내가 말한다.

제니와 나는 언젠가 그런 이야기를 한 적이 있다. 우리가 모두 죽을 거라는 사실을 알면서도 어떻게 살아가는지. 이 모든 것이 다 무슨 의미일까? 그런 허무와 마주한다면 왜 아침에 귀찮게 일어날까? 죽어야 한다는 사실을 아는 게 삶을 자극하는 걸까? 삶을 자극하는 건 죽음에 대한 확실한 인식일까? 시간이 남아 있는 한, 붙잡을 수 있는 것을 붙잡아야 한다는 것, 오늘이 그 마지막 날이라는 것을 모른다는 사실이 우리를 계속 움직이는 힘이란 말일까?

하지만 오늘이 그날이라면 어쩌지? 그 시간이 지금 온 거라면?

어떻게 견디지?

어떻게 숨을 쉬지?

어떻게 계속하지?

오전 열한시

나는 여느 때 같으면 절대 집밖으로 입고 나가지 않을 옷을 입었지만 신경쓰지 않는다. 그리고 다시 소변을 가리지 못할 경우를 대비해 릴리를 담요로 둘러싼다. 우리는 부엌에 서 있다. 그녀는 이곳을 마지막으로 보는 거라는 사실을 알고 있을까. 아마 그걸 안다 해도 별로 마음에 담지 않을 것이다. 하지만 나는 그와 달리 견디기 힘들다. 이 집은 릴리가 그녀의 약 십이 년 동안의 삶 중에 십 년을 산 곳이니까.

바닥에 그녀의 텅 빈 침대가 놓여 있다. 침대 안에 발바닥 무늬 담요가 있다. 싱크대 앞에는 그녀가 누워서 아침 일광욕을 즐기는 자리가 있다. 주전자와 프라이팬들을 보관하는 선반이 있는

데 그 사이에 빨간 공이 끼곤 했다. 릴리는 공을 꺼내려다 자기까지 끼어서 빠져나오려고 안간힘을 썼었다. 엉덩이만 밖으로 내밀고 꼬리를 흔들면서. 낮잠을 잘 때 침대 대용으로 쓰던 아침식사용 인조가죽 부스도 있다. 문 안쪽에 쓰레기통이 달린 싱크대 수납장이 있는데 릴리는 자기 눈에 아직 멀쩡한 음식을 내가 성급히 버린다 싶으면 발로 수납장 문을 두드렸다. 놀고 싶을 때면 애타게 바라보던 장난감 서랍이 있다. 외과 수술을 받고 서서히 회복해가는 십이 주 동안 그녀를 가둬두었던 울타리가 있다. 릴리의 마른 사료를 넣어두던 양철통이 있다. 바닥에 놓인, 하루에 두 번 채워지는 그녀의 밥그릇이 있다. 누군가 가까이 오는 소리가 나면 독일셰퍼드처럼 사납게 짖어대며 지키곤 했던 뒷문. 집에서 생일 쿠키 반죽을 만들 때 사용하던 믹서. 시력을 잃고 난 뒤 쿵 소리를 내며 부딪치곤 하던 오븐. 치매가 온 뒤 서서 짖곤 하던 구석.

빨간 공이 손길이 닿지 않은 채 바닥에 놓여 있다.

얼어붙은 듯이.

활기 없이.

고요히.

정오

우리는 자동문을 통과해 동물병원 안으로 들어간다. 그리고 내 기억과 같이, 안내데스크의 여자가 도울 게 있는지 묻는다(그녀는 버틸 수 있느냐고 묻지 않는다). 그러자 나는 말을 더듬는다. "아까 전화했는데," 그러자 그녀가 고개를 끄덕이며 지나가던 동료의 어깨를 잡아 세운다.

그녀는 동료에게 속삭인다.

그 두번째 직원이 우리를 진찰실로 안내한 후 곧 의사가 올 거라고 말한다. 그녀가 문을 닫고 나가자 우리는 그곳에 갇힌다.

나는 릴리와 함께 하나뿐인 의자에 앉아 있다. 춥다.

벽에 달린, 침이 하나뿐인 시계를 바라본다. 삼 분 정도 쳐다보고 있자니 시침과 하나처럼 겹쳐 있던 분침이 움직인다.

조용하다. 목요일 한낮에는 별로 복잡하지 않다.

목요일은 내 강아지 릴리와 내가 우리가 귀엽다고 생각하는 남자들에 대해 이야기하는 날이다.

"목요일이야, 빈. 목요일은 우리가 남자들에 대해 이야기하는 날이잖아."

릴리는 평소처럼 눈썹을 치켜뜨지만 그것 이외에는 완벽히 고요하다.

"옛날 사람들 이야기해볼까. 폴 뉴먼, 아니면 젊은 시절의 폴 매카트니?"

릴리가 한숨을 쉰다.

질문: 당신이 좋아하는 소리나 잡음이 있다면요?
대답: 강아지의 한숨 소리요.

내 목소리가 갈라진다.

"너한테 하는 말이지만," 나는 릴리에게 눈물이 떨어지지 않게 고개를 뒤로 젖힌다. "젊은 시절의 폴 뉴먼보다 잘생긴 사람은 없을 거야."

문밖에서 사람 발소리가 들려온다. 제발 들어오지 마. 제발 우리를 이대로 두고 가줘. 제발 영원히 사라져버려.

그들은 지나간다.

"〈내일을 향해 쏴라〉〈폭력탈옥〉〈뜨거운 양철 지붕 위의 고양이〉의 브릭."

시계의 분침이 다시 움직인다. 그렇게 몇 번 더.

나는 도망치고 싶다. 하지만 발에 콘크리트를 부어놓은 듯 바닥에 딱 달라붙어서, 하체가 움직이지 않는다. 우리가 지난번 병원에 앉아 있을 때 릴리가 그랬던 것처럼.

더 많은 발소리들. 그들이 다가오고 멈춘다.

문고리를 잡는 손.

문이 열린다.

하얀 가운을 입은 여자가 들어온다. 여자는 따뜻하게 미소 짓지만, 지나치게 따뜻하지는 않다. 그녀는 이미 무슨 일인지 알고 있다.

"우리 강아지 이름이 뭐죠?" 그녀가 묻는다.

나는 손아귀가 아프도록 힘을 준다. "릴리예요."

여자가 검사대 아래에서 스툴을 잡아빼더니 우리 옆으로 다가와 앉는다.

"릴리 머리에 이건 뭔가요?" 그녀는 손가락 세 개로 릴리의 턱밑을 받치고 더 잘 볼 수 있게 그녀의 고개를 아주 조심스레 들어올린다.

"그건 옥토……" 나는 말을 꺼내려다 멈춘다. 할 만큼 했다.

"종양이요."

수의사가 포켓용 램프로 릴리의 눈을 들여다본다. 이렇다 할 반응이 없다.

"보지 못하나요?"

"네. 종양이 시력을 앗아갔어요. 그리고 다른 모든 것들도요."

그녀는 다른 손으로 조심스럽게 덩어리를 만지더니 천천히 릴리의 머리를 내 무릎 위에 내려놓는다.

"발작을 했어요. 심한 발작이요. 그리고 치매인 것 같아요. 오늘 아침에는…… 죽은 것처럼 보였어요." 그것이 내가 할 수 있는 마지막 말이다. 한 단어 한 단어를 입속에서 끄집어내기 위해 사투를 벌이며. "받아주셨으면 좋겠어요. 받아서 고쳐주세요. 다 잘 해결할 수 있다고 말해주시면 좋겠어요. 이 모든 게 다 사라지도록요. 그리고, 그렇게 할 수 없다면, 기적을 약속할 수 없다면, 제가 지금 올바른 결정을 내리고 있다고 말해주셨으면 좋겠어요."

어렴풋이 공황발작이 일어나고 있음을 느낄 수 있다. 옳은 결정. 잘못된 결정. 행복한 기억. 슬픈 현실. 선. 악. 상승. 하강. 승리. 패배. 삶. 죽음.

의사는 릴리의 머리를 두 손으로 감싸고 그녀의 귀를 덮어준다.

"당신은 연민 어린 결정을 내리신 거예요."

기적은 없다.

내일은 없다.

나는 머리가 45킬로그램은 되는 것처럼 고개를 끄덕이고 이상한 소리를 낸다. 고통스럽지만 받아들인다는 뜻과 허락한다는 뜻이 뒤섞인 소리를.

다시. "연민 어린 결정을 내리신 거예요."

내 눈이 흐려진다.

나는 물속에 있다.

피쉬풀 싱킹은 전복했다.

나는 익사하는 중이다.

"어떤 식으로 진행되나요?" 나는 내가 답을 알고 싶어하지 않는다는 걸 이미 알고 있다.

"제가 릴리를 데려가서 다리에 소형 카테터를 꽂을 거예요. 정맥에 약을 쉽게 주사할 수 있게요. 두 가지인데요. 첫번째 단계는 그녀를 무의식 상태로 만드는 거예요. 잠이 들지만 여전히 살아 있는 거죠. 잠시 작별할 시간을 가지실 수 있어요. 그러고 나서 말씀해주시면 저희가 심장마비를 일으키는 두번째 약을 주사할 겁니다. 두번째 주사를 놓고 나면 삼십 초 안에 숨을 거두게 돼요."

"약이 두 가지라고요." 나는 말한다.

여자가 릴리에게 손을 뻗지만 나는 피한다.

"지금 당장 정맥을 찾아 카테터를 꽂을 거예요. 그러면 원만하게 진행될 것 같아요."

그녀는 다시 릴리에게 손을 뻗는다. 그리고 이번에 나는 잡고 있던 손을 놓는다. 그녀가 몇 분 후 다시 오겠다고 약속하고 방을 나선다.

방에 혼자 남겨진 나는 처음으로 일어선다. 그리고 릴리가 눕기 전에 하는 것처럼 제자리에서 세 바퀴를 돈다. 눕지는 않는다. 주먹으로 내 허벅지를 친다.

나는 고통이 필요하다. 육체적인 고통.

나는 뭔가를 부술 듯이 철제 검사대를 팔로 쾅 친다. 고통이 어깨로 퍼지고 순간 기분이 나아진다. 다시 반복할 만큼.

하지만 아무것도 부술 필요가 없다.

이미 내 심장은 충분히 부서졌으니까.

시간이 멈춘다.

시간이 흘러간다.

여자가 돌아온다. 이번에는 조수를 데리고서. 조수는 반쯤 웃어 보이지만 그것 외에는 되도록 눈에 띄지 않기 위해 최선을 다한다.

수의사는 릴리를 테이블 위에 올려놓는다. 릴리는 여전히 내 담요에 말려 있다. 다리가 드러나 있다. 플라스틱 테이프로 고정한 카테터가 보인다.

나는 릴리 앞에 무릎을 꿇고 앉는다. 우리가 얼굴을 마주볼 수 있게.

"안녕, 멍키. 안녕, 타이니 마우스."

릴리가 몇 번 깊은숨을 쉰다.

"바람이 불고 있소." 나는 그녀에게 신호를 보낸다.

침묵.

케이트 블란쳇은 없다. 대답이 없다. 그녀는 더이상 바람에게 명령을 내릴 수 없다. 그녀 안에 더는 광풍이 불지 않는다.

릴리가 마지막으로 일어서려고 애쓰는 모습을 나는 차마 바라볼 수가 없다.

우리는 아직 도망칠 수 있다. 아직 여기를 빠져나갈 수 있다. 아직 삶을 선택할 수 있다.

하지만 어떤 삶이 될 것인가?

대신 나는 릴리의 얼굴에 키스를 퍼붓는다.

"우린 참 많은 모험을 했어. 그리고 난 그 모든 걸 사랑했어."

릴리는 고개를 떨구고 나는 다시 그녀에게 키스한다.

조수가 그녀의 뒷다리를 들고 나는 앞발을 든다.

내가 수의사에게 고개를 끄덕인다.

"좋습니다. 첫 주사를 놓겠습니다. 마취제예요. 그냥 잠이 드는 겁니다."

잘 자, 나의 아름답고 멋진 강아지.

마취는 빠르다.

몇 초 동안 아무 일도 일어나지 않는다. 하지만 곧 약이 훅 하고 들어가는 느낌이 들자 릴리의 동공이 크게 열린다. 그리고 눈꺼풀이 감긴다.

그녀는 한 번 눈을 깜빡인다. 어쩌면 두 번.

그녀는 왼쪽으로 비틀거린다.

우리가 그녀를 테이블 위에 내려놓고, 거기서 그녀는 잠이 든다.

"준비가 되면 말씀하세요. 제가 두번째 주사를 놓겠습니다."

"잠깐만요!" 내가 말을 끊는다.

나는 준비가 되지 않았다.

맙소사 내가 무슨 짓을 한 거지?

왜 이런 일이 일어난 거야?

오늘은 목요일이다.

목요일은 내 강아지 릴리와 내가 우리가 귀엽다고 생각하는 남자들에 대해 이야기하는 날이다. 나는 카테터를 지탱하고 있는 반창고를 바라본다.

밴드에이드를 떼. 빨리. 방법은 그것뿐이야.

"오케이." 나는 내 혀끝에서 토해져나오는 글자들을 느낄 수 있다.

오.

케.

이.

나는 수의사가 카테터에 주사기를 연결하고 두번째 주사를 놓는 걸 지켜본다. 그러자 과거의 모험들이 다시 밀려온다.

강아지 농장.

스르르 풀리던 신발끈.

이제! 당신이! 내! 집이야!

우리가 함께 보낸 첫 밤.

해변에서 달리기.

새디와 소피와 소피 디.

아이스크림콘 나눠 먹기.

추수감사절.

토퍼키.

자동차 타기.

웃기.

눈비eye rain.

치킨 앤 라이스.

마비.

외과 수술.

크리스마스.

산책.

개 공원.

다람쥐 쫓기

낮잠.

딱 붙어 있기.

피쉬풀 싱킹

바다에서의 모험.

부드러운 키스.

열정적인 키스.

더 많은 눈비.

아주 많은 눈비.

빨간 공.

수의사가 릴리의 가슴에 청진기를 대고 그녀의 심장 소리를 듣는다.

모든 개들은 하늘나라로 간다.

"네 엄마의 이름은 위치 푸야." 나는 릴리의 귀 뒤를 긁어주며 그녀를 진정시킬 때 하는 식으로 말한다. "엄마를 찾아."

아 제기랄 아프다.

나는 겨우 말한다. "그녀가 널 돌봐줄 거야."

나는 수의사를 올려다본다. 애원하듯. 나에게 주사를 놔줘요. 내게도 독약을 달라고요. 적어도 내 심장이 갈라지는 것을 멈출 수 있게. 뭐든. 제발 멈추게만 해주세요.

십 초 정도 더 흐르고 나서 수의사는 청진기를 뗀다. 아무 말도 할 필요가 없다.

릴리는 떠났다.

"뭐라고 위로 드려야 할지." 그녀가 내 어깨에 손을 얹고 조수에게 몸짓으로 지시한다. "필요한 만큼 시간을 가지세요."

나는 심지어 그들이 나간 것도 모른다.

시간이 흐른다. 얼마나 지났는지 모른다. 나는 내가 릴리와 단둘이 있다는 것을 깨닫는다. 그것이 내가 유일하게 깨달은 것이다. 나는 그녀의 코끝에 입을 맞춘다.

"릴리, 나를 용서해."

나는 바닥에 앉아 다리를 가슴까지 끌어올리고 몸을 요람처럼 앞뒤로 흔든다.

릴리의 혀가 밖으로 아주 조금 나와 있다. 선명한 분홍빛. 너무나 고요하고, 너무나 연약한.

얼마나 눈물을 흘렸을까. 살면서 언제 그렇게 평평 울었는지 기억이 나지 않는다.

나는 담요 속으로 손을 넣어 릴리의 가슴에 얹는다. 아직 따뜻하지만 가장 곤하게 잠들었을 때조차 느낄 수 있었던 심장박동이 느껴지지 않는다. 나는 확신이 들 때까지 그 상태 그대로 있다. 그러나 어느 순간, 나조차 그녀의 숨이 멎었다는 것을 인정하지 않을 수 없다.

달리 아무것도 할 수 없게 되자, 나는 고개를 숙이고 흐느낀다. 내 뇌가 마음에서 떨어져나와 독립적인 생각을 한다. 얼마나 오래 여기 서 있어야 사람들 눈에 냉혈한으로 보이지 않을까. 사람들 눈에 이상하게 보이기 전에 이곳을 떠나려면 얼마나 오래 여기 서 있으면 되는 것일까. 뇌는 이 모든 것을 상세히 기억하라고 말한다. 기록은 중요하니까. 나는 그렇게 한다.

시계.

흰 벽.

담요.

차갑고 텅 빈 의자와 바퀴가 달린 스툴.

철제 테이블.

바닥이 얼마나 딱딱한지.

내 얼굴은 얼마나 딱딱한지.

릴리.

그녀의 혀.

옥토퍼스.

옥토퍼스! 그는 팔 여덟 개를 축 늘어뜨리고 자빠져 있다. 그리고 그 어리석은 머리에 까뒤집어진 한쪽 눈알이 보인다.

네가 그랬어. 떠날 수 있었는데 넌 떠나지 않았어. 지옥에나 떨어져서 썩어버려.

소리내어 말할 필요가 없다. 그는 내 말을 들을 수 없다.

옥토퍼스도 죽었다.

나는 릴리의 머리 위로 담요를 끌어당겨 덮는다. 옥토퍼스가 보이지 않을 만큼만. 언제나 그랬듯.

"널 영원히 사랑할 거야. 남은 인생 내내 그리고 그 이후에도."

마지막으로 그녀를 한번 더 본 다음 나는 그녀의 모습이 완전히 덮이도록 담요를 끌어올린다. 자리에서 일어나는 데도 조금 시간이 걸린다. 하지만 방에서 나온 후에는 뒤돌아보지 않고 문을 닫는다.

오후 한시

나는 어디로 가야 할지, 뭘 해야 할지 몰라 한참 동안 차 안에 앉아 있다. 그리고 결국 전화기를 꺼내 트렌트에게 전화를 건다.

"릴리가 죽었어."

"우리집으로 와. 나도 바로 퇴근할게."

어떻게인지, 나는 트렌트의 집으로 간다. 대학에 다닐 때 보스턴에서 메인주의 집까지 극심한 편두통을 앓으며 운전을 한 적이 있었다. 도착하고 나서는 어떻게 집에 왔는지 전혀 기억할 수 없었다. 이번에도 그렇다. 편두통 대신 마음이 찢어지는 고통이지만.

트렌트가 현관문 앞에서 나를 맞으며 끌어안는다. 함께 울면서 내가 "약" 하고 말하고, 그는 이미 나를 위해 그것을 준비해두었다. 나는 발륨을 혓바닥 밑에서 녹여 먹으면서 위지를 쓰다듬어주려고 무릎을 굽힌다. 착하지, 착하지 위지. 그녀는 놀고 싶어 하지만 나는 그러지 못한다.

나는 내가 트렌트의 생일에 선물한 러시아 보드카 두 잔을 따라 마신다. 레드 메디슨이라는 레스토랑에서 우리는 이 보드카를 처음 맛보았다. 〈LA 타임스〉에서 로스앤젤레스 요식업계의 '반항아'라는 소개 글을 읽은 다음 찾아간 네오 베트남 식당에서였다. 목에서 부드럽게 넘어가고 한마디로 약이다. 약. 먼저 효과를 발휘한 것이 보드카인지 발륨인지 모르겠지만, 가슴을 짓누르던 무게가 덜어진다. 숨을 쉴 수 있을 만큼은.

트렌트가 모두 어떻게 된 일인지 묻는다. 나는 할 수 있는 한 전부, 하지만 장황하지는 않게 이야기한다. 위지가 내 발뒤꿈치를 물어도, 매듭 장난감을 던져주지 못한다. 던져주길 바라는 걸 알지만 정신이 아득해진다. 나는 트렌트의 소파에 무너지듯 주저앉고 그가 텔레비전을 켠다. 함께 텔레비전을 보지만 둘 다 모르는 사이에 나는 잠이 든다.

오후 두시

물이 피쉬풀 싱킹의 뱃전에 부드럽게 찰랑이는 소리를 들으며, 우리는 기분 좋은 최면에 빠진다. 집으로 갈 일이 걱정이지만 우선은 엔진을 껐다. 고요히 물위에 뜬 채로 우리를 둘러싼 멋진 광경들을 즐길 수 있게. 구름 없는 하늘의 파란빛이 물의 푸른빛과 어우러지고, 공기는 부드럽고, 동쪽의 태양이 우리가 따라서 집에 갈 수 있게 반짝이는 금빛 수로를 열어준다. 선체에 부딪치는 나지막한 물소리를 빼면 사방이 오직 침묵이다. 배를 멈추니 가라앉은 옥토퍼스의 무게에 밀려 배가 물위로 살짝 떠오른다. 마치 하늘을 항해하는 기분이 들도록. 적어도 영화 〈그리스〉의 마지막 장면에서 샌디와 대니가 날아가는 차를 타고 라이델 고등

학교를 떠날 때처럼은.

릴리는 내 옆에 있다.

나는 그녀를 보고 화들짝 놀라 울기 시작한다. 옥토퍼스가 죽었기 때문에 릴리는 예전의 모습이다. 움직이는 모양새가 가벼운, 좀더 젊었을 때의 모습이다. 나는 그녀의 고개를 양손으로 감싸고 귀 뒤를 긁어주며 말한다. "오, 내 아기." 다시, 또다시.

"뭐야?" 릴리가 어리둥절하게 묻는다.

내게 떠오르는 말은 하나뿐이다. "여기 있었구나."

나는 갑판실 의자에서 그녀를 들어올려 이물로 걸어나가 뱃전에 기대선다.

"아름답지 않니?"

"아름다워." 릴리가 동의한다.

릴리는 앞발을 배 끝에 올리고 더 잘 보려고 뒷다리로 선다. 그리고 찰랑이는 물결과 완벽한 대칭을 이루며 꼬리를 흔들기 시작한다. 그녀 안의 메트로놈은 느린 템포에 맞춰져 있고, 나는 행복이라는 게 어떤 느낌인지 기억한다.

나는 그 모든 것을 담기 위해 한 발 뒤로 물러선다. 만약 내게 버튼을 눌러서 영원히 머물고 싶은 시간을 선택할 능력이 주어진다면, 나는 이 순간을 선택할 것이다.

북동쪽에서 가벼운 바람이 불어오고 릴리의 귀가 바람 속에서 날아오른다. 비행기가 이륙할 때 날개의 바깥 덮개가 펄럭이듯이.

"뭘 보고 있어, 멍키?"

릴리의 시선은 우리와 수평선 사이의 막막한 바다를 향해 있다. 모든 것이 부드러움을 머금고 있고, 우리가 항해하는 게 아니라 정말 비행하고 있는 것처럼 느껴진다.

"모두 다." 그녀가 대답한다.

"우린 집으로 가고 있어. 우리 삶으로 돌아가는 거야. 기분이 어때?"

릴리는 물위에 비치는 태양의 그림자를 뚫어지게 바라보며 대답이 없다. 나는 시간을 두고 그녀의 대답을 기다린다.

"강아지?"

나는 릴리가 고개를 끄덕이는 것 같다고 생각한다. 하지만 그녀는 여전히 제대로 대답을 하지 않고, 나는 불현듯 이상한 기분이 든다. 내 질문이 허공에 불안하게 매달려 있다. 사랑해, 라는 말에 대답을 듣지 못한 것처럼. 왜 그녀는 우리의 삶으로 돌아갈 준비를 하려고 하지 않을까? 아늑하고 고요한 일상으로 되돌아가는 것을? 육지에서 뭔가 불쾌한 것이 우리를 기다리고 있다는 걸 아는 걸까?

갑자기 빨간 공이 하늘에서 갑판 위로 귀가 먹먹해지는 쿵 소리를 내며 떨어진다. 릴리와 나는 놀라서 펄쩍 뛰어오른다. 빨간 공이 활 모양으로 높이 튀어올랐다가 다시 갑판실 근처로 떨어진다. 공이 선미를 향해 점점 작은 활 모양을 그리면서 계속 튀며 굴러가자 릴리가 뒤따라가기 시작한다. 공이 고물 밖으로 튀어나가 옥토퍼스가 끌어당기고 있는 물속으로 들어가기 직전에, 그녀는 공을 입에 문다. 그녀는 포획물을 물고 당당하게 뱃머리로 돌아와 내 주변에서 논다.

이제 릴리가 집중하지 못하는 이유가 분명해진다. 빨간 공이 근처에 있다는 것을 알면 그녀는 절대 내게 반응하지 않는다. 나는 평정을 되찾고 그녀가 노는 모습을 지켜본다. 삶은 천천히 보통때로 돌아가고 있다. 고요와 삶이, 아름다움과 조화로움이, 혼자 있음과 함께 있음이 어우러지는 완벽한 순간이다. 빨간 공이 부드럽게 피쉬풀 싱킹의 갑판으로 미끄러져가자 릴리는 쉽게 추격한다. 내게 이보다 더 평화로운 시간은 없다.

그러나 그 순간은 지속되지 않는다.

나는 곁눈질로 하늘의 불길을 본다. 불이 유성처럼 점점 빠른 속도로 우리를 향해 오고 있다.

"이게 무슨……" 유성이 점점 가까이 다가오는 걸 보며 나는 가까스로 말한다.

두번째 빨간 공이 갑판 위에 쿵 하고 떨어지더니 우리 머리 위로 높이 튕겨오른다. 릴리는 공이 다시 솟아오르는 걸 보며 뭘 해야 할지 혼란스러워한다. 이미 발로 누르고 있는 빨간 공을 한번 내려다보고, 선미 근처에 떨어져 있는 또다른 공을 본다.

내가 당황한 릴리를 보는 사이에 연이어 세번째 공과 네번째 공이 떨어진다. 그림자가 배 위를 덮고, 수백 개의 빨간 공이 태양을 완전히 가린다. 공이 점점 난폭하게 쏟아지며 귀가 먹먹해지는 소음을 낸다. 릴리도 나처럼 공포로 얼어붙는다. 언젠가 이런 비슷한 꿈을 꾸어보았을 것이다. 하지만 실제가 되었을 때 그것은 공포다.

우리는 재빨리 갑판실로 몸을 피한다. 하지만 빨간 공이 너무 빨라서, 나는 쌓여 있는 고무 더미 속에서 순식간에 릴리를 잃어버리고 만다. 빨간 바다에서 그녀를 꺼내려고 뒤집고 파헤쳐보지만 공은 무섭도록 빨리 쌓여간다. 바다로 떨어진 공들은 끔찍한 굉음을 내고, 바닷물을 내 얼굴에 튀긴다. 나는 절망한 심정으로 눈의 소금기를 닦아낸다. 공이 내 가슴 주변을 겹겹이 에워싸고, 나는 갑갑해서 숨을 쉴 수가 없다. 마지막으로 기억하는 것은 "릴리!" 하는 비명이다. 그리고 모든 게 어둠에 휩싸인다.

오후 세시

트렌트가 손으로 내 어깨를 잡고 있고 나는 그를 바라본다. 고통은 없고 내 친구가 있을 뿐이다. 아주 잠깐 동안 나는 괜찮다고 느낀다. 하지만 곧 모든 기억이 되돌아오고 누군가의 손이 내 심장을 비틀어 짜는 것 같다.

"비명을 지르더라." 그가 말한다.

"내가?" 그랬다.

"그래."

텔레비전은 아직 켜져 있고 트렌트는 〈프라이데이 나이트 라이츠〉를 보고 있었다. 텍사스 출신이고 풋볼을 좋아하는 그에게 내가 몇 년 동안이나 보라고 추천했던, 내가 가장 좋아하는 드라마다. 나는 메인 출신이고 풋볼을 싫어하지만, 그래도 이 드라마를 좋아한다. 우리는 조용히 함께 텔레비전을 본다. 정말 잘 만들어진 드라마다. 약기운이 남은 채로, 내가 좋아하는 드라마를 보면서 내 일부는 서부 텍사스로 이동한다. 하지만 그저 작은 일부일 뿐이다. 나는 너무 괴로워서 트렌트의 소파에서 일어날 수가 없다.

첫번째 에피소드가 끝날 무렵, 주전 쿼터백인 제이슨 스트리트가 사고를 당해 하반신 불구가 되었을 때 코치인 테일러가 그의 명대사 중 첫번째 대사를 한다. 삶은 아주 깨지기 쉬운 거라든가, 우리들 모두 상처받기 쉬운 존재라든가, 살다보면 쓰러지는 때가 온다든가 하는 대사다. "우리는 모두 무너지는 거야."

나는 풋볼을 해본 적이 없고, 어떤 팀 스포츠도 해본 적 없다. 코치로부터 하프타임에 하는 응원의 말을 들어본 적 없다. 팀의 누군가와 함께 경기의 판도를 뒤집기 위해 같은 공간에서 애를 써본 일이 없다. 하지만 테일러 코치의 말을 듣고 있으면, 나도 모르게 팔꿈치로 몸을 받치고 똑바로 일어나 앉게 된다. 나는 마흔두 살이다. 지금이 내 인생의 하프타임이고, 우리 팀은 지고 있다. 이 말이 그 어느 때보다 와닿는다.

그는 우리가 가진 것을 빼앗길 수 있다고 말한다. 우리가 가진 특별한 것들도. 그리고 그것을 빼앗기면, 우리는 시험에 들게 된다.

나는 그가 하는 말들에 사로잡힌다. 이전에 들어본 적 있는데도, 블루레이 디스크를 가지고 있는데도, 마치 처음 듣는 것 같다. 우리는 이 고통 속에 시험을 받고 있다. 내가 이 고통 속에 있고, 특별한 것을 빼앗긴 고통 속에 있기 때문에, 나는 내 내면을 들여다보게 된다. 그리고 나는 내가 보고 있는 것이 마음에 들지 않는다. 상처받고 외로운 한 남자. 생각해보면 나는 내내 릴리와 둘이서만 시간을 보냈다. 남자들에 대한 이야기, 모노폴리, 영화, 피자를 먹는 밤. 그것이 얼마나 실재하는 것이었는지 잘 모르겠다. 걔들은 피자를 먹지 않는다. 걔들은 모노폴리 게임을 하지 않는다. 나도 어느 정도는 알고 있지만, 모든 것이 실제처럼 느껴진다. 그중 어디까지가 나 자신의 고독을 가리려는 정교한 구성이었을까? 어디까지가 실제의 삶에서 나 스스로를 설득하기 위한 시도였을까? 상담, 데이트―이런 것들은 그저 시도에 불과했을까?

어디선가, 언젠가, 나는 진짜 삶을 멈췄다. 진짜 노력을 멈췄다. 이유는 모른다. 나는 제대로 살고 있었다. 내게는 릴리가 있었다. 제프리가 있었다. 가족이 있었다.

그러고 나서 달라졌다.

나는 내 삶이 어떻게 그토록 공허해졌는지 이해할 수 없다. 혹은 왜 옥토퍼스가 왔는지, 혹은 왜 결국은 모두가 떠나는지.

오후 네시

트렌트가 피자를 주문하고, 피자가 오자 나는 먹으려고 애를 써본다. 하지만 한입 물자마자 헛구역질이 나고 토할 것 같다. 그래도 참고 가까스로 삼킨다. 피망과 토마토와 올리브와 치즈가 목구멍 위로 치솟는 담즙과 섞여 끔찍한 맛이 난다. 그래도 계속 먹는다. 한입 먹을 때마다 위가 따끔거리면서 10억분의 1초 동안 내 심장의 고통을 지운다. 마신 기억은 없는데 빈 파시피코 맥주 병 세 개가 내 앞 커피 테이블 위에 놓여 있다. 트렌트를 쳐다보니 내가 먹어서 기쁜 모양이다. 보통때라면 누군가 술과 약을 남용하고(발륨 한 알과 보드카 두 잔, 파시피코 맥주 석 잔이 남용이라면) 자기 소파에 쓰러져 있는 걸 그가 좋아할 리 없다.

"피자 괜찮아?" 그가 묻는다.

나는 건배를 하듯 그에게 피자 한 조각을 들어올린다.

나는 왜 도망치지 않았을까? 왜 나는 릴리를 담요에 싸서 집으로 데려오지 않았을까? 그랬다면 지금 우리는 함께 있을 텐데. 그 질문이 머릿속을 떠나지 않는다. 왜? 나는? 도망치지? 않았을까?

위지는 트렌트 앞에서 배고픈 얼굴을 한 채로 목을 빼고 앉아 있다. 개가 피자를 먹어도 되나, 나는 다시 생각이 나지 않는다.

"위지에게도 때가 오면 난 내가 어떻게 할지 모르겠어." 트렌트가 말한다. 나는 안다. 그가 이런 말을 하는 이유는 내 고통을 어느 정도 공유하기 때문이라는 걸. 그것에 견주어 자신이 미래에 겪게 될 고통을 이해하려 애쓰기 때문이라는 걸. 우리 모두가 직면하는 슬픈 경험 앞에서 무슨 말을 해야 할지 모른다는 건 인정하지만, 지금은 위지의 때가 아니다. 그녀는 여기 있다. 아무 탈 없이. 살아서. 그에게는 맷도 있다. 나에게는 뭐가 있나?

상실의 분배는 불공평하다. 나는 그가 위지를 잃기를 바라지 않는다. 그에게 맷이 없기를 바라지도 않는다. 나는 내 친구를 사랑하고, 그가 모든 행복을 누리기를 바란다. 그저 깨달음에서 하는 말이다. 상실의 재분배나 좀더 공평한 것을 바라는 마음에서 하는 말이 아니다. 상실의 분배는 불공평하다. 원래 그런 것이다. 세상은 원래 그런 식으로 돌아간다. 따로 나눠주는 사람이 없다. 누구도 공평하게 나눠받으리라는 보장이 없다.

우린 참 많은 모험을 했어. 그리고 난 모든 걸 사랑했어.

그랬다.

과거 시제.

릴리의 눈꺼풀이 무겁게 감길 때 그녀는 알고 있었을까? 모험이 끝났다는 것을? 무거운 잠은 어쩌면 만족스러운 휴식의 시작이었을까? 새로운 모험을 향해 나아갈 수 있도록 새로워지는? 흥미진진했을까, 아니면 끔찍했을까? 아니면 아무것도 볼 수 없었을까?

나는 칼을 생각하며 팔의 문신을 문지른다. **죽는다는 것은 어쩌면 가장 큰 모험일지도 몰라.** 하지만 그렇지 않다. 삶이 진짜 모험이다. 내 안에 광풍을 지니고 있는 게 진짜 모험이다. 그리고 엘리자베스 1세를 연기한 케이트 블란쳇이 아니라 윌리엄 월러스 역의 멜 깁슨을 생각한다. 누구나 죽는다. 제대로 살아보지 않고 죽는 사람들도 있다. 영화 〈랜섬〉에서의 멜 깁슨. **내 아들을 돌려줘!**

피자는 나를 무기력하게 만든다. 나는 다시 눕는다. 트렌트가 내 접시를 치우는 것이 어렴풋하게 보인다. 내가 손대지 않고 남긴 크러스트를 위지가 먹지 않도록. 피자 뼈, 아버지는 그렇게 불렀었다.

뼈.

유해.

재에서 재로.

먼지에서 먼지로.

나는 다시 피쉬풀 싱킹으로 돌아가기 위해 정신을 집중한다.

다시 릴리에게 돌아가려고. 그녀를 유성처럼 쏟아지는 빨간 공의 폭우 속에서 구해내려고. 이번에는 그녀에게 닿기 위해, 그녀를 구하기 위해 더 애쓸 것이다. 그녀를 찾아 함께 도망칠 것이다. 우리가 물로 둘러싸인 배에 타고 있고 거기 도망칠 곳이 없다는 건 별로 상관없다. 이번에 우리는 도망칠 것이다.

잠이 오는 경우를 제외하고 나는 릴리의 꿈을 꾸지 않는다.

오후 다섯시

"이것들은 뭐야?" 트렌트가 여러 팸플릿을 들고 있다.

"몰라." 나는 몸을 일으켜 앉으며 소파쿠션에 몸을 기댄다. 본 적 없는 것들이다. 팸플릿. 방이 희미하게 돌고 있는 것 같고, 텔레비전에서는 여전히 〈프라이데이 나이트 라이츠〉가 방영되고 있다. 이번에는 무슨 일이 일어났는지 기억을 돌이킬 필요가 없다. 잠에서 깨면서 이미 알고 있었다.

트렌트가 훑어보더니 엄지손가락을 치켜들고 말한다. "오." 그는 그것을 커피 테이블 위에 올려놓는다.

"뭔데?"

"아무것도 아니야. 나중에 읽어도 되겠다."

앞으로 팔을 뻗는데 운동을 많이 했을 때처럼 복근이 뻐근하다. 체육관을 마지막으로 들여다본 게 언제인지 기억할 수도 없다. 아마도 몇 주 전일 것이다. 나는 팸플릿을 들고 즉시 후회한다. 반려동물 장례식. 반려동물 화장. 반려동물 묘지. 단어들이 뛰어올라 내 눈을 찌른다. 품위 있는 장례, 개별 화장, 유골함 선택. 사별 상담. 명품. 정성 어린 관리. 문구 하나하나가 가슴에 콕콕 박힌다.

트렌트가 내 손에서 팸플릿을 빼앗는다.

"이건 어디서 난 거야?" 내가 비난조로 묻는다.

"여기 테이블 위에 있었어."

내가 동물병원을 나서기 전에 누군가가 내 손에 쥐여준 모양이다. 기억이 나지 않는다. 이걸 손에 움켜쥐고 여기로 운전을 해 왔던가? 아무것도 생각나지 않는다.

"여기 편지들 위에 올려놓을게."

"편지가 있어?"

"나중에 읽어도 돼. 지금 읽을 필요 없잖아."

친애하는 고객님,

우린 결국 옥토퍼스를 제거할 수 있었습니다. 고객님의 강아지는 잘 있습니다. 가까운 시일 내에 편리한 시간에 데려가시기 바랍니다.

그녀는 당신과의 만남을 기대하고 있습니다!

동물병원 직원 일동

"뭐라는 거야." 질문이 아니다. 이건 내게 말하라는 명령이다. 나는 알아야 한다. 나는 이 편지에 무슨 내용이 들어 있는지 지금 알아야 한다.

트렌트가 한숨을 쉰다. 그가 세 번 접힌 편지를 펼쳐 먼저 끝까지 훑어본다. "릴리를 어떻게 할 건지 월요일까지 결정할 시간이 있대." 그가 내게 선택 사항을 읽어준다. 개별 화장을 하기로 할 경우에는 유골함을 사서 그녀를 집으로 데려올 수 있다. 그룹 화장을 선택하면 거기서 유골을 대신 처리해준다. 다른 매장 절차도 있다. 하나는 이런 것을 포함한다. '반려견 점토 발도장.'

모든 게 의심스럽다. 나는 신을 믿지 않는다. 사후세계를 믿지 않는다. 내가 믿는 것은 사는 것과 죽는 것이다. 나는 죽음이 영원한 무無라고 믿는다. 몸은 그저 껍데기일 뿐이라고 믿는다. 나는 릴리가 더이상 존재하지 않는다고 믿는다. 릴리를 어떻게 할 것인지 선택하는 것 따위는 없다. 삶이 떠난 그녀의 몸을 어떻게 할 것인지를 결정하는 것이다.

그 어느 것도 나를 두렵게 하지 않는다.

아니, 두려울지도?

나는 그녀를 기억하기 위한 유품이 필요하지 않다.

나는 그녀의 사랑을 기억하기 위한 유골함이 필요하지 않다.

나는 삶이 깨지기 쉽고 유한하며 짧다는 것을 기억하기 위해 그녀의 귀중한 발자국 모양 점토 유품이 필요하지 않다.

아니, 필요할까? 내가 그녀를 사랑했다는 것을 알기 위해 내게 그런 것이 필요할까? 그녀가 나를 사랑했다는 걸 알기 위해 그런 것이 필요할까? 지금으로부터 몇 년 후, 그녀의 몸이 어디에 있는지도 모르면서 내가 그런 생각을 소화할 수 있을까?

모든 시계를 멈추고, 전화선도 끊어라. 개에게도 뼈다귀를 던져주어 짖지 않게 해라.

그것이 불현듯 생각난다.

릴리의 몸은 어느 냉동고에 있다. 다른 불운한 개들과 함께 쌓여 있다. 그래서 그들은 아직 귀중한 발자국 모양 점토 유품을 만들 수 있는 것이다.

트렌트는 내 열쇠와 함께 팸플릿을 다이닝 룸 테이블 위에 놓아둔다.

나는 지금 그것을 읽을 필요가 없다.

오후 아홉시

전화벨이 울린다. 제프리 전화이고 나는 받고 싶지 않다. 차를 타기 전에 나는 그에게 문자를 보냈었다. 릴리가 세상을 떠났어. 마지막 순간에 그녀와 함께 있었어. 아직은 이야기하기 힘들지만, 네가 알아야 한다고 생각했어. 그리고 두번째 메시지. 그녀의 삶에 중요한 일부가 되어준 것 고마워.

아직은 이야기하기 힘들다.

전화벨이 울린다.

제프리다.

나는 두 손으로 핸들을 잡고 고속도로와 전면의 차선에 집중한다. 나는 우리의 관계와 내가 명확하게 한 말을 돌이켜본다. 네가 그런 일들을 하면 난 상처를 받아. 그리고 바로 그런 일들만 골라서 하는 그의 묘한 능력을. 아직은 이야기하기 힘들다. 그에 관해 이야기하는 것은 나를 아프게 한다. 그러니 제프리가 어떻게 하겠는가? 이야기하기 위해 전화를 거는 거다.

그의 전화를 받지 않기로 결심한 바로 그 순간, 전화벨이 음성 메시지로 넘어가려던 순간, 내 손가락이 나를 배반하고 전화를 받는다.

"여보세요."

"여보세요." 오랜만에 듣는 그의 목소리다. 낯설지만 친숙하게 들린다. "운전중이야?"

"집으로. 트렌트의 집에서."

"집까지 혼자 운전해서 가면 안 되는 거 아니야?"

그와 헤어진 후 새로 생긴 차의 블루투스 기능 때문에 그의 목소리가 스테레오 스피커에서 흘러나와 나를 에워싼다. 불편……하다. 나는 한참 가만히 있다가 말한다. "고마워." 그러고 나서 묻는다. "어디야?"

"집."

내가 웃는다.

"뭐가 웃겨?"

뭐가 웃겨? "난 네가 어디 사는지도 몰라." 그가 어디 사는지도 모르다니. 나는 그의 것들을 몇 가지 눈앞에 그려볼 수 있다. 우리의 것이기도 했던 것들을. 하지만 그것들을 어느 공간과의 맥락 안에서 상상할 수는 없다.

"주소 알려줄까?"

나는 갑자기 그가 나를 초대할까봐 공황 상태가 된다. "괜찮아. 운전중이고."

침묵.

"착한 애였어."

또다른 긴 침묵.

"최고였지." 나는 동의한다.

나는 말없이 바인랜드, 벤투라 그리고 랭커심 쪽 출구를 지난다.

"우리한테 무슨 일이 일어났던 걸까?" 제프리가 묻는다.

지금이 속을 털어놓을 적당한 때일까? 거짓말을 할 기운 따위는 남아 있지 않다. "넌 내가 원하는 만큼 충실하지 않았어."

제프리가 침을 삼킨다.

"넌 한 번도 우리 관계에 몰입하지 않는 것 같았어." 그는 화가 나거나 원망하는 투로 말하지 않는다. 우리 둘 다 사실을 말할 뿐이다.

유니버설 스튜디오 테마파크 위에서 폭죽이 터진다. 남은 불꽃이 고속도로에 비처럼 떨어진다. 우리들 사이에 오가는 말들이 오래전에 폭발했던 논쟁의 남은 불꽃인 것처럼.

"알아." 나도 그 정도는 안다.

또다른 침묵. 트럭을 들이받고도 남을 만큼 거대한.

"우리 한동안 참 잘 지냈지." 제프리가 말한다.

"그랬어."

하이랜드 쪽 출구로 빠질 준비를 하며 오른쪽으로 차를 몰면서 나는 제프리에게 끊어야겠다고 말한다.

"잘 지내, 테드." 그의 말투로 나는 이것이 우리의 마지막 통화라는 걸 알 수 있다.

"너도, 제프리." 우리가 서로의 이름을 부르는 게 묘하게 느껴진다. 이름은 우리보다 덜 가까운 사람들 사이에서 쓰이는 것이다. 전화를 끊기 전에 손가락이 허공을 맴돈다. 아주 잠깐 마비되어서. 테드와 제프리. 우리는 다시 낯선 사람들이다.

나는 선루프를 열고 라디오를 크게 튼다. 사이먼 앤드 가펑클의 〈세실리아〉가 흐른다. 내 머릿속에서 세실리아가 자꾸 릴리처럼 들려서 채널을 바꿔 다른 것을 찾는다. 아무 의미도 없는 어떤 것. 내 주의를 끌지 않는 어떤 것. 삶에 대한 분노 같은 그 무엇.

집 앞에 차를 세우는 것은 너무도 익숙한 일이라서, 마치 하루 종일 아무 일도 일어나지 않은 것처럼 느껴진다. 트렌트의 집에서 뭘 했는지 모르겠고, 제프리가 왜 전화를 했는지도 모르겠다. 릴리는 잘 있다. 그녀는 나를 기다리고 있다. 부엌 침대에서 자면서. 내가 문을 열고 들어가면 정신 차리고 일어나는 데 일 분쯤 걸리겠지. 지난 몇 년 동안 그녀는 집을 보는 데는 젬병인 개였다. 하지만 그녀는 일어날 것이다. 내가 문을 열고 들어가면 그녀는 일어날 것이다.

차 안에 앉아 있는 한 이것은 사실이다.

집으로 들어가면 이것은 사실이 아니다.

차 안에 앉아 있는 한 이것은 사실이다.

나는 용기를 내 집안으로 들어가, 어둠 속에 선 채로 불을 켜지 않으려 한다. 나의 망상을 깰 어떤 행동도 하지 않으려 한다. 마침내 어둠이 먹먹함으로 바뀔 때, 나는 속삭인다.

"릴리?"

침묵.

당연히 아무 대답이 없다.

나는 차에서 내렸다.

밤 열한시

냉동고에 빈 보드카 병이 들어 있다. 왜 거기 있는지 병은 왜 빈 건지 모르겠지만. 나는 그것을 재활용 쓰레기통에 버린다. 그 다음엔 캐비닛 속의 마개를 열지 않은 보드카 병과 냉장고의 남은 맥주들을 꺼내 배수구에 쏟아버린다. 릴리의 침대를 눈에 보이지 않도록 벽장 안에 넣는 우울한 일을 하기에 앞서 그렇게 한다. 발자국 모양이 찍힌 담요를 얼굴 앞에 대고 깊이 숨을 들이쉰 다음, 단정히 접어 세탁물 맨 위에 얹는다. 그녀의 밥과 물그릇을 바닥에서 치운다. 닦지도 않고, 그냥 비워서 서랍 안에 넣는다. 밥그릇 바닥에 흘린 사료가 붙어 있다.

끝나지 않은 일.

내 침대는 어수선하다. 침대 한가운데에 릴리가 마지막 밤을 보낸, 수건으로 만든 잠자리가 있다. 침대보를 벗기자 수건 밑에서 빈 쓰레기봉투가 나온다. 거기에 둔 기억도 없고, 심지어 그런 생각을 한 적도 없는 것 같은데. 젖지 않았지만 나는 매트리스를 뒤집는다. 그리고 새 시트를 깐다.

천천히, 오늘 일어난 일들을 지워간다.

샤워기 아래 오래 서서 뜨거운 물로 샤워를 한다. 나는 그녀를 씻어내고 있다. 우리가 마지막으로 맞댄 곳들로부터 그녀를 지워내면서. 찬물이 한 방울도 나오지 않게 최대한 뜨거운 물을 튼다. 더이상 견딜 수 없을 때까지 고통을 참다가 다시 찬물을 켜고 온도를 맞춘다.

샤워를 하고 나와서는 물기를 말리는 것도 잊고 열린 창 옆에 선 채로 끈끈한 7월의 공기 속에서 뜰의 어둠을 내다본다. 내일은 금요일이다. 제니에게 상담을 받으러 가는 날이다. 어떻게 그녀에게 이 이야기를 할 수 있을까?

금요일에 우리는 모노폴리 게임을 한다.

나는 바닥에 뒹굴던 팬티 같은 것을 아무렇게나 주워 입고, 소파에 주저앉아 텔레비전을 켠다. 다리를 내려다보니 릴리가 앉을 수 있게 벌리고 있다. 그녀는 언제나 제자리에서 세 번 돌고 나서 내 무릎에 올라와 턱을 내 무릎 뒤에 묻고 잠이 들곤 했었다. 지금 나는 그 자세로 앉아 있다. 그녀를 만나기 전에는 이렇게 앉아본 일이 없다. 지금은 이렇게 앉는다. 릴리가 나를 송두리째 바꿨다.

미리 애도한다는 것의 요점이 뭐였지? 제니에게 물어봐야겠다. 내가 지금 느끼는 슬픔을 완화하는 게 목적이라면—펴서 늘이고, 견딜 수 있는 형태로 더 얇게 퍼뜨려 완화하는 게 목적이라면—미리 애도하는 것은 궁극적으로 실패했다. 몇 주 전부터 조금씩 그녀와 헤어져왔다면, 그것이 지금 그녀와 완전히 헤어지는 것을 수월하게 했을까?.

두 가지 약을 주사할 거예요.

나는 다시 그 사이로 돌아가고 싶다. 그녀를 더이상 아프지 않게 한, 구름에 떠 있듯 평화롭게 잠들게 한 첫번째 약을 주사한 다음으로. 아직 심장이 뛰고, 숨쉴 때마다 가슴이 오르내리고, 분홍색 혀가 아직 안전하게 그녀의 턱 속에 들어 있던, 두번째 약 이전의 시간으로.

자정이 다가오고, 나는 시계들을 멈추고 싶다. 내일은 릴리가 보지 못한 첫번째 날이 될 것이다. 달아나고 싶은 충동을 가눌 수 없다.

옥토퍼스는 내가 없을 때 왔다. 줄곧 나는 내가 잘못했다고, 욕을 먹어 마땅하다고 생각했다. 하지만 갑자기 릴리에게 화가 난다. 그녀는 우편배달부가 오면 짖곤 했다. 바람이 불어도 짖고, 지나가는 차를 볼 때마다 짖었다. 잠재적인 공격자들에게 겁을 주어 쫓아내려고 현관문으로 질주하곤 했었다. 몸에 잔뜩 힘을 주고 위험을 감지하기 위해 나무 블라인드 사이로 코를 집어넣곤 했다. 그녀의 짖는 소리는 훨씬 더 큰 개가 짖는 소리 같았다. 릴리는 내가 집에 올 때마다 문으로 달려들곤 했다. 그녀는 부지런

했다. 밤에 작은 소리라도 나면 귀신같이 알아챘다. 하지만 어느 시점에 그녀는 늙었다. 그녀는 늙어갔고 잘 듣지 못했다. 게을러 진 것인지 단순히 기능을 잃어간 것인지. 이유야 어떻든, 그녀는 주의를 소홀히 했다. 그녀는 우리들을 지키는 데 실패했다.

그때 옥토퍼스가 온 것이다.

잘못은 그녀에게 있다.

비난받을 것은 그녀이다.

어쩌면 옥토퍼스가 속임수를 써서 그녀를 굴복시켰는지도 모른다. 그는 교활했다. 그는 준비를 하고 왔을지 모른다. 그는 예고 없이 왔을지 모른다. 어쨌거나 옥토퍼스는 변신의 귀재이니까.

분노에 집중할 수 없다.

어째서 나는 우리가 영원히 함께할 거라고 생각했을까? 릴리는 한 번도 그런 약속을 한 적이 없는데. 개는 사람만큼 오래 살지 않는다. 머릿속으로 나는 알고 있었다. 하지만 우리가 헤어질 날이 올 거라는 생각은, 우리가 함께했던 날들의 기쁨을 가져간다는 것이었다. 해변에서 보낸 하루. 함께 낮잠을 자고 산책했던 날. 함께 다람쥐를 쫓던 날.

쉬고 싶은 내 몸이 마음과 싸운다. 눈꺼풀이 무거운데도 잠을 거부하고 있고, 나는 그 이유를 모른다. 나는 잠이 필요하다. 간절히. 어쩌면 나는, 결말이 내가 생각했던 것과 다르다는 것을 알기 때문에 피쉬풀 싱킹으로 돌아가는 것을 두려워하는지도 모른다. 집으로 돌아오는 여행이 아니라는 것을 알기 때문에.

나는 결국 잠들기를 포기하고 정처 없이 집안을 걸어다닌다. 불이 켜져 있는 곳마다 찾아가 스위치를 내린다.

부엌으로 가니 리놀륨 바닥 위의 빨간 공이 나를 물끄러미 쳐다본다. 다시 눈가가 젖는다. 나는 그것을 집으려고 몸을 굽힌다. 믿기 어렵게도 공은 바위 속의 검劍처럼 바닥에 달라붙어 있다. 떼어내는 데 오래 걸리지만, 아서왕처럼 나는 해내고 만다. 그리고 그것을 그녀의 먹을 것이 든 서랍에 집어넣는다.

나는 부엌의 불을 끈다.

그녀의 실제 나이는 열두 살 반이고, 개 나이로는 여든일곱 살이다.

나는 마흔네 살, 개 나이로 치면 이백아흔네 살이다.

우리는 행복한 열두 해를 함께 보냈다. 개에게 그것은 팔십사 년이다.

그 정도면 넉넉한 인생이다. 개의 인생이 너무 빨리 지나간다 하더라도.

마음은 내가 누군가를 얼마큼 사랑했는가가 아니라, 다른 사람들로부터 얼마나 사랑을 받았는가로 평가되는 것이다.

두 가지 약을 주사할 거예요. **두번째 약을 주사하면 그녀의 심장이 멈출 거예요.**

잘 자, 나의 귀여운 강아지.

잘 자, 멍키.

잘 자, 실리 구스.

잘 자, 타이니 마우스.

잘 자, 빈.

잘 자, 릴리.

너는 열정적인 사랑을 받았어.

세 개의 심장

8월

주차를 하고 나서야, 우리가 만나기로 한 스타벅스가 둘 중 어디인지 내가 잘 모르고 있다는 사실이 문득 떠오른다. 우리가 만나기로 한 시간은 세시, 지금은 세시 이 분 전이다. 둘 중 가까운 쪽이기만을 바랄 수밖에. 첫 데이트 장소로는 좀더 먼 스타벅스가 더 나은 선택이긴 하지만. 거기서는 적어도 야외에 앉을 수 있다. 한 동네에 어떻게 스타벅스가 두 개나 있냐고? 하나가 반스 앤 노블 안에 있어서 그렇다. 책이 있는 스타벅스. 나는 재빨리 문자를 보내고 두 개의 스타벅스가 있는 방향으로 걷기 시작한다. 그가 문자로, 그러지 말고 프로즌 요구르트는 어때요? 하고 묻는다. 나는 **좋죠**, 하고 답한 뒤 더 먼 스타벅스로 향한다. 거기가 프로즌 요구르트 파는 곳에서 더 가까우니까. 이제 어디서 만날 것인지, 일이 더 복잡해졌는지도 모른다.

릴리가 죽은 지 한 달쯤 되었다.

오늘까지 나는 그럭저럭 잘 지내고 있다. 나는 집으로 오라는 어머니의 제안을 받아들였다. 메러디스의 일정에 맞춰 함께 집에 갔고, 다 같이 며칠 메인의 여름을 즐기며 한가롭게 보냈다. 내가 원하지 않을 때면, 누구도 내게 억지로 말을 하라거나 웃으라거나 하지 않았다. 돌아온 뒤에는 다른 일들에 몰두했다. 일, 운동(많이 달렸다—어딘가로? 어디로부터?), 뜸했던 친구들에게 연락하기. 일종의 데이트 같은 것들. 내 쪽에서 진지한 관심을 두지 않는, 한 번 만나고 끝인 데이트를 몇 번 했다(모두 오후 데이트여서 술을 마시지 않아도 별문제가 없었다). 그렇다고 어두운 날들이 없었다는 건 아니다. 밤이면 더 외로웠고, 몇 번인가 끔찍한 악몽을 꾸기도 했다. 하지만 나는 어떻게든 견뎌냈고, 앞으로 나아갈 수 있었다. 다시 세상에 합류하는 게 중요해 보였다. 나는 너무 오래 떠나 있었다.

릴리가 죽은 지 한 달이 되는 오늘이 두렵긴 했으나, 그렇다고 이렇게 한 대 맞은 것 같이 멍할 줄은 몰랐다. 데이트 약속을 잡은 건 아마도 머리를 식힐 필요가 있다는 걸 알고 그런 것이었을 거다. 그의 사진에 호감을 느끼지 않은 건 아니다. 메일을 주고받으며 흥미가 없었던 것도 아니다. 내 생각에 나는 그의 이름에 끌린 것 같다. 바이런. 시인의 이름. 로맨틱하다. 나는 최근에 바이런 경의 시를 많이 읽었다. 그에게는 뉴펀들랜드 개가 있었다. 이름은 보우선이었다. 개가 그의 유명한 작품 중 하나에 영감을 주기도 했다. 〈어떤 개를 위한 묘비명〉. 이곳 가까이 그의 유해가 묻혀 있노라. 그는 아름답되 허영심이 없고, 강하되 오만하지 않고, 용맹하되 잔인하지 않고, 인간의 모든 덕목을 가졌으되 악덕은 가지지 않았다. 보우선은 릴리와 많이 닮았던 것 같다.

데이트 상대의 이름이 바이런인 것은 일종의 암시처럼 느껴졌다. 그는 나를, 그리고 내 고통의 깊이를 이해할 것이다. 그는 시적으로 말할 것이다. 진짜로 감성적인 운문을, 유치하거나 진부하지 않게 말할 것이다. 하지만 요구르트 가게에서 더 가까운, 둘 중 더 먼 스타벅스로 걸어가면서, 나는 내가 뭘 하고 있는지 모르겠다.

내가 보기에 산다는 것은 숨쉬기다. 나는 다시 그 일들을 할 준비가 되어가는 중이다. 사는 척하는 게 아니라 진지하게 뭔가를 얻으려고 시도하고 있다.

나는 LA의 유명한 파머스 마켓(엄밀하게는 커다란 야외 푸드 코트라고 해야 하는 곳이다)을 누비고 있고 약속 시간에 몇 분 늦었고, 약속 장소는 빈틈이 없을 정도로 붐비고, 어디서 만나기로 했는지 아직 불확실하다. 문득 내려다보니 나는 노란 바지를 입고 있다. 노란 바지. 정말? 가끔 내가 무슨 생각을 하는지 모르겠다. 롤업 팬츠에 네이비 폴로셔츠를 받쳐 입은 내 모습이, 막 요트를 정박하고 나온 사람 같다. 어쩐지 머저리 같아 보인다. 취소할까, 아니면 적어도 집에 가서 옷을 갈아입고 올 수 있게 시간을 미룰까. 하지만 그러기는 귀찮다. 이 데이트의 주된 목적은 머리를 식히는 것이었다. 거대한 가지—길다기보다는 둥그런 가지—를 팔고 있는 마지막 상점을 돌아서자, 그가 무심히 벽에 기대어 있는 모습이 보인다. 내 몸속 어디에서 여기 있었구나, 하고 말한다.

여기 있었구나.

나는 이 말을, 단어들을 이해할 수 없다. 파머스 마켓에 연결시키기에는 너무나 깊고 영혼이 깃든 말이니까. 이 스타벅스나 저 스타벅스, 혹은 프로즌 요구르트 가게, 혹은 낯선 사람을 어디서 만날까 하는 혼란과 연결하기에는. 그 말들은 나를 덮치는 놀랄 만큼 푸근한 느낌이 무엇인지 정의하라고 나를 압박한다. 한여름 가장 더운 날에 머리 위에서 물풍선이 터지는 것처럼. 무릎이 휘청하지도 않고 심장이 뛰지도 않는다. 하지만 발륨 같은 포옹의 따뜻함이 전신에 퍼진다. 발륨을 먹지도 않았는데. 릴리가 죽은 그날밤 이후로는. 아마도 시인일지 모르는 이 바이런이라는 사람과의 포옹이 나를 편안하게 한다. 멈추고 싶다. 이 감정이 무엇이든, 이건 진짜 감정일 수가 없다. 이건 실재하는 관계일 수 없다. 그는 거대한 가지를 파는 가판대에 기대어 서 있는 사람일 뿐이다. 하지만 이 감정이 무엇인지 따질 시간이 없다. 내가 여기 있어야 하는지 있지 말아야 하는지, 노란 바지를 입어야 하는지 입지 말아야 하는지. 그가 나를 찾기까지 남은 시간은 아마도 삼 초에 불과할 테니까. 그의 눈에 띄지 않고 그를 바라볼 수 있는 완벽한 삼 초.

여기 있었네요.

그가 가볍게 고개를 들고 내 쪽으로 돌아서며 한쪽 발을 대고 기대 있던 벽에서 몸을 뗀다. 눈이 마주치자 그가 알아봤다는 듯 웃는다. 상대를 무장해제시키는 친절한 얼굴이다. 나는 어느새 그의 앞에 서 있다.

"여기 있었네요." 막을 새도 없이 내 입에서 이 말이 툭 튀어나와서, 내가 할 수 있는 것이라곤 좀더 가볍고 유쾌하게 들리도록 목소리를 조절하는 것뿐이다. 내가 그 말들에 부여한 중요성이 그에게 짐이 되지 않도록. 괜찮게 들릴 거라고 생각하지만, 바다에서의 시간들로부터 알고 있다. 어떤 때는 큰 배가 천천히 선회하는 법이라는 걸.

바이런이 빙그레 웃으며 가볍게 주먹으로 가볍게 허공을 쳐 보인다. **"예스! 우리! 드디어! 만났네요!"**

나는 걸음을 멈추고 싶지만 몸은 이미 포옹할 자세로 기울고 있고, 그가 나에게로 걸어온다. 거기 서서 그를 바라보며 주고받는 따뜻한 포옹은 진짜 포옹이고 보이는 것만큼이나 진심이다.

그를 안은 내 팔에 너무 힘이 들어갔을까, 그가 묻는다. "괜찮아요?"

"아뇨. 네. 문제없어요. 그냥……" 그가 한 말을 다시 되돌려본다. 그의 말하는 방식과 불과 한 달 전에 상실한 열정을. "당신을 보니 그냥 누가 생각나서요. 그게 다예요."

"좋은 쪽이면 좋겠네요."

나는 웃는다. 하지만 잠시 말을 잇지 못한다. "가장 좋은 쪽이에요."

내가 먼저 포옹을 풀지 않았고, 아마 동시에 그런 것 같다. 한 발 나아간 거다. 제니가 자랑스러워할 것이다. 나는 그의 눈을 들여다본다. 릴리처럼 갈색이기를 기대하지만 피쉬풀 싱킹의 현측 바깥에서 부드럽게 찰랑이던 물처럼 깊은 파란색이다.

"프로즌 요구르트 괜찮아요?"

"프로즌 요구르트면 완벽해요."

우리는 요구르트를 들고 마주앉는다. 8월의 태양에는 커피보다 나은 선택이다. 그는 플레인맛, 내 것은 석류맛이다. 놀랍게도 그는 사진과 똑같기도 하고, 그렇지 않기도 하다. 움직임이라든가, 웃는 모습이라든가 하는 것들이 정지 상태의 어떤 사진도 잡아낼 수 없을 만큼 멋지다. 우리는 보통 첫 데이트에 나눌 만한 가벼운 농담들을 건넨다. 내가 내 레퍼토리 중 하나를 꺼내고, 괜찮은 것 같지만 나는 거기서 멈춘다.

만나볼 만한 사람이다.

그는 뉴올리언스 사람이다. 라스베이거스에서 텔레비전 뉴스 리포터로 일했다는 게 잘 믿어지지 않는다. 그의 이름처럼, 미풍에 머릿결을 날리는 시인이라면 모를까, 전혀 텔레비전 뉴스 리포터처럼은 보이지 않으니까. 적어도 내가 여태까지 본 바로는 그렇다. 그도 나처럼 삼촌이다. 어머니와 가깝고 아버지와는 가깝지 않다. 휘트니 휴스턴이 죽은 걸 슬퍼한다.

그는 개를 사랑한다.

"사랑해본 적 있어요?" 바이런이 묻는다.

나는 말을 멈추고 릴리를 생각한다. 그의 말이 그런 뜻이 아니라는 건 알지만, 나는 있다고 대답한다. 릴리가 없었다 해도 그건 사실이다. 나는 심지어 내 고통을 감추는 것까지 해낸다. "당신은요?"

그가 소심하게 발끝을 본다. "없는 것 같아요." 그러고 나서 희망적으로 덧붙인다. "아직은요."

나는 그의 얼굴에서 이런 일에 익숙한 사람의 모습을 본다. 이런…… 데이트에. 바이런은 온라인 데이트를 많이 해본 것 같은데, 그럼에도 희망을 놓지 않았다니 놀랍다.

"마지막 관계는 얼마 동안 지속됐어요?"

"육 년이요."

"어떻게 끝났는데요?"

나는 말을 멈춘다.

"그러니까, 물어봐도 괜찮다면요."

"괜찮아요." 내가 말한다. "내가 끝냈어요."

"왜요?" 그리고 웃는다. "제가 좀 솔직한 경향이 있어서요."

그를 보며 솔직한 데는 솔직하게 응하는 게 최선이라는 결정을 내릴 때까지, 나는 여러 가지 대답의 이점을 저울질한다. "왜냐하면 난 내가 좀더 나은 대접을 받을 자격이 있다고 생각했거든요."

"잘! 했어요!"

나는 누가 못된 장난을 치는지 군중을 둘러본다. 다섯 테이블 정도 건너에서 사람으로 변신한 옥토퍼스가 아이스라테를 홀짝이며 촉수를 내밀어 내게 인사를 건네는 건 아닌지. 하지만 옥토퍼스는 죽었다. 나는 안다. 이건 짓궂은 장난이 아니라 그의 진심이라는 걸.

"끝이라는 건 언제 알았어요?" 그가 묻는다.

"캘리포니아에서 동성 결혼 허용에 대한 투표가 다가올 무렵에요. 그가 결혼 이야기를 했어요. 그의 삶에 내 삶을 얽어매다니, 난 격하게 거부했죠. 동성 결혼 반대쪽에 표를 던져서 동성 결혼을 불법으로 만들어줄까 생각할 정도로요. 캘리포니아 시민권을 가진 모든 게이들을 부정하는 한이 있다 해도, 집에서 불편한 이야기가 나오는 건 피하고 싶었어요."

바이런이 웃는다.

"끝났다는 걸 안 건 그때 같아요." 나는 그의 팔뚝에 손을 얹는다. 왜 그러는지 모르겠다. 정확히 자연스럽지도 않은 일이다. 그렇게 부자연스럽지도 않지만. 정말 그의 피부를 만지고 싶다. 부드럽다. 약간 그을어 여름 기분이 난다. 뭔가 익숙하고 따뜻하고 좋은. 피쉬풀 싱킹을 탄 첫날, 소금이 끼고 화상을 입고 껍질이 벗겨지기 전의 내 피부처럼. "우린 그로부터 삼 년 후에 헤어졌어요." 나는 다시 의자에 몸을 묻고, 다 그런 거지, 하는 미소를 짓는다. 관계는 복잡하고 가끔 제삼자에게는 정말 설명할 수가 없다. "내가 이런 말을 했다니, 믿어지지가 않네요."

"네! 당신은! 인생을! 제대로! 살고! 있어요!"

세번째다. 상상이 아니다.

여기 있었구나.

이번에는 내 심장이 리듬을 놓친다. 나는 그의 팔을 내려다보고 있고, 우리는 여전히 피부를 맞대고 있다. 그는 팔을 집어넣거나 뒤로 빼지 않는다.

해가 구름 뒤에서 얼굴을 내밀자 내 주변의 모든 것이, 붉은 포마이카 테이블, 분홍색 요구르트, 파란 하늘, 시장의 초록 채소들, 그 모든 것의 강렬하고 화려한 색채들이 살아난다. 나는 내 인생을 제대로 살고 있다.

"매사에 정직해야죠." 건배하듯 요구르트 컵을 치켜들며 바이런이 덧붙인다.

그의 팔에 얹고 있던 내 손을 옆구리로 내리자마자 그의 팔의 온기가, 그의 온기가 그립다. 매사에 정직해야죠. 다시 손을 올려놔야 한다. 거기가 내 손이 있고 싶은 곳이니까. 그것이 릴리가 내게 가르쳐준 것이다. 순간을 살아라. 마음에서 우러나오는 애정을 주어라.

갑자기 내가 한동안 말을 하지 않았다는 걸 깨닫는다. "옥토퍼스는 심장이 세 개라는 거 알아요?" 내 목소리는 〈제리 맥과이어〉에 나오는 아이 목소리 같다. 사람 머리 무게가 8파운드라는 거 알아요? 내 질문이 조금은 사랑스럽게 들렸기를.

"아뇨." 바이런이 호기심 어린 눈을 반짝이며 말한다—적어도 내 바람은 그렇다. 하지만 그렇지 않다 해도 멈추기에는 너무 늦었다.

"정말이에요. 심장 하나는 사람들 왼쪽 가슴에 있는 것과 유사한 기능을 하는 것으로 조직 심장이라고 하는데, 몸에 피를 나눠 보내요. 그리고 두 개의 조금 더 작은 아가미 심장이란 게 있어요. 아가미 근처에 있고, 사람의 우심실처럼 피를 다시 내보내는 역할을 해요."

"그런데 그 생각은 왜 하셨어요?"

나는 웃는다. 첫 데이트에 나누는 대화로는 전적으로 부적절하지만, 적어도 말하는 게 지루하지는 않다. 나는 매력적인 8월 하늘을 올려다본다. 지나가는 제트기의 비행운과 어쩐지 닥스훈트처럼 보이는 구름만이 하늘을 가리고 있다. 나는 운명을 믿지 않는다. 첫눈에 반한 사랑을 믿지 않는다. 천사가 있다고 믿지 않는다. 천국이 있고 우리가 사랑하는 누군가가 우리를 내려다보고 있다고 믿지 않는다. 하지만 햇살이 너무나 따뜻하고 바람은 시원하고 바이런은 너무 완벽하고 오후 전체가 취할 듯해서, 부드러운 바람에 춤추는 릴리의 목소리를 듣지 않기란 힘들다.

슬퍼하는! 건! 한! 달이면! 충분해!

나는 릴리와 말싸움을 하고 싶다. 한 달은 충분하지 않다고. 하지만 개의 시간으로 한 달은 일곱 달이고, 이백 일이 넘는다. 그런 모든 것과 상관없이, 그녀에게는 내가 하루를 슬퍼하는 것조차 너무 많은 것이다. 나는 스푼을 들어 다 먹은 요구르트 그릇의 밑바닥을 휘저으며 바이런 경의 시를 더 생각한다. 불쌍한 개여, 살아서 가장 충직했던 친구여, 가장 먼저 맞아주고, 가장 앞에서 지켜준 친구여! 나는 녹은 석류맛 요구르트를 싹싹 긁어 한쪽으로 모은다.

"최근에 가까운 누군가를 잃었어요." 빈 그릇에서 마지막 몇 스푼을 긁어내고서야 스푼을 내려놓고 바이런에게 주의를 기울이며 돌아선다. "모르겠어요. 오늘 그녀가 여기 있는 것 같아요. 우리와 함께. 당신, 나, 그녀—세 개의 심장이. 옥토퍼스처럼요." 나는 어깨를 으쓱해 보인다.

내가 그였다면 달아날 것이다. 무슨 이런 바보 같은 소리가 있단 말인가. 집으로 달려가 침대에 누워서 아이스크림 한 통을 먹으면서 모든 온라인 데이트 계정에서 내 프로필을 남김없이 지워버릴 것이다.

어쩌면 준비를 한 게 아니라서 그런지도 모르겠다. 진실을 말하기가 어색해서 그런지도 모르겠다. 그가 나를 위한 남자여서일지도 모르겠다. 바이런이 일어서더니 내게 손을 내민다.

"산책하면서 그녀에 대해 이야기해봐요."

신발끈이 스르르 풀린다.

내가 그럴 수 있을지 결정하는 데 시간이 좀 걸린다. 나는 할 수 있다고 결정한다. 나는 우리가 먹던 요구르트 그릇을 버리고 그의 손을 잡는다. 끔찍하게 어색하지 않고 부드럽고 따뜻하다. 우리의 손이 자석과 금속처럼 달라붙는다. 마치 언제나 잡고 있었던 것처럼. 우리는 서로의 손을 쥔다.

"여기서 마실 것을 좀 가지고 가면 되겠어요." 내가 제안한다.

"아이스티 괜찮아요?" 바이런이 묻는다. "술은 잘 못 마셔서요."

그것이 얼마나 완벽한지 그가 알기나 한다면. "아이스티 좋은데요."

바이런이 웃는다. 그의 눈은 여전히 푸르다. 이번에는 하늘처럼. 닥스훈트 모양의 구름이 있는 하늘. 나는 피쉬풀 싱킹에서 가장 멋졌던 석양을 떠올린다. 다시 사랑을 하고 싶다고 릴리에게 쑥스럽게 털어놓았을 때를 떠올린다. 죄책감에 그 말들이 얼마나 무겁게 흘러나왔던가. 릴리가 죽은 후를 전제하는 그런 말을 어떻게 소리내어 말할 수 있었을까. 나는 그녀의 간단한 대답을 기억한다.

"그렇게 될 거야." 릴리가 말했다.

우리는 걷기 시작한다.

나는 이야기하기 시작한다.

"우린 그녀가 십이 주 밖에 안 되었을 때 시골에 있는 농장에서 만났어요. 그녀는 얌전하고 상냥했는데 거기 계신 여자 분은 그녀를 약골이라고 불렀죠. 그녀의 아버지 이름은 시저고 그녀의 엄마의 이름은 위치 푸였어요."

바이런이 재미있다는 듯 내 손을 두 번 꼬집는다.

나는 릴리의 이야기를 시작한다.

시작해! 내! 이야기를!

감사의 말

　누구든 자신의 개가 세상에서 가장 멋지다고 생각하는 걸 이해하고 있지만, 그럼에도 나는 감히 릴리가 고금을 통틀어 가장 훌륭한 개였다고 이야기하려 한다. 그녀는 불난 집에서 사람을 구해낸 적도 없고, 수백 킬로미터에 달하는 기적적인 여행 같은 것을 필요로 할 만큼 나와 떨어져본 적도 없으며, 스케이트보드가 쌩하고 옆을 지나가기라도 하면 겁이 나서 몇 시간씩 집안에 웅크리고 있었을지라도. 그럼에도 나는 인내와 관용, 강인함, 조건 없는 사랑에 대해 내가 아는 모든 것을 그녀로부터 배웠다. 그 빚을 나는 영원히 그녀에게 갚지 못할 것이다. 릴리, 너는 한마디로 내게 최고였어.

먼저 문학 에이전트이자 후원자이며, 선견지명이 있는 소중한 친구인 롭 와이스바흐에게 감사한다. 황소자리는 내 별자리이건만, 당신은 황소와 같은 열정으로 분투하며 이 책의 출간을 성공으로 이끌어주었어요.

나의 담당 편집위원 카린 마커스는 계약을 하기도 전부터 이 책에 감동해주었다. 우리는 함께 웃고, 함께 노력하고, 함께 꾸물대고, 함께 축하하고, 함께 울고, 유튜브로 케이트 블란쳇의 영상을 함께 보았다. 그리고 힘을 합쳐 이 책을 더 낫게 만들었다. 함께.

이 자리에서 나는 사이먼 앤 슈스터 출판사 전 직원의 이름을 언급해야 할지도 모르겠다. 그들은 초과근무를 감당하며 내가 출판사 건물을 내 집처럼 느끼게 해주었다. 무엇보다 첫 작품을 내는 작가를 아낌없이 지원해준 메리수 루치를 비롯해 캐롤린 레이디, 조너선 카프, 리처드 로러, 웬디 셰넌, 캐리 골드스타인, 마리 플로리오, 매건 호건, 줄리아 프로서, 그리고 스테판 베드퍼드에게 감사한다. 그들의 노고와 나를 팀의 일원으로 느끼게 해준 데 대해.

동화 속의 요정처럼 이 책의 여정을 함께해준 사람이 있다면, 그녀는 몰리 린들리 피사니다. 몰리, 당신의 공로는 너무나 커서 여기 적을 수도 없겠지만 영원히 잊지 않을 거예요. 당신은 마법이 일어나게 했어요. 비비디-바비디-북.

초고를 읽고 소중한 피드백을 준 모두에게 감사의 인사를 전한다. 트렌트 버넌, 웬디 크롤리, 캐서린 리파, 마시 냇킨, 수전 위어누시, 로라 롤리, 브리애나 시논 롤리, 에이프릴 웩슬러, 트래비스 맥캔, 린제이 맥캔, 질 번스타인, 그리고 크리스틴 피터 슨. 그밖에도 이 책에는 많은 친구들이 있다. 데릭 아브레니카, 스벤 데이비슨, 말리나 사브할, 할란 굴코, 샘 롤리, 이반 로버츠, 카라 행콕 슬리프카, 스티브 레코비츠, 라이언 퀸, 카일 커밍스, 엘리사 다우리아, 그리고 배리 베이복.

살아오는 동안 내내, 나의 부모님 노먼 롤리와 바버라 소니아 는 격려와 열정, 사랑으로 나를 뒷받침해주었다. 그들은 이 책을 지지해주었고, 그들이 읽기에 껄끄럽고 이상한 부분들도 너그러 이 품어주었다.

틸다, 너에게는 너무 큰 신발을 신은 것처럼 쉽지 않은 일이었 지. 네 모습 그대로, 너에게, 고마워.

이블린, 에메트, 하퍼, 엘리아스, 그리고 그레엄, 너희들의 삼 촌인 것은 내 인생의 큰 기쁨이란다. 부디 책에 대한 사랑을 잃지 말기를, 왜냐하면 책이 너희를 세상 곳곳으로 데려가줄 테니까.

마지막으로, 「옥토퍼스」라는 제목의 단편을 읽고 나서 "좋은 데! 자 2장을 써봐"라고 말해준 바이런 레인에게 진심으로 감사 한다. 넌 나의 첫번째이며 마지막 독자야. 너의 통찰력, 열정, 진 심, 문장에 대한 예리한 주석들, 너의 무한한 열광이 바로 이 책 에 생명을 주었어. 사랑에 대해 내가 릴리로부터 배운 모든 것을 내 삶이 다하는 날까지 너에게 쓸 수 있기를.

스티븐 롤리

400

옮긴이의 말

　스티븐 롤리의 데뷔소설 『릴리와 옥토퍼스』는 다소 모호하고 언뜻 이해가지 않는 장면들로 시작한다. 실제 나이 열두 살, 개 나이로 여든넷인 닥스훈트 릴리와 실제 나이 마흔네 살, 개 나이로 이백아흔네 살의 동거인 테드는 어느 예외적인 목요일 - 목요일 저녁은 매주 그들이 귀엽다고 생각하는 남자들에 대해 이야기하는 저녁이다 - 에 '옥토퍼스'와 마주친다.

　릴리의 얼굴에 턱끈처럼 팔을 늘어뜨리고 있는 옥토퍼스를 보고 놀란 테드가 묻는다. "아니 - 네 머리에 그게 뭐야?"

　"그 이야기라면 하고 싶지 않아." 릴리는 대답을 피하지만 '세상의 다른 생물을 안다는 것의 가능한 최대치만큼 릴리를 아는'

테드는 즉시 위험을 감지한다. 옥토퍼스는 그녀를 손에 넣을 것이다. "바람이 불고 있소!" 영화 〈엘리자베스: 골든 에이지〉 중에서 릴리가 가장 잘 흉내내는 케이트 블란쳇의 대사처럼 그들의 소소한 일상에 불길한 바람이 불어온다.

어쨌든 서른 살이 되면 모든 일이 잘 풀릴 거라는 절친 트렌트의 '예언—근거는 없지만 왠지 믿음이 가는'대로 테드는 스물아홉의 마지막 날에 '냄비 속의 국수처럼' 다른 강아지들과 뒤엉켜 있던 릴리를 만나 사랑에 빠진다. 엄마로부터 충분한 사랑을 받지 못해 누군가를 사랑하는 마음에 한계를 가지게 되었다는 상담사들의 말은 사실이 아니었다. 만난 지 아홉 시간밖에 안 된 피조물과 그는 완전한 사랑에 빠졌다. 한계가 있는 사랑이 아니다. 그에게는 아무 문제가 없었다! 그렇게 테드는 스물아홉에 압도적인 깨달음을 얻고 릴리와 12년, 개의 시간으로 84년을 함께 산다. 릴리의 몸무게는 8킬로그램을 넘어본 적이 없지만, 그의 삶에서 그녀의 현존은 늘 거대했다.

"무엇보다 릴리에 대해 감사합니다. 제 인생에 발을 들인 후, 릴리는 제게 인내와 따뜻함과 위엄과 우아함으로 역경과 맞서는 법, 그 모든 것을 가르쳐주었습니다. 누구도 그녀만큼 저를 웃게 하지 못하고, 누구도 그녀만큼 꼭 안아주고 싶지 않습니다. 릴리, 넌 정말 인간에게 최고의 친구라는 이름에 걸맞게 살아왔어." (본문 165쪽)

함께 나이 들어가며, 존재하는 것만으로도 오랫동안 삶의 의지처가 되어준 '최고의 친구'가 그의 곁을 떠나려 한다. 그것도 '옥토퍼스'라는 상징적인 단어 말고는 차마 입에 담기도 싫은 병으로 인해. 현실을 부정하며 공황장애를 겪은 테드는 상담사의 충고대로 다가오는 이별의 충격을 완화하기 위해 '미리 애도하기'를 시도한다. 릴리와 함께한 좋았던 날들을 추억하기 위해 한여름에 거대한 칠면조를 구워 추수감사절 파티를 열고, 그녀가 어릴 때 뛰어놀던 해변으로 가보거나 끝없이 펼쳐진 망망대해로 나가 뻔뻔한 옥토퍼스와 사투를 벌이기도 한다. 그러나 미리 애도하는 것은 불가능했다. 릴리를 보내기 직전에 테드는 묻는다.

"내가 지금 느끼는 슬픔을 완화하는 게 목적이라면—펴서 늘이고, 견딜 수 있는 형태로 더 얇게 퍼뜨려 완화하는 게 목적이라면—미리 애도하는 것은 궁극적으로 실패했다. 몇 주 전부터 조금씩 그녀와 헤어져왔다면, 그것이 지금 그녀와 완전히 헤어지는 것을 수월하게 했을까?"(본문 378쪽)

『릴리와 옥토퍼스』는 열정을 다해 사랑하고 사랑받았던 누군가에 대한 눈부신 사랑과 애틋한 슬픔의 기록이며, 사회의 소수자, 약자로 살아온 어떤 이의 꿋꿋한 성장과 치유의 기록이기도 하다. 사랑하는 존재의 죽음 앞에서 누구나 묻는다. "그(그녀)가 없는 삶을 내가 살아갈 수 있을까?" 이별은 누구에게나 오지만 애도의 과정은 유일하고, 특별하다. 그것은 그(그녀)와 나만의 이야기이므로. 테드는 릴리와의 이별을 통해 아픔을 딛고 앞으로 나갈 수 있는 용기를 얻고, 살면서 상처를 입는 일이 피해야만 하는 일은 아니라는 것을 배운다. 애도함으로써, 충분히 슬퍼함으로써 그의 상처는 세상에 단 하나뿐인 '빛나는 흉터'가 되었다. 밤하늘의 별처럼 삶의 남아있는 나날들을 따뜻하게 비춰주는.

"나에게는 릴리라는 이름의 개가 있었다. 그녀는 2013년에 뇌종양으로 죽었다. 나는 정말 충격을 받았고 준비가 되어있지 않았다. 내가 느끼는 슬픔이 나를 얼마나 억눌렀는지. 나는 개들과 함께 자랐고, 아마 여섯 마리의 각각 다른 개들이었을 것이다. 하지만 그건 완전히 다른 관계였다. 이따금 개를 키우는 사람들에게는―혹은 다른 동물들: 우리는 이 세상의 개와 고양이를 너무 구분하지 말아야 한다!―이따금 그들의 영혼에 특별한 인상을 남기고 떠나는 개가 있는데, 그것이 내게는 릴리였다. 혼란스런 육개월을 보낸 어느 날 나는 정말로 뭘 해야할지 몰라 책상 앞에 앉았다. 거의 아무것도 쓰지 못했다. 그전에 나는 대개 시나리오를 썼었는데 꽤 오래 일을 손에서 놓았었고 몇 가지 생각들과 릴리와 나눈 추억들만 끄적거렸다. 그리고 그것이 단편소설이 되었다. 나는 막 사귀기 시작한 누군가에게 그것을 보여주었다. 그리고 그가 말했다. "이게 바로 네가 쓸 글이야!" 그리고 덧붙였다. "더 이상 내게 말하지 말아봐, 네가 2장을 완성할 때까지는!"*

작가의 표현대로라면 옥토퍼스의 다리 개수(본문 여덟 장의 소제목은 위장, 무척추동물, 흡입, 먹물, 세 개의 심장 등 옥토퍼스의 특징과 연결되어 있다.)만큼 늘어난 그의 이야기는 전기적 차원을 넘어 마술적 리얼리즘의 기법을 차용한 매력적인 소설로 거듭났고, 데뷔소설로는 드물게 출간 이후 20개국 언어로 번역되었다. 자전적인 면을 많이 포함한 작품이기에 번역하는 동안 어쩔 수 없이 작가 스티븐 로울리와 주인공 테드의 모습이 자주 겹치곤 했다. 그가 사이먼 앤 슈스터 출판사와의 계약 미팅에서 절대 양보할 수 없는 조건으로 '옥토퍼스'-하마나 기린은 절대 안 됨-와 '게이 탈피de-gay 불가'를 내세웠다고 하니 더욱 더.

책을 읽고 나면 독자들도 빌리 와일더의 〈7년 만의 외출〉을 사랑하고, 드라마 〈프라이데이 나이트 라이츠〉를 즐겨보며, 사랑하는 강아지 릴리를 안고 보랏빛 자카란다가 핀 로스앤젤레스의 해변을 산책하는 주인공 테드의 모습을 쉽게 그려볼 수 있을 것이다. 책 속의 테드와 달리 실제 작가에게는 대가족과 많은 친구들과 동료들이 있으며 상담사는 없다고 한다. "당연하지!" 테드의 슬픔을 덜어준 엄마의 말처럼. 그가 당연한 것이 당연한 것으로 받아들여지는 세계에서 '사랑에 대해 릴리로부터 배운 모든 것을 그의 삶이 다하는 날까지 누군가에게 쓸 수 있기를' 바란다.

---

* Manuel Betancourt, 〈Just Run with the Craziness: A Conversation with Steven Rowley, author of Lily and the Octopus〉 (2016.6.9.)

〈하치 이야기〉부터 〈빗속을 질주하는 법〉, 〈미안해, 고마워〉, 〈벨과 세바스찬〉, 〈베일리 어게인〉, 〈트루먼〉을 비롯해 최근 넷플릭스를 통해 인기를 끈 〈브루노라니까!〉에 이르기까지 반려견이 등장하는 영화나 시리즈물을 즐겨보는 독자들에게는 또다른 반가운 소식이 있다. 바로 2018년 4월에 아마존 스튜디오에서 이 작품의 판권을 사들여 차후 영화화할 계획이라는 것이다. 어쩌면 가까운 날에 민트 초코칩 맛이 나는 시원한 '초록 구름'을 핥으며 이렇게 얘기하는 릴리를 화면으로 만나게 될지도 모르겠다.

시작해! 내! 이야기를!

2020년 1월
박경희

릴리와 옥토퍼스

초판 1쇄 인쇄 2020년 1월 29일
초판 1쇄 발행 2020년 2월 6일

지은이 스티븐 롤리
옮긴이 박경희

기획 및 책임편집 고미영
편집 홍성광 홍유진 최정수
저작권 한문숙 김지영
디자인 위앤드(정승현) 김마리
일러스트 김선미
마케팅 송승헌 이지민
홍보 김희숙 김상만 오혜림 지문희 우상희
제작 강신은 김동욱 임현식
제작처 영신사

펴낸이 고미영
펴낸곳 (주)이봄
출판등록 2014년 7월 6일 제406-2014-000064호
주소 10881 경기도 파주시 회동길 455-3
전자우편 yibom@yibombook.com
팩스 031-955-8855
문의전화 031-955-9981

ISBN 979-11-90582-24-7 03840

springtenten   **yibom_publishers**